MEMORY HOUSE
记忆坊文化

我摘不下星河
只能将生命的长河献给你

玄默———著

XUAN
MO
WORKS

江苏凤凰文艺出版社

JIANGSU PHOENIX LITERATURE AND
ART PUBLISHING

图书在版编目（CIP）数据

焚心以火 / 玄默著 . —— 南京 : 江苏凤凰文艺出版
社 , 2021.5（2023.3 重印）
ISBN 978-7-5594-5790-5

Ⅰ . ①焚… Ⅱ . ①玄… Ⅲ . ①长篇小说 – 中国 – 当代
Ⅳ . ① I247.5

中国版本图书馆 CIP 数据核字 (2021) 第 066903 号

# 焚心以火

玄默 著

选题策划　北京记忆坊文化
特约策划　莫桃桃
特约编辑　莫桃桃
责任编辑　白　涵
封面绘图　王点点
封面设计　46 设计
版式设计　段文婷
出版发行　江苏凤凰文艺出版社
　　　　　南京市中央路 165 号，邮编：210009
网　　址　http://www.jswenyi.com
印　　刷　环球东方（北京）印务有限公司
开　　本　670mm×970mm 1/16
印　　张　18
字　　数　333 千字
版　　次　2021 年 5 月第 1 版
印　　次　2023 年 3 月第 3 次印刷
书　　号　ISBN 978 - 7 - 5594 - 5790 - 5
定　　价　45.00 元

目录
CONTENTS

# 第一章
# 摇摇晃晃的人间

　　五月底的敬北市早早进入了夏天，气温持续升高。市区里飘完柳絮又开始刮风，一连好几个月不下雨，空气干得让人嗓子疼。

　　方焰申早起刷牙，刷出满嘴的铁锈味，他咧嘴一看，牙龈上火了，跑去客厅在茶缸子里泡了菊花，心情却很不错。

　　他们干刑警这一行的，日夜颠倒，通宵连轴转都是常事，好几年没睡过能自然醒的觉，生物钟太争气。今天他好不容易请假一天，结果六点半准时睁眼，慢吞吞地在家里磨蹭，刷完自己的手串子，哼着小曲做了一顿丰盛的早餐，边吃边拿起手机一看，果不其然收到各界人士发来的贺电，恭喜他的辞职报告终于批下来了。

　　从方焰申向市局打出报告后，足足过去三个月了。他硬着头皮面对上下领导的轮番谈话，头发都快聊白了，原本没想演什么苦情戏，迫不得已才拿出旧伤复发的诊断，众人唏嘘，终于熬到了这一天。

　　他手里的案子全部了结，余下的事就是办理交接，等着走人，于是放心大胆地请了假，打算今天去医院看看方沫那小子。

　　对方住的地方是敬北市最大的三甲医院，方焰申耐着性子熬了半个小时，其间拒绝了三次推销轮椅的人，终于把车开进了停车场。

没想到如今的住院楼也有高低划分，方沫的豪华单人病房在一栋独立矮楼里，门板的隔音效果堪称一绝。

方焰申推门进去，差点让音乐掀了个跟头。

方沫是他小叔唯一的儿子，打小娇生惯养，标准"富二代"的做派，混到了十九岁，家里正准备送他到国外念大学，谁知他生病生得突然，胃里查出肿瘤，不久前才做完切除手术。

此刻的方沫穿了件病号服，正抱着蓝牙音响在窗户边探头，不知道在看什么。

方焰申从背后弹他的后脑勺，方沫"哎哟"一声关了音乐，回头看见堂哥来了，立刻满脸虚弱，伸手要抱。

方焰申强行把人按回病床上，问他："刚好点就折腾，伤口不疼了？"

方沫瞪着眼睛摇头，哀叹道："一个多月了，无聊死了。之前不是说瘤子上有恶性病变吗，但全身没查到癌细胞，比预计好。可是我妈现在一见我就哭，她可比瘤子闹心多了。"

方焰申手心摩挲着核桃，一边盘，一边佩服这小子心大，可见人傻有好处。他开始给方沫收拾乱七八糟的床头柜，又和那傻子说："有点良心吧，你妈吓得不轻，好好配合医生，别再查出点'智商癌'之类的，老方家有我一个堵枪眼的就够了，经不起折腾。"

方沫斜眼打量他，突然觉得他哥今天这一身和往日不同。方焰申难得没穿万年不变的破夹克，换上灰色的衬衫加休闲裤，连黑眼圈都没了，眉眼之间的轮廓极深。这人一旦收拾利落，职业带来的底气都装在眼睛里，天塌地陷也不慌不忙。如果能忽略他盘东西的毛病，今天的方焰申实现了从老干部到老流氓的跨越，莫名显得格外骚气。

骚气的方大队长当然不知道他弟弟心里在想什么，袖子一挽，找出杯子拿去洗，很快端来一杯徐徐冒着烟的热水，端端正正摆在床头。

方沫盯着那上边的枸杞，又看见三根香蕉上香似的摆在他的床头，心想这年月的兄弟情如此廉价，连水果都舍不得按斤买，立刻又觉得胃疼，咧嘴就说："你可真是凭实力单身。"说着他脑子一转，从床上爬起来，"哥，我跟你说，我最近看上一妞儿。"

"我真谢谢你，得亏看上的是个妞儿，万一看上个男的，我还得想想怎么拦着小叔打断你的腿。"

"不是，这次和过去的不一样。"方沫神神秘秘地拉着他往窗边凑，"那姑娘特别酷，短头发，一天一个色，那种暗黑颓废美你懂吗……我打听了，远近闻名，大飒蜜！"

方焰申冷不丁听见这形容词，眉心一跳，他看向窗外，手里继续盘自己的核桃，一对闷尖狮子头，早已玩得发红漂亮，包浆挂瓷。他特意靠在窗台上欣赏了一会儿大树杈子，这才不紧不慢地开口："嗯，喜欢是吧？你开刀还开出透视眼了。"

这片住院区级别较高，为保证私密性，并不临街。方沫在三楼，窗外只有树梢，视线被其他的建筑挡得严严实实，别说看人，连鸟都不往他窗前飞。

这小子不信邪，一提姑娘就来精神了，非要下楼逛弯，拽着方焰申就走。

市立三院的东门挨着马路，马路对面有条恒源街。原本街边都是老式的家属楼，但年头久了，几栋楼挨着医院能做买卖，于是一层全部连起来变成了底商。

街上南北不过几百米，商铺却挤了数十家，经营范围广泛，从水果、服装、医疗器械到殡仪一条龙，不但从头到脚，还能从生到死。路过的人打眼一看，各种门脸彩旗飘飘，和对面灰白色的医院形成鲜明反差，活像条缝花的疤，繁华得有些突兀。

方焰申知道方沫憋坏了，陪他出来只是为了让他透口气，结果他们一到恒源街就引起了关注。

他带着一个穿病号服的小子，卖轮椅的人消停了，针灸店的师傅却觉得来了机会。

大姐烫着卷花头，冷不丁从店里蹿出来，冲他们喊："不吃药不打针不化疗，哎，帅哥你什么病？"

方沫满心都是姑娘，根本没空搭理她。

大姐一扭头，挡在方焰申身前说："你是他的家属？病人这么瘦，身体很虚吧，做过手术了？"她塞过来好几张宣传资料，业务熟练，"了解一下，免费体验，药之不及，针之不到，必灸之。"

方焰申一向尊重人民劳动，很配合地拿走传单，忽然问她："前边那几个男的，也是你们店里的？"

不远处的树下聚着三四个人，大热天穿着背心裤衩，模样邋遢，虽然也捏着一沓传单，注意力却明显不在过往的行人身上。

方焰申盯了一路，对方的传单根本没发出去，他越看越觉得不对劲。

大妈的推销思路被打断，一脸迷茫地说："不是啊，不知道从哪儿来的，在这儿晃悠一早上了。"她赶紧扯回自己的买卖，"不管你家这小子什么病，要是医院治不好，就来找我！"

方焰申被她逗笑了，下了结论："您忙去吧，他的毛病灸之没用，需揍之。"

两人走出不远，前边有条分岔路，直接能拐向小区。

方焰申把传单塞在方沫兜里，他已经熟悉了恒源街的套路，问："你那姑娘卖什么的？"

"什么卖不卖的，聊姑娘的时候别说这么难听，我们这儿都是正经生意。"方沫笑嘻嘻地指指拐角处，口气得意，"卖假发的。"

哟，难怪头发能一天一个色。

方焰申手里的核桃盘得直出声，早上牙龈刷破了，此刻又有点疼。他抬眼一看，那小门店只有半扇玻璃门，挤在角落里，从上到下用黑漆粉刷，没招牌也没名字，显然老板敷衍，心思都没用在装饰上，只拿暗红色的油漆横着写着两个大字：假发。

多余的红油漆往下滴，半干的时候让风吹歪，淋漓而下，有着血染的风采。

透过这字的风格，方焰申简直能看见里边五颜六色的脑袋了。他觉得自己理解不了年轻人的审美，青天白日的，好好活着不好吗，在医院门口装神弄鬼的多不吉利。唯一让他感兴趣的只有在店外停着的重机车阿普利亚RSV4，那倒真是辆拉风的好车，车身全黑涂装，在日光下隐隐生光。

方焰申不由得多看了两眼，刚好对上反光镜。

他从镜子里扫一眼身后，街上人来人往，那三四个男人还在树下杵着，眼睛却直勾勾地盯着店门口，显然来者不善。

方沫浑然不觉，已经推门进店。

方焰申跟着走进去，反手关上玻璃门，发现这家假发店虽然门脸窄，里边却不小，门后扔了几个重机车上的火花塞，有的被砸碎了，凌乱地扔着没人管，像是废弃换下来的，正好卡着门。

东西两个房间被打通了，光线柔和，并不是想象中黑洞洞的风格，只是这假发卖得有些认真，四周全是特意定制的木制台面，上边摆着各式人台，几十个假脑袋，几十双眼睛栩栩如生，齐刷刷对着门口行注目礼，着实把他震撼了。

方沫显然偷偷来过，此刻轻车熟路地喊："小姐姐？"

店里没动静，空调"呼呼"地往外吹着冷气。

两人僵在门口，和一片假人大眼瞪小眼，正对面的柜台后边突然又冒出个脑袋，这下连方沫都吓了一跳，尴尬地又叫了声"姐"。

那位让他迷恋的"小姐姐"也就二十岁出头，还真是走暗黑路线，一头中分的齐耳短发，漆黑利落，衬得小小一张巴掌脸比假人的脸都尖。

她似乎一直在打瞌睡，眼睛还没睁开，声音却挺干脆地说："谁是你姐？"

说完姑娘一动，直接往后仰在了椅子上。

方焰申这才看见那堆假发里还有双黑色的过膝长靴，接着是银光链条，再往后是一双笔直纤细的长腿，正架在柜台上。

方沫嬉皮笑脸，捂着肚子还不忘贫嘴："那我该叫你什么？关老板，还是飒姐？"

"叫祖宗。"对方懒懒地说了三个字，终于睁眼往门口看了下，她化着烟熏妆，瞳仁漆黑，显得脸上几乎毫无血色，就连唇色也淡，整个人透出一种另类的漂亮，确实勾人。

可惜这位祖宗脾气颇大，此刻已经满脸不耐烦了。她好看归好看，却不知道是不是和假人待久了，让人看着也觉得她毫无生气，分明眼神发空。

祖宗话音一落，忽然又收了腿，盯着方焰申，硬是一句话都没说出来。

方焰申手里的核桃也有点转不动了，他干脆双手插兜，神态坦然，靠在一边的柜台上，冲她笑着说："飒飒，果然是你。"

方沫如遭雷劈，看看自己新得的祖宗，又看看堂哥，张大嘴冒出一句："认识啊？"

方焰申懒得和他解释，眼看这家假发店已经开了一段时间，墙上有储物柜，按长短款式收纳，再往里走还有一道小门，后边的空间不对外。

他打量完了，突然问她："你最近得罪人了？"

柜台后的姑娘面无表情，那目光好像能直接透过人，没人知道她究竟看见了什么，眼神安静得过分。

她不说话的时候连影子都发虚，仿佛比四周那排脑袋还像假人。

一时冷场，方沫莫名打了个寒战。


关飒确实没想到方焰申会来，一时半刻，她的脑子有点转不动。

她想想他的问话，摇头否认，伸手抓过桌上的电子烟，手指都在发抖，抽一口烟才缓过神，和他说："叔叔，你这是职业病犯了吧。"

一声"叔叔"叫出口，方沫立刻回魂，鸡皮疙瘩都起来了，忙不迭地解释："不是，这是我哥。他看着是大了点，但三十六岁的警界精英，家世良好，优质未婚男青年，也没到叔……咱这差辈分了，不合适。"

关飒根本不理他，抬头一口烟雾呼出去，脸上总算带了点烟火气。她涂着哑光的黑色指甲油，衬得一双手骨节分明，此刻敲敲台面说："我这里是小本买卖，合法经营，执照在墙上呢。"

"没，我们就是来买假发的。"方焰申从善如流，想想自己都是当叔的人了，不能随便豁出头发的尊严，又扭头指指方沫说，"给他找一顶，要那种戴上就特别炫酷、特别飒的。"

他唇角一挑，加重了尾音，分明在寒碜人。

关飒眼睛里渐渐有了人影，终于笑了。

她一边笑一边想，方焰申的样子真是半点都没变，人还是那个人，永远是干净规矩的短发。他右边的眉骨上有旧伤，疤痕刚好卡在眼角，连成一道粗粝的点缀，却不显戾气。他过去就和清风明月之类的形容无关，串子、核桃随手盘，年轻的时候也每天举着保温杯，少年老成。

当年他们都是一个大院里的邻居，方家的长孙一意孤行非要上危险的一线，在那时候堪称是个大新闻。然而此去经年，他们彼此都脱胎换骨，再见也不过是寻常偶遇。此刻的方焰申突然见到她，明显连惊讶都没有，从容这东西真是骨子里的本事。

可惜关飒就没这么好的道行了。

十二年的岁月来不及磨掉方焰申身上的光，她猝不及防，眼看方焰申从玻璃门外走进来，五月的天在眼里着了火。

关飒一直在走神。

方焰申走过来，直接拿走她手里的电子烟，揣进自己兜里。有段时间没见，真不知道关飒还多了这个毛病。

他离得近一些，才发现她又瘦了不少。天气虽然热，但她还是穿长袖，整个人躲在一件纯黑的针织上衣里，白到连腕子上的血管都能看见。他有些习惯性地伸手，看她头上的短发乌黑油亮，十分好看，正想摸摸她的头，没想到关飒脚下开始蹬椅子，直接往后挪开一步。

方焰申有点失落，姑娘长大了，不好哄。

他看她低头在柜台下翻找，还挺认真地要做买卖，于是多余的话也没必要再说，只好识趣地开口："我还欠这小子一个果篮呢，去隔壁买点水果。哦对了，他做完手术，刚好了两天，千万别让他乱动。"

说完他就出去找水果店，扔下一个不知深浅的方沫。

少爷的八卦之心汹涌而来，谁来解释解释，这动不动就叫"叔"是什么情况？眼看店里没外人，方沫立刻凑到柜台边上套近乎。

关飒短裤下露出半截长腿，实在赏心悦目，让人看得眼睛都直了，可惜不等他问出口，身后的玻璃门突然被人砸开了。

碎玻璃飞溅一地，动静着实不小，半根铁棍子直接滚在脚边。

方沫吓得浑身激灵，回头一看，门口冒出四个男人，围着要往里闯。

这还真是有人闹上门了，于是他下意识大喊方焰申，一迭声想叫他哥救命，偏偏对方这会儿想起三根香蕉不合适了，买个水果走得头也不回。

对方都是大老爷们儿，骂骂咧咧要砸场子，直冲关飒一个姑娘而来，方沫就算再怂也要撑个面子，只好站起来嚷："敢砸你祖宗的店？找死呢！"

领头的人是个穿蓝背心的壮汉，直奔他脚下，要抢铁棍子，后边跟着的几个人大概只来得及就地取材，人手半块砖头，见什么砸什么，嘴里不干不净地骂："臭婊子不识相，敢替朋友出头是吧？生意别做了！"

听这意思，对方在外边蹲很久了，专门等有客人上门才来闹事，想让关飒这家店彻底臭了。

一群流氓故意生事，闹起来没理没面。

方沫自知练嘴不好使，咽口唾沫，觉得自己两条腿加起来还没人家胳膊粗，瞬间浑身的汗都下来了，扭头正对上一双长靴。

关飒直接踩着凳子上了柜台，居高临下地迈出来，一步跳到他身前，伸手把方沫按到试戴假发的高脚凳上，八个字扔过来，干脆利落："闭嘴别动，老实坐着。"

她挡在他身前，连表情都没变，唇角一撇，活像见了苍蝇，除了烦还是烦。

方沫也不知怎么就被下了定身咒，贯彻起关飒的八字真言。

关飒身手极快，一脚踩在"蓝背心"的手腕上，阻止他抢铁棍，然后转身飞腿，把他踹到一边，那冲击力撞得柜台都裂了。其余的几个人愣住了，她连口气都没喘，冲过去扭住一个人的胳膊，直接蹿上他肩头，双腿用力，把对方整个人撂倒在地。

旁边站着的两个男人彻底傻眼，想闹事却没做足功课，只记得连打带骂，乱扔砖头。

关飒闪身避开，反手把人挨个扯过来，几拳过去，全给揍蒙了。

很快，四个大男人倒地不起，两个人头上还见了血，前后不到三分钟。

事发突然，方大少爷的脑子已经不够用了。

关飒收拾完这几个闹事的，顺手拿过镜子，慢慢地梳自己的头发，把乱飞的发丝都理顺，然后黑衣长靴又蹿上柜台，一屁股坐回去了。

她在台面上摸来摸去，想起电子烟让方焰申收走了，只好作罢，又反应过来刚才要卖假发的事，于是转头问方沫："你要什么样的？普通款还是染色的？"

高脚凳上的人瑟瑟发抖，一个字都说不出来，只想给她跪下。

几个人踉跄着往外跑，此刻方沫才鼓起勇气，捡起砖头补上两句骂，把这群混混都给轰走了。


假发店里乱七八糟，满地碎玻璃和假脑袋，而另一边的方焰申不慌不忙，手里的水果刚上秤。

太阳晒得人走不远，好在他出去没几步就有一家水果店，于是他精挑细选，买了一个粉蓝色的果篮，里边还有用小熊扎成的一束花。他听着动静踩着点，故意和卖水果的阿姨扯了半天闲话。对方以为他来看女朋友，夸他帅，夸他体贴，把方大队长夸成了一朵花，终于让他从"叔叔"的阴影里走出来。

方焰申余光瞥见隔壁店里的闲人都跑了，这才慢悠悠地晃回来。

方沫站在凌乱的假发堆里，活像棵可怜的小白菜，脸上还有冷汗，魂都飞了，正拿着扫帚扫碎玻璃。

方焰申憋着笑，把果篮摆在一边的柜台上，低声凑过去说："知道为什么让你叫祖宗了吧？不亏。"

方沫反应过来，他哥干了这么多年刑警，这种段位的货色，他一打量眼神就知道不对劲了，难怪从进店就问关飒有没有得罪人。

方沫扔开扫帚，弱弱地问："哥……你明明看出那几个人要闹事，怎么走了啊？"

方焰申回头找关飒，发现她自顾自伸腿坐着，连姿势都没变。这二位分明都没事，他放心了。门后那几个扔在地上的火花塞也没能逃过一劫，基本上陶瓷的部分全被砸碎了，一地白白的碎片，混着玻璃泛着光。他眼看这些东西都是要扎人的，于是用鞋尖踢着它们，渐渐聚拢成一堆，然后才抽空和方沫说："管什么，人家乐意在树底下站着也不行？"

"他们进来要打人啊！"

"你好好想想。"方焰申越说越想笑，"是打你了，还是打你祖宗了？"

方沫哑巴了，对方连他们的头发丝都没碰着，倒是关飒二话不说把人胖揍一顿。店里充其量只是碎点东西，确实和赶个苍蝇没区别，眼看以后苍蝇也不敢再来，追究下去两边都麻烦。

哥俩嘀咕了几句，而关飒刚刚活动完筋骨，此刻萎靡的精神终于缓过来了。

她还是只盯着方焰申，开口插话说："叔叔，你来都来了，不买东西也不打架，那你管不管善后？"

　　"管，叔什么都管。"方焰申的脸皮分外出众，竟然还能镇定自若地把话接下来，然后拉过方沫，指挥起重症病人说，"来，你小子躺一个月了，正好活动活动，把玻璃扫干净，清理一下现场。"

　　方沫满心不乐意，刚想撂挑子，回头看到柜台又怂了。

　　关飒刚才踢人太狠，一道砸出来的裂痕还在眼前。

　　店里的空调开到十八摄氏度，直对着人吹，脖子都发凉。

　　方焰申坦然让出路，走到关飒对面，隔着窄窄一方柜台拨弄那些假发。他想把空调的遥控器翻出来，一边找一边觉得如今的工艺进步，假发摸起来都像真人发丝，毫不违和，想来店里不愁生意。

　　三院有很多癌症患者，关飒选在这里开一家假发店，对病人也是个安慰。

　　他正想着，椅子上的人忽然起来了。

　　关飒坐到外边的柜台边上，刚好就在他身边，她想也不想地弯腰过来，看他兜里装着东西，抬手就往他裤兜里伸。

　　这动作实在尴尬，可关飒我行我素的毛病一点没变。

　　方焰申低头笑，知道她要找电子烟，于是按住她的手腕。

　　关飒拉开胳膊推他的肩膀，对面的人侧身让开，又用力气制住她，虚虚拧着胳膊，让她不能乱动。

　　两个人谁都没说话，你争我夺。

　　关飒一抬眼，距离太近，她正好看见他眼角上的疤，突然像被什么东西烫着似的，猛然松手往后退。她一时恍惚，又觉得方焰申的手心着了火，能把她活活烧穿了。

　　她有些烦躁，屋里还是热，热到让人生出幻觉，于是她冲他摊开手，只说一句："烟还我。"

　　方焰申从容不迫，从裤兜里掏出两个盘得油润的核桃，示意她没有电子烟："刚才出门扔了。"

　　她没生气，只是沉默地盯着他看。普通人和外人对视，多少都会有些回避，但关飒不会。她看人的时候眸子里没有人影，谁要是不幸和她对上眼，会越看越觉得后背发凉。

　　多亏方焰申有两手准备，他在隔壁不只买了果篮。此刻他拿出一小盒薄荷糖，直接塞她手里，半哄半劝地说："我知道最近流行那玩意，但电子烟的危害现在没人清楚，不能老抽，你要是难受就吃糖吧。"

关飒捏着铁盒，还是不说话。

她手指一动，盒里的糖哗啦啦直响，简直就和过去一样，方焰申永远不知道怎么逗姑娘，只会想到买糖，这手段连哄小孩都嫌土了。关飒的表情明显不痛快，但也没再和他打，她蹦上柜台，顺手把糖盒往垃圾桶里一扔，完美命中。

方焰申无奈，又听见关飒低声补上一句："不难受，最近好多了。"

没人想起店里还有个多余的方沫。

他万念俱灰，听见垃圾桶的动静，回头挤眉弄眼，偷偷骂方焰申。

他哥故意背对着他，看不见也就不生气，还在问关飒："你现在住哪儿了，老孟呢？"

"就住后边，老孟买菜去了。"她指指那扇小门，手撑在台面上，口气散漫，"我妈扔下不少东西，我也用不上，就把她那些房子和车都卖了，一了百了，只剩老孟。他纯粹是个操心的命，好不容易送走我妈，等到我毕业，我给他留好钱，让他回老家能买个小院子养老，可他不愿意走，非要守着我。"

方焰申顺口接话说："老孟一辈子都在你们家，没儿没女的，你非让他回去也没事干，留下照顾你挺好，省得大家都不放心。"

关飒笑了，她真心实意笑起来的时候眼角下压，肩膀微微颤动，显得有些无害。

方焰申一时没说下去，他还记得，这小姑娘打小就好看，三四岁的时候留着长头发，像个洋娃娃似的，数她一笑起来最招长辈疼。当年大院里的老人多，人人都喜欢关飒，可惜世间苦厄，不给任何人留余地，天真无邪也经不起蹉跎。

如今的关飒早就长大了。

此时此刻，她接着他的话，非要问个明白："谁不放心？我生下来就没爹，我妈恨我一辈子，结果死在我前边了。我还有个亲舅舅在蹲大狱，不知道猴年马月能放出来，你这'大家'有点虚伪了。"她边说边凑到他面前，下巴几乎蹭到他衣领上，轻飘飘地问，"到底是谁不放心？"

方焰申对着那双眼睛无话可说，伸手扶住她的肩膀，叹了口气："飒飒……"

赶巧手机替他解了围，偏偏这会儿来催命。一首20世纪的老歌悠然而起，《焚心以火》，还真是恰到好处，直接掐断他后边多余的安慰。

她想他实在念旧，铃声都不换。

方焰申看一眼号码，顺手揽住关飒的腰，胳膊一抬，直接把她从柜台上抱下来，示意她自己有事，先不聊了。

说着他立刻转身往外走，把假人脑袋捡起来，又拉住方沫说："行了，你祖宗自己会收拾，老老实实回去躺着吧，我今天还有急事，先走了。"

方沫一头雾水，他哥要离职，好不容易才办下来，这节骨眼上还有什么急事？他伸手想去拿果篮，结果看见卡片上的字，脸都气歪了，又把它原封不动地摆回去："你送给谁的？什么叫生意兴隆啊……"

方焰申眼里带笑，忽然做个噤声的动作，一手核桃盘得麻利，不给方沫胡说八道的机会，扣着肩膀就把人拎出去了。

他们顺路往回走，方焰申接通电话，还要回去拿车。

打电话的人是队里的石涛，匆匆忙忙和他说："方队，半坡岭分局有一起命案，已经转到市局了，你赶紧过来看看。"

"你们到现场了？"

"还没，不过都在路上了。你开快点，来得及。"石涛没有多说细节，但他昨晚还闹着要和方焰申喝酒，庆祝队长能从一线撤出去，明知今天方焰申请假不在，遇见案子还打电话过来，肯定是有问题。

方焰申答应下来，一路把身边的病人先送回住院区。

方沫撩妹不成，反认了一个祖宗，眼瞧他哥的手段更加高明，不声不响，原来都是旧主了。

少爷脾气上来，他非要打听关飒的事："怎么叔都叫上了？你可还没脱离系统呢，作风问题很严重啊。"

方焰申没空和他拌嘴，取车就走。

他从反光镜里看见方沫还在原地骂骂咧咧，于是一脚踩刹车，又降下车窗，给这傻子提个醒："飒飒练了十年散打，轮不到你小子英雄救美，别给自己加戏了。"

方沫气得脸都绿了，直接吃了一嘴尾气。

方焰申说来就来，说走也就走了。

假发店很快就恢复了安静，只剩下一扇破碎的玻璃门，临到中午，日头一打，满地反光。

关飒对着残骸弯下腰，慢慢地沿着碎玻璃的边缘摸过去，直到指尖划破流出血，她才反应过来觉得刺痛，又盯着自己手上的血珠子看。

老孟正好回来，拖着买菜的小车，抖着嗓门问她怎么了，弯腰想看她哪里出血了。

关飒一愣，把手指尖含在嘴里吮，扬脸对老孟笑，那笑刚刚好浮在脸上，眼神都没变。她起身摇头说："没事，遇上几个闹事的，把门砸了，我已经骂走了。"

老孟身子骨十分硬朗，唯一的毛病就是耳背，尤其着急的时候更听不清楚。他以为她又要发病，赶紧说："别急别急，慢慢说！"

关飒伸开手给他看，小口子而已，又大声在他耳边解释。老孟一颗心终于归位，让她回店里先坐，自己慢慢清理。

关飒随他安排，伸腿把垃圾桶勾过来，把那盒薄荷糖又捡回来了，然后一抬眼，看见店里还有个突兀的果篮，正好被两个假人台夹在中间。

这东西摆在她店里鹤立鸡群，看得人闹心。

她喊老孟进来，问他："那个果篮……你帮我看看。"

老孟有点奇怪，抱起来上下打量，问她："谁送的？"问完才低头看到有张卡片，落款是龙飞凤舞的几个大字：方焰申。

老孟十分惊喜，满脸的皱纹都笑开了，念叨着说："焰申来过啊，你怎么不留他一起吃饭，他现在忙不忙，还干公安呢？"老头这一口气甩出无数条问题，只恨自己回来晚了，没能见到人。

关飒顾不上回答，拿出柜台下藏着的笔记本，一条一条回忆着在上边写。

从方焰申出现开始，他送了薄荷糖，留下这个果篮，刚才满地的碎玻璃……所有画面都能留下真实的触感和印证，她才能逐渐确认，自己见到的人，发生的一切，不是幻觉。

关飒已经怕了，多年坚持吃药，但吞人的火海连焦灼的味道都还在。曾经的枪声、惨叫声，甚至连她自己的窒息感都比日光真实，一切过往根深蒂固，盘桓在她的脑子里，必须用尽全力才能分辨。十多年了，她被迫学习降低自我的感知力，把所有敏感的情绪过滤掉，才可以把自己平安地融入人群。

方焰申的一切，悉数和关飒所经历的噩梦有关，加重她的病，却无药可医。

每一次方焰申突如其来，每一次他都走得干脆，再蠢的人也有自我防卫，关飒为了不在清醒之后失落，每一次相见她都本能地不愿相信。

她的顽疾就是方焰申，在真实和幻觉之中徘徊了十多年。

老孟把买来的菜放到厨房，回来发现关飒还在出神，目光涣散。他立刻又喊她，拉着她的手，一下一下地拍，轻声安慰道："我看了，他来过，你别紧张。"老人一边说一边觉得辛酸，缓和语气告诉她，"焰申太忙，有案子就顾不上咱们。我听说他们还有好多涉密的工作，等他能来的时候，一定会来看你的。"

关飒摇头，她竭力太久，早忘了期待是什么感觉。她也不是小孩子了，谈不上歇斯底里，只是每次方焰申一出现，她就有了后遗症，幻觉如影随形，总是能看见一双人眼。

此时此刻，那种古怪的感觉又回来了。

关飒深深吸气，尽力放松，可周围的人台好像突然有了主意，个个扭头盯着她看。她一个一个瞪回去，偏偏灯又坏了，白天黑夜都混在一起，怎么看眼前都只有一片黑，暗得让人绝望。

她拼命地想要找到光，挣扎却没有出口，快要溺毙在无知无觉的长夜里。

一双眼睛步步紧逼，她想在对方眼里找自己的影子，却始终看不清，直到心灰意冷，恨不得毁掉那双眼睛……于是她发了狂地出手，和那双眼睛拼命厮打，终于见到血，只有血的味道是真实的。

她执着地相信这个幻觉，慢慢记录出一本内容，可是经年无从查证，于是她又问老孟："方焰申的眼睛是不是受过伤？"

这问题她问过很多次，成了心病。

老孟忧心忡忡地看她吃药的记录，关飒的病情这几年控制得不错，此刻却有些突如其来的亢奋，多亏理智还在。

关飒挣扎着让自己冷静下来，抓住老孟，反复而大声地问："他是不是受过伤？！"

老孟听见了，但听见也只能和过去一样，说给她听："是，受过伤，疤还在呢，是他办案的时候落下的。我问过，他说有一年追人，被对方拿枪把砸了，这事和你没关系。"

关飒总算松开手，缓过一口气。她把记录所有幻觉的本子扔开，仰躺在椅子上，慢慢闭上眼睛。

这摇摇晃晃的人间终于回来了。

古怪的眼睛消失，假人脑袋上光秃秃的，泛着冷白色的光。她店里的一切东倒西歪，又在她眼里各归其位。

她总算找到了遥控器，空调冷风太大，吹得人头疼。

第二章
# 早发的种子

假发店的门碎了，棱角容易伤人，关飒搬出一盆半人高的旅人蕉，直接挡住门口，歇业一天。

今天上午晴空万里，下午却开始刮阵风，路边的电动车不知道让什么东西砸了，开始玩命报警，再加上满街大甩卖的声音，最终搅在了一处。

恒源街上各有各的生意，谁也没空多管她门前的是非。

假发店的门脸原本是居民楼里的房子，上下格局一致。当年关飒找人装修的时候，直接在家里装上楼梯，把二层当作家，起居都在楼上，而老孟上年纪了，腿脚不方便，住在楼下，也方便他做饭。

这一天转眼就到了中午，老孟做好鲜鱼汤，炒了两个素菜端上桌。

关飒的情绪已经平静很多，看起来毫无异样。她匆匆忙忙只吃了两口，就要出门，提醒老孟下午找人来换门。

今年热得太早，窗外明晃晃的阳光刺眼，老孟买菜回来已经一身汗，又担心她的病，于是提醒她，如果要去远的地方就打车走，别骑车了。

关飒不以为意，摇头说了句什么。

老孟耳背的毛病时好时坏，赶上外边的风正从纱窗往里灌，只听见了半句："找趟李樱初。"

没过半分钟，门口就是一阵机车扬长而去的动静，虽然装着消音不至于炸街，但那声音也不小。

老孟一边洗碗一边发愁，等把厨房擦完了，直接去打电话。

他六十多岁了，没怎么读过书，很小的时候就从老家到敬北市打工，留在关飒的姥爷身边。他一辈子辛苦，照顾他们全家三代人，干活习惯了，也没用过手机。如今虽然人手一部手机，老孟却始终用不惯，总是忘记操作步骤，还是坚持在店里拉线装了座机。

他先打给当时定做门的工人，和对方商量，然后他又找来老花镜，把座机翻过去，仔仔细细地看后边贴的号码。

老孟想来想去，还是不放心，又打了一通电话。


关飒说的是要去一趟弘光村，找她的朋友李樱初，那是她进货的地方，每个月都去两次。

这么热的天，她长袖长靴一身黑，手上也是皮手套，脸都藏在头盔里，只剩两截细腿露在外边，几乎和车融为一体。

关老板人如其名，要比飒，那可真是恒源街的头一号。

街口的两兄弟姓毛，开了一家小卖部，"大飒蜜"的称呼就从他们嘴里传开的。那俩人一听动静就知道关老板又走了，于是露出半个身子围观。

路上的人细腰长腿骑着车，一个姑娘帅起来可比老爷们儿带劲多了，于是兄弟俩对着她开始吹口哨。

关飒看都没看他们，比出一个中指，拐弯就走。

她对去李樱初家的路实在熟悉，车速很快，两个小时就到了。

弘光村在敬北市近郊，紧挨着半坡岭。半坡岭是个县，地势不好，没什么耕地，沿着山头，南北都有村子，弘光村在北麓，过去一直是贫困村。

早年村里有戏班子，老人有做假发的手艺，而后渐渐有做假发的作坊，但村外连条正经的路都没有。这几年好多了，附近修好了高速，也有人投资建厂，村里有劳动力的人家都在厂里做假发当营生，这里渐渐成为县里小商品市场的货源地，大家的日子好过很多。

下午的时间，村里大大小小的厂房有十几家都在开工，外边人不多。

关飒骑到最西边，李家是自建房，半人高的院墙盖得实在不讲究，连粉刷都省了，看上去灰突突的，像那种老式的监狱围墙。

李樱初身体不好，当年她母亲生下她就过世了，她父亲在外打工，好几年才回来一趟，留她一个人上到初中。她在村里跟老人学过手艺，给戏剧班子勾假发头套，人比关飒大两岁，过去她们一起住过疗养院。多年下来，她算是关飒唯一的朋友了。

一开始李樱初穷得可怜，犯病的时候被强制医疗，回到村里只能靠人接济。她在家里弄了小作坊，两年前关飒帮她上网开店，通过互联网做买卖，再加上关飒在医院附近开实体店，渐渐把线上和线下都做起来了。

日子好不容易看见盼头的时候，李樱初的父亲突发工伤，没能救回来。

那段时间关飒很少见到她，李樱初几乎闭门不出，没人知道她经历过什么。也可能人背在身上的悲苦太多，早已麻木了，因此她只字未提。而后李家领到一笔抚恤金，李樱初开起一家小小的假发厂，好像什么都没发生。

这就是普通人的活法了，简单到眨眼就算一天，生活死水一汪，再扑腾不出别的花样。


村里的树梢上早早有了蝉，顶着太阳叫得欢，通往李家门前的小路坑坑洼洼，一直没人管。

关飒把车停在院墙外，进去喊了一声，发现对方在屋后装货。

李樱初穿着米黄色的短袖，年头太久，边角已经磨破了，再加上老式的打底裤，蹭得满身都是灰，像个过期的糖人一样黏在地上。

关飒摘下手套，过去帮忙，两个人没顾上说话。屋后的院子里堆满大大小小的箱子，支着防雨棚子，棚子下边是批量进来的萝卜、白菜，不知道她一个人怎么这么懒，做饭还要囤菜。

四下根本没有坐人的地方，好在不太晒。

李樱初干完活，累得直喘气，她梳着两个及腰长的麻花辫，头发乌黑浓密，看着比关飒矮了一头多。十几年前两人认识的时候，她就是这么一副瘦小的样子，如今照样营养不良，脸色发黄。

关飒拉过结实的木头箱子坐下，掸掉身上的土。

李樱初看见她长靴上脏了，傻乎乎地弯下腰，要拿袖口给她擦，还笑着说："后院不干净，咱们进屋，里边开着空调呢。"

关飒赶紧拉她起来说："没事，你别忙活了。"

对方站在院子里手足无措，还是怕她热，把人拽到屋里去了。


李家空空荡荡，四面墙上贴着报纸，还有各种过时的假发画册，通通卷边，没了颜色。李樱初始终不太会收拾东西，桌子、椅子全不挨着放，连桌上的水杯都要洗了才能用。

每次关飒过来都是月初和月中，平时李家没人来，此刻过道上竟然扔着一口巨大的铁锅，看起来中午炒完菜都没收拾。

关飒随手想替她送到厨房去，结果发现铁锅实在太沉，她想不通李樱初为什么要用这么大的锅，费了半天劲才把它挪走，又看见脚边有个涂料桶，大概是扔垃圾用的，里边还有很多针头，于是回头问："你又去开安定了？"

李樱初一愣，推开厨房的矮窗，把桶放到外边去，然后讪讪地笑，低声嘟囔："这两天挺忙的，市场那边的订货量多了，压力太大，我怕犯病，先开了两针，自己打。"

"你还是得定期上医院看看，我帮你约吧。"关飒说着想拿手机。

李樱初示意她不用，光想想就脸红。她小时候得过癫痫，而后落下精神病，被关在屋子里，特别怕见生人，看病有心理障碍，只要一和不认识的人说话就结巴。

此刻她的嘴又不利索了，忙着解释："不、不用了，厂子里十几个工人呢，要看我抽抽起来……能、能把我送走的。"

朋友归朋友，各人都有难处，关飒不好勉强，只能找个椅子坐下。这一路上太阳大，眼下也没外人，她总算能把袖口挽起来一些，露出胳膊。

李樱初看见关飒旧日里的割伤，没再添新的，只剩无数道暗色的疤痕十分扎眼。她去给她倒水，又站在她身边问："你怎么突然过来了？"

"没事，还记得东口那家的工人吗，上次眼红咱们在市里开实体店，我把他们骂了，怕有人再来找你碴。"她说着又拉过来一把椅子，把李樱初也按下，"你这脾气得改改了，人善被人欺，咱俩认识小半辈子，你跟我说话都这么小心，难怪那伙流氓动不动就找你的麻烦。"

同行是冤家，既然有人销路好，村里难免就有人不平衡，关键时刻恶人总挑软柿子捏。

李樱初的眼睛细长，不知道是不是怯懦的原因，目光总是躲躲闪闪的，显得格外卑微，而关飒的脾气大，有时候和李樱初说话着急，她那双眼里就要闪泪光。

果然，此刻李樱初听见她的话十分紧张，嗫嚅着劝："咱们不好得罪人，都是一个村的乡亲……"

"没人找你就行了，别的你不用担心。"关飒懒得和她解释，惹她害怕没意义，又想想，跟她打听道，"还有个事，你家工人少，真人发丝需要手工织顶，那种款式很麻烦，厂里一直跟不上，我之前顺路去南安市场里看了看，买回几款样品，但有点问题，我想找厂家，你知不知道市场的二层都是什么货源？"

南安市场就是半坡岭南边的小商品集散地，鱼龙混杂，什么都有。

李樱初想了想，和她说："这范围大了，我们村离得近，能省运输费，但他们市场的路子杂，没准还有外地更便宜的货源。"她有点奇怪，又问，"有什么问题？质量不行换一家看看。"

关飒摇头，屋外忽然传来一阵乱七八糟的脚步声，紧接着有人来喊门，一迭声叫："樱初！有人砸厂了！"

李樱初猛地站起来，胳膊扶着椅背，声音都在发抖："谁、谁啊？你、你等我过去。"

关飒紧跟着她跑出去，门口来的是她家厂里的工人，一位四十多岁的大叔，是个跛脚，十分艰难地急匆匆跑过来，还戴着白口罩，露出来的两个眼睛都被汗迷了，也顾不上擦。

他一把抓住李樱初，向斜对面的厂房走："东口的人拿家伙打上门来了，非说他们的人残了，要让我们赔医药费，这不是冤枉人吗！"

关飒拍拍手，示意他们别慌。

厂房离李家一共才有一百多米，工人女多男少。李樱初当时想要照顾村里的残疾人就业，因此仅有的几个青年人各有缺陷，平日里本本分分，算是弘光村最低调的一家。

换句话说，这厂子也最容易被欺负。

关飒冷眼看着，工人们全被吓出来了，隔着厂里的铁门聚在一处。

这还真是应景，她上午刚刚揍完四个流氓，对方眼看打到店里没得着便宜，扭头就回村来报复，所以她今天必须来看一眼，否则李樱初这软柿子，非让人捏烂了不可。

关飒示意大家跟在自己身后，几个大姐眼泪都掉出来了，慌慌张张伸着胳膊，四五个人共同抓着一根烧火钳子当防卫，一阵乱挥，险些砸到自己人脸上。

关飒顺手把铁钳子接过去，语气平淡地说："这事和你们没关系，害怕的先走，回家躲躲。"

几个人扭头盯着她看，大家知道关老板人狠话不多，可此刻看她穿着短裤露着腿，就是个市里来的时髦姑娘，于是大姐怕她年轻不知深浅，赶紧往里边指，提醒道："十几号人呢，拿着刀冲进来，见什么砍什么……"

关飒眼神都没变，二话不说就要进去。

李樱初赶紧拉住她说："别！咱们报警吧！"

关飒看着她拨电话，又打量四周，真有事的时候，各家各院连窗户都关上了，就剩远处一座山岭。夏天快到了，烈日之下满山浓绿，背靠半边青灰色的天，无云遮日，平平静静，这日子只差两罐啤酒、一碟花生就能闲坐半天，可惜苍蝇太多，非让人不痛快。

只要出了事，求救永远是第二方案。

关飒活了二十多年，教训充足，于是她说："行，你报，不过派出所在南边，等他们来的时候厂子估计都废了，我先进去看看。"

说完她示意工人保护好李樱初，抬手拿着火钳子直接走了进去。

这话真是冤枉弘光派出所了，今天他们所里大部分的人都被分局临时抽调走了。

半坡岭的南麓挨着大路，比北边富裕。南边山下有一片湖，不大不小，据说在山头上看的时候像个展开的扇面，当地人就叫它扇湖。

扇湖附近都是深山老林，五月底的时候天气热了，林地里湿气不小，虫蛇遍地。现如今农村也已经现代化，没什么烧柴、采药的需求，因此附近的村民很少有人进林地。

这所谓的湖没经过开发，小众又便宜，近两年周边游的攻略满天飞，敬北市区里渐渐开始有人往湖边跑，因此南麓的村子里不少人家都开起了农家乐。

天刚亮的时候，一对周边游的夫妻跑去湖边钓鱼，结果运气不太好，鱼没钓着，直接在湖边被一具浮尸吓得送了急诊。

此时此刻已经到了下午，方焰申终于赶过来了。

他一路看见东西有两个村，家家户户的玻璃上都是大红字——"半坡熏鸡，天下第一"。他把自己开来的那辆大切诺基停在树林外边，抱着保温杯去看现场。

方焰申的离职报告已经通过，市局领导自然没把这个案子交给他，今天是由副队长陆广飞带队赶过来的，因此他来得有些尴尬。

方队不以为意，走得气定神闲，刚到林子外就见到一排车，分局的人在看守入口。

彼此都不认识，方焰申笑了笑，算是打招呼，直接要迈警戒线，没想到刷脸不好使。旁边的小警察已经晒了半天，正不痛快，抬头看见这人一身休闲装，打扮讲究，和普通游客没什么两样，于是口气极冲地喊："干吗的？办案呢，赶紧走，扇湖不能去了。"

方焰申拧开杯子，正好停下看树林。巨大的杉木和湿地松密密麻麻连成一大片，白天都见不到里边的人影，四下都是进山的土路，根本没有摄像头。

他啜一口菊花茶，十分耐心地和小警察打听："林子离湖边还有多远？往西往东？"

他问得驾轻就熟，对方下意识就说："五百多米吧，十点方向直走……哎，等会儿，你到底是干吗的？"

他这才慢吞吞地从兜里掏东西，小警察一脸提防，却看这位大哥先掏出两个核桃，然后才腾出空，把证件拿出来。

多亏还没来得及上缴。

小警察笑了："哟，方队啊……没听说您今天要来啊，走，我给您指，小心脚底下，这林子里什么都有。"

方焰申看见他手里捏着一个空的矿泉水瓶，于是转头又体贴地问："这天太容易上火，辛苦兄弟们了，喝茶吗，我给你倒点？"

方大队长的保温黑底红星，是前两年市局发的爱岗敬业模范奖的奖品，保温效果奇佳，这会儿打开，徐徐冒着烟。

小警察抹了一把汗，赶紧摆手，放他进去了。


方焰申在林子里四下观察，里边无法通车，都是野路。地上长满了叫不出名字的植被，还有不少纵横的藤蔓植物，行走困难，根本留不下什么痕迹。

路不远，他走了不到十分钟就看见水面了。

队里的石涛看见他来了，立刻跑过来。那小子一米八三的个头，膀大腰圆，今天也穿的是便衣，肚子全塞在一件墨绿色的T恤衫里，乍一看和后边半坡岭的山头融为一体。

石涛的精神头一向出众，此刻人困马乏的钟点，他瞪着眼睛好像完全不累，而队里的女警邵冰冰正在不远处负责拍照。

石涛喊她半天，邵冰冰总算回头了，看见方焰申来了，赶紧挥手，给他指发现死者的位置。

方焰申点头，示意她先忙。

他这位"队长"即将过气，但石涛照旧体恤领导，接过他的保温杯放到干净的推车上，边走边跟他描述："女性死者，三十岁左右。法医初步检查完，死者曾被类似绳状物一类的东西勒颈，机械性窒息而死，初步判断死亡时间在四十八小时以内。生前疑似被人拘束控制，手脚都有捆绑的痕迹。根据现在掌握的线索来看，这里不是案发现场，应该是死后抛尸，但抛尸的地点和方式都比较潦草……尸体头朝下入水，两条腿卡在石台栏杆上，所以根本没能沉下去，一大清早就被发现了，泡水时间不长。"石涛挠头，伸开手比画了一下姿势，"简直像是抛完就走，看都没看。"

他一口气说完，忽然注意到方队今天打扮得格外讲究，立刻眼睛都亮了，又要喊邵冰冰过来围观。

方焰申堵住他的废话，问他："死者的身份确认了吗？"

"还没有，死者身上只有睡衣、睡裤，没有相关能证明身份的东西，而且衣服很旧了，磨损严重，体态非常瘦弱。我感觉死者生前经济条件有限，很有可能是附近村里的低保户，需要回去再查。"石涛边说边往发现尸体的湖边看，法医已经将死者装入裹尸袋准备运走，他立刻喊了一声。

法医是位姓刘的大姐，一看是方队，停下等他们过去。

湖边的现场已经勘察完了，剩下的人员在准备收尾工作。陆广飞和分局来的支队长站在湖边的警戒线之外，两个人正在说话。方焰申刚靠近，陆广飞立刻转身，支队长很识眼色，干巴巴地笑，点头招呼，直接张罗他自己的人先往外撤。

陆广飞顶着已经晒得黑黢黢的一张脸，此人堪称市局里的著名"面瘫"，见到人只有眼神招呼，连笑都懒得笑一下。

方焰申抬手拍他的肩膀说："辛苦了。"

太阳这么大，湖边的恶臭都泛起来了，他们副队却丝毫没有换个地方说话的意思，满脸写着公事公办，压低帽檐说："方队，命案还要进一步调查，这次队里的名单上没你的名字。"

"我知道，现场肯定还是听你的，我就是来发挥下余热。"方焰申说完径自走去法医身边，一眼看过去，突然明白石涛为什么让他来了。

死者的头发乃至整个头皮，全部被残忍地割走了。

方焰申干了十多年刑侦，他第一次见到这样的尸体，却不是第一次听说这种手法。


白日昭彰，方焰申瞬间恍神，突然想起关飒曾经说过的话。

她出事那年只有十二岁，精神病史却已经有四五年之久了。关飒小时候在疗养院不幸经历了一场火灾，遭受重大的刺激，而后她断断续续发病，情况很严重，又被送进医院的精神科长期治疗。

事故过后，一连去过好几个警察，回来都对那个受伤的小姑娘印象深刻。可惜没有证据，没人会轻易相信一个精神病患者所描述的画面。

同年的方焰申还在特警队工作，他只出现场，并不负责火灾案件的后续侦查。两家人都在一个大院住过，他也算是看着关飒长大的，知道她家里的情况，火灾之后曾以个人的名义去看望她。

那时候关飒虽然年纪小，却可以正视病情，配合吃药，原本一切稳定，突发的火灾成为她迈不过去的坎，让她不断产生扭曲的臆想，始终对于自己脑子里无法求证的画面异常执着。

方焰申记得非常清楚，那是个冬天，他去医院的路上就下起雪，但温度不够，雪落下来却积不住。医院来往的人太多，踩出满地脏水，渐渐变得越来越泥泞，就和这人间一样，有时候连生生死死的事，都能搅在一念之间。

关飒的病房里拉着窗帘，只有明晃晃的冷光灯。她那双眼睛像一方看不透的深井，人回望久了，总觉得一不小心就要滑进去。

她和每位做笔录的警察都说过，火灾发生之前，她在疗养院里见过尸体，被割掉头皮的尸体。

这话突如其来，和受刺激的呓语没什么分别，更没有任何证据可以佐证她的话。

那一年的方焰申听从医生的建议，试图让她放下。关飒还是个孩子，一切都有希望，只要能够意识到幻觉本身，她一定可以逐步回归到现实生活。

可是那时候的关飒盯着他，突然开口说："你们总说眼见为实，好，那我祈祷自己一直病下去。"

如果眼见为实才是宣判，十二岁的关飒希望自己永远不要看到那一天。

此时此刻，距离那个冬天已经足足过去又一个十二年，今时今日没有雪，午后的气温早已突破三十摄氏度。

艳阳之下，方焰申面对惨死的被害人愕然无言，时间过去太久了，久到他自己都无法相信眼前的一切，竟然半天都没接上话。

法医大姐不知道他在出神，详细地说给他听："虽然尸体被水泡过一段时间，但脑后未泡水的部分能看出伤口边缘没有外翻，死者是被死后割取的头皮，凶器应该非常锋利，而且是很薄的小刀或者刀片，日常很少见。"

方焰申反应过来，皱眉低头仔细看，问她："手术刀？"

"有可能，但凶手下手的力度十分随机，有轻有重，导致割离的头皮深浅不一，有的只在脂肪层，有的穿透帽状腱膜……总之，是个外行，肯定不是有医疗背景的人。"

陆广飞也过来了，就在他们身后凝神屏气，像根沐浴在阳光下的旗杆子。

他眼看方焰申戴上手套仔细检查伤口，在一旁低声开口说："目前来看，如果凶手和割取头皮的人是同一个，这种手法不像激情杀人，需要引起重视，领导安排我们协同分局调查。"

方焰申很快收手，示意法医先将尸体运走，他继续看从树林走到水边的这段路，一共几十步而已，湖边四周遍布混着煤灰的碎石子，没能留下任何脚印。

他看着陆广飞说："从进入树林开始，一路都有遮挡，这地方夜里乌漆麻黑的，鬼都不来了，凶手显然很清楚这一片的情况，而且不在意尸体被人发现，估计死者的身份很难查。"

陆广飞点头，接上他的话说："有两个行政村离得最近，先从这两个村开始吧。"他顿了顿，又打量方焰申，看他今天穿得休闲，和他们这群胡子都顾不上刮的糙人明显不一样，于是凛然正气，冷哼一声挤对他说，"方队要是有事可以先走，我带人加班。"

方焰申不理他，一步一步试着往回走，抬脚看看自己的鞋底。他难得因为休假穿了双新的皮鞋，原本鞋底平整，此刻已经踩出了黑印子。

扇湖四周没有路灯，湖面被整片林地和山体相围，真到夜里纯粹是荒郊野岭。如果有人想要带着一具尸体穿过树林并不容易，无论是什么类型的辅助工具，只要带轮子都很难正常通过，于是他转身和陆广飞说："这案子可能比较复杂，我怀疑凶手有人协助运尸。"

他转着转着刚好走到石涛身边，看见那胖子挺大个人，却不怎么要脸，此刻缩着脖子，躲在邵冰冰身后，拿两张纸当扇子。

方焰申看一眼他的鞋，伸手往上抬，示意他说："胖子，抬脚。"

石涛不明所以，蹦开给他腾地方。

邵冰冰正在对焦，忽然觉得身后没风，立刻急了，一张晒红的脸从相机后边探出来："方队，你看看我这脑门，一上午都爆皮了，咱们队里就我一朵娇花，您心疼心疼能折寿啊？"说完又打量方焰申，调门立刻抬高，"哎哟，可惜您这一身名牌衬衫了，今天味儿不小，回去都得扔。"

大半天最紧张的时候已经过去了，石涛这会儿正有空，跟着贫嘴："你看咱们方队精致的小衬衫一穿，像不像电影里那种衣冠禽兽？"

方焰申确实越听越折寿，一巴掌拍在他肚子上："让你抬脚！"然后他又冲邵冰冰笑，满脸敷衍，故作温和地说，"我私人给你报销防晒霜，这心疼够不？"

"娇花"满意了，点点头，傲娇地扇着风走了。

石涛穿着的运动款球鞋，是这胖子前两年赶时髦的心头好，一双黄紫对比色的潮鞋，如今已经快穿烂了，但底纹还很明显，非常容易卡进碎石。

湖边铺的东西特殊，方焰申仔细看过，大概是过去的人为了节省，直接用烧完的煤灰混着碎石块拿来防潮。果然，此刻石涛的鞋底上塞着很多细小的黑色煤灰块。

石涛立刻明白过来，迅速接话："这两年防污染，村里也禁止烧煤了，但凡能用别的东西替代，没人再拿它铺路，只有扇湖周边还有这么大量的煤灰。"

方焰申直起腰冲他笑："八戒，没白吃。"

陆广飞在一旁看着他们说话，安静得成了人形监视器。

他忽然开口，声音格外深沉："早上还有救护人员进进出出，不清楚对方具体进来的方向，林子不好保护，现场被破坏得差不多了，能找到痕迹的希望比较渺茫。"他说完话但没人理，方焰申还在和石涛讨论，他们觉得夜里还穿皮鞋翻山越岭来抛尸的可能性不大，八成是穿运动鞋居多，于是陆广飞又说，"还不能确定死者身份，更进一步的尸检结果也没出来，这里不是第一现场，我不建议现在盲目展开推测，最重要的是排尸源，找嫌犯。"

"盲不盲的，要看什么人的目了。"方焰申眼角的那道疤在日光下十分显眼，他自己却不以为意，走到旁边拿杯子，又站在风口的地方喝茶，"就因为什么都确定不了，所以一切都不能放过。尽快去村里排查可疑人员，重点关注下鞋底这些细节，如果有人隐瞒自己近期来过湖边的情况，立刻带回去。"

陆广飞跟着他走，汗顺着脖子往下流，但一直不避不让，整个人直挺挺地戳在地上。

"还有，为什么要割头皮？割下来的头皮去哪儿了？根据现有情况来看，对方疑似有手术刀一类的医疗器械，又具有死后对尸体的侮辱行为，抛尸方式很可能是多人协作，这附近不可能一点痕迹都没有。"方焰申停了一下，又指指树林说，"林地隐蔽性强，再让痕迹组的人过来，找找有没有特殊的线索。"

石涛从边上凑过来，立刻冒出一句："好的，方队。"

陆广飞抬眼瞪他。

石涛站在方焰申身边，回报副队一脸无辜的笑，然后擦把汗，自告奋勇地招呼人说："我和冰冰去给痕迹的同事帮忙。"

很快，分局和派出所的人都先离开，去往东西两个村，协同寻访受害人的身份，顺带排查各家。

湖边只剩陆广飞还在生闷气，嘴角都快抿僵了。

方焰申眼看他们副队憋着不满，十分理解。局里上下都知道，对方在系统里比他资历深，年纪也大，一直看他的做派不顺眼，好不容易盼着他今年旧伤复发要离职了，没准就能扶正，谁知道一出命案，他巴巴地又跑回来了，让陆广飞面上无光。

方焰申嘻嘻哈哈地凑过去，和陆广飞勾肩搭背，低头嘀咕。

陆广飞浑身僵硬，脸都快拉到地上了，一个劲地摇头，提醒他公务在身，严肃一点。

方大队长也不勉强，又解开一颗衬衫扣子透气，愉快地摆手说："那我先走，副队辛苦。"

方焰申又扎进了林子里，没两步就看见石涛和邵冰冰蹲在地上。前方是痕迹组的同事，大家显然没空和他们俩为伍，已经熟稔地往前去了。

石涛问他："方队，你和老陆说什么了，他脑袋直冒烟，你是不是说不走了？"

邵冰冰嘴里"啧啧"两声，揉着自己晒坏的脸，她刚好卡在三十岁的分水岭上，自觉身子骨不如以往，就比如此刻，她对着方焰申看了一会儿，开始头脑发晕。

五月的天，太阳毒，她面前这人也有毒。

平时方焰申总捏着俩核桃，他在单位的时候连鞋都不提，每天在楼道里踩着后跟溜达，今天却像模像样地穿得格外闷骚，说是请假去看堂弟，八成堂弟都没见过他这么容光焕发。

邵冰冰戴着手套，小心翼翼地扒拉地上的枯藤烂草，心里针扎似的，还真找到点"娇花"的心态。一时内心戏有点多，她故意冷着脸，生怕自己绷不住，转头踢石涛的后腰："胡说！那副队可就不是冒烟的事了，他能气到一头扎湖里。"

方焰申笑了，眼看邵冰冰差点绊倒，他抓着她的胳膊把人扶住了，好言好语地提醒她说："你出外勤就不能穿双好走的？小皮鞋留在办公室吧，在楼里的时候想怎么穿就怎么穿。"

小皮鞋？石涛哈哈大笑，没忍住："还有脸说别人，您看看自己脚上吧，帅是要付出代价的。"

方焰申从鞋到裤脚都脏了，但他并不生气，继续微笑着开口："我看半坡岭这地方风水不好，正缺人祭天，要不你填个窟窿？"

石涛消停了，伸手给嘴上拉链。

邵冰冰万般无奈："我倒想呢，一大早突然被叫走，出来都上车了，才知道要直接来现场。"她是个女人，当然想精致，此刻脸上的淡妆都花了，水灵灵的一朵娇花，从头到脚全晒蔫了。人各有志，邵冰冰对这事想得开，既然选择干这一行，也就习惯了，队里忙起来不分公母，只是没想到今天来的地方这么难走。

方焰申让邵冰冰先往西边去，然后伸手拉住石涛，两人聚在树后说话。

石涛胖归胖，办事却十分机灵，低声问："方队，你以前查过好几次卷宗，你想找的案子不就是今天这种情况吗。"

"是，女性被害人，死后被割取头皮。我早年听说过类似的描述，可是当年毫无证据，到今天之前，它都只是一种猜测。"方焰申示意他不要和任何人提起，又叮嘱他，"给祝师傅打个电话，麻烦他查一下，最近三个月内出狱人员的名单。"

石涛顺势答应，立刻看手机，半坡岭这一带的信号都不怎么好，时有时无，只能进村里找个有网的地方，再找内勤。

他想着想着有点跟不上，请教道："方队，这和出狱人员有什么关系？"

方焰申十分坦然，如实回答："不知道，我看了名单才知道。"

两人说话之间继续往前走，前边同事的对讲机里呜啦啦传来一阵陆广飞的喊声。

石涛吓了一跳，回头和他抱怨："老陆那旗杆子根本不是当头儿的命，让他干点事费劲死了，一请示二汇报，心情不好就咆哮，只有方队你能治他……哦对了，你刚才到底和他说什么了？"

"我说半西村有农家乐，看着熏鸡不错，我要在这里等到天黑，正好请他吃一顿，他就急了。"

公务在身，怎么能满脑子熏鸡？

石涛只听进去了后半句，愤慨地指责陆广飞没眼色："这样，方队，等到饭点的时候你请我去，这个面子我给了！"

方焰申示意他过来，照着他的脑门狠狠地弹了一下："我不想给，赶紧干活！"


一山之隔，从早到晚，还真让方焰申的乌鸦嘴说着了，不知道半坡岭的山头犯了什么煞，南边出命案，北边的村里有人打架。

弘光村里的假发厂不少，但李家厂房还是头一次这么惹眼。

关飒进去的时候，厂里几台三联机都让人掀翻了，原本刚做了一半的假发已经被扯飞，满地针网，再加上乌黑的发团，这场面让人猛然一看心惊肉跳。

关飒长靴上的金属反光，她踩着满地狼藉往里走，拿火钳子在大铁门上敲，那动静瞬间把一伙人的注意力都吸引过来了。

她挨个看过去，想找上午见过的废物，但只认出两个，于是抬头和他们说："一码归一码，你们的人是我打的，和李家厂子无关，打人的事找我，至于这几台机子的损失……"她蹦上操作台坐着，慢慢地晃手里的铁钳，一头短发刚好卡在耳垂之下，瘦尖的下巴随着动作微微扬起来，她似笑非笑地继续开口说，"咱们完事单算。"

墙边有个穿红短袖的小青年先炸毛了，瞧着还是个不到二十岁的少年人，大声嚷着："我哥说了，就是她！穿靴子的臭娘儿们！"说完他直接往关飒那边冲。

人气急的时候都有个毛病，下手没轻没重，动辄真玩命，小青年抬手已经抡出铁棍，只想往她脑袋上招呼："臭娘儿们还敢打人！"

关飒抬腿踹开他的棍子，翻身避开，一个后摆腿直接把他给踢晕了。

那小青年一脑袋扎过来根本没收劲，直接扑到操作台边上。关飒很快又一拳补过去，把他鼻血都揍出来了。

关飒玩着自己的铁钳子坐回去，恹恹的，有些颓废的模样，开口教他："来，祖宗教你，小孩子要懂礼貌，我像你这么大的时候，既不敢骂人，也不敢玩铁棍。"

这口气傲慢极了，一时旁边的人也有点不知底细，场面原本还能控制，没想到李樱初突然闯进来了。她躲在外边放心不下，不想让关飒为自己出头犯险，于是喊着往里跑，直接举起手机，示意四周的人："我、我们报警了！赶紧……赶紧滚！"

她的小嗓门喊得气若游丝，头上两根麻花辫都跑散了。她没把流氓吓走，反倒一下把厂房里的气氛给点着了。

旁边的瘦高个可能最近不太顺心，染着一头绿色，此刻顶着绿毛，率先笑出声。他扬手把李樱初的手机打掉了，那动静听起来格外吓人。

李樱初不敢抬头，慌得扑过去抓住关飒，一心只想往外逃。

这就不好看了，打架的时候，临阵脱逃是大忌。

门口瞬间让人堵住，左右几个男人冲过来，直接把李樱初推倒在地。

她哭着挣扎，小小的身板还不到对方的胸口，辫子在空中荡来荡去，像颗早发的种子，细得一掐就断，很快被人拖起来几巴掌抽得没了声音，按在了墙上。

关飒替李樱初挡了两下，左胳膊上挂了彩，血顺着指尖往下滴。她自己没觉得疼，抬眼一一扫过周围的人，声音平静，仍旧抬着下巴说了一句："把她放了。"

有人还在骂，从背后过来要给她一棍。

关飒反身避开，手里的铁钳子已经扫过对方的膝盖，让对方直接跪倒在地，一迭声惨叫。四周的人通通红了眼，但也被这叫声闹得心虚，互相对视。

一时大家全看着关飒那双眼睛，竟然没人敢轻举妄动。

这么多人要拿她开刀，事到临头，关飒眼睛里没有半点惊惧的神色，充其量就是不耐烦。

她确实有点讨厌这种场面，好像一个个多占理似的。有理就不至于打架，打起来就别废话，不如大家都痛快点，非要威胁人就太低劣了。

她站直了，手上的血一滴一滴往地上落，又加重口气说："让李樱初先走，我留下。"

不远处扣着李樱初的人年纪稍长，大概是他们的头儿，三十多岁了，满脸横肉带着凶相，脖子上一条金链子闪闪发光。他冲关飒举着菜刀比画，口气极冲："小妞挺有种，你过来，让老子剁两下，这事就了了！"

李樱初弱弱地挣扎出一口气，还想说话："流氓……流氓都不打女人！"

四周哄然大笑，金链子男人拍着她的脸蛋说："老子可不是流氓！"

关飒一步一步往前走，周围的人看着两个兄弟折在地上，谁也没敢先上。

李樱初疯了似的喊，关飒却没空看她，只看那满脸横肉的男人，一字一字地重复："我说，放她走，听不懂是不是？"她说着起腿飞快，趁他咧嘴要骂的工夫，一个下劈直接把他手里的刀踢落，紧接着冲过去抓住对方的胳膊狠厉一拧。

横肉男吃疼，不得不松开李樱初，彻底暴怒，回头就叫人："上啊！"

四周的人反应过来，举着家伙都往她面前冲。

李樱初从背后抱着关飒的腰，想把她往后拽，结果直接撞在了墙上，两个人退无可退，忽然门口的铁门又响了。

突如其来，警察巡逻。

来的是两个片警，一看厂里要出事，举着电棍大喊，让他们都散开蹲下。东口的人没想到还有警察会来，立时慌了神，把手里的东西一扔，要往外跑。

谁都没想到这么多人，两个警察拉也拉不住，拽倒两个腿脚慢的，对方一个劲解释都是误会。

李樱初看见关飒的手上有血，几乎有些支持不住，最后还是关飒扯着她，把她拉到一旁坐下。

警察叔叔实在没想到今天这么忙，直接把他们全给带走了。


弘光村打架斗殴算不上多大的事，本身没什么可问的，不外乎村里两个厂子有纠纷，工人因为利益矛盾，互相积怨。

关飒的胳膊只是外伤，草草看了一下，所幸不用缝针，在派出所里做了止血包扎。她自己根本无意追究，两伙人都闹到进派出所了，火气早被警察叔叔镇压太平，对方知道理亏，也没再多争。

等到他们做完笔录出去的时候，天都黑了。

李樱初受了刺激，神色有点恍惚，好在没犯病，就是一直哭，眼睛都肿着。

关飒和她出去，走着走着忽然回身看。虽然时间晚了，可今天派出所里实在过分安静，她一共只见到三个民警，偏偏就这么巧，两个都被派出去，特意到弘光村里巡逻。

她让李樱初出去等，自己留下在大厅，没一会儿，里边有人出来了，刚好是那位救了她的警察。对方瞧着四十来岁，面相普通，以前也不认识，大概正要去吃饭。

她在门口溜达，半天也不走。

警察停下问她："还有什么没说的？"

"没。"关飒试图摆出惊魂未定的表情，但没摆好，她干脆放弃，只好拢着头发，礼貌地说，"我是想谢谢您，多亏您出警及时，我们以为赶过去怎么都要二十分钟呢。"

对方一听这话就笑了："那么多人，你们两个小丫头，真等出警不早完了？以后记住了，没事别学电视里演的，动不动给朋友出头……你那朋友还有病史，吓她干什么，这种纠纷都是一个巴掌拍不响的。"

"是。"关飒顺势接话，看他此刻态度不错，又问，"那您怎么知道村里有事，是不是有人通知您了？"

警察皱眉看她一眼，指指她的胳膊说："和你无关，别打听，赶紧回去看看伤，别感染了。"说完直接就走，多一句都不开口。

关飒什么都没问出来，只能先和李樱初一起回村。


眼看天光全无，弘光村里家家都亮起灯，远处的半坡岭白天看着郁郁葱葱，一到夜里，什么颜色重了都是黑。

李家的厂子已经整理过，机器还能用，只是很多假发做到一半都毁了，工人明天还得重新赶工。

李樱初安排好厂里的事，匆匆忙忙回来做饭，平时她自己吃得简单，但今天关飒也在，就特意挑出新鲜的菜来炒。

关飒打开窗子通风，正好对着她家的小院。入夜山脚凉风阵阵，她提议不如搬个桌子去院里吃。

李樱初纠结着说："算了，院里堆满货，全是灰，而且蚊子也多，咱还是在厅里将就吧。"

关飒不再勉强，过去帮她支桌子，看着她的肿眼泡，耐着性子和她说："你一个人住，有什么事别凑合，现在条件都好了，这么辛苦地干活，不就为了能活得好一点吗，你必须学着照顾自己。"

李樱初听见这话又有点想哭，赶紧低头扒拉自己碗里的饭，夹起炒油菜给她。

关飒没再说话。

对面的人还是忍不住，小声问："胳膊疼不疼？"

关飒的袖子因为包扎都挽上去了，此刻所有自残的割伤无所遁形，但她早就可以对着自己的伤疤开玩笑了，于是凑过去给李樱初看，逗她说："我还缺这一刀？试过一百次了，我自己下手可比他们准。"

李樱初笑不出来，伸手按着关飒的手腕，和她道歉："对不起，你都是为了保护我才惹上他们的……是我没用。"

这台词简直连八点档电视剧里都不演了，关飒越听越来气，恨铁不成钢，摇头继续吃饭。

李樱初怕被她骂，缩在椅子上，大气都不敢出。

关飒看不得她这副可怜巴巴的样子，于是放下筷子，伸长胳膊示意对面的人看："你知道，我过去也遭过罪，我妈嫌我疯，把我关进疗养院里不闻不问。我发病的时候什么事都干过，但我清楚自己出了问题，我病了，就必须治好它。如果只为了迎合外人表演自己正常，这样活着没有意义，伤口只会越来越深，这道理我十二岁的时候就懂了。"

此刻屋子里的电灯明亮，满墙的报纸泛着黄。关飒的胳膊上全是童年自残的痕迹，她同样病了这么多年，却一直都在努力自救。

"从疗养院走出来之后我发现，人群里的法则其实很简单，强者恒强，弱者恒弱。"她看向李樱初，认真告诉她，"别人欺负你，你就要学会反抗。别人歧视你，你就证明自己活得比他们还好，你必须找到面对生活的态度，不要什么事都觉得是自己的错。"

李樱初捂嘴点头，硬是把眼泪忍回去了。


很快外边也静了，八点多钟城里的夜生活刚刚开始，可村里人入夜后没什么活动，乡亲们基本各回各家。

两个人吃完饭，李樱初收拾碗筷，忽然抬头问："我一直好奇，你是怎么摆脱出来的……我是说，那些突如其来的念头。"

关飒正在出神，她从派出所回来一直若有所思，此刻听见她问，顺口就说："我想找到原因。"

"原因？"

"幻觉不是凭空而来的，如果它们只存在于我脑子里，这么多年却没有任何扭曲变化，原因是什么？到底为什么反反复复重演？如果不是幻觉，如果它们都是真的呢？"

李樱初吓了一跳，手里的筷子陡然掉落："关飒！你是不是又在想疗养院的事了？"

"没有。"对面的人眸子发亮，在灯光下微微闪烁，她摇头说，"因为他又回来了。"

李樱初一时有些不好意思，低头继续捡筷子："我知道了，你有喜欢的人。"

关飒总算笑了，起身和她一起去厨房，李樱初不让她动手，轰她出去坐。

她干脆靠在厨房门口，拿着洗好的苹果啃，继续和对面的人说："你也会找到的，无论是人还是事，它会成为你活下去的支点，让你有胆量面对自己。"她顿了顿，把话题变得轻松一点，给李樱初打了个简单的比方，"比如你想把生意做大，挣更多的钱，或者只是帮助医院里的患者，让他们戴上你做的假发得到安慰，只要你能对生活抱有一点点期待，就够了。"

活着就要为之努力，每个人都值得敬佩。

李樱初没说话，手下的水声大了，她把盘子和碗都洗完，摇头又开口说："我不像你，我这种情况，过日子已经很难了。"她说完开始洗切菜的刀，水打在刀上，再溅到脸上，天热，水却依旧凉得扎肉。

她背对关飒，一直盯着刀刃看，忽然伸手在水中抚摸它，轻而痛快。

李樱初对着刀刃无声无息地笑。

关飒并不知道她在干什么，手里的苹果快要吃完，安慰她："如果你真想要某样东西，最好的办法就是让自己配得上它。"她说完看看时间，已经打算离开，"这个是我最近才想明白的道理。"

李樱初身前还有满池子泡沫，没顾上送她，只好遥遥喊一句："天黑了，你慢点骑。"


四下确实太黑，路灯昏暗，起不了多大用处。

关飒骑着重机车离开，渐渐速度上去，乡镇村落都被她甩在身后。极暗之处忽然闪过零星的火光，在野地里非常明显。

乡下还有旧习，不远处的地里有人在烧秸秆。

关飒故意不去看，往前一路迎风而去，越过半坡岭的界碑，距离市区还有一段距离。田间夜路漫漫无边，她渐渐觉得胳膊上的伤口开始疼，明明只是小伤，此刻却像被人锯开骨头，诡异的痛感顺着神经往上蹿。

关飒有种不好的预感，反光镜里避不开道路两旁的火光，让她的感官突如其来地异常敏感，空气里还有焦灼的味道。

这场面就像点燃的引线，在她眼里，燃烧的已经不是秸秆了，她的神经和大脑无法承受这种引诱，不断催生出可怕的联想……开始有人呼喊，数不清的惊叫，还有人狰狞地嘶吼，最终响起枪声，那声音让她整个人都炸开了。

关飒浑身冷汗，猛然刹车，把重机车停在路边。

她捂着耳朵在人行道上深深吸气，却始终能闻见四周可怕而呛鼻的味道，她开始持续幻听，她很清楚自己的精神状态，此时此刻她在发病边缘，绝不能再往前骑了。

关飒挣扎着下车，这才发现自己的位置前不着村后不着店，路的两侧全是荒野，反而逃不开。

她很怕火。

天幕沉甸甸地坠下来，入夜积云，一碗银月，时有时无。

田野里十分热闹，堆积如山的秸秆一烧就烧得大了，浓烟弥漫，冷不丁扑出一团光亮，相隔几百米的距离，橘红色的烈焰被风吹得愈演愈烈。

关飒眼前的画面渐渐扭曲变形，火的颜色在她眼里不断放大。她很快就站不住了，幻觉重现，又回到了那一天。

十二年前，病房里的火已经烧起来了，呛到关飒无法睁开眼睛，只能剧烈地咳嗽。

窗外的喇叭里不停在喊话，火舌燃断门板，所有声音争分夺秒地一股脑要往她耳朵里灌，逼得她剧烈发抖。

与此同时，关飒被凶徒拿着手术刀抵住脖子，一动不能动。

那也是一个有风的夜晚，她的长发几乎留过膝盖，长而凌乱，通通糊在脸上。她感觉到身后劫持自己的人几近发狂，生死一线的时候，不远处突然有人开枪。

一切都没来得及让她做出反应，中弹的凶徒猛然将她抱起，直冲大火摔了出去。

夜风刮过，关飒冷汗透体。

行车道上并不安静，远处似乎又有车，飞驰而来的声音分外明显。

刺鼻的味道让她的意识来来回回，她努力逼自己看清眼前的路……可是于她而言，过往是场噩梦，火灾过后，所有人都试图给予她宽慰，修复她所经历的创伤，却没人知道她心里的秘密。

那时候关飒看着自己的身体倒下去，意识却仿佛燃上了半空，她竟然不觉得疼。她看见一整片焰火的姿态，所有被风打落的火星，都像无法摘取的星河。

黎明时刻，有人穿越火光而来，一直在喊她的名字。

说来可笑，关飒从小就明白自己是个累赘，除了他，除了那个从火光里冲出来的人……这辈子，大概只有那个人真心实意地想要救她。

她记得自己周身仅存的安全空间越来越窄，高温让人无法承受，她看见方焰申冲进房间寻找自己，脑子里所有的声响瞬间静默。

可惜那一年的关飒太小了，她只是个十二岁的女孩，被家人扔在疗养院里。她可以得到他的同情、他的照顾、他的拯救，除此之外，她还能得到他买的糖。对一个精神病患者而言，死亡只需要一时的勇气，而活着却需要挣扎一生。

如果她必须活下去，她想让他记住自己，不惜以任何方式。

所以关飒看见当年的自己竟然不再挣扎了，她听着方焰申的声音越离越近，从容地躺在了火海里。

如今也一样，关飒陷在幻觉之中，被迫面对自己疯溃的念头，那些汹涌而来的噩梦让她无法站立，她被迫扶着路灯蹲下身，开始用指甲在胳膊上狠命地撕挠，企图保护仅存的真实触感。

终于，方焰申还是来了。

她再一次听见他的声音，感受到他强行把自己抱起来，她终于能在他怀里喘过一口气，所有嘈杂的幻听又一次安静下来，因为方焰申在喊她：

"飒飒！"

关飒头晕目眩，竭尽全力睁开眼，只有这一刻她才能发疯似的抱紧他。

方焰申背靠漫天火光，紧紧皱着眉，他眼角的那道疤格外分明，这不是幻觉。

她的秘密再也藏不住了。

第三章
# 月光落在左手上

　　工作日的夜晚并不堵车，从近郊回到市区有高速，但最快也需要将近两个小时。

　　关飒被平躺着放在后排座位上，安全带牢牢地扣在身上，但并不拘束。她渐渐平复下来，没有睡着，意识逐渐清醒，听见方焰申找来烧秸秆的老乡，正在交涉。

　　这地方太偏，原地等待救援的时间不可预估，方焰申干脆给她的重机车雇来一辆货车，谈好价格，请对方帮忙把她的车送回去。

　　关飒开始持续地咳嗽，喉咙发紧，因为感官从那片火里逃不出来，直到方焰申开车上路往回赶，夜色铺天盖地，除了路灯的光亮，什么都淡了。

　　火光越来越远，车里有薄荷的香气，一切都让人心安。

　　她躺了很久，一直盯着车顶，逐渐感觉到市区的灯影辉煌，终于能找到力气开口，轻声叫他："方焰申。"

　　开车的人长出一口气，这几乎成了一种默契，关飒用这种方式证明她醒过来了，知道自己在做什么，也知道他是谁。

　　"还有两个路口，快到了。"方焰申从后视镜里看她，又补一句，"你要是躺着不舒服就解开安全带吧，坐一会儿。"

关飒确实头晕，于是依言松开自己。她尽量不做出太大的动作，以免引他无谓分神，轻声和他说："放心，我不会乱动，你好好开车。"

"你不能再一个人夜里出来，太危险了，还骑车去这么远的地方。"他声音平稳，但加重了尾音，"飒飒？"

关飒"嗯"了一声，没有抗拒，眼睛看向车窗外，回答他："好。"

她盯着车窗看了很久，想起过去的事，有些想笑，于是抬起手指碰碰玻璃，低声和他说："我记得的，很小的时候，有一次程慧珠把我锁在车里了，一下午就留个缝让我喘气。我在车里哭，怎么等她都不回来，也打不开车门……我脑子乱，但还是模模糊糊有印象的，最后是你过来了，找东西把车窗砸开的。"

开车的人有些惊讶，这事太早了，此刻关飒一提，他才想起来。那是十多年前大家还住在大院里的事，关飒好像还没上学，一个小姑娘，不知道怎么把她母亲惹急了，像只弃猫一样被锁在车里反省。方焰申想起自己当时在回家的路上偶然看见，时间太久已经有邻居发现了，可大家都围着车不知如何是好。

程慧珠家里打起来不是新鲜事，只是谁也没想到，那天当妈的非说女儿疯了，不管不顾，扔下孩子半天不回来。

那一年的天气虽然不热，但关飒的精神已经撑不住了，她一个人趴在车里，无声无息对着车窗流眼泪，近乎绝望。

方焰申在车外看着她不放心，也不敢走，最后对着她的眼睛于心不忍，想出一个办法，直接砸碎车窗，把关飒抱出去了。

如今的他一边想一边叹气："那次慧珠阿姨太过了……再生气也不能这么关孩子啊，多危险。"

"是啊，程慧珠永远都不明白，那个下午我是怎么熬过来的，那时候我就知道死是怎么一回事了。"关飒的口气平淡，她对过去无怨无恨，"精神病，想死的念头太多了，但每次快要崩溃的时候……我就想想你。"

很快就到熟悉的街角，毛家兄弟的小卖部里有人在买烟，路边送冷饮的车上有人在卸货。关飒把额头贴上车窗的玻璃，看见后视镜里的货车一路尾随，把她的宝贝机车也给运回来了。

等到方焰申停下车，她才再次出声问："你今天一直跟着我？"

车里始终没有开灯，方焰申回身看她，轻声笑了。

他知道她又看见了火光，然而此刻轮廓暗淡，他只和她说："没有，今天确实有急事，是老孟看你出门不放心，打电话找我，说你去了弘光村，我刚好就在半坡岭那一带，请所里的老哥哥帮忙去看看。"

关飒的脑子清楚多了，自然能听懂："难怪派出所的人去得那么快。"

他看见她的发丝在座椅上蹭得凌乱，已经遮住了半张脸，剩下一双黑漆漆的眼睛分外清楚。

他伸手过去轻轻摸她的头顶，关飒懒得躲，僵着没有动。

方焰申趁着这一时片刻，把她的头发全都理顺，和她解释："张哥说就是打架了，人没事，做完笔录怎么都要七八点，所以我多等了一会儿，路上能陪你回来。"

没想到他开车顺路追过来，直接看见关飒倒在路边，还真是怕什么来什么。

他的手指停在她头上，忽然又往后挪座椅，似乎想要仔细看看她，低声说："现在的发套都是真发做的吗？还真看不出来，连摸着的感觉都一样。"

关飒眼里微微一闪，忽然抓住他的手，声音发哑，开口却很清楚："是不是出事了？"

方焰申保持着向后的姿势，扭得实在别扭，于是指尖在她手心轻点，恰到好处地安慰道："只是市局有个案子，别多想，我就是看你挺适合戴这一顶的。"

后边的货车开始按喇叭，司机不知道接下来怎么办。

方焰申松开她，下车和老乡安排好，把她的摩托车卸下来推回店门口。


夜里十一点，恒源街上的店基本都关门了，来往没什么行人，只有路口偶尔才有车声。

方焰申替关飒打开后排的车门，伸手想扶她下车。他全程只是微微皱眉，看她不动，又探身过来问："头晕？能走吗？"

这语气堪称温柔了，可关飒从十二岁听到二十四岁，知道他说得四平八稳，连半点多余的情绪都没有。

路旁水果店的招牌还亮着，方焰申逆光而来，于是车里薄荷的味道不知道为什么越发重了。她看不清他的表情，始终只能躲在车内的暗影里，于是突然有些不甘，伸手抱住了他的脖子。

方焰申一愣，很快又笑。他干脆坐进来，圈着她的肩膀，无奈道："飒飒，我今天出现场就穿着这身衣服，没换呢……"

他脑子里突然冒出邵冰冰揶揄自己的那句话，明白过来"要脸"是种什么滋味，生平头一回浑身不自在。

关飒不松手，下巴抵在他肩头，总结道："所以是出命案了，在半坡岭附近。"

他没否认，提醒她："还不能公开，你知道这两点就行了，最近别乱跑，不然老孟多担心啊。"

这借口圆满。

可惜小祖宗早长大了，此刻的关飒枕着他的肩膀，非要反问："你就不担心？"

方焰申拍拍她的后背，叹了口气，拖着她的腰，直接把人往外拽。他嘴上还有空开玩笑："叔这不是担心。"他看她下车的动作还算利落，应该没有太大的问题，于是说完后半句，"我是心疼啊。"

关飒的手还抓着他的胳膊，原本只想扶一下，此刻又开始发抖。

她的情绪刚刚才被收拾好，突然听见他顺口而来的几个字，觉得胸口一阵一阵发酸。她藏不住自己的难过，不管不顾又犯了毛病，愤怒突如其来："方焰申，如果我刚才在路上没发病，你是不是根本不会出来见我？"她看见自己的车被端端正正摆在门口，他做什么都能万事周全，每一次都要在她濒临放弃的时候突然出现。

起初关飒还会庆幸，但时间一长，她发现这是一种慢性折磨。

每个人都有秘密，她把他藏在心里，一个人沉到海底，做好孤独万里的准备，突然又被拉出海面，非要让她知道这世上还有光……她被迫在反反复复的绝望中得到一盒糖，这几乎成了方焰申的套路。

他眼角的疤清清楚楚，但并不突兀，就像他这个人一样，看不出他在意什么，想要什么，他把一切锋芒都藏得分毫不露，真真假假地攥着两个核桃，一晃就过了这么多年。

关飒的唇角也在抖，她非要一字一句地说出来，眼睛仍旧空空地盯着他："你觉得欠了我，所以总想救我。可这世界上的警察那么多，悲剧天天都在发生，救人的永远不止你一个，我也从来不缺你这个叔。"

她说得咬牙切齿，说完就想跑。

方焰申的大切车门还开着，于是抓住关飒的手腕，防止她情绪过激。他拿上杯子锁好车，这才好言好语地劝她："飒飒，先回家。"

话音刚落，旁边水果店里探出一张脸，"呸"的一声吐出瓜子皮。

上午隔壁阿姨刚卖给方焰申果篮，此刻她正目瞪口呆地围观他们拉拉扯扯。

阿姨实在没想到，有生之年，竟然能遇见镇住关老板的奇人。

不怪群众有偏见，关老板脾气又狠又怪，平时连个好脸都没有，一个姑娘动起手来能撂倒一片，此刻却仿佛豹子变了猫，竟然对着那买水果的男人又扑又抱……还闹上别扭了。

阿姨实在有点笑不出来。

方大队长表情十分坦然，颇像接熊孩子回来的家长，竟然还能边走边和阿姨打招呼："谢谢您的果篮，又新鲜又漂亮。"

对方吓得慢慢缩回店里，开始念经驱邪。

关飒想起那个粉蓝色的鬼东西更生气，那完全就是哄小孩的把戏，于是她走得飞快，腕子拧着劲，只想甩开他。

方焰申面不改色，手心的热度又开始烫人。她实在有些烦，一脚踹开门口的旅人蕉，进去就说："放开！"

方焰申把人送回来也不着急走了，他发现店里的门没装好，相当于对外的通路锁不住，只好跟着她往后去，又问："小门有没有锁？"

"有，不过一般都不锁。"关飒心不在焉地接话，"房子里没什么可偷的，还住个精神病，除了你，没人有胆往后闯。"

"你的药呢？"方焰申发现门后就是客厅了，站住四下打量。

她家里有老孟收拾，简单干净，保留居民楼原有的格局，房间里四白落地，其余家具都是黑色，一看就是自己动手组装的。

这会儿家里还亮着灯，平时也是这样，一旦关飒没提前打好招呼，老孟就要等她，她不回来，他也不肯睡。

关飒大声冲里屋喊，甩着钥匙扔在桌上。

很快就有人从屋里出来了。

老孟戴上老花镜开始念叨："回来就好，吃饭了吗？我正担心呢，今天怎么这么晚。"一说完，他扭头看见方焰申，十分惊喜，拉着他坐下，死活不松手。


算起来，两家人做过几十年的老邻居，直到关飒的母亲程慧珠带人搬走。虽然都在敬北市，但城里的日子就是这么奇怪，交通越来越便利，连通讯都简化了，可人们想见一面反而格外不易。

关飒直接去冰箱上拿药箱，回头和方焰申说："老头一直想你呢，聊两句赶紧走。"

老孟好歹是个岁数大的长辈，一听这话脸都皱了，没忍住教育她："这孩子！不能这么和焰申说话，多亏他当年救了你，连你妈妈都感激他。"

"我妈？"关飒一听这话笑出声了，把药瓶放在桌上，"我妈不恨他就算好的，都怪他开枪太准，如果打歪点，把我一起打死才好呢，她就不至于天天带个累赘，还能多活两年。"

"飒飒！"方焰申原本不在意，听见这话摇头抬眼，一时声音又沉下去，"先把药吃了。"

她这段时间一直在吃齐拉西酮作为日常用药，此刻不再多说，倒水吃药，又把药瓶、病历都拿出来给他看。

"全部遵医嘱，没有私下停药，不在急性期，没有阳性症状。"她说完又找来一张便利贴，写上电话和姓名，贴在他的保温杯上说，"这个是我主治医生的电话，姓陈，你要是还不放心，可以打给他确认我的病情。"

老孟只听清几个字，但已经猜到方焰申是特意把人送回来的，关飒可能又发病了，于是追着要问。

方焰申示意他一切都好，关飒现在情绪稳定，先过今晚再说，没必要增加紧张情绪。不等老孟再问什么，关飒已经直接上楼了。

夜里风不小，吹得外边的树梢东倒西歪，什么动静都有。

老孟特别高兴，把过去托人从新疆带回来的小老窖都拿出来，拉着方焰申不让他走。

老人没什么亲戚朋友了，很多年没人能好好叙旧，他听说方焰申最近不忙，闹着要一起喝两杯。

很快夜深，窗外的蚊虫迎着光往纱窗上扑，老孟把阳台的门关上，收拾好了桌椅。他知道方焰申不能再开车，非要留他在店里凑合一晚，还真诚地拿出自己刚在菜市场买来的一身新睡衣，非说他能穿。

方焰申盯着睡衣上印歪的蓝气球，一时有些沉默，但他心里惦记店门还敞着口，终归有点不放心，只好答应下来，上楼去空房间里休息。

恒源街这里虽然是市区，但老房子太多，没有CBD（中央商务区）商圈热闹，十二点一过，主路上连车声都没了。

二楼的灯已经全灭，四下无声无息，关飒吃过药，应该早睡了。

方焰申上楼的时候尽量放轻脚步，关飒一向不喜欢阳光，果然还是住在西边那一间。时间太晚，他不方便再打招呼，于是自己去找东南边的空房。

老孟说屋子是客房，但一看就没人住过，堆着几件从老房子里搬来的家具，肯定是老头不舍得扔，还有单人床，墙角是歪腿的小柜子，上边压着几本不知道多久没人碰过的旧相册。

方焰申开始翻看石涛晚上陆续发来的消息，警方走访了扇湖附近的两个村，没能找到死者的相关信息，——排查去过湖边的人，时间都对不上，也没有发现可疑人员。队里已经提取指纹和颜像拿去比对失踪人口的记录了，但目前三个月的记录里没有查到，还在扩大时间范围。法医确认死者没有遭到性侵犯，但生前曾被长期囚禁，严重营养不良。

目前唯一的突破是死者衣服上缠住了一些塑料纤维，应该是凶手搬运尸体时留下的，死者曾被装在蓝白红三色的塑料编织袋里，其余更多的细节还在等实验室的反馈，包括毒检结果也没出来。

石涛给他发语音，愁得直叹气："方队，那编织袋是村里有个厂造的，我盘问一圈，发现家家户户大中小号齐全，装被子、衣服，还有卖土特产的……说是特别便宜。总之这也不算个线索，而且种种迹象表明，死者生前被关了很久，她很可能不是近期失踪的，还要再扩大时间范围。"

"那起码能基本确定凶手确实在半坡岭一带活动，不是远距离抛尸。"方焰申问他，"副队怎么说？"

"副队刚才还咆哮呢，今晚通宵，如果明天还没有头绪，就回去复勘。"

"你问问祝师傅，我要的名单有了吗？"

石涛发来"等一下"的小猪表情，他已经晕头转向，此刻才想起来，赶紧给他传过来。

方焰申仔细看了一遍，没有让他眼熟的名字，但时间过去太久，他不放心自己的记忆，于是和石涛说："行，我明天去找他，你先忙。"

石涛发来一个"铁锅炖自己"的表情。

方焰申靠在床头转核桃，盘了半天也想了半天，最终还是决定相信直觉，他突然又给石涛发消息说："只是我的猜测，但如果时间来得及，你们再加上两个条件去比对失踪人口吧，范围放大到最近十年，有精神病史，失踪时是长发。"

"十年？方队，过去条件有限，派出所的记录不全，希望渺茫啊……你能不能告诉我为什么，我无凭无据提这种要求，肯定会被副队骂一顿。"

"如果那个说法是真的，那现在推测出来的线索应该有帮助。"方焰申只能说这么多，其余的连他自己都不能确定，何况毫无相关证据，他又发信息说，"老陆的脑袋是铁打的，你等他反应过来太慢了，还是私底下求求祝师傅吧，他在内勤混了这么多年，能去技术那边给你想办法。"

石涛已经无法用单一表情来表达他的绝望了，怒发满屏幕的土拨鼠"啊"，外加"人艰不拆"才结束了对话。

酒确实是个好东西，过去方焰申几乎不怎么喝，但一到刑警队里，工作强度上来，哥几个忙完之后除了想喝一顿，好好睡一觉，聊别的都是扯淡。

方焰申属于那种喝得越多想得越多的人，不像石涛那种死胖子，一喝过头就直接断片，天打雷劈都没他的呼噜声大。他就不行，比较遭罪，比如此刻，他想得再多，案子目前根本不在他手上，身份为难，还隔着牛脾气的陆广飞，他除了仗着老脸帮忙，一切只能等进一步的调查结果。

他洗澡换过衣服，穿着老孟那身新买的气球睡衣，把自己的宝贝核桃放在床头，躺下很久才睡着，恒源街这一带果然安静，夜里只有蝉声听得清楚。

不知道是几点，房门外突然传来脚步声。

方焰申长期一个人住，潜意识里十分警醒，再加上喝过酒，让他连梦里都是案子的细枝末节，任何反常声音的出现都极其明显，以至于他突然惊醒，摸过手机一看，凌晨三点半。

不早不晚，窗外黑压压的树影子映进来，连风都停了。

脚步声已经从一楼上了楼梯，就停在门外。

他今天没有带枪，队里的配枪虽然还没上缴，但被他直接锁在办公室里了。谁都不乐意非公务期间带着它，一旦丢枪，会造成无法想象的后果。

方焰申起身慢慢靠近房门，在门边的五斗柜上摸索，抓到一把修家具用的螺丝刀，反手藏在背后，抵在墙边，猛地把门拉开。

老房子是前后通透的格局，他的房门正对关飒的那一间，此刻两边全开，一阵对流，吹得眼角生疼。

门外有人，直挺挺地站着。

他攥紧螺丝刀，一瞬间牙都咬酸了，终究没出手。


深更半夜，外边的人是关飒。

她似乎没想到方焰申还醒着，见他突然开门退了一步，有些出神，却没有受到惊吓的表情。

反倒是他警惕过度，勉强想开口缓和一下气氛，却什么都说不出来。

夜晚的关飒没有戴任何假发，她自己的头发不足一厘米，像个男孩子似的，只有短短的毛寸。

人的容貌失去头发的掩饰，五官分明，此时此刻的关飒依旧漂亮，一张脸更尖了，眼睛大得甚至有些突兀，从肩膀到颈上的曲线完美。

她不知道为什么暗夜游荡，隔着门突然出现，在他面前裸露出所有旧日的伤疤。

方焰申看着她，一颗心猛然揪起来。

关飒只穿着黑色的吊带睡裙，整个人在月光之下瘦而苍白，连轮廓都要被风吹散了。

他慢慢把螺丝刀放回柜子上，扯着嘴角笑。房子里没有开灯，漆黑一片，没有其他动静。

他确认再无异样，开口试探她："飒飒？"

关飒示意自己没事，她手里拿着一个精致的笔记本，看起来下楼就为了找它，然后自顾自转身往自己的房间走。

她在火灾中头皮被烧伤，后枕部的头发早都剃掉了，而后数年，经历过几次植皮，但仍有些毛囊无法再生，于是再也没有留过长发，一直保持着极短的寸头。此时此刻，所有暗色萎缩的皮肤异常清楚，只是颈后多出一道青色的痕迹。

白日昭彰，关飒可以用各式各样的假发混入人群，减少不必要的解释，她可以做那个漂亮又冷淡的关老板。然而夜晚却是私密的，她只想干干净净地坦白伤口。

关飒一直很坚强，她有严重的精神疾病，却从来不害怕面对自我。

方焰申此刻就没这么轻松了，他觉得她的眼神都在放空，于是尾随走到她房间门口，轻声问："我可以进去吗？"

她点点头，从柜子下踢出两个柔软的懒人坐垫，又扭头和他说："不要紧张，我没发病，就是有点分不清……"她率先坐下去，地上铺着长毛地毯，还有一个纯白的收纳筐，她伸手在里边摆弄什么，继续说，"我分不清自己看见的是不是真的，每一次你出现的时候，我都要确认。"

方焰申发现她的房间很空，几乎干净得过分。除了床、桌子和衣柜以外，没有其余大件的家具了，白色的墙壁毫无装饰，门后还吊着个打拳的沙袋。

此刻房间里拉着一半窗帘，不断被风吹起，浓郁的背景和消瘦的人影，像是电影里才能拍出的夜。

他说得笃定："你现在很清醒。"

关飒扬起脸笑，她的眼睛幽幽起了雾，一如十二年前，她蹲在树下接过他的糖，仰脸就叫："叔叔。"

那时候的方焰申才刚刚毕业参加工作，莫名其妙就长了一辈，心里老大不乐意。他哄了关飒好久，试图骗她叫哥哥，但她偏不。后来他想通了，人家小姑娘眼里的哥哥可能都是白衣少年，和他这种玩核桃的不是一个路数。

如今的他脸皮更厚了，穿着肥肥大大的老头睡衣，摆着大爷的谱，蹲下身问："你这么大了还管我叫叔，我弟又管你叫祖宗，咱们太乱了。不如你就叫声哥？这样从头捋顺了，多好。"

关飒的机灵劲可一点没少，她懒洋洋地向后撑着上半身，接话道："叫你哥的多了，叫叔的可就我一个吧？"

房间里没有开灯，好在云散了，月光之下的人一脸无害。

气氛陡然静下来，方焰申也只有对着她的歪理才无话可说。他低头一看，发现她的收纳筐里竟然全是糖盒。

关飒一个一个把它们拿出来，金属的空盒子碰在一起发出响动，率先受不了的人竟然是他。

方焰申突然明白过来这些东西是什么，十分惊讶。

她整个人浸在月光里，拿出来给他看，慢慢开口说："这是最早的，十多年了，我去疗养院之前和我妈打了一架，站在院里捡石头割手，那会儿你估计是实习回来吧，跑去给我买的。"

那年月的小卖部没有卖进口糖的，于是方焰申特意去超市，买了很大一个圆盒子回来，里边都是什锦果味的硬糖，现在看起来，盒子的边缘早已锈迹斑斑。

从那之后，他送的所有糖她都吃了，偷偷把糖盒留下来，除了被送去疗养院期间的那些，因为一场大火，她无法再找。

"住院的时候我记得你送过三盒，但他们不允许我回现场，过了几年我又去过，疗养院的地都推平了，什么都没了。"

白天他给关飒新买的那盒糖在外边单独放着，显然她还没有吃完。方焰申其实没有特意挑选，只是结账的时候说还想买点糖，水果店的阿姨随口说新上的货，要不要给女朋友带一盒，他看了看是薄荷味，适合戒烟，就买了。

此刻他握住她的指尖，开口说："我以为你不喜欢吃糖，但那时候你小……我问过大夫，说小孩吃点甜食可以缓解焦虑情绪。"

后来渐渐变成他的习惯，而她如此珍藏。

关飒的指尖泛凉，缠缠绕绕扣紧他的手，她推开那些糖盒，欺身过来，几乎就在他面前。

方焰申下意识地扶住她的肩膀，目光一时避不开，直接看见她的伤口，他忽然反应过来，让她转过身。

他终于看清她颈后，她在烧伤的边界处文了一行刺青，细密的花体英文。

关飒念给他听："That a burnt child loves the fire（烫痛过的孩子仍然爱火）。"她笑得肩膀颤动，"是不是很适合我这副样子？"

"飒飒，我一直很自责。"方焰申猛然松开手向后坐，他对着她脑后的伤口有些无法自持，"如果我早点击毙王戎，他根本来不及把你抱起来……你就不会被他扔进火海。"

方焰申觉得此时此刻是他分不清现实与梦境了，月光里的关飒连影子都耀目，让人触不可及，像是一场梦。

他不敢来看她，每一次来了见到她，看到她独立坚强，看到她和疾病抗争，看到她拼尽全力生活在阳光下，他都要反反复复面对内心的煎熬。

关飒值得更好的人生，却因为他的失误，让她留下永恒的心魔。

关飒转过身，伸手抚上他的眼角。

她摸索着寻找那道伤疤，喃喃地念："不，你一直都不明白，因为你，因为那场火……我才真正活下来。"

有些回忆，只有当事人才清楚。


十二年前的夜，他们都记得清清楚楚。

关飒幼年被诊断出精神分裂症，应该遗传自她的生父，而她的母亲程慧珠在大院里赫赫有名，世家之后，家境良好，人生唯一的污点就是早年被骗，在那个年代未婚先孕，非要和一个来历不明的男人在一起，偷偷生下了关飒。院里的人都是老邻居，或多或少都知道程家的事，程慧珠根本不会做母亲，也不会照顾一个幼童，她对女儿的态度十分微妙，导致关飒从懂事起就面对巨大的精神压力，很早开始发病。

关飒十二岁那年旧病复发，先是被关在家里严密看护，可她一旦疯起来会持续出现幻觉，有极强的攻击性，她的母亲渐渐无法忍耐，将她送入舅舅开的继恩疗养院。

社会上对于精神疾病的认知不足，普通家庭根本无法承担照顾重症患者的压力，病人发病的时候场面无法控制，丧失意识，最先遭受痛苦的往往都是家属，因此很多和家人动过手的病人无法被理性对待。

继恩疗养院里有很多四五年都无人过问的病人，亲属已经寒心，态度冷漠，甚至有些亲属直接改换联系方式，故意失联，明摆着要扔病人自生自灭。

那种情况之下，私人的疗养院里渐渐有空子可钻，开始有医生对丧失神志的病人下黑手，涉嫌人口买卖，很快被警察查封。

主谋的大夫叫王戎，狗急跳墙，他在警察上门传唤的时候故意纵火，拉上全院的人同归于尽。

关飒在事发当晚被发疯的王戎挟持，险些丧命。

如果一切往事只卡在这里，她的生死由天，哪怕事后侥幸平安，这一生或许不会再有任何执着。

偏偏那天嫌犯劫持人质，僵持不下，很快出动特警。

方焰申刚工作的时候只是特警新人，被派往现场担任狙击手，一切纯属巧合。他没想到继恩疗养院发生要案，竟然演变成纵火的局面，更没想到那个坚强的小姑娘就是他需要解救的人质，以至当他在瞄准镜里看到一切之后，才真正意识到紧张。

按规定，方焰申需要等待上级命令，因为嫌犯涉及拐卖要案，还需要从对方口中继续调查，因此领导反复斟酌，迟迟没有给出准许击毙的命令。他必须匍匐一动不动，扛着高压执行任务，时间一久，眼看王戎对关飒有威胁行为，他心态上确实急了，那是狙击手的大忌。

火势越烧越大，现场几度混乱，最后谈判失败，危险关头王戎发狂，企图伤害人质，方焰申的情绪也被逼到了极点，巨大的压力导致他错过最佳时机，虽然最后成功击毙王戎，但迟了一秒，对方中枪的时候抬手将关飒抱起来，成年男子倒下的力度太大，把怀里的人质摔了出去。

方焰申不顾现场消防人员的阻止，直接就往火海里冲，最后他亲眼看见大火顺着关飒的头发烧起来，再晚几秒，她整个人都要被火场吞了。

那场火不仅烧光了现场，也让他看清了自己的弱点。此后没多久，他主动申请调岗，离开了特警队。


敬北市的夜太静，连心跳都听得一清二楚。

方焰申眼角上的伤疤开始隐隐作痛，他避开关飒的手，可面前的人离他极近，所有的感官清晰起来。他曾经眉骨骨折，后遗症不小，神经时不时抽着疼。他揉自己的额头，慢慢有所缓解，有些自嘲地说："可能都是天意。"

关飒的眸子里渐渐有了他的影子，额头抵在他胸口的位置，轻声开口说："我是个疯子，疯起来死都不怕，可我就怕连你都是假的。"

他心头一热，看她胳膊上自残的伤口，又发现她下午和人打架还是受伤了，贴着纱布。他长长地叹气，觉得自己折腾不动了，两口酒一下肚，直接就喝得分寸全无。他实在有些没忍住，伸手把她抱在怀里，轻轻抚上她的肩膀，示意她说："不是幻觉，我一直都在。"

一地银白，月光刚好落在她的左手上，关飒整个人都要燃起来了，浑身发烫，她能逃出那场火，却逃不过他。

可惜方焰申的睡衣太煞风景，一看就是老孟从菜市场买回来的，俗气的蓝气球飘了满身，但方焰申丝毫不觉得丢人，此时此刻仍旧一脸泰然。

关飒开始笑，越笑越大声，脸沿着他的胸口往上蹭，看他对着自己万般无奈的神色，可比吃糖管用多了。

房间里开着窗，没有空调的干扰，人太容易沉溺在拥抱的温度里。

方焰申好像很喜欢用薄荷类的东西，身上总有淡淡的味道。关飒实在贪恋，内心盘踞的魔蠢蠢欲动，好像非要咬上一口才能甘心，于是她又勾他的脖子，唇角几乎贴在他的脸边，故意说一句："叔叔，我长大了。"

方焰申的手僵了一下，声音里带着笑，接话的口气不冷不热："是啊，都成街头一霸了。"

关飒盯着他的眼睛，每个字都清楚而大胆："我需要你。"她一向直接，表白近乎汹涌，不带任何歧义，只是真实地表达，"我想要你。"

他的目光微微一动，没有尴尬或是意外的神色，只是把她推开了。

方焰申起身将糖盒替她都收好，又把她从地上抱起来放到床边，如同过去那些年一样，摸了摸她的头，示意她好好睡觉，转身要走。

"你呢？"关飒看他走到门边的暗影里，忽然开口，"你想要什么？"

方焰申关门的动作停下来，又回头看她，没接话。

关飒还在笑，这次是笑自己。她如他所愿躺下，声音却没停："你一直在躲我，我猜你想等我长大，好好治病……我全都做到了。"就连吃糖，她都吃成了依赖，她闭上眼睛说，"你守着这座城，救了那么多人，十二年了，你自己呢？"

长夜漫漫，而守护黎明的意义，或许就是为了让人藏住一线理智，所以方焰申开口说："我失误过一次了，不能再有第二次。"他知道自己对于她的意义，恰恰因为知道，他才必须要走，"我要你平安，任何时候，哪怕没有我。"

方焰申替她把门关上，那一夜谁都没能做梦。

## 第四章
# 我用什么才能留住你

工作日的清晨永远是从早餐摊开始的。

天一亮方焰申就走了，连老孟都还没起。他出门开车，发现街边几家卖包子的起得比他还早，香味扑鼻，五点多钟就已经开锅了。

他的眼睛有旧伤，没有早年那么好的视力了，因此没注意到关飒就站在楼上的窗口，一直看他开车离开，更不知道她又对着镜子戴上假发，摊开笔记本，慢慢记录下他出现的一切。

方焰申很快赶回家躺了一会儿，换上一身简单干净的衣服，又找到一大盒菊花茶，直接跑去局里。

队里的人都跟着陆广飞出外勤，连邵冰冰都被拉去半坡岭分局里熬夜了，早上七点半的刑侦大队里显得格外萧条，只有两个新人早上在蹲守办公室，配合整理数据。

方焰申把墨镜夹在衣领上，径自往里走。靠里侧有间小屋子，平时都是内勤办公，他抬眼看见里边有人，果然，祝千枫从不迟到。

这位祝师傅实打实算是局里的老人了，年轻的时候也是一线，辛苦了半辈子，却毁在爱喝酒的毛病上。当年他参与的重大案件终于告破，提前报备，跟着几个老同事出去庆功，直接喝断片了，于是他大冬天披着棉猴散德行，一个人跑出去满大街找厕所，半路酒劲上来，又吐又闹，等早起时才发现自己的裤腰带都扯断了，竟然把配枪丢了。

据说那会儿大家急到把整条街的厕所都掏了一遍也没找回来，所幸祝千枫报告及时，本人检讨的态度良好，被撤下来转了内勤，一干就是这么多年。从此对方彻底了断往上爬的心思，二十年如一日，守着一张小桌子，踏踏实实帮他们跑腿忙保障，成为案头工作一把手，在队里人缘最好。

此刻的祝千枫刚刚接完水回来，一见门口的人就笑："方队，都要解放了，还来这么早？"他接过方焰申的杯子，打算往里兑热水，低头一看说，"哟，菊花茶。"

方焰申靠着门边，舔舔牙根："上火好几天了，这节骨眼上又出命案，老陆和大家都在前边扛着，我于心不忍啊，睡不好觉。"他继续踩着自己的鞋跟，硬把皮鞋穿成了拖鞋，跟着祝千枫往屋里走，抬腿蹭上桌子坐着，凑过去说，"再帮我个忙。"

说着他手里一松，把那盒带来的菊花茶直接放到了桌上。方焰申很清楚和局里这帮老人打交道的人情世故，花茶是随便喝着玩的东西，不值钱，他正好不轻不重地拿过来，套个近乎。

祝千枫手里的茶叶没拿住，直接一撮掉缸子里了，一看他这样，哈哈大笑着说："您歇一天还歇出'五讲四美'来了？有事说话，要什么我去办。"

方焰申抱着胳膊开始发愁："不是，现在隔着老陆……"

他后边的话不用说完，祝千枫赶紧把花茶拿起来欣赏，点头说："知道，我先不和副队通气。"

方焰申问他："你是局里的老人了，还记不记得继恩疗养院的案子？"

祝千枫慢腾腾地忙他早上那一套，沏茶，开电脑。他一边干一边想，只觉得有印象，反应了一会儿想起来："哦，我记得，最后有个孩子说她在院里见过尸体……那都多少年前了。"

"那起案子的受害人全是精神病患者，没有行为能力，很多证词无效，警方只查到拐卖人口。主犯王戎因为挟持人质而被击毙，还挖出五个涉案人员判了刑，我记得院长也被问责了，所以找你帮忙，想再仔细比对比对那些出狱人员，看看他们这些人里有没有近期出来的。"

"好，我再去调数据。"祝千枫答应下来，表情有些严肃，他把茶杯端正地放在桌面上，低声问，"你这么一说我想起来了，半坡岭的受害人符合当年那孩子说的特征，但时间跨度太久了……"祝千枫突然顿了顿，"你觉得和近期出狱的人员有关？"

方焰申点头说："我还得去现场排查，这几天离职手续上的事帮我缓一缓，反正人都在分局那边，一时半会儿领导顾不上问。"他说完往外走，清晨时分阳光大好，满屋子明晃晃的光。

祝千枫还在屋里念叨："方队留心眼睛，别开夜车啊！"

方焰申没接话，迎着光脚步一顿，在房间里直接带上了墨镜。

两个新人正闷头啃包子，听见动静回头，发现他们队长最近的穿衣风格颇为讲究，走路都带风。

"方Sir！您这身行头太帅了，让冰冰姐看见，她又得晕。"

说话之间，方焰申帅不过三秒，手里一空，又把核桃拿出来了。他顺道还把人家桌上没开封的豆浆端起来喝，不满意地评价道："这都是粉末冲的，喝多了不好，你们早起半小时去食堂就能买现做的。"

小伙子二十岁出头，一嘴青色胡楂，拿着干巴巴的包子往下生咽，被领导教育得无言以对，只好嘴甜起来："哥！您正值盛年，养生多浪费啊！"

这句"哥"叫得顺耳，方焰申满意了，举着豆浆就走，扔下一句："前方同志在荒郊野岭拼命呢，你们赶紧配合队里的工作，法医报告出来马上传给我。"

太阳确实晃眼，小伙子坐在办公室里都晒出了一头汗，此刻屏幕都看不清了，答应下来就跑去拉窗帘。


又是一个暴晒的日子，等到方焰申再回到半坡岭的时候，队里还是没逃过现场复勘，所幸办公室的新人办事都很积极，他着急催的报告倒是比预想之中来得快。

他在林地外找到一块阴凉地，忙着看消息。石涛被他们副队盯得紧，人还扎在湖边没空出来，只剩队里的"娇花"围着他。

邵冰冰一边看屏幕一边琢磨："明显窒息征象，解剖见颈部皮下出血，确实是机械性窒息而死……还有这句，面部、四肢无挣扎导致的皮下出血。"她抬头看他，"死者几乎没有反抗行为。"

"她被注射过地西泮，昏迷后才被勒死的。"他点了点下边的药物毒素鉴定，忽然皱眉，想了一会儿继续说，"而且她生前长期服用过氟哌啶醇，胃里有残留。"

"那是什么药？"邵冰冰对成分不熟，有点迷茫，凑过去翻页提醒他，"死者缺乏多种微量元素，还有骨质软化症……曾做过子宫切除术，不是近期的手术，无法判断是否和案件有关。"

他们昨夜在村里排查，暂时没找到可疑地方，案发的第一现场还是个谜。

方焰申没急着解释，又问她："失踪人口那边没有突破？"

邵冰冰有点犯愁，连死者身份都无法确定，更没法顺藤摸瓜找到嫌疑人："没有，包括这一带可能的低保户都查过。"她低声又指指林子里，"涛子说你想扩大搜索范围，但现在技术也没给结果。"

方焰申笑了，把手里的核桃塞进兜里，然后冲她勾勾手指，明显又有安排。

邵冰冰对此非常熟悉，拉低帽檐挡住太阳，恨不得直接堵死他的话："不去，我一个女同志，不方便跑腿。"

"队伍里就需要你这样的女同志，你目标小，把胖子偷偷叫出来，咱们再去和乡亲们聊聊。"说完他故意夸张地上下打量邵冰冰，满脸欣赏地说，"放心，熬了一宿照样水灵，还是刑侦一枝花！"

邵冰冰哭笑不得，这会儿不是斗嘴的时候，他们共事多年，工作时的默契还是有的，于是她立刻就问："你有线索了？"

"氟哌啶醇是治疗精神病的药，早年常见，可现在已经是二线用药了，还有地西泮……这都是严格的处方药，死者应该是精神病患者，凶手有办法拿到管制的二类精神药品，这是个调查方向。"

她觉得奇怪，又问："你怎么知道得这么清楚？"

方焰申叹了口气，半真半假地糊弄一句："唉，家家有本难念的经。"

邵冰冰知道他不想细说，扭头安排同事去诊所，查这几种药的使用情况。

方焰申看看时间，赶在中午进村合适，毕竟饭点的时候家家户户都有人："死者生前应该被关在一个完全没有窗户的地方，地下室或者是菜窖一类的。"

这起命案虽然没公开，但在附近肯定传开了，队里大张旗鼓地去排查其实没什么用，明面上的房子肯定没事，要查就还得暗访，而且死者已经有明确的骨质软化症了，起码得在类似的地方待过好几年。

邵冰冰已经对死者身份概括出明确的搜寻方向："女性，患有精神病，曾经做过妇科手术，多年前失踪……应该是过往发病时走失，难怪我们查近期的记录没用。"

方焰申点头，他顺着路往前看，不过半公里的土路，不远处就是村落，东西两个村口相对，名字也起得省心，就叫半东村和半西村。

他锁上车，打算一会儿直接带人走过去。


春夏时节的半坡岭除了黄就是绿，风一吹还夹带着化肥的味道，公路的建造仿佛只为谋生，村里人依旧保有旧日的习惯，但凡能走人的地方就算是路，歪七扭八，不知道通往何处，山头上也一样，不经开发，让荒草和树成了王。

凶手处理尸体潦草，一方面因为环境有利，一方面也可能知道死者根本无人寻找。失去生育能力的年轻女性，还有难以治疗的精神病，这对传统家庭而言是沉重的负担，如果她发病走失，时间一长，家人很容易放弃。

方焰申想着想着叹了口气，干这行越久，对于人性深处的善恶就越容易失望，但也正因为如此，这世上总要有人守住底线。趁他的眼睛还看得见，如果继恩疗养院里真有被掩盖的秘密，那么无论过去多久，他都必须查清楚。

邵冰冰发现方焰申一直盯着远处，实在不知道他在想什么，低声说："凶手拐走一个疯子，给她打针吃药，为什么这么多年了突然在最近杀人，还割头皮，难道这么多年他才发现疯子不能生育，觉得自己亏了要报复？这也太离谱了……"

方焰申忽然低头看她，打断她说："精神病不是疯子，凶手才是疯子。"

他的眼神格外凝重，邵冰冰被他看得错愕，竟然有些心虚，摆手表示顺嘴而已，准备去林子里找人。

她走出去没两步，湖边的复勘有了新发现，石涛自己跑出来了。

他迅速和方焰申汇报："栏杆上找到摩擦的痕迹，距离发现尸体的位置很近，怀疑是投掷重物时留下的，现在已经叫人去湖里打捞了。"

"好，副队那边盯紧湖边，咱们再去村里一趟。"


郊区的命案没有告破，相关消息持续封锁，但生活还要继续。

敬北市艳阳高照的日子后继无力，一晃就到了周六，又要开始降温。

今天是关飒需要复诊的日子，但假发店生意不错，她替一位肺癌晚期的阿姨选假发，忙完已经过了正午。老孟给她热好饭，她端上楼坐在窗边，眼看市区数不清的高楼大厦冒着尖，阴沉沉的天从上方透出来，一整片浓郁的灰底子，极远处层层滚着云，像要闷出一场雨。

自从方焰申离开假发店之后，关飒没有再收到他的消息。

她知道他们的工作性质，命案必破，因此对他的消失并不意外，直到店里新定做的门脸都被抬来装好了，她才恍惚地觉得这日子又退回到了过去。

如果不是那盒薄荷糖还在，那一夜的火光和月，又通通成了她自己的臆想。

她吃完饭让老孟帮忙看店，一个人过马路去医院。

距离关飒上一次出现急性激越症状，已经过去五年，这期间她几乎没有再发病，恢复了自知力，维持得很好，也没有换过主治大夫。

她的医生是陈星远，对方正好在三院里挂职做课题，固定时间会在医院办公，于她而言更加方便。

综合医院里没有特设精神科，关飒一路去七楼的心理医学中心。外边等待的患者不少。走廊尽头的房间只是办公室，平时并不对外。

她敲门进去，陈星远正对着电脑，抽空抬眼和她打了个招呼，又看看时间说："今天这么早？"

关飒脸色如常，还是黑衣长裤，斜背一个腰包装东西。

她自顾自开始拿病历、日常用药，还有保留记录习惯的笔记本，动作一快，包里的薄荷糖掉出来了。她顺手倒出最后一颗塞进嘴里，坐在椅子上和他说："常规查血那些项目还没去，化验室排长队呢。"

陈星远示意她不着急："这两天降温，早晚出门多加件外套。"说完他起身把通风的窗户关上，又给她倒了一杯温水。

这位大夫除了必须穿的白大褂之外，看起来实在和治病救人没什么关系。关飒特立独行惯了，可当年找到陈星远的时候也有点意外，这位陈医生在传言中是位实打实的业界精英，三十多岁而已，已经成为敬北市小有名气的精神科医生，没想到本人的形象十分个性。

他喜欢留半长的头发，褂子里永远露出深色系的衣服，看起来过分年轻，说话却不浮不躁。

关飒还记得，陈星远私人诊所的窗台上堆满了他收集来的黑胶唱片，最顶上那张的封面，是来自瑞士的哥特金属乐团。

陈星远显然不是一个墨守成规的人，于各自生存的领域而言，他们都是异类，对常人口中世俗的评判有无法苟同的棱角。

这对于关飒近乎微妙的认同，更容易让她敏感的神经获得安全感。

今天的陈星远显然一天都不需要开会，头发已经低低地绑起来，胸口露出藏蓝色的T恤领子。

他开口问她，有些担心："最近遇到什么事了吗？"如果关飒感觉正常，自然会选择避开医院的高峰时段复诊，他说着去看她的用药情况，又补了一句，"头疼的情况怎么样，有没有不舒服的症状？"

"不明显。"关飒从小接受治疗到如今，用过太多药物，一旦副作用加重就要进行调整，她认真想了想，回答，"偶尔反胃，一直没什么精神。自从我妈走了，我这两年失眠的情况好多了，反而每天都困，别的还算稳定吧。"

陈星远斟酌药量后，又去翻看关飒的记录，聊她近期的日常生活，顺带关心了一下假发店里的生意。他问她最近遇到的客人，确认她的思维和表达都没有出现问题，也没有出现被控制感和思维散播，最后又说："幻听和幻视的情况有好转吗？"

关飒没说话，低头慢慢地转手里的糖盒。

对面的人不催促她回答，目光落在她最近的记录上："你见到方焰申了，不是幻觉？"

关飒喝了一口温水，放松下来说："这一次我能确定，因为幻觉里的他……眼睛还没有受伤。"

"所以和他偶遇，让你产生情绪变化，导致你再次看见'流血的人眼'，妄想加重。"陈星远很清楚她的症状，又示意她不用紧张，"这是典型的思维障碍。"

在关飒的认知里，病情迫使她把自己当成方焰申受伤的罪魁祸首，反反复复求证，而在医学角度，这是一种阳性症状，属于妄想的范畴。

"除此之外，你还记得自己做过其他什么事吗？比如不合常理的，让你清醒过来觉得不舒服的行为？"

关飒听见这话笑了，眼角微微下压，她信任自己的医生，因此说得十分坦白："我勾引他，和他表白，但他拒绝我了，让我想起来就觉得生气，这样算吗？"

陈星远一愣，随后也笑了。

他往后坐了坐，手里转动的笔被按在桌上，很肯定地说："你的病情控制得很好。"然后他点开电脑，放了一首舒缓的古典乐，又说，"庆祝一下，这里的办公室隔音效果不怎么样，凑合听点大家不嫌吵的吧。"

关飒对古典乐完全无感，只好把糖盒收起来。

她扭头看窗外，不过一会儿的工夫，外边已经渐渐飘起小雨。

她有些出神，一旦松弛下来的时候，整个人显得安静而沉默。

桌后的人写好各种处方交给她，又看着她说："你来这么早肯定还有事，说吧，还需要我做什么？"

关飒精神倦怠，但偏偏弯着眼睛笑，看着他说："陈医生，我想进行催眠治疗。"

"不行。"陈星远不假思索地回答，"催眠确实对心理问题有一定帮助，但明确的精神障碍必须通过药物治疗，已经超出心理范畴了。而且你的病史长，催眠会刺激潜意识呈现到意识层面，我无法预料结果，很可能适得其反，还会加重对你的刺激，导致丧失自知力。"

关飒不是第一次提出这种要求，她接受他治疗的初期就有过这种想法。陈星远理解她的诉求，因为病人总想弄清关于自己幻觉的真相，可他们无法理解这些念头本身就是疾病带来的痛苦。

关飒不断对自己所谓"看见"的阴谋进行求证和分析，这就是精神分裂的常见症状。

陈星远不同意，告诉她事实："方焰申的伤和你没有关系。"

她摇头说："不，我是想回忆小时候的事，我需要更清楚的记忆。"她睁开眼看着他说，"我在疗养院里看见了一些事，涉及人命，涉及很多和我一样的患者！他们没有条件得到治疗，只能被当成疯子，甚至被人谋杀……"她越说越有些激动，撑着桌子站起来，希望他能够听进去，"你相信我，出事了！十二年的悲剧重演，我必须想起更多线索！只有我才能帮他找到证据！"

"停，听我说，现在不要想了。"陈星远打断她，快步走到她身边，压下她的胳膊，示意她坐好。

他的手撑住她的后腰，带着力度慢慢松开。

关飒照做，深深吸气平复下来，又把杯子里的水都喝了，躁动的思维让她承受不住，她下意识地捂住脸。

周遭的音乐还在继续，大提琴的声音沉稳而华丽，让她绷紧的思绪骤然松开，渐渐陷入舒缓的旋律之中，很快，她陷入无意识的浅眠，倚在椅子上休息。

直到窗外的雨都停了，关飒才睁开眼睛缓过来，示意自己感觉还好。

陈星远没想到她还真能睡着，被她逗笑了："我信了，你不失眠。"

可她还没忘记刚才自己的话题，仍旧执着地请求："你能不能帮我一次，如果十二年前的事是真的，那我很可能是唯一的目击证人了。"

陈星远已经找到问题的关键，他泡了一杯咖啡，告诉她："你喜欢的人是个刑警，方焰申的工作需要面对各种危险的现场，而你对他的执着，把与他相关的一切，在你自己身上不断放大，这不是个好现象。"

医生不该干涉病人在恢复期的私生活，他以往对此仅仅给出建议，希望关飒能够学会记录，用客观的方式试着辨别。

但此刻不同以往，关飒听懂了他的意思，她说："所以你不会帮我。"

"作为你的医生，我需要对你的病情负责，一旦发病，后果严重，我不能再对你进行任何刺激。"

关飒看他态度坚决，也没必要再徒劳浪费工夫了。

她起身把桌面上的东西都收好，临近四点钟，这个时间楼下不会再有那么多病人，她可以去做常规辅助检查，于是准备离开。

临走的时候，她看到自己的那个笔记本，那是陈星远送给她的，外封是科技环保材料，随身带着轻巧实用，封底印有浅浅的诗句：

I can give you my loneliness,my darkness,the hunger of my heart;I am trying to bribe you with uncertainty,with danger,with defeat.

　　我给你我的寂寞、我的黑暗、我心的饥渴；我试图用困惑、危
险、失败来打动你。

　　　　　　　　　　　　　　——《我用什么才能留住你》博尔赫斯


　　关飒曾经很喜欢这首诗，以至收到这个笔记本的时候，她开始信赖陈星
远，对医生的刻板印象所有改观。如今她把它放回包里，自嘲地说："我以为
我们是朋友。"

　　陈星远突然叫她："关飒。"

　　她回身看他，窗边的人还穿着白大褂，双手交叠在桌上。或许是职业的
原因，陈星远对自我情绪的控制非常好，面相柔和，永远不会和人进行激烈沟
通，但此刻他的表情和语气都显得格外低沉。

　　他看着她缓缓开口说："作为朋友，我更需要对你负责。客观来说，方焰
申拒绝你的表白，是好事。"

　　关飒狠狠地撞上了门。


　　他们并不知道，雨停的时候，方焰申已经开车来到三院了。

　　前几天扇湖里打捞出了东西，是装运过尸体的编织袋，凶手在里面装满煤
渣和石子投湖遗弃。他们在袋子拉链处找到了某种黑色线团类的织物残留，算
是个突破方向，已经送去检测。同时队里继续在村里暗访，虽然没查到第一现
场，但逐渐有老人回忆起有关受害人的线索。

　　多年前，半东村里有个疯女人曹红，她嫁过来当年就死了丈夫，守寡没多
久婆婆也没了，就剩她一个人，精神崩溃。没想到后来她自己也得了病，说是
做过手术，不能再生孩子，这意味着连改嫁的指望也没了，从此她就疯疯癫癫
地乱跑，根本没人管，再后来不知去向，根本没人关注。

　　随后经过核实，证实受害人就是曹红，案子暂时有了进一步调查的方向。
方焰申见好就收，余下的工作留给了陆广飞，中午就从半坡岭回市区了。

　　没等他回家补个觉，方沫突然开始刷存在感，玩命打电话找他，显然那小
子又从病房跑了，而且能让他这么上心的，又和他的祖宗有关。

　　电话里的人喊得嗓子都劈了："哥，我遛弯的时候看见关飒来看病，她去
七楼了，那层都是看心理的！"

　　方焰申刚刚熬了两宿，没什么精神头聊天，随口就编："哦，心理问题，
工作压力大吧。"

　　方沫愕然，不了解卖假发能卖出什么压力，但他每天刷微博，各种抑郁、

焦虑的新闻层出不穷。他恍然大悟，心疼地说："那可坏了，上次店里有人闹事，她肯定留下心理阴影了，别是抑郁症吧？"

说着说着他还来劲了。

方焰申怕这傻弟弟不知深浅又犯蠢，直接开车来了医院。

果然，方沫穿着住院服，鬼鬼祟祟地躲在门诊楼一层假装等号，很快四下空荡荡的，就剩他一个人在那儿掩耳盗铃。方焰申实在嫌他丢人，想把他扔回病房。

方沫抓着他坐下说："先聊清楚，你和关老板是怎么回事？"

方焰申打了个哈欠，揉着眼睛，歇了一会儿才说："我和她认识的时候，你小子还在玩泥巴呢。"

这话透着不一般的意味，方沫更不干了："胡扯，哪个小姑娘能看上你？也就警花姐姐老大不小的，天天围着你转。"

可惜他哥今天实在太累，没空废话，方焰申催他说："小婶说了，明天要化疗，让我看着你，别胡闹，赶紧回去。"

方沫这才想起自己的治疗方案，一脸凝重地摸摸此刻还算饱满的发际线，叹了口气，冒出一句："那正好，我找祖宗买假发。"

这人就不禁念叨，不远处的电梯门一开，关飒已经下来了。

方焰申知道她需要定期复查，于是一把捂住方沫的嘴，抬手打招呼："飒飒？"

关飒扫他一眼，连眼神都冷下来，不肯说话，径自往化验室的方向去了。

方沫觉出气氛不对，扭头问："你招她了？"

钢铁直男方队长回忆了一下，想起前几天夜里的事，敷衍着把方沫拉起说："快走！五点查房你不在，护士又得给家属打电话。"

他看见关飒去往化验室的方向，估计要抽血，于是趁着这点时间强行把兔崽子先送回了病房。

方沫躺在病床上还在胡说八道，虽然他的肿瘤切除顺利，但为了防止后续癌细胞扩散，最终经过专家会诊，还是决定让他接受一个疗程的化疗。

连护士都没见过精神头这么大的重症，检查完毕，和他逗了两句就走了。

病房没有外人了，方焰申觉得眉骨的位置一抽一抽地疼，被他表弟搅和得有点忍不住："你不清楚关飒的情况，她和你那些狐朋狗友不一样，别自作多情，也别去店里打扰她，管好你自己。"

方沫突然安静下来，诡异地盯着他，看了半天问："哥，你这是防着我呢？"

床边的人给保温杯续上热水，口气淡定地回答："可以这么理解。"

方沫惊呆了，没想到人的脸皮能和岁数一起增长。

方焰申斟酌了一下，觉得和傻子沟通还是得撂狠话，凡事先断根，省得方沫不顾自己的病情每天惹事，于是他一边泡枸杞一边说："我看着关飒十二年了，没你小子的份，懂了吗？"

病床上的人眼珠子都不转了，方沫原本以为是段小八卦，没想到误打误撞撞破了他哥的大秘密，他脑补出无数狗血情节，想起方焰申的那句"飒飒"，酸溜溜地开口说："难怪……你这尺度太大了。"

"满意了？"方焰申伸手拍拍他的腿，微笑着补充，"再让我发现你找她，打断你的狗腿！"

"等会儿，哥你别忘了，还有冰冰姐呢，她和你并肩作战这么多年，等你等到三十岁了，别说你不知道啊！但凡和你有关的事她都关心，连我过生日都想着，每次你一盯案子人就没了，连句话都不留，都是她帮你和家里打招呼……你这也太渣了吧！"

方沫不过是顺嘴一说，但谁都没想到今天的事全都这么巧，正好门外有人敲门，病房的门根本没关严，人一碰就开了。

邵冰冰是来探病的，她素着脸，换了牛仔裤，日常出门看不出职业。她好心好意地买来水果看方沫，还带来最新上市的Switch游戏卡，怕他住院无聊，然而来得不是时候。

她进来的时候脸上的笑容都僵了，浑身不自在。

今天队里除去方焰申可以先走之外，只让女同志换班回来了。邵冰冰的家离三院不远，顺路过来，她想过方焰申可能也在，但没想到一来就听见他们在说自己，前后对话的信息量实在太大，让她进退两难。

三个人都有些沉默。

邵冰冰想当作不知情，尴尬地要打招呼，但平时胡搅蛮缠那套本事突然就破了功，仿佛直接让人揭穿老底，话都堵在嘴边，干巴巴地冒不出来。

方焰申率先开口说："正说你呢。"他过去接她手里的东西，把游戏卡拍在方沫的床头，拧着他的脖子说，"好好看看，你冰冰姐仙女下凡，根本看不上我。"

这话给了邵冰冰台阶，让她心里堵着的那口气猛地钻出来，恶狠狠地接话说："没错，哪个不长眼的跟了你哥，直接拥抱晚年生活，还是你自己留着吧。"

方沫笑不出来，脸都抽了，赶紧转话题，打开Switch要玩，把这棘手的场面扔给方焰申自己处理。

所幸警花姐姐根本没想多留，一旁的方焰申顺势跟上她。

方沫做口型问：“你干吗去？”

方焰申瞪他，声音还夹着笑，虚情假意地指指他的脑袋说：“啧啧，小可怜，哥去给你买假发。”

很快方焰申和邵冰冰一起进了电梯。

有时候同事之间太熟了也不好，工作时成天泡在一起，此刻一沉默，找什么话题出来都显得生硬。

就连今天的天气都不争气，一场雨下得淅淅沥沥，不值一提。

邵冰冰避开他的目光，堵着气和他说：“我来医院是想给队里的祝师傅开点安神的口服液，他不是老睡不好吗，正好想起方沫也在医院。”

方焰申点点头，给她竖个大拇指比个赞说：“行，能上战场杀敌，也能下厨房扫地啊，内外一把好手。”

邵冰冰笑不出来，又说：“咱先说好啊，我可不是为了你才看方沫的，就是认识久了，那会儿他跑队里去找你的时候刚上高中吧，老觉得他就是小孩一个，没想到这么年轻就得癌了……我父亲也是因为癌症没的，一听这种事，心里难受。”

方焰申老神在在，笑着说：“放心，方沫的情况还算稳定，化疗就两周，主任说如果之后指标不高，没有扩散，保守治疗就可以了。”

邵冰冰扭脸看他，嫌弃地说：“你赶紧回家睡觉，眼睛里都是血丝，真成老头了。”

方焰申抬手挡着电梯门，示意她先走：“是，女同志先请。”他拿出车钥匙，想把她一起带回去，但邵冰冰还要去开药，直接拒绝：“假客气，你们平时想着点我是女的就行。”

她连住院楼的门都没走出去，手机就收到了无数条消息。她低头一看，脸色都变了，回身就喊：“方队！”

方焰申正往门诊楼的方向拐，听见这动静又停下来。

邵冰冰追过去给他看：“半坡岭最新的情况。”她的声音沉下去，没心思开玩笑了，“队里下午上山了，结果在山南又发现了两具尸体，初步来看，死亡时间比曹红还要久。”

与此同时，方焰申的手机也响了，一首《焚心以火》的老歌响彻大厅。

石涛在电话里补充邵冰冰的话：“新发现的两位被害人都是女性，同样被死后割取头皮。从尸体特征上来看，和曹红的情况类似，生前也被长期囚禁过。但这次的受害人没有明显致命伤，目前法医怀疑她们很可能是被毒死的。”说完他很快就挂了电话，毕竟动不动就和“前队长”通气的事，着实干得不守纪律。

邵冰冰长长地叹气，没心情琢磨晚饭了："麻烦了，这么看起来，犯罪模式基本固定，割头皮这事就是个人印记……咱们要找的八成是个连环杀人犯。"

凶手显然先看上了半坡岭那片山头处理尸体，那里实打实都是荒地野路，而后又发现沉湖这个办法也不错，没想到湖边的被害人反倒先被发现了。

方焰申一直没回话，他靠在走廊的墙壁上，拿着邵冰冰的手机仔细查看内部的最新通报，起身看向她说："在山上继续搜，按照凶手的习惯，应该会把抛尸工具都扔在附近，肯定还要扩大排查范围。你今晚赶紧休息，明天赶回去，有任何相关消息马上发来。"他想想又说，"还有上次打捞出来的袋子，里边那些黑色的线团是重要突破口，如果查出结果了就赶紧告诉我。"

"你明早不去？"她十分惊讶。

他摇头，示意她别忘了他此刻的身份："就因为案子复杂了，要严格保密。陆广飞才是负责人，我不能积极过头，他一旦知道队里私下通气，于情于理都没法交代。"他说着又故作疲惫地往楼上指指，"为了往后几天能睡个好觉，我今天死活得把假发给我弟买来。"

邵冰冰觉得这话刻意，但看他说得十分认真，也没理由再反驳，答应下来匆忙离开。

虽然快到夏天了，但市区刚刚下过雨，天色一直不好。

三院里各科室都准备下班，只剩下走廊里冷白色的灯光。

方焰申继续往门诊楼的方向走，路上抓紧时间给祝千枫打了一个电话。早些时候对方给他发过比对名单，再次确认了继恩疗养院里的相关涉案人员没有今年出狱的。

祝千枫已经尽力，详细地跟他说："方队，有个判五年的出来得最早，我特意帮你去查了一下他，人早去外省了，如今成家有了孩子，在当地挺稳定的，没有最近回敬北市的记录。另外三个都是四五年前出来的，唯一的女性是当年的护士，早被家里弄出国了，没有可疑行为，都和半坡岭不沾边。最后剩下院长程继恩，判了十五年，还没到日子呢。"

"你看到分局那边的最新情况了吗？"

祝千枫知道他在说新发现的被害人，回答他："看到了，如果真和当年的案子相关，凶手的冷却期太长了，有没有可能不是服刑人员？我再查下。"

方焰申已经拐进化验室所在的区域，抬眼看见远处的关飒刚抽完血，于是说："好，我回市区了，明天去办公室。"

关飒一直在做基础检查，她对医院的流程很熟悉，很快已经完事，让护士把结果直接上传给陈医生，一转身，发现方焰申竟然还在医院里。

她假装没看见，继续按着自己的胳膊往外走，背着的腰包没系好，眼看方焰申走过来顺手就给她拉上了，她一口气越发顶在胸口。

方焰申浑然不觉，扶着关飒的手肘，直接想把她往外领，仿佛一切都没变，今天他又特意来等她回去。

耍猴都比他有意思。

关飒抬腿，膝盖往他后腰撞，开口就说："我最讨厌自来熟。"

方焰申无奈地避开，还得腾出手挡她的腿，口气十分温柔："小心抽血的地方，走，先回家，别在这儿闹。"

"又来了。"她皱着眉，表情懒散，"我死不了，没你的时候我也是这样，该吃药吃药，该过日子过日子。我有精神病，要是哪天说错话了，你就当我发疯，千万别当真。"

最后那半句，几乎发了狠。

他还挺认真地点点头，摸摸她的脑袋说："是，还真有病，又说胡话。"

关飒甩开他，身后的人不羞不臊，一路跟着问："店里的大门装上了吗？"

她觉得他也有病，于是故意揶揄他虚伪的好心："没装，敞着等人偷呢，最好再来个纵火犯，烧干净了事。"说完她就抱着包径自离开了。

方焰申惨遭嫌弃，看见关飒抽血的胳膊还没放下来，皮肤上自残的痕迹又露出来了，越看心里越不是滋味。

关飒能够维持今天的样子，所经历的挣扎远非常人能够理解。在传统医学上，精神分裂是一种病因未明的顽疾，时至今日仍然没有百分百对症的药物，她必须学会和自我缠斗，才能不被扭曲的念头吞噬。

他没急着去追她，因为半坡岭的案子，他目击了其他患者的遭遇，意识到关飒从小到大所承受的恶意，很多和她一样的患者经历过非人的一生，被当成疯子，被至亲抛弃，就连走失被害也没人同情。

精神病患者徘徊在人间边缘，崩溃会给他们带来毁灭的诱惑，对这样的病人而言，活着本身就是件难事，无异于割肉剔骨，但她都扛过来了。

他明白，哪怕有半点软弱，都没有今天的关飒。

雨后的恒源街上支起防水的大伞，傍晚时分，医院里的病人和家属基本都回家了，人一少，各家各户门前都显得有些萧条。

关飒走得飞快，压着一肚子气冲过马路，胸口难受。她的神经总会干扰感官，带来应激反应，直到她把棉签都按断了，才想起来要扔，只好站在垃圾桶旁边出神，又想起下午陈星远的话，此刻才觉得医生就是医生，人家说得没错。

爱让人执着，而执着是她这种疯子的大忌。

她原本以为爱上一个人是件了不起的事，能翻山越岭，上天入地。其实都没有，有时候它只是种恼人的失落感，她连试着期待都做不到。

她知道方焰申这次的案子一定有问题，绝不是普通的命案，但她也清楚，以对方这么多年的专业精神，没到能说的时候，他有的是办法周全，不会透露任何细节。

关飒磨磨蹭蹭地走到店门口，没想到方焰申不依不饶，竟然开车先到了，她在店外都能听见里边老孟正在招呼他。她有了豁出去的心思，反正自己是个疯子，没什么可怕的，于是她走进去不理他，收拾东西打算关门。

老孟话多，绕来绕去还是那些事，非要留方焰申吃晚饭。对方推说晚上还得回医院，明天家里的病人要做治疗，老孟心里失落，又要去给他倒水，慢悠悠地顺着小门往后边的厨房去了。

一时间，又只剩下他们两个人了。

关飒拿个鸡毛掸子，一路扫到方焰申的手边，抬手勾他的肩膀。

外边天暗，屋里早早开了灯，方焰申挡着半边亮，眼角都发光。

她眯着眼，整个人靠在他身上，手指一抬，正好凉凉地点在他颈后，于是连说话的口气都软了三分，问他："叔，还买假发吗？"

方焰申正在鼓捣大门，门后那堆摔碎的火花塞还是没人收拾，他顺手扒拉开，又好奇地摆弄一个假人脑袋，拎起来一团荧光粉的大卷发，显然对这造型感到震惊，点头说："买，买多少能让你听话？"

关飒服软的时候像只磨了爪子的猫，趴在他肩膀上，笑着说："救命恩人的话，不敢不听。"说完她起身绕到柜台后边，给他找款式，"开门做买卖，买东西我就奉陪，你有话直说吧。"

方焰申这两天都没空休息，去医院也能折腾出一场戏，就算是铁人都觉得累了。

他扯过高脚凳坐下，靠着台面揉了半天太阳穴，总算能开口："说正事，你最近别去找那个朋友了，她家附近很快会进行封锁，包括整个半坡岭地区。"

她把他字里行间的话串起来，低头说："半坡岭那么大的范围，南北好几个村，全封锁那就不是一般的命案。"紧接着她一顿，又问，"你这么紧张，特意来找我，难道这次的案子和精神病人有关？"

方焰申的眼睛有些充血，说话淡了不少，但目光如常。他手里的核桃滴溜溜地转，不咸不淡地开口："不是，我知道你老去弘光村，保不齐哪个不长眼的又招你打架。"

关飒不是家猫，动起手来比豹子还烈。

她不问了，抓出一个密封袋扔出来，里边是团黑漆漆的假发，示意他这顶合适，拿去给他家的傻弟弟玩："真人发丝，手工织顶，进价一千三百块，看在你的分上，我送你了。"

平日里方大队长孤家寡人，上数三辈都出过显赫人物，要不是有个方沫兜底，他大概就是家里最没出息的那个子弟，以至于他实在对钱没什么概念，就算这样，他此刻也对这顶假发的价格感到惊讶。

他懒得细看，不拿老百姓一针一线，非要对着店里的二维码付款，然后把袋子往兜里一塞，反正是关飒卖的，拿什么回去都能找方沫报销。

关飒盯着他的表情微妙，忽然敲敲台面说："你拿回去就知道，绝对值了。"

方焰申顺势贫嘴，想把那一晚的事翻篇："叔在你这儿就没亏过。"

关飒对于他逃避的态度耿耿于怀，眼神里都是讽刺："我记仇，话是你说的，那天夜里我听懂了。别紧张，你救苦救难，我救自己，没了谁我都会平安。"

方焰申知道她的情绪一向直来直去，由着她出气，问她今天复查的情况。

关飒把病历给他看，主治医生这次只调整了几个辅助药的剂量，没换主药，暂时也不会有别的问题。

他放心了，安慰她说："千万听医嘱，别随便断药。"说着他忽然又看见什么，指指她柜台旁边扔着的东西，皱眉问，"那是什么？"

关飒扫了一眼，回答他："发网，戴假发你得先套上这个。"说完她抓过两个，加上专门的梳子，一起封在袋子里递给他，"赠送全套工具。"

方焰申仔细地看了半天，那玩意软绵绵的，看着和大网眼的网袜差不多，但比它更软，而且粗糙，特别容易勾缠，于是又问："除了戴假发，它还有别的用途吗？"

关飒摇头说："不值钱，根本没人买，都是套头发用的。"说完她又俯身到他面前，齐齐的刘海衬着一双眼，反问道，"怎么了？"

他耸耸肩膀说："好奇而已。"

门后又传来老孟的动静，关飒知道真等老头出来了，估计又不放人了，于是指指门口。

方焰申正打算溜，冲她一笑就要起身。

"等等。"关飒按住他的手，忽然又说，"方焰申，你听着，我二十四岁了，不是小屁孩了，所以有些事，我希望你清楚。"

他没有打断，觉得她指尖发颤，凉得让人忍不住握紧。

手心里的人面色沉静，那双眼睛暗如长夜，从他把她从火海里抱出来那天开始，整整过去十二年了。

"我所经历的一切都不后悔，无论是那场火，还是留下的伤，包括我的幻觉。"关飒不信命，也不向病情妥协，更不想让方焰申误会，她的感情不是源自年幼的感激，"不是因为你救了我，而是我自己想活下去，一直都是。"

人生路远，好戏刚刚开始，谁都别觉得自己伟大。

他突然有些动容："飒飒……"但余下的话已经没有必要再说。

她的执着治不好，她愿意为之努力，不差余生。

关飒说完向后一坐，潇洒地伸长腿，示意他快滚。

阴天傍晚，一过六点天就黑了，假发店早早关门。

老孟磨蹭出来才发现人没了，只好拿着茶自己喝。他抱怨方焰申总是这么急，忙成这个样子，不知道什么时候才能成家。过去大院里的人都知道，以他们老方家的根基，根本不至于让后辈这么拼命，只有方焰申性子倔，非要冲到一线，累得满身伤，本来多好的眼睛，都让人毁了。

关飒捏着乱七八糟的发网挨个装起来，她手边就是镜子，顺势看过去，对着镜子说："快了。"

老孟没听清她到底说了什么，转着圈又回到后边去做饭。

当天夜里又下了暴雨。

半坡岭地区的雨势不大，但对保护现场十分不利，所幸石涛他们已经在南山上找到了另外两个抛尸所用的编织袋，被人埋在地里。这次袋子里边还有一些头发残留，目前正在鉴定是否来自死者。

方焰申睡前和石涛沟通，让他把之前发现的织物和发网进行比对，同时怀疑此次最新搜集到的头发，很可能不是来自另外两个受害人的。因为凶手对尸体的处理态度随便，那些编织袋显然都不是新的，应该是日常使用留下了残留物，通过它可能会追查到凶手的身份。

除了南边两个村之外，半坡岭地区的北麓还有村落，方焰申希望队里能尽快锁定证据，封锁相关地区。

胖子对他们队长神一般的思路感到不解，总怀疑他是不是知道些什么，但方焰申无法细说。

夜里闷雷阵阵，气温倒是降下来了，方焰申在家开着窗都觉得凉。

他暂停工作，总算有了喘息的时间，于是抓紧时间休息，哪怕后半夜雷声阵阵，他竟然也蒙头睡实了。

这一觉直到天亮，他是被手机铃声吵醒的，六点半的闹钟都还没响。

他生怕案子有消息，拿起手机看了一眼，打电话的人又是方沫。

方焰申有点暴躁，这年头做人实在太难，除了应付生活、应付工作，还要应付傻亲戚。

电话一通，方沫几乎脱口就喊："哥！那假发是什么鬼东西啊！我昨天放桌上忘了，今天早起打开试了一下……都臭了，吓唬谁呢，弄我一头血渣子。"他以为是恶作剧，这种暗黑情趣着实让人吃不消。

方焰申翻身坐起来，瞬间意识清醒，带着鼻音追问他："说清楚，你确定是血？仔细看看。"

"就是你昨晚送来的，从关飒店里买的假发。"方沫边说边停了，好像在那边拉住了一个护士，一迭声地嚷嚷，让对方确认是不是血液的味道，又被他哥的口气说得有点害怕，"血，真的是干掉的血！我摸着好像就是真人头发做的……一抖全是血渣子！"

"你把它原样放好，不要乱动，我马上就去。"

电话那边的人显然毫无心理准备，还在翻开看，开始给他哥形容，里边头顶的位置竟然还有萎缩的皮屑，和带血的头发一起草草织进了发网。

"哥！亲哥！"方沫的声音很快带上了哭腔，"求你快来，这玩意不对劲！"

方焰申握紧手机，突然想起昨天关飒玩味的目光，她是故意的。

第五章
# 第十二个春

这显然不是恶作剧，方沫已经被吓了个半死。

发丝上凝结的都是人血，这顶一千三百块的假发确实很值，是目前命案的关键线索。

事关重大，方焰申迅速取回假发，警方介入，直接把它送到了市局。紧急化验之后，证实头发和残留的头皮组织均来自半坡岭山上所发现的一位受害人。

经过调查之后发现，该名死者是半西村的低保户，患有精神疾病，五年前曾经报过失踪，名叫徐有珍，失踪时二十七岁。她走失之后家里只有一位老母亲，眼睛早早哭瞎了，如今得了老年痴呆，已经完全不记事。

尸检报告出来了，徐有珍和另一位死者的死亡时间都在两周之前，死因是注射氟哌啶醇过量。凶手的犯罪手段不断升级，一开始可能尝试使用过量药物致人死亡的方法，但法医考虑到死者日常需要长期吃药，个体对于这种抗精神病药物的耐受程度有很大差异，而且种种迹象表明，凶手不是专业的医护人员，因此推断对方可能在这种杀人手法上浪费了大量药物，以至在之后行凶的时候，他干脆直接采取勒颈的方式了，手段残忍，毫无人性。

春日临终，半坡岭出现连环杀人案，市里紧急准备成立专案组。

方焰申回到局里详细做了笔录，将自己买假发前后过程交代清楚，随后关飒被依法传唤。

谁也没想到案子竟然先在市区有了突破。

很快陆广飞从郊区赶回来，邵冰冰也不用着急去现场了，她是队里为数不多的女警，需要把女性嫌疑人带回队里做调查。

傍晚时分，路上飘起毛毛雨，狂风大作。

关飒是被铐走的，表情如常，懒散地跟着人走，让做什么就做什么，看起来很老实。

她直接被带去刑侦大队，需要先去厕所搜身验尿，陆广飞把她交给邵冰冰，自己扭头进了办公室。

他一进去在门边撞见方焰申，毫不客气地开口："你认识嫌疑人？怎么回事，之前都不知道她有问题？"

"认识，我昨天在关飒店里的事都说清楚了，自己看去。"方焰申抱着杯子喝水，正好找到一个能看见外边的角度，示意他让开点，"关飒有没有问题要看证据，假发店又不做假发，问清来源才是关键，你这么着急干什么？"

陆广飞冷声冷气地说："方队避嫌吧，今天我去盯审讯。"

方焰申笑吟吟地看了他一眼，没接话。

眼看专案组成立在即，他们副队长恨不得此刻马上把他挤走。

里间的门突然开了，祝千枫抱着一堆文件出来，随口打招呼，扭头和方焰申说："方队，自己人都知道关键点，我已经报上去了，领导说你这边没什么问题。哦，对了……专案组的名单下午就出来。"

说完他还体贴地问副队喝不喝茶，可惜那"旗杆子"的脸又僵了。

方焰申没空和陆广飞起冲突，走出去喊邵冰冰说话。

远处的关飒已经要进厕所，又被打断，另外的辅警过来按着她的胳膊，让她靠墙站。她看见方焰申了，但规矩地保持沉默。

关飒脸色苍白，要不是一身黑衣，简直要和墙壁融为一体。

方焰申尽量不引人注意，把邵冰冰拉到一边，低声嘱咐她说："态度好一点，别刺激她，不然影响之后的流程。"

刑侦传唤的嫌疑人都涉及要案，警方的态度绝不能软，但有时进来的人只是凑巧涉案，都觉得自己倒霉，心里委屈，很多规矩不懂，一遇见警察口气不好，就容易起冲突，这种情况不算少数。

只是今天方焰申明显话里有话。

邵冰冰在带人回来的路上就知道他认识这个关飒了，立时口气尖锐地说："怎么，人家小姑娘年轻漂亮，你就心疼啊？"说着她给他指，"关飒一路上挺老实的，我都没为难她背铐，手在前边还能舒服点，您说，还怎么额外照顾？"

"不是，你别拿话吓唬人就行。"方焰申想了一下，斟酌用词告诉她，"她不吃咱们日常那套。"

邵冰冰真没发现他这么体贴，越想越来气，扭头带人进厕所了。

方焰申的担心不是多余的，他回到办公室，还没和陆广飞聊完情况，厕所那边就传来一声巨响。

外边等着的小辅警正闲着愣神，突然发现动静不对，转身就往女厕所里跑。

方焰申心头一紧，跟着冲进去，顺势拉开小兄弟，把他挡在外边说："我去看看，没事，你先出去。"

对方呆头呆脑，看见方队亲自来了，也没想出什么不对，"哦"了一声就走了。

方焰申迈进女厕所，先看见地上被踹飞的门板，而邵冰冰正扑身过去扭关飒的胳膊，强行把人按住，又拿出一副铐子，把她两只手固定在水管上，大声呵斥道："我说了不许关门，直接脱！听不懂人话是吧？等着头套封嘴！"

原本关飒腕子上就戴着手铐，已经越挣越紧，此刻她的手动不了，人就更容易发狠，眼看邵冰冰还要碰自己，她突然蹦起来，要把邵冰冰拽倒。

邵冰冰显然也已经气急败坏，她在路上观察过关飒，看起来恍恍惚惚的，没想到竟然有这么厉害的身手。她猝不及防地被袭击，手肘一转，冲关飒头上猛击过去。

方焰申冲上前拦住邵冰冰，强行按下她们两个人，又冲墙边大喊："关飒，放手！"

关飒戴的假发已经被扔到地上，同时黑色靴裤褪到了膝盖处，显然搜身刚进行到一半，此刻她模样狼狈，应激之下绷着嘴角，眼神又开始放空。

方焰申按下她的腿，邵冰冰挣出去要拿强制措施，很快厕所里只剩下他们两个人。

他试探性地靠近关飒，看她不再激烈挣扎，伸手抱住她说："飒飒？看着我，冷静一点！"

关飒失去头发的遮掩，一张脸白得突兀。她浑身松了劲，牙还咬着，直往地上滑，手却被卡在管子上，勒出两条血道子。

她眼里的人影轮廓涣散，但看得出是方焰申，于是逐渐瘫软下来，喃喃地开始自言自语："我要把隔间的门关上，她不让，可我不想让人看，别这么对我……我没发疯，能听懂，你们别这样……"

方焰申撑着关飒的后背，让她能借力靠在墙上，然后把她的胳膊从高处解下来，试图让她深呼吸，慢慢平复。

关飒的眼睛里一点一点有了光，看着他，突然勾起嘴角，凑近了极小声地说："那老阿姨喜欢你？一进这地方，她眼睛里都是你。"

方焰申哭笑不得，这才明白，以关飒说话的直接程度，肯定惹到了邵冰冰，两个女人一打起来都没了分寸。

这都什么时候了，他实在没空和关飒开玩笑，严肃地说："她是负责你的警察，依法传唤，不许胡闹！"

关飒咬着嘴唇笑，目光微动，模糊地"嗯"了一声，算是答应。

方焰申轻声又说："别怕，我在门口。我们需要确认你没有危险物品和吸毒的情况，很快就查完了。"

关飒放松下来，胸腔剧烈起伏，极力在克制，显然刚才邵冰冰强行制住她的时候，把她逼得想起童年入院的阴影。

他很久都没见过她这副样子了，一时有些没忍住，低头把人抱紧，吻她的头顶，毫不在意她脑后的烧伤，又在她耳边叮嘱："飒飒，今天必须按程序来，坚持一下好吗？"

她怔怔地仰脸看他，不断点头。

方焰申不太放心，想把她的假发给她戴上，让她能有安全感，但关飒不肯。

他又示意她回答自己的问题："看清楚，我是谁？"

这下关飒总算笑了，她盯着他眼角的疤，叹了口气说："我知道你是方焰申，我没事。"说完她抬头，示意门口有人，自己撑着墙壁站了起来。

邵冰冰已经返回，但她一进去就愣了，半晌都没说出话，因为方焰申正抱着他们今天的嫌疑人。

厕所的窗户做过防护，不透光，但外侧开着一条缝透气，此刻四下灌风，吹得人心烦意乱，好像连那点毛毛雨都和人为难似的，非要往她心里下。

眼看关飒衣衫不整，而方焰申竟然面不改色，耐心地把她狼狈的样子全都整理好，然后才走出来。

他似乎没想藏着掖着当个秘密，过来小声交代："尽量别动手，让关飒自己来，她现在可以配合了。”

邵冰冰越想越来气，非要采取强制手段，大声提醒他：“这是袭警！”

方焰申脑子里闪过那一记凶狠的肘击，想都没想就接话说：“得了吧，袭你也不容易……”说完看邵冰冰又要急眼，只好改口说，“我留在门口，确保你们两个人的安全。”

“你是不是疯了？”邵冰冰觉得他今天像变了个人，口气不善，“你明知道嫌疑人具有攻击性，不提醒同事采取强制措施，万一有人被她打伤了呢？”

“不信我？”方焰申有点无奈，示意她别这么紧张，“我什么时候让你吃过亏啊。”

“好。”邵冰冰让了一步，把手里的警棍和头套都扔出去，又说，“我不知道你和关飒是什么关系，但是方队……我和涛子听你信你这么多年，别让我们失望。法律面前，任何人都没有特权。”

他知道邵冰冰没做错，而关飒的情况也瞒不住，于是和她说：“情况特殊，关飒患有精神分裂，但眼下最重要的线索和她有关，绝不能刺激她发病，否则她说的一切都无效。”

邵冰冰往里看了一眼，有点惊讶，但不意外。那姑娘猛一看上去还好，可时间长了就能感觉到她状态不对，何况此刻关飒脑后露出了大片烧伤的痕迹，那么年轻的女孩失去头发，睁着眼睛，像个漂亮的假人一样，着实让人心惊。

她想想有些担心，说：“副队认死理，肯定又有顾虑。”

方焰申摊手，对此表示遗憾：“我已经和领导申请过了，还有能力参与半坡岭的案子，所以我要先办完这个专案，再和他交接离职。”

邵冰冰心里庆幸，但脸上不肯露出高兴的样子：“行，方大队长的最后一案，先从堵女厕所开始。”


针对嫌疑人的前期流程不长，但因为队里中途紧急开会，耽误了不少时间。

下午的时候，领导已经出了调命，专案组即日成立，方焰申是组长，各分队的精英和全部资源助力倾斜过来，集中协助专案组的后续调查。

陆广飞面上十分沉得住气，接到命令的时候什么话都没说，等到散会出了办公室，他竟然还在楼道里和方焰申握了握手，口气礼貌地说：“方队带伤坚持工作，是我们的榜样，千万当心眼睛。”

两人一边说一边往审讯室走。

方焰申摸着自己的那道疤，不以为意地接话：“这么多年，一时半会儿瞎不了。当然了，老陆，这案子主要还是因为有你在，领导才能放心。”

你来我往，几句官腔打得实在太油腻。

身后的祝千枫一路跟着，此刻有点受不了，于是恰到好处地伸手递过保温杯说："来，普洱解腻。"

方焰申侧身冲他眨眼，无奈地笑。

那一天的雨没人知道什么时候才停，因为他们在审讯室里熬到了深夜。

关飒似乎早有心理准备，虽然她一直有点犯困，但回答问题认真，态度也还算平静。

她说得很清楚，那顶涉案的假发，是她两个星期之前去南安市场买回来的样品，整个过程只是日常进货。她把它买回来放了好几天，生意忙，一直没顾得上细看，直到最近才发现异常。她认识方焰申，知道他是警察，所以等到他来买假发的时候，直接把东西卖给了他，警方自然会去查。

她背后就是"坦白从宽"四个大字，自觉说的都是人实话，只是她一看面前几位警察的表情，就知道他们听起来觉得匪夷所思。

"你怎么知道假发上是血，还是人血，需要找警察？如果事情和你无关，你有疑虑的时候，为什么不立刻报警？"

正常人遇到这种超出常理的事，第一反应就是恶心扔了，最多觉得有人恶搞，但关飒从头到尾的描述都过于冷静，她似乎早就知道这顶假发上的残留物是什么，疑点实在太多。

一屋子挤了四个人，陆广飞主要负责提问，邵冰冰虽然不大情愿，但一直冷脸做着书记员负责记录，再加上方焰申不放心，坚持坐在旁边，时间一长，房间里难免憋闷。

关飒坐得肩膀酸疼，她往后仰了仰，忽然开口说："警察叔叔，我看电视里演过，这么长时间了，是不是得给根烟抽？"

陆广飞一脸严肃，口气凶狠："少废话！小姑娘不学好！"

一旁的方焰申同样瞪她，重重地咳了一声，清清嗓子，却没说话。

关飒瞥他一眼，脸上的笑意更深，嘟囔着抱怨："我害怕啊，没见过这么大的阵仗。"

她不戴假发，下巴尖瘦，笑起来的时候眼神雾蒙蒙的，此刻老实地坐在室内正中，黑衣短发，影子单薄，整个人幽静得像是幅黑白剪影。

"我看你胆子挺大的，前两天打架斗殴还去过派出所。"陆广飞翻她的记录，又厉声提醒道，"回答问题！"

关飒脸上的笑容突然不见了。

她盯着他，口气轻飘飘地说："带血的假发一出现，我就知道一定有人死了，因为……我不是第一次见到它了。"

一切如她所愿。

关飒来这里的目的明确，甚至连日常要吃的药都放在兜里带来了。

她发现自己在市场买来的假发上有血，十分震惊，当天还在店里偶遇方焰申，此后发生了一连串的事情，导致她去见李樱初，回程情绪不稳，险些发病，再也没找到机会私下寻找货源地。

因为方焰申的出现，她猜出近期又发生了命案，所以带血的假发重现，绝不是偶然。

十二年之后，她已经不是孩子了，非常清楚自己的情况，一个重度精神分裂患者，她的话不会有人轻易相信，所以她必须把自己卷入其中，直到有资格坐在这里接受审讯，才能把盘亘在脑子里多年的噩梦说出来。

光源就在头顶，人的目光失焦之后，连空气里细小的浮尘都异常清楚。

关飒说完那句话后没急着开口，她调整了一下坐姿，抬眼看向面前的人，告诉他们："我的主治医师是陈星远，具有司法鉴定资格。他昨天刚刚对我做完检查，关于病情控制的记录可以去三院里调。我现在没有发病，意识清醒，具有行为能力，所以我说的话，希望你们认真记录。"

旁边的方焰申突然起身，示意邵冰冰先关掉摄像头："暂停一下。"

"怎么了？"关飒不肯休息，看着他们笑，"别怕，我也不是说疯就疯的，可以接着回答问题。"

门边的人没有再阻止关飒，他出去了一趟，回来的时候给她倒了杯水，还拿着一块薄荷糖，直接放到她面前。

时隔十余年，继恩疗养院早已不复存在，但如果问起老一辈的人来，大多数都对它有印象。

那处疗养院是私立性质，当年的位置算是敬北市的西郊了，有福利机构拨款支持，同时也接受很多被迫强制送医的患者。早年精神疾病的专科疗养院几乎没有，久治不愈的病人能选择的余地并不多。

关飒的舅舅程继恩就是创办人兼院长，所以当关飒发病之后，她断断续续出入过那里三四次。直到最后，她和母亲的关系越发紧张，发病自残，妄想症状加剧，开始怀疑自己遭到迫害，在家中把程慧珠打伤，逼得对方再一次将她送往西郊，在程继恩的疗养院中长期隔离监护。

如今回想起来，关飒大致记得自己的症状，因为年纪小，病情发作很不稳定，有半年的时间一直处于急性期，意识断断续续，所以她对于在院里生活的记忆并不连贯，描述出来的画面几乎都是碎片化的。

"我记得未成年的患者都住在我那层，下半年开始陆续少了几个人，全是女孩。我很奇怪，因为有个孩子比我还小，她坐不住，总觉得有人在扯她的头发，大冬天还穿着一双绿凉鞋，让我印象挺深的。我经常去找她玩，后来连她也不见了。"

当时负责她们的医生就是王戎，对方解释说有人转院，有人被家属接走了。

"我不记得那个孩子叫什么了，应该压根就没问过，只知道她是'绿凉鞋'。"关飒捏着手里的糖，慢慢地拆包装纸，继续说，"我不信王戎的说法，因为她们比我待的时间还长，早超过监护期了，根本没人来找，如果家里有人管，谁乐意被关在疗养院里啊。直到出事后我才知道，是他们把人偷偷卖了。"

那些病人只是精神障碍，身体没有其他问题，因此生育需求让女病人变得有价值。丧尽天良的魔鬼潜伏在医院之中，以王戎为首，把联系不到亲属的病人卖到偏远山村，甚至还有未成年的女孩。

患者入院的时候，都以为自己会好起来，所以医生成了最后的救赎，在幻觉毁灭自我之前，总有一双手能把她们拉回到现实。可谁都没想到，有时候现实比死亡更可怕。

每位病人的症状各不相同，但她们基本已经丧失清醒意识，长期被妄想和幻觉控制，沦为高危人群，直到案发之后数年，仍有三位被卖走的女患者下落不明。

关飒实在有点说不下去了，那些事连回想都令人发指。

陆广飞引导她回忆："我看过当年的笔录，你说火灾之前，曾经在院里看到过尸体，是什么样的尸体，能不能具体形容一下。"

关飒把薄荷糖放进嘴里，似乎有些出神，但记得非常清楚："火灾那一天是11月27号，大概在那之前一个星期，我午休时间从病房里跑出去了，本来想找程继恩，但没有找到，路上正好在楼道里看见王戎。他当时的样子很小心，好像在躲着人，我一直怀疑他，就偷偷跟着他，去了一个地下室。"

她努力描述自己脑子里的画面，她看见王戎走进地下室的门，她对那扇门印象很深，只有一人多宽的木门，非常狭窄，上边有黄色的油漆，斑驳老旧，还有沉重的锁链。

当时门半开，童年的关飒躲在暗处，看到里边有人躺在地上，穿的就是那双绿凉鞋。

陆广飞低头查看记录，又问她："你确定是地下室？"

关飒没控制好，直接把嘴里的薄荷糖咬碎了，她感觉到唇齿之间绽开的味道清凉，并不刺激，侧过脸想一想，点头说："确定。因为经过了一段很长的楼梯，我对走楼梯的过程印象非常深，我中途把鞋都脱了，担心发出声音。"

"然后呢？"

关飒深深吸了一口气，拿过纸杯喝水，却迟迟没有举起来。她控制不了自己的目光，盯着水面，明明是干净的饮用水，杯壁晃出灯的投影，在她眼里却走了样。

她的声音好像被脑子里的另一个自己堵死，沉重到无法再说下去，而与此同时，她的意识又分离开，那种诡异的离体感又回来了。她能察觉到屋子里的人停止了问话，此刻邵冰冰正在观察她的表情，又回身看方焰申。

关飒余光里能看见他同样紧盯着自己，甚至看见他突然拍手，那声音清脆，突如其来，直接震在她耳朵里，紧接着她听见他在喊自己："关飒？"

她脱离控制的意识猛地被拖回来，忽然睁大双眼，手腕颤抖，杯子里的水拿不稳，直接洒在了桌上。

正对面的陆广飞紧紧皱眉，想要终止问话，但方焰申过去按住他的肩膀，示意大家不要出声。

关飒觉得有些头疼，但还可以忍受，于是她缓过一口气，低头喝水，又看向他们说："那之后发生的事我终生难忘，我看到王戎拿了一把手术刀，蹲在地上，割下'绿凉鞋'的头发，她有很长的头发，非常漂亮。"

她尽力了，把水都喝完，集中自己的注意力，开始捏纸杯，用了很大的力气，直到杯子被揉成小小的一团，才感觉到自己对身体的控制力。

"我当时看见地上都是血，很害怕，想往旁边躲。这一躲，正好让我看见'绿凉鞋'连头皮都被割掉了……我回去之后才想明白，她当时没有挣扎，是因为她已经死了，我看到的是'绿凉鞋'的尸体。"

她听见他们还在问："除了王戎和死者，你在现场有没有看见其他人？"

关飒摇头，那扇门太小了。

她的腿开始来回交叠，神色焦虑地说："那些病人不光被卖了，还有人被杀，而且那些头发是被特意割走的，肯定是为了做成假发。我在王戎的办公室里看见过，他对长发很执着。我当时还不懂，怎么会那么长，和人的头发一样软……"她希望他们能听懂自己的话，于是动手比画，手铐不断发出声响，嘴里的话却停不下来，"我亲眼看到过尸体！相信我，事情没有那么简单！"

"冷静一点！我们现在调查的是半坡岭的最新命案，目前还无法证实两件案子的关联性。"陆广飞试图让她表达客观，但关飒的情绪波动，显然已经听不进去了。

整件事她想了十多年，心急之下，只想给出明确的线索方向："半坡岭的假发工厂都在弘光村，你们去查南安市场吧，查清楚还有没有其他货源地……总之，凶手一定和假发有关！"

她说完这句话后背发凉，冷汗已经完全打湿了衣服。

这一次方焰申没有犹豫，直接关掉设备。

关飒用最后的理智控制自己不要勉强，她挣扎在现实和过去的回忆里，情绪越来越激动。

她看着他们很快打开门，走廊里微凉的空气涌进来，眼前的世界又得以喘息。

方焰申为了避免刺激关飒再度发病，停止审问。他交代邵冰冰和辅警做收尾工作，先和陆广飞出去了。


走廊里冷冷清清，后半夜整栋楼里的灯光都暗了。

祝千枫还没走，正从楼上的办公室走下来。

他给他们倒了茶水，顺带通知说："查到山上发现的另一位受害人了，家在距离半坡岭两公里之外的灵水镇。家里人说她发疯很多年了，治不好，以前就跑丢过几次，四年前彻底走失，没找回来。家里人报失踪之后又找过大半年，据说有人目击，她最后出现的地点就在半坡岭山脚下。"

方焰申捧着杯子点头："好，编织袋里的那些头发有结果了吗？"

"关键的就是这件事，那些头发不属于目前发现的三位死者。"

一旁的陆广飞眉头紧蹙："所以可能还有其他受害人。"

方焰申回身扫了一眼审讯室，放低声音说："不排除这种可能性，但结合关飒的话，南安市场的假发货源是关键，凶手很可能从事相关行业。现在做假发很多都用收来的真人发丝，所以那些编织袋，我怀疑指向凶手的职业，它们本来是用来运头发的。"

祝千枫又说："哦，还有，方队送去比对的那个发网也有结果了，打捞出的东西确实是发网残留物。"

基本证实了方焰申的猜测。

祝千枫抬手提醒他们时间，今天太晚了，已经过了凌晨两点，然后他简单地总结道："现在所有被害人都在半坡岭地区失踪，均患有精神疾病，彼此没有其他联系，走失的时间范围在五至八年前，推断凶手是山区本地人，有固定居所，常年诱拐这一类女性。"

但大家始终想不通一点，凶手的犯罪动机是什么，既然对方有能力常年囚禁被害人，为什么突然在最近动手杀人？

三个人低声讨论了几句，但都不是今夜就能查明白的事。

方焰申让内勤先撤："最近且熬呢，祝师傅先回宿舍睡一觉，夜里我们盯着。"

祝千枫答应下来，他对关飒还有印象，感慨地说："那个小姑娘都长这么大了。"说完又往屋里看看，似乎对关飒裸露出的伤口于心不忍，摇摇头回去了。

方焰申让陆广飞尽快去通知专案组："凶手从事假发行业，具备医药背景，诱拐多名精神病患者，需要相关药物维持。目前来看，团伙作案的可能性非常大，而且这伙人的犯罪动机和继恩疗养院的案子相关，我们需要详查十二年前所有医护人员的近况。"

陆广飞沉默地喝水，斟酌了一会儿才开口："方队，关飒回答问题的主观性太强，很多细节只是她的个人猜测，表达过于偏激，我认为应该先对她申请司法精神鉴定。"

身后又有人出来，笔录已经完成。

关飒目前还是嫌疑人，不能离开，但她的情绪渐渐恢复稳定，此刻正听从安排，被辅警转移到会议室，那里的环境总比审讯室强一点，大家决定暂时把她留在那里看管。

邵冰冰也出来了，和方焰申他们一同去办公室，明显还有话。

三个人进了房间关上门，她盯着方焰申，提醒他："关飒的精神病史非常长，我们必须考虑一种可能性，她最近被那顶带血的假发刺激了，串联到童年的精神创伤，很多话如今根本没法求证。"

"不，她所说的'绿凉鞋'，那个女孩在火灾后确实没有查到下落。当年王戎被击毙，在他身上的线索断了，所以直到今天对方还是被拐失踪的状态。"方焰申坐在桌角上，提醒他们，"那一年所有的调查都集中在拐卖人口上了，有没有可能，王戎之所以在最后关头选择纵火，其实就是为了掩盖被害人的尸体？"

陆广飞的表情越发严肃，盯着他说："方队，我必须指出你现在的推测完全建立在相信嫌疑人的基础上，但关飒的话和细节对不上，她说自己在疗养院里看到尸体，地点是地下室，可你当年也在现场，应该很清楚，继恩疗养院地下只有一层，整个空间没有隔断，是向病人开放的室内活动区域。"

邵冰冰点头，她虽然不喜欢副队这个人，但此刻赞同他的观点。

陆广飞继续把话说完："疗养院的地下空间很简单，根本不存在通往地下的所谓很长的楼梯，也没有她说的黄色小门的房间。火灾可以烧掉线索，但烧不穿建筑结构,她话里的漏洞有据可查。"

方焰申没有反驳,今天几乎又是一个通宵。他捏着眉骨慢慢揉,另一只手习惯性地转核桃,边转边说:"你刚才说司法鉴定,那个流程出结果太慢了,我们现在还是侦查阶段,浪费时间来争论这件事没有意义。"

陆广飞板着脸,口气直接:"当年关飒未成年,而且还在发病期,没有行为能力,我们不能因为听了一个精神病人的话,就认定凶手的作案动机和十二年前有关,翻查旧案完全是在浪费专案组的人力、物力。"

他坚持认为这太离谱了。

方焰申起身从柜子里翻出陈星远的履历和资质证明,直接扔在他面前。哪怕大家不嫌慢,最后受理去做鉴定的都是精神科专家,八成还是这位陈星远,对方本来就是关飒的主治医生,亲自确认过她的情况,非要在这节骨眼上认死理,实在太蠢。

两个人意见有分歧,明显各自坚持。

邵冰冰一直没说话,她在今天之前都不知道关飒的存在,也不知道因为一个小疯子,方焰申在背后还藏着这手准备,于是此刻撇嘴冷笑,没有反驳,拉过椅子坐下了。

方焰申抬眼,看着他们两个人说:"另外,我再强调一遍,精神病不等同于疯子,不是所有人得了病就疯疯傻傻说胡话,我希望你们能端正态度,理智地对待这类患者。"

他们实在同事太多年了,方焰申算是个十分随和的领导,以往在队里很少发脾气,急了骂人也不带脏字,但眼下这几句分明说得十分走心,句句直接,口气颇重。

他面前的两个人避开目光,无话可说。

方焰申打破沉默,转向陆广飞,又和他交代:"老陆,在这个案子查清之前,我不会走。既然我还在专案组,暂时就还是你的领导,侦查方向如果有问题,我会负责到底。"

对面的人又站成了旗杆子,一动不动,盯着他点头说:"好,一切都听方队安排,但如果我发现你的私生活影响到对案情的判断,我会马上和上级领导汇报。"

气氛僵持,可惜邵冰冰没绷住,扑哧一声笑了。

"私生活"三个字突然从陆广飞嘴里冒出来,发音标准,表达迂腐,但莫名透着一股男盗女娼没干好事的意思。

方焰申强行憋笑也没好哪儿去,他眼看邵冰冰满脸讥讽,又恢复了一脸好脾气的模样,点头说:"是是是,接受副队监督。我一老光棍,倒想有点私生活呢。"

陆广飞拉开门就走，完全不觉得好笑。

邵冰冰趴在桌上起不来，看了一眼时间，眼皮打架。


方焰申把邵冰冰留下，自己去了会议室，门外两个辅警已经困得靠玩游戏提神，他笑笑示意他们辛苦，开门进去，发现里边没开灯。

他的视力不如以往，没能在黑暗里第一时间找到关飒，突然有些担心，轻声开口喊："飒飒？"

关飒听见动静了，但她实在太困，抱着膝盖懒得说话。

她坐在会议室一侧靠墙的椅子上，人太瘦，蜷缩起来就能完全藏在黑暗里，直到她又感觉出方焰申往里走，总算动了动。

她抬起脸看他，答应了一句："这边。"又发现他动作很小心，于是告诉他，"我很好，没事。"

方焰申放心了，这么暗的夜，他同样受不了灯光，直接坐在关飒身边。

屋里大而空，关飒刚才一身冷汗，此刻安静下来，开始觉得周遭凉飕飕的，下意识地抱紧自己。

方焰申把外套脱下来给她披在肩上，又说："睡一会儿，明天办完手续我送你回去。"

她又闻到那种熟悉的薄荷味，觉得四肢百骸归了位，于是依言低下头，往他肩膀上靠，觉得不舒服，干脆趴下身，抱着他的衣服，直接枕在他的腿上。

她舒展开全身，心里痛快了，想起什么似的，突然问他："刚才门口来了一个警察，就是岁数挺大的，给你们倒水的那个，他也是刑侦大队的人吗？"

方焰申想了一下，刚才只有祝千枫过来，于是他说："是，内勤那边的祝师傅，老警察了，怎么了？"

关飒摇头说："没怎么，就是突然一看见他，好像在哪里见过，记不住了。"

他想起对方也记得她，于是说："他在局里干很多年了，疗养院出事的时候他刚转内勤不久，可能你小时候有过印象吧。"

"不。"她对当年那案子里见过的人都很清楚，"如果他负责过那起案子，我肯定能认出来。应该不是在局里，只是偶然在什么地方见过，我都不知道他叫什么，也不认识。"

关飒确实记不清楚了，她的回忆很多还是乱的，于是叹气不再说话。

他轻拍她的头，想起案子的事，明显有些无奈，低声说："你可以和我说明白的，直接把假发给我就行了，干吗跑这儿来绕这么大一圈，不嫌遭罪啊？"

关飒满脑子怪主意，开口就说："你信我，但其他人不会相信。"

她感觉到他的手指停留在自己脑后的伤疤上，又说："这世界很荒谬，只有出事死人了，大家才愿意听疯子说话。"她想握住他的手，但手上的铐子还不能摘，一动就响，又有些烦，干脆作罢。

方焰申忽然问她："疼吗？"

关飒躲在黑暗里，以为他在问自己的手腕，这一天下来确实没少折腾，于是她小声回答他："还好，我胳膊细。"

"不是。"他顿了顿，手指沿着那行刺青慢慢地摩挲，"我是说你文这行字的时候。"

关飒低低地笑，声音都闷在他腿上，她笑了好久才翻身，一双眼睛在暗处盯着他，彼此都只能看见轮廓，她却贪恋这一刻的放肆。

关飒不以为意地说："还没我割腕疼呢。"

方焰申的声音沉下去，就在她耳畔，一句话带着叹息："我不想再把你卷进来。"

关飒早已经想好了，一意孤行："我本来也以为，不会有任何疼比得过那场火了。"她觉出他的手指僵住，但有些话必须要说，"出事那天，火都烧到头皮了，我能闻见肉的焦味，那才叫疼，包括之后处理伤口的时候，那滋味一度让我觉得你不该救我。"

她知道怎样才能让他动容，果然，方焰申简直像被这话蜇了一下，手指猛地避开，倒抽了一口气。

她还在说，轻飘飘地笑："但因为遭过那种罪，我以为自己再也不会疼了，直到你那晚推开我。"

关飒过于早慧，又在十二岁就经过生也尝过死，因为有他，人间种种才有了意义。

没有回音的山谷，到底值不值得纵身一跃？

关飒很早就有了答案，因为扑火的不光是飞蛾，还有疯子。方焰申沉默，彼此都没有再说话。

关飒几乎以为他不会再理自己了，他偏偏又开口说："如果不是因为我，你不会困在那场火里，所以我不能原谅自己的失误……十二年了，我还欠你们一个真相。"

他偏要把感情和责任糅在一起。

人年轻的时候都以为自己是天之骄子，仿佛肩上扛着万人的期待。方焰申不能免俗，毕竟他也年轻过，男人总有热血难凉，以为自己真能做英雄，直到他那一秒钟的失误，毁掉关飒的一生。

那时候，方焰申在瞄准镜里看到王戎倒下去，火海中疯癫的人影如同一记重锤，彻底把他锤醒了。

有些后果是无法偿还的债，从此他的过往是她，弱点是她，在这世上唯一逃避的人也是她。

他知道，关飒的病会让她情感淡漠，因此唯一的执念就显得格外热烈，但他不行，理智是他的底线。

"飒飒，我从一开始就要分清楚，你没有选择，因为那天去的人是我，而你遭的罪全都和我有关，所以才把我看得太重。"十二年前的关飒只是孩子，所以方焰申要把这些事想明白，"我很清楚，你没能从当年的阴影里走出来，只有你心里的案子真正了结，你才能释怀，到时候自然会往前看。等到你的病慢慢好转，发现这乱七八糟的世界其实挺有意思的，人活着也不光是为了来受苦，天高海阔，你会有想做的事，想爱的人……到那时候，你一定会有新的追求，无论是什么，你都会觉得比我有意义。"

方焰申知道自己对她的重要性，但因为知道，他不能再错。

这最后一案，他要把关飒从自己身边救出来。毕竟人生在世，多活出来的岁数不能白长，他比她足足大上一轮，过来人就这点好处。

可怜方大队长苦口婆心，一腔辛酸，只换来关飒狠狠捶他的腿，明显不爱听。

"叔，我发现你偶像包袱挺重的。"关飒实在听不了他的说教，闭上眼睛，声音困倦，"尤其你们这种老男人……你是不是特怕别人觉得你是变态啊，每天给自己找借口。"

他无话可说，气得开始牙疼，敲她的脑袋："行了，赶紧睡会儿吧。"

窗口离得远，眼前只有一片纯粹的黑，风雨过后的夜晚看不到月亮，时间一长，屋子里静下来，几乎能听见彼此细微的呼吸声。

有些人啊，早早栽在陷阱里而不知。

关飒又无声无息地笑，冲他动动嘴，用口型说了一句："你别想骗我。"


东方破晓，雨过天晴。

外边的树上已经有了蝉声，混乱的夜让人心力交瘁，生活却过分简单，只要人还能睁开眼，新的一天永远都在。

他们等到了中午，通过搜查店铺和笔录，初步证实关飒和凶手没有直接关系，很快上级同意，决定解除对关飒的传唤。

同时专案组的工作迅速铺开，副队和邵冰冰下午去南安市场调查，其他同事陆续去往半坡岭现场。方焰申核对完所有手续，和大家交代好相关情况，然后中午借着吃饭的工夫，抽空先送关飒回家。

她全程很安静，自顾自坐在副驾驶位上，眼睛盯着沿街看，直到车开出市局有一段距离之后，她才扭头问他："这次的死者有什么线索吗？死因是什么？"

她不清楚最新的情况，想追问案件细节，但方焰申不能透露。

关飒又把头扭回去，她没戴假发，一路出来惹来无数路人打量，她自己却很淡定。她发现方焰申没有再开口的意思，于是反问他："你没话问我吗？"

她不傻，既然他相信两个案子相关，那她往日在继恩疗养院里的经历值得回忆，或许某个细节就是线索。

方焰申打量她，借着等红灯的时间问："除了那间地下室的事，你还记得什么？"

"我记得长期住院的女病人都是长发，不剪头发好像是个惯例，说是防止出现尖锐物品。但现在想一想，肯定是因为王戎想留着我们的头发。"

"这可能是某种怪癖，心理疾病，他有没有在其他方面表现出对女人的头发很执着？"

"我只在医生办公室里见过假发，但当时没人在意。"

彼此都很清楚，王戎已经被击毙十二年之久，假设当年的凶手是他，那如今半坡岭的行凶之人只可能是模仿作案，凶手一定和他相关。方焰申思前想后，觉得整件事都被卡在了一个关键点上，于是又问："除了事后判刑的五个人，院里还有没有其他人和王戎有特殊关系，比如过分信赖、受他控制等这种类似的行为？"

关飒想了一会儿，没找到可疑的人。

她从入院开始就恨透了那个地方，没有鸟喜欢笼子。她所在的病区都是孩子，发病的时候症状严重，所以监护力度也相对严格，从患者的角度回忆，她实在不记得有哪个小孩喜欢缠着医生。

"应该不会，我们那会儿一看他们过来就四处躲。"关飒给他讲病人的日常，"住院的都是重度患者，基本都有不同程度的臆想，就是你们说的被害妄想症，所以那会儿彼此之间很难沟通。我和李樱初在一个病房，她是癫痫性精神病，不抽搐的时候比其他人稳定，所以我只和她说过这些事，结果连她都认为是我的症状加重了。她只会哭，什么都不懂。"

至于医护同事之间的关系，关飒就不得而知了。

她看他握着方向盘若有所思，低声补充："我可以确定，这些都是真实发生过的事。"

对待十二年前的回忆，关飒已经学会冷静分析，不把自己的幻觉当成干扰项，她和自我对抗，就是为了能把现实和脑子里的世界正确衔接。

"我相信你。"方焰申看着她笑，眼睛有点累，又抬手掐自己的眉心。

路口的绿灯亮起来。

关飒突然冒出一句："我是当年的亲历者，可以帮你，带我一起去现场吧。"

方焰申很意外，没想到这姑娘一长大，主意也大，他竟然没反应过来怎么了断她的念头，而身后的车已经开始按喇叭催促。

他顺势往前看，分心琢磨，怎么才能让关飒听话，刚好就在这片刻之间，远处的云忽然散了，一道刺眼的日光突如其来，毫无防备地直接晃过来。

方焰申瞬间眼前发黑，下意识牢牢握紧方向盘打轮，只记得要把副驾驶的位置避开，车头笔直地向着右侧路口冲过去。

关飒抬手稳住他的胳膊，大喊提醒他："叔！"

方焰申的右眼完全看不见了，分神之际，车头直接冲了出去。


一阵紧急刹车，大切诺基直接骑上马路，半个前脸都上了人行道。

所幸前方只是路口转角，空荡荡的，没有其他路人。对面过马路的行人吓坏了，全都停下指指点点，不知道发生了什么事，很快又都跑开了。

关飒解开安全带，扑过去看他："你怎么了？"

她看见他皱眉，挡着自己右边的眼睛，似乎是神经性的疼痛，根本缓不过来。她瞬间有些明白了，小声问："你是不是看不见了？"

方焰申没说话，示意她自己没事，勉强往四周打量，确认没伤到其他人，然后把车熄火，长长出了一口气，额头抵在方向盘上。

关飒按着他的肩膀，声音发抖："你的眼睛怎么回事，以前视力那么好……就因为受伤？医生怎么说的？"

她一想到有关他眼睛的事就受不了，心里那团流血的幻象活活被点着了引线，整个人都有点无措。她伸手去摸他的脸，目光死死地盯着那道疤，一字一句地问："谁伤了你？"

他渐渐没那么疼了，伸手拉住她，摇头说："没事，被光晃了一下。我这只右眼受过外伤，淤血无法吸收，视神经也出了问题，最近开始影响视力。"他说着摸索外套，把兜里的墨镜拿出来。

"谁干的？"关飒有些急了，声音提高，连眼神都透着狠，唇角不受控制地发抖，偏执的毛病发作，追问他，"我问你，到底是谁伤了你？"

他示意她放松，伸手拉过她，两个人的额头贴在了一起。

081

关飒呼吸急促，又被他按着后颈，整个人仿佛都被困住了。

方焰申掌心的温度远比日光还烫人，仿佛移山镇海，让她连动一下都舍不得。她分裂的意识岌岌可危，然而有他在的时候，人间就有了不可战胜的理由，因而她一直都清醒。

方焰申迫使关飒冷静下来，开口的时候声音很低："这是工伤，五年前的事了，最近情况不太好，本来打算休息一阵的。"

但显然他没能真正休息，突发命案，直到昨夜守着她，几乎又是一宿没睡。

他们距离太近，关飒抬眼就是那道疤，而方焰申此刻目光闪躲，眼角眉梢还不忘了带着笑，哄她说："唉，公安可不是好混的……我也不年轻了，枸杞加决明子都不好使了。没事，你让叔缓缓。"

她笑不出来，不再胡思乱想，伸手把他扶起来问："能动吗？先下车。"

"你打车走，我等会儿找人把车拖回去。"

关飒已经做了决定，还是那个又飒又帅的关老板，她看着他不容置疑地开口："你这样哪儿也不能去，下车，咱俩换。"

今时今日，她可不是那个只会吃糖的小疯子了。

十二年，他守着人间，她要守着他。


今天他们可算是感受了一回"多云转晴"，大风一刮，很快日光万里。

现代化城市里的光污染越来越严重，市区的道路两侧都是高楼大厦，玻璃外墙也很容易反射出强光，着实害人。

方大队长倒霉认灰，谁让他只剩一只眼睛，再玩命开车非得开上天不可，于是他老老实实地被关飒按在副驾驶的座位上。

他提心吊胆，换她开车，好在最终关飒把两个人都带回了恒源街。

假发店突然被查，关飒接受传唤，老孟一个人坐立不安地守着家，终于把她等回来，已经急得团团转，所幸这一次全程有方焰申。

下车的时候，方大队长已经感觉好多了，他戴着墨镜，人前当叔的偶像包袱还在，觍着脸假装一切如常地把人送回来。

老孟看出关飒没有发病的迹象，把心都咽回肚子里，跑去厨房给他们煮饺子。

两个人确实很饿，围在客厅里一起吃饭。

关飒吃了没两口就停下，抬头盯着他问："你这样还要去现场？"

"现在是专案了，时间紧任务重，我必须去。"

她问得飞快："不带我？"

他回答得也快："办案是警察叔叔的工作，不是你的。"说着他又拿出哄小孩的那一套，伸手摸她的头，半真半假地故作敷衍，"飒飒，这种事不能胡闹，只要有能说的消息，我保证不瞒着你，好不好？"

"好。"她早知道是这种结果，所以显得格外乖巧，不躲不闪，让他顺毛摸了一下，又说，"但是你得休息一会儿，上楼补个觉再走。"

方焰申看表，再怎么着急都已经到下午了，各地做好安排，都有人盯，他想到自己刚才的意外，最近那只眼睛确实太累了，于是没强撑，答应下来说："行，在你店里，我听老板的。"

假发店今天没有对外营业，因此也没有外人出入。

午后老孟忙着收拾碗筷，关飒按时吃了药，上楼回自己的房间去了。

方焰申抓紧时间去躺一会儿，房间安静下来的时候，他才真正觉出累，躺在床上闭上眼，把有关案子的念头压下，强行命令自己休息。

他是自请回去负责专案组的，绝不能旧伤复发掉链子，只是这一觉也睡得不够踏实，没过多久，他在半梦半醒之间，隐隐约约听见有门开的动静。

以老孟的腿脚，上个楼太费劲了，能这么不管不顾地推门往里走的，肯定是关飒。

有了上次夜里的经验，方焰申已经平静多了，他渐渐醒过来，但眼睛隐隐作痛，于是继续躺着，懒得动弹。

确实是关飒进来了，她想到他在休息，动作尽可能地放轻。

她走到那架可怜巴巴的小单人床旁边，看见方焰申和衣而卧，一时有些看得出了神。

隔着十多年的岁月，从她当年故意叫他一声"叔叔"开始，再到如今，容貌不会轻易更改，但时间消磨掉人的轻狂意气，只有初心不改。

她从小就知道，这个男人藏了一颗最赤诚的心。

当年关飒是个自残的小疯子，连亲妈也不愿意接近她，可她所有阴郁暴戾的念头在他面前不值一提。方焰申说过，人人都有另一个自己，她以为的正常人，只是擅长伪装。

一个人如果能看到自我的扭曲并不可怕，可怕的是不与之相抗。

这世界很糟，但长夜终将过去，始终有人在为之努力，像他一样，总有人守着最后的真相，让人于无所希望中得救。

从此方焰申成了她的心火，光而不耀，她才有勇气打赢疯溃的自己。

如今，关飒仔仔细细地看过去，床上的人只露出侧脸，哪怕只有半道伤疤，也看得出曾经伤势凶险，导致他眉骨骨折，连眼睛都毁了。显然当时他遭遇的场面难以想象，但方焰申往日绝口不提。

关飒坐在床边，忽然伸手去碰他的眼角。

方焰申没睁眼，人是醒了的，声音有些发涩："你这样，我可睡不着了。"

她巴不得他睡不着，干脆一不做二不休，低头扑到他身上，支着胳膊撑在他上方。

他一抬眼就没敢再动，关飒的眼神太直白。

这下方焰申总算有点不自在了，又笑着说："这么大的姑娘了，不能老这么逗我啊。"说完他似乎有点苦恼，眯着眼琢磨，该怎么给她提个醒，"男人很危险的，包括我。"

房间里的钟表突然哑了声音。

关飒贴近他的脸，看他眼睛中的自己。人影逆转岁月呼啸而来，灼心的洪汛，越过所有混沌不堪的青春。

四周又是那种微妙的薄荷味道，让人清醒，却更像是某种暗示。

有时候人的理智就是理与欲的总和，关飒心底绷着一根弦，她小心维系，直到不能再拧，承受不起任何焰火的考验。

此时此刻，她心头贪念横生，拥抱住他，手指却勾上他的后腰。

方焰申先是愣住，但很快就反应过来了。

他今天是公务外出，配枪、手铐都在身上，于是他按住她的肩膀想要翻身，眼神都变了，低声喝止："飒飒！"

关飒已经碰到他的枪套，另一只手忽然捧上他的脸，低头吻过去。

她确实是个疯子，有病，治不好的那种，尤其对着他。

方焰申浑身一震，片刻的分神，再出手就晚了。

关飒得逞，咬着他的唇角，直接拿走了他的枪。

谁也没想到这架倒霉的单人床今天要担当重任，它靠墙而放，经不起扭打，很快连墙边都扑出一阵灰。

关飒抬腿，整个人顺势骑在他的腰上，一个吻来势汹汹，却没什么经验可言。她几乎用上啃咬的力度，只有手下的动作快得惊人，拿到枪就抬起唇角笑。

她的瞳仁极黑，寸头利落，连着颈线再到锁骨，轮廓分明，整个人放肆起来像朵剧毒的曼陀罗，迷幻而又有野性。

这模样简直要反了天。

关飒慢慢把枪转在手上，发现还扣着保险，于是颇有兴趣地仔细看。

"危险！把枪给我！"方焰申厉声开口，但不敢进一步刺激她，伸手想夺枪。

关飒看出他这回真生气了，连眼神都扎人，但她没这么容易听话，她瞥他一眼，又俯下身，拿枪的胳膊藏在自己身后，蹭着他的脸颊，好言好语地商量："叔，你带我一起去现场，枪就还你。"

方焰申可算知道这闹的是哪一出了，他板脸盯着她开口："关飒，你给我听好，我说过很多次，侦查阶段的案情涉密，不能对外公开，这是明文规定。还有，你手里的东西不是玩具，马上给我！"

她当然知道这不是玩具，拿得极稳，但就不松手，好像在欣赏他恼怒的样子，然后扯着他的衣领，十分遗憾地说："你不答应，还让我听你的，那我这么大个姑娘……刚才白亲了？不带这么占人便宜的。"她越说越想笑，一遇见方焰申，她脑子里根本没有提防的意识，还成心跨坐在他身上，无法无天又不自知，"叔，要么你想想办法，把我这危险分子制服了，枪自然还你。"

话音刚落，对面的人瞬间变脸，往日温和的表象下藏着的戾气陡然冒出来，眼底的一汪静湖蓦地燃沸。方焰申猛地起身，伸手把关飒按在怀里，他回吻过去，几乎毫无掩饰，真实而凶狠。

她眸子睁大，心底那股火又腾起来，浑身都被烧得软下去，只觉得周遭的空气甚至不足以支撑呼吸，整个人完全被他控制在掌心里。

关飒终于明白男人的可怕之处了，何况面前这位是特警出身，如果方焰申真想治她，她根本毫无招架的余地。

关飒快要溺死在这个吻里，觉得十二年前的那声枪响又回来了。

她无法掩饰心虚和讶异，在他怀里剧烈发抖，眼角都红了，模糊不清地叫他："方焰申……"

他的指尖慢慢地扣上她背后的那只手，一点一点熨平她的慌乱，然后把枪拿回去，这才肯饶了她，顺势又吻到她的眉眼之间，让她被迫闭上眼，连动都不敢动。

"不亏，一个吻而已。"方焰申的声音星火燎原，却每个字都清楚，"叔叔还你。"

关老板生平头一遭落了下风，浑身绷着劲，睁眼瞪他。

这下他骨子里闷骚的脾性没收住，促狭地笑她："小猫崽子一个，亲人都不会呢。"

男人可真是危险物种，何况方焰申经过岁月风霜，到底不是毛头小子能让她阴谋得逞，甚至他还能镇定自若地拿回配枪，轻轻亲她的眼睫，安慰性地让她放松下来，扭头就要起身。

关飒气急败坏，用上力气和他打，而身侧的方焰申已经把枪放回枪套，迅速按下她的胳膊，直接把人摔回到床上："还闹？"

她冷眼笑，提醒他："无所谓，你走你的，我照样能找过去。"

不就是半坡岭出了命案吗，她可以自己去。

方焰申没再犹豫，他太了解她，关飒不是个省油的灯，她要真动起心眼，谁都拦不住。于是他今天豁出去了，拎出手铐。

情急之下，关飒挣扎厮打，他不闪不避，让她直接揍了两下。

她愤怒起来行为失控，拧他拿铐子的手，死死撑着不让他得逞，却突然对上他眼角的那道疤，一下松了劲，手腕已经被他擒住。

方焰申把关飒铐在床头的木制栏杆上，沉下一双眼，定定地看她，口气不容置疑地说："飒飒，如果你故意妨碍公务，哪里都别想去了。"

她确实没想到他想出这么个办法，盯着铐子发狠，玩命挣扎："你放开！"她恨不得把他拆了才解恨，拽得床架乱响，"方焰申你王八蛋！我倒贴，是你不要我的！装什么装……你是我什么人啊？凭什么这么对我！"

方焰申扣住关飒，膝盖顶上她的后腰，强行把她撞倒，他什么样的凶徒没见过，真想用劲的时候，一只手就能让她一动不动。

他越生气越冷静，贴近关飒的耳侧说话，声音出奇地稳："你敢这么闹，就是仗着我对你没办法。"

她心里翻江倒海，经年的酸楚瞬间决堤，于是松开手，示意自己认输。

身后的人同样放手，但他已经权衡利弊，显然打定了主意。

方焰申蹲下身，示意她别紧张："你很清醒，能听明白我的话，所以不要故意激我。好好在家里休息，等晚一点警方完成封锁之后，我会找人来把你解开。"

说完他起身帮她把窗户关好，还拿来被子给她盖上，全程不肯再说话。

关飒的愤怒无济于事，无论再骂什么他都毫无反应，转身就走。


客房在阳面，可是这个下午静得让人浑身发冷。

关飒被困住，门上的钟反而找回了力气，非要对着她跳得飞快。

她僵硬地靠在床上，听见方焰申在楼下和老孟编话，解释她从局里接受调查回来，情绪太激动，已经让她睡下了，让老头今天别喊她起来。

没过多久，外边传来一阵汽车离开的声音。

关飒蜷缩起来，躲在床边的阴影里，手腕还有昨夜留下的红肿，此刻继续磨着铐子。

她不知道自己多久没哭过了，眼泪掉下来的感觉太陌生，好像终于又体会到了疼。

窗外的蝉声忽远忽近，恒源街上热热闹闹，促销喇叭又开始循环播放。下过雨的晴日，就在层层叠叠的屋顶之上，洗出一片蓝。

　　这第十二个春天，终究过去了。

# 第六章
# 她心底藏着一团火

　　南安市场在行政区域上也算半坡岭，但地理位置上更靠近灵水镇。

　　它在敬北市尽人皆知，离市区不远，专卖小商品，很多市里的实体店都从这里进货。最初它只是个菜市场，由废弃的厂房改建，但商户陆续多起来，再加上近两年电商繁荣，导致市场里的经营范围越来越大，开始私搭乱建，里边遍布成百上千家小商铺，卖什么东西的都有，又乱又杂。

　　根据关飒所提供的线索，那顶带血的假发是她从市场二层乙223那家买来的，于是下午的时候，陆广飞按照方焰申的部署，带人把老板和其他两个伙计都带走了。

　　方焰申直接开车去半坡岭分局，他跑上楼，正好遇见邵冰冰在忙着办手续。

　　对方晃晃手表，示意他都五点多了："基本问完一轮了，副队等你呢。"

　　他很快去专案组的办公室，陆广飞过来和他汇报："情况还算比较清楚，南安市场里假发店很多，但根据我们下午的探访，大多数都是以低价批发为主，只有乙223这家卖的手工织顶最出名，价格高，款式多，不走量，所以如果需要进真人发丝的高档货，他家就是市场里的首选了。"

"货源情况呢？"方焰申在屋子里还戴着墨镜，没有半点想摘下来的意思，他眼看陆广飞瞪着自己一脸别扭，明白过来，指指右边眼睛说，"这两天太累，防着点光。"

陆广飞显然受不了他这身打扮，但脸上还算态度端正，继续说："所有能找到的进货清单都拿来了，手工织顶的真人发丝款式太贵，出货量也少，根据老板交代，他这一年只从弘光村的厂家进货了，能节省运输上的各环节成本，把价格压下来。"

方焰申和他去见老板和伙计，又核实了一遍。

老板是个四十多岁的男人，灵水镇本地人，其余两个都是小年轻，只是来打工的，全都没有案底。三个人分开接受审问，吓得战战兢兢，不知道自己惹上了什么事，一个比一个紧张。

老板本人挺实在，方焰申追问关飒去买假发那天的事，他直言那姑娘范儿太正，在黑压压的人堆里十分惹眼，她一进来，店里的伙计和客人全都盯着她看，让他印象深刻，除此之外，当天实在没什么特殊情况。

他说关飒一看就是懂行的人，要的都是高价款，说拿回去当样品，而至于卖给她的货涉及命案，老板坚称真的不知情。

他坐立难安，发誓都发了几百遍，反反复复和警察解释："我们的货都是从厂子里送来的，最多拆个样摆出来，其余全是原包装堆着放，店里就三个人，没有人挨个看的，有人来买都是看样品先挑，再拿全新的。各位领导，我……我是真不清楚里边有什么问题啊！"

陆广飞对比前后三个人的笔录，没有发现疑点："方队，查过同批次余下的货，还有三十多顶都带回来了，没有发现问题。那顶带血的假发应该是在厂家出货，和同批次的货被乙223家进到店里，而后又被关飒买走，直到流入市区，最终被我们发现。"

包装密封，头皮组织和沾染上的人血经过钩织之后，隐藏在浓密的黑发里，从外观上确实很难看出来，以至过了多天之后，辗转几人之手，它腐烂发臭，直到关飒打开才被发现。

全部问完之后，又到了入夜时分。

白昼渐长，郊区靠山，落日余晖颜色瑰丽，歪歪斜斜地从山头上泼出来，天却还晴着，层叠晕染，最后剩下一片绯紫色的霞光。

方焰申走出来休息了一会儿，他从墨镜上方看天边，右眼所能见到的景物全都发暗，活像打翻了酱油，黏稠稠地着色。

邵冰冰走过来打量他，看他不知道拿着手机在想什么，竟然半天都没发现身后有人。

她总觉得方焰申从下午回来之后就不对劲，于是在背后喊他："干吗呢？"

方焰申推推鼻梁上的墨镜，磕一下手里的核桃，两个小东西又滴溜溜地转起来，然后他冲她潇洒一笑，扭头就走。

她气得想骂人，瞧他这德行，一天到晚不知道美什么呢。

走廊里的灯都开了。

邵冰冰莫名其妙，追上去奚落他："收了神通吧，在屋里戴墨镜，你也不嫌瞎。"

很快两个人一前一后回到办公室，集中分析线索。

陆广飞还在查，指着店里的出货记录和方焰申说："从老板进货到今天之前，还有另外三个买家拿过同批次的假发，我已经让人跟进，争取带回来化验。"

邵冰冰终于有工夫能喝口水了，她抱着杯子跟方焰申继续过笔录，同时把最新传来的调查结果打印出来发给大家，是有关诊所和医院里的药品记录。

她一边看，一边想着陆广飞的话，继续说："我刚才去看过，那三个买家离得都不远，两个在市里，一个是灵水镇上开网店的人，最晚等到明天都能有消息了。"

方焰申皱眉，想了想说："好，但我认为，同批次再查到的可能性不大。目前看起来，凶手长期喜好女人的头发，近期受到某种刺激行凶。他割取头发，目的是满足自己变态的心理需求，没有必要把它们卖出去。我怀疑那顶假发被发现并不是凶手的本意，是由于某些特殊原因才导致它被混在货里流出来的。"

邵冰冰抬起头，算算日子："如果是这样，距离徐有珍被害已经过去半个月，凶手发现自己的'作品'没了，肯定有所防范，案发的第一现场可能已经被破坏了。"

方焰申把药品记录拿在手里掂量，示意他们看好："别忘了，对方根本没有收手，曹红是近期遇害的。"

半坡岭地区的医疗单位排查下来，没找到可疑人员，凶手肯定还有别的途径获取管制药品，不能排除还有其他精神病人被囚禁。

方焰申扭头盯着地图看，叹了口气，直接坐在桌子边上，一边考虑，一边说："这么看就不能明面上直接封锁弘光村，那村里大大小小的厂子太多了，再快也没法同时控制，一旦对方收到消息，就有时间销毁证据，又会变成当年的继恩疗养院那样，咱们还是先派人暗访吧。"

陆广飞一直沉默，此刻突然说："方队，我再次提醒你，凶手对于头发的执念目前只是猜测，这些都建立在你相信关飒的基础上，可这两个案子目前的关联性未可知，没有任何证据指向十二年前，除了她的回忆。"

已经晚上七点半了，外边的天总算黑了，屋里的灯光还算可控。

方焰申把闷骚的墨镜摘掉，人也显得正常不少，于是他抬眼盯着陆广飞的时候显得分外郑重："我相信关飒，但前提是相信自己。我十二年前就听到过相关描述，现在被一一证实，整件事绝不可能是巧合。"

陆广飞抱着胳膊看他，面无表情地说："希望你是对的，因为暗中调查的难度更大，而且变数太多。"

"既然都没意见，那就叫人，马上开会。"方焰申不再和他争论，整理完现在已知的线索和有关证据，召集所有专案组的同事，"明天一早，队里所有人协同分局，重点排查弘光村，严密监控出入人员，暗中调查村里的假发工厂。"


人一忙起来，时间仿佛长了翅膀，命案当前，专案组里根本没人注意钟点，只有被困住的人才知道每分每秒有多难熬。

天黑下来的时候，关飒的假发店突然有人来了。

老孟把店里收拾完，想歇会儿脚，于是没急着锁小门。他拿着老式的收音机回到客厅，靠着冲外的院门坐下，戴了老花镜看报。

收音机里放起评弹，原本他的耳朵就不好用，此刻人一踏实下来，什么都忘了，完全沉浸在调子里，一头扎进旧年月。

院门还拉着纱窗，外边幽幽暗暗，屋子里也不太分明，只有一盏台灯，照出墙上半个人影，缓缓放大。

身后有人上了楼，但老孟根本没注意。

那人很快走到东南向的房间门外，轻轻敲了一下，里边的人没什么反应。

关飒已经被铐了好几个小时，早就死心了，她在半梦半醒之间听见脚步声，意识一分为二，有些反应不过来。

方焰申说过晚上会找人来放她，但事已至此，她不关心对方是谁，所以压根没打算醒，放任自己继续沉重地往下坠。

她又困又累，困是吃药导致的精神萎靡，但累是因为心累，累到实在懒得动，甚至不知道自己是不是真的睡着了。她渐渐发现自己在做梦，念头起伏，贯穿十数年不可告人的爱慕。

大梦晦暗如深海，让所有白日游离……直到太阳落山，整个房间暗下来，她仍旧蜷缩在床角，又感觉到自己在暗涌中沉浮，快要被夜色淹没。

关飒听见进来的人把门反锁上，已经来到自己床边，于是她脑子里的梦海骤然退去，空气里有外来者闯入的味道，迫使她睁开眼。

面前的人让她出乎意料。

关飒挣扎着坐起来，铐子在摩擦之下越来越紧，时间一长，手腕已经磨破皮。

她脑子里的感官卡在对方锁门的动静里，于是神经紧张，开口确认："是方焰申让你来的？"

对方晃晃手里的钥匙，答案明显。

屋子里没开灯，外层的窗纱已经被拉上，长夜幽僻，成了看守她的壁垒，就连月光也无法击溃。她勉强分辨出对方正低头靠近自己，而她所能挪动的距离实在有限，轻易就被攥着手腕拖过去。

果然，方焰申做了一个最稳妥的安排，晚上过来的这个人需要稳定她的情绪，自然要是她信任的熟人。

关飒心知肚明，但正因为太了解方焰申的行事风格，脑子里蠢蠢欲动的神经反而敏感起来。她怀疑这事不是偶然，于是又问对方："你不会轻易配合别人的安排……你认识他？早就认识？"

面前的人根本无心回答。

对方缓缓坐在床边，在黑暗里长久沉默，那双眼睛却一直盯着她。

眼神灼热，如愿以偿。

此时此刻的关飒和往日不同，她在清醒的情况下哭过，被人拔光所有尖刺，强制束缚在角落里，连目光都不似以往，竟然透着困惑。

那是一种非常极端的病态美，疯溃和清醒交替折磨，早早毁掉了关飒的精神世界，但她没有像其他病人一样求死，她在腐坏中生存，完美自洽。

这世界腐坏的躯体那么多，只有她身上开出了有毒的花。生命真正的美不在于毫无裂痕，而是裂痕遍布，却没有一根崩坏。

关飒逃避光，心底却藏着一团火，这样的人，脆弱太难得。

对方一语不发，握着关飒的手腕，指尖向着衣服袖口延伸而入，一点一点感受她的脉搏。

关飒的理智荡然无存，她知道，对方没想打开手铐。


直到半夜，分局上下的灯都亮着。

专案组已经集中开完会，石涛也回来了。方焰申知道他一直在山南的村里排查，最近太累，让他先去休息一晚，然后安排分局派人去和他换班。

大家晚上派了三四个警察便衣外出，准备直接混进弘光村。

方焰申自己不急着走，等在走廊尽头的窗边看手机，他想等的回复没有等到，却先等来了老孟的电话。

老头在电话里急疯了，嚷得震耳欲聋，说关飒情绪激动突然自残，求他赶紧回来一趟。

方焰申立刻动身，让老孟无论如何先把人看住，他迅速下楼开车，走到一半突然想起什么，又跑回办公室，把身上的配枪锁在了分局。

这日子又长又短，明明一天只有二十四个小时，关飒却觉得今天怎么都过不完。

凌晨两点半，她突然听见车声，挣扎着爬到窗口，看见楼下又有人来了。

很快，几个人凌乱的交谈声越来越近，直往她脑子里钻。她觉得头疼欲裂，拼命拍打自己，动作一大，手腕却开始疼。

疼痛和混乱的现实搅在一起，让她的意识卡住了，开始不断臆想，直到手掌里满满都是温热的液体，心底忽然又生出一丝快慰。她想起方焰申，无法自控，开始想要更多……她觉得身体沉重，必须找一个出口，让她能把所有负累都从身体里赶出去。

关飒的感官开始不受控，放大周遭所有轻微的动静，甚至清楚地"听见"血管破裂的声音。她最后能做的就是把门反锁，把自己这个怪物隔离。老孟岁数大了，救不了她，反而会被吓坏。

门外渐渐有人在敲，还有呼喊，但关飒耳朵里的声音太多，吵到她谁也不想管，于是瘫坐在窗下，没力气起身，更不想开门。

她又能看见自己了，崩溃的意识让她听见自己的声音，字字句句冷漠如冰，脑后的伤口开始发烫……她开始提醒另一个自我，天还没有亮，方焰申有案子要忙，他不会回来。

人间暗夜如焚，他身后还有一座城，只能留她一个人。

关飒抱紧自己，陷入混乱的呓语之中。十二年了，她害怕一切都是自己可悲的幻觉，害怕从那场火之后，方焰申根本就没有出现过。

面前的门突然被人从外撞开，门锁崩坏的声音让心跳都漏了半拍。

她睁开眼睛，果然，那可悲的幻觉又来了。

方焰申在赶回来的路上通知了陈星远，两个人在街边相遇，和老孟一起上楼。

情急之下，方焰申只能选择破门，门一开，屋子里满地狼藉。那张靠墙的单人床被人掀翻，床板几乎被拦腰劈断，满地都是零零散散的东西，却异常安静。

屋里太暗，方焰申下意识要开灯，身后的陈星远拦住他说："别，不能刺激她。"于是他没有马上往里走，轻声开口喊关飒。

窗口之下似乎有团暗影，缓慢地动了动。

他仔细看过去，白色的窗纱被扯掉一半，不知道上边蹭了什么，一道一道暗色的印子，模模糊糊，又像无数个打穿的黑窟窿。

陈星远再次低声提醒："关飒可能发病了。"说着打算进去。

方焰申摇头，把他推到门外："她真失控了你制不住的，我去，你准备好应急措施。"

陈星远考虑了一下，让开一步出去了，他扶着老孟，两个人下楼去等。

方焰申尽可能让自己冷静下来，他知道关飒的情况不好，于是屏住呼吸慢慢接近她。

地上全是尖锐的木刺，无法想象里边的人究竟用了多大力气，以至于木制的床栏杆硬是被外力拽断了，断面突兀，全是伤人的棱角。

方焰申不敢再往下想，他什么场面都见过，可半生的镇定突然就在这间屋子里被击溃，脑子里闪过了一个可怕的念头，不能再等，他立刻冲到窗边想要看看她。

关飒就坐在地上，一切太暗，她的眼神泛空，手里还拉着一半的窗纱，似乎挣扎着想用它缠手腕。

方焰申慢慢地蹲下身，把她攥着的窗纱解开，那上边全是干涸掉的血，而关飒右手的腕子上还戴着手铐，已经剐到血肉模糊。她试图给自己止过血，应该没有伤到动脉，但伤处的皮肉被内侧的金属切割碾压，几乎不成样子。

方焰申后悔了，这种感觉仿佛又回到当年，他扣下扳机的时候就知道晚了，于是那一枪的子弹就像把他自己打了个对穿。

如今又是一样，他对着她的血一句话都说不出来，胸口之下埋着的情绪轰然炸开。

关飒面无表情地坐在地上，像个麻木的人偶，伸手由着他看。

她渐渐能看清他的样子，又不知是谁在发抖，连地上的影子都克制不住，天旋地转，这狭小的房间一直在晃。

关飒抬手去摸方焰申的脸，浮出一层笑，格外平静地和他说："叔叔，送我去医院吧。"

方焰申抱住她，把她的脸按在怀里。

她浑身发软，好像骨头都断干净了，任由自己沉溺在阴暗又真实的幻觉里。她拼了命地在心底告诉自己这不是真的，却总能听见钟表走针的声音……她抓紧方焰申，听他的心跳，那双"流血"的人眼并没有出现。

幻觉太真实，让她分辨不清，但她贪恋他的怀抱，宁愿发疯。

很快，关飒感觉到面前的人似乎要和自己说什么，但他胸腔起伏，好几次开口，都没能说出来。最后方焰申起身找了一圈，把远处手铐的钥匙拿回来了，然后小心地避开伤口，把她的腕子放出来。

有人送来了钥匙，却被远远地甩开扔在地上。

关飒发疯，硬生生用她自己的手腕勒着铐子，把栏杆拽断，然后强行挣出来了。

方焰申没有时间问她到底怎么回事，把她从地上横抱起来，飞快地往外走。

楼下所有的灯都开了，光亮突如其来。

关飒不由自主地抬手挡住眼睛，露出一截胳膊。她的皮肤白得过分，此刻毫无血色，腕子上的伤口清清楚楚，像一截被凿坏的玉。

老孟吓坏了，一着急眼泪直往下掉。陈星远让他保持冷静，又哄又劝，终于把老头劝回屋，然后他来确认关飒的伤口已经止血，拿来药箱，想给她简单地包扎。

关飒突然把手藏到身后，像个固执的孩子，直勾勾地瞪着他，一语不发。

陈星远借机观察关飒，她反应迟钝，精神游离，对人非常戒备，但此刻没有出现激烈抵抗的行为，于是他缓了一步，把东西都递给方焰申说："她现在可能只记得你了，帮她把自残的伤口处理一下，我带她回诊所。"

方焰申把关飒放到沙发上，将她的手腕包好，又把人扶起来，抱着往外走。

整个过程关飒都很顺从，眼看店门就在眼前，她突然抬头叫了一声："陈医生。"

她边叫边看，眼角微微下压，似笑非笑，那表情奇异又古怪。

陈星远没急着开门，观察她的神色，问她："嗯，我在，感觉怎么样？"

关飒抓着方焰申的肩膀，手指持续用力，却很平静地看着他说："头疼，很吵，能听见很多声音。"

"还记得刚才发生过什么事吗？"

她盯着他的目光飘浮不定，嘴角慢慢勾出一个笑，和他说："记得，有人来过。"

陈星远和方焰申对看了一眼，继续问她："对，有人来给你钥匙，想给你打开手铐，然后呢？"

她脑子里乱了，迷茫地摇头，好像突然很恐惧："不知道……我把钥匙甩开了。"

陈星远告诉她没关系，不要强行回忆发病时的痛苦，然后轻轻挡住她的手腕，防止伤口带来更严重的视觉刺激，又把自己的药箱拿过来，和关飒说："闭上眼睛，休息一下。"

没人知道她一旦发病之后会出现什么情况，以防万一，陈星远来之前就准备好镇定药物了，打算让她先睡过去。

关飒的目光落在注射器之上，针头靠近的时候，她就像被什么东西咬了似的，突然尖叫出声。那针头变成了一条蛇，透明而尖利的毒牙一口咬穿她的意识，让她瞬间剧烈挣扎，力气失控，直接从方焰申怀里挣脱出来，大喊着推开陈星远："放手！"

她动作太快，劈腿踹飞陈星远手里的针管，不许任何人靠近，自己摇摇晃晃地站着，只觉得面前的人影不断放大，于是疯狂地喊叫。

方焰申示意陈星远先退开，他从身后慢慢走过去，想要把她暂时制住。他做好又要和她厮打的准备，但关飒早在现实和虚幻之中挣扎到精疲力竭，整个人就像被蛀空的墙，他轻轻一碰，她已经垮了，手脚都发软，却执拗地一直在躲。

"飒飒？"方焰申摊开手给她看，"什么都没有，没有火，没有手铐，没有能伤害你的东西了。我们离开这里，看着我，别怕。"

一如当年，他把她从火海里抱出去。

关飒的目光完全失焦，但因为方焰申的声音，脸色渐渐不再亢奋。

她退到门边，声音平缓下来，努力地开口说："我头很疼，但我听得见，不要给我打针，我可以……可以控制自己。"

"好。"方焰申伸手扶住她，告诉她接下来要做的事，"你的医生已经过来了，他需要把你接回诊所做检查。"

"不，让他走！"关飒的喘息平复下来，她恢复意识之后态度配合，只是不知道为什么对外人非常抗拒。

方焰申指向身后的人，希望她能认出来："这是陈医生，他最清楚你的情况。"

"方焰申。"关飒突然抓紧他的手，只提了一个要求，"我不和他走，你送我去医院，就去三院。"

时隔多年，关飒再次出现激越行为，随时有可能发病，需要留在医院接受监护。

她如愿被送进市立三院，但院里并没有专门的精神科病房，于是方焰申连夜请人特批下来，把她送到特需住院楼，安排在独立病房里进行看护。

来到这里只是关飒偏执的主意，她是个病人，有什么想法都不奇怪，可方焰申不知道怎么了，也跟着魔了似的，甚至不惜联系家里，非要按关飒的意愿，先住在公立医院里。

陈星远对此深感无力，明明他才是主治医生，可他的建议根本没人听。

这一夜谁都没能休息，直到关飒情况稳定之后睡着了，他们两个人才放下心，往窗外一看，天都亮了。

方焰申的工作不分昼夜，他从病房里出去接电话，是分局传来了消息。

监控弘光村的事遇到阻力，便衣进入村子，先借着拿货的由头查了几个厂，没想到村里的人提前有所防备，不知道怎么这事就传开了，陆续开始有村民自发集结，一致排外，不允许外人进村。根据目前传回来的消息，村里有很多私人作坊，各家老板压根没办过相关手续，觉得警察一来就要抄自己的厂，情急之下产生抵抗情绪，互相串联，干脆把村口堵了。

陆广飞又让弘光派出所的人早上佯装进村巡逻，都是村民见过的片警，一共四个人，没想到脸熟也不好使，全部遭到围堵。

村里肯定有问题。

方焰申让他们不要硬闯，本地人的土办法太多了，闹大容易发生意外，不好控制。他暂时让人后撤，马上请局里增派人手过去。


方焰申打完电话走回来，陈星远就坐在走廊的椅子上，伸手递给他一杯热咖啡。

方大队长开始想念自己的菊花茶，接过去却没喝。他在膝盖上撑着头，缓了好久才透过一口气，又抬手看时间。他不能久留，于是和身边的人说："这里挺好，医生、护士多，能帮我看着她。"

陈星远知道他最近又忙起来了，也不绕弯子，指着心理科室的牌子说："你一遇见关飒就开始过度补偿，再这么下去也该七楼见了。"他咬着杯子慢慢喝，又和方焰申说，"放心，我后续跟进关飒的情况，保证不再让她伤害自己。"

"飒飒已经很久没有出现过自残的问题了。"方焰申揉着眉心，转脸说，"你应该比我清楚，她不会随便发病。"他盯着陈星远的眼睛透着笑。

陈星远对他这种眼神十分熟悉，越想越来气，始作俑者竟然还有脸问别人？这下陈医生忍不住了，冲口开骂："我昨天就提醒过你，太过分了！别说关飒是个病人，就是个正常人，无缘无故被你铐着也得气出病！"

这事的前后不难猜，方焰申肯定和关飒发生过争执，而且情况微妙，除非迫不得已，他绝不会对关飒用铐子，于是陈星远的话顿了一下才继续说："关飒已经是个二十四岁的成年人了，你很清楚她的感情，不能接受就躲远点，你这样反反复复的态度只会刺激她！"

这话陈星远不是第一次说，有些人靠一生治愈童年，有些人靠童年治愈一生，不幸的是，关飒是前者。方焰申救了她，这件事成为两人之间的羁绊，客观事实无法抹杀，所以方焰申的存在、他的职业，会持续给关飒带来危险的暗示，这对她的病情影响太大了。

他本人就是她的应激源。

方焰申无话可说，涉及案情和关飒的意图，他没法解释自己之前的行为，无论如何确实不该铐住她，现在后悔也没用，解决不了任何问题，他想想又问："你昨天去的时候，她是什么情况？"

此时此刻的陈星远还穿着一件乱七八糟的衬衣，一听这话他低头看自己，无奈地开口："方队，咱俩从高中到现在，认识二十年了吧。"他示意方焰申摸摸良心，昨天夜里他是在梦里被电话惊醒的，连衣服都没穿利落就往恒源街赶，此刻哭笑不得地反问，"怎么，怀疑我呢？"

"是啊，我谁都怀疑，我每天光忙着怀疑人了，要是连你都不省心，我不累死了。"方焰申伸手拍他的肩膀，只想知道当时的情况，"我等你的回复一直没等到，还有手铐的钥匙是怎么回事，你没给她解开？"

陈星远只好从头开始交代，他按照方焰申的意思，天黑的时候去假发店，可关飒一直没醒，他观察了一会儿，担心嗜睡是药物带来的副作用，不想马上惊动她，于是把钥匙给她放在手边走了。

"幸亏她睡着了，关飒很敏感，如果清醒过来看见我，肯定怀疑咱俩早就认识，难道我还要撒谎骗她吗？治疗首先要建立在互信的基础上，我是她的医生，绝对不能失去患者的信任。"陈星远后半句话已经压着火，"我走的时候看见老孟了，特意叮嘱他，等关飒下楼的时候让她按时吃药，给你回个信。"

谁也没想到关飒突然发病自残。

方焰申虽然疲惫，但脸上的神色还算轻松，他拉着陈星远的领子给他塞衬衫，好言好语地说："唉，问问而已，别这么大火，后续可都指望你了。"

陈星远懒得理他，这一大早眼看就要六点了，医院开始有人出入。他们两个胡子邋遢，和刚打完仗没什么区别，简直没法见人，他打算下楼去自己的办公室，于是拽着方焰申起来说："走，洗个脸收拾收拾自己，你不是还要去忙吗，歇会儿眼睛。"

方焰申正打算去蹭他的办公室，顺势勾在他的肩膀上，小声说："最近有案子，不能让飒飒乱跑，你还得帮我看住她。"

"她留在这里没意义，三院虽然离家近，但不具备精神专科医院的条件，先稳定症状，观察两天，我再把她接走。"

方焰伸了个懒腰，连核桃都转不动了，难得认真地说句话："我啊，这辈子见血的事见多了，唯独看不了飒飒遭罪……昨天眼看她一胳膊都是血，我这口气全卡在嗓子眼里，从头到脚都跟着疼。"他似乎想开了，又说，"所以不想勉强她了，挑个医院而已，我要是再不顺着她，这叔当得也太渣了。"

眼看电梯来了，陈星远宽慰道："行了，明白你不是故意逼她的。"

两个人很快进电梯，关门的时候正对着通往病房的方向。

方焰申抬眼看出去，笑笑又说："而且我知道，关飒不会无缘无故自残。"

这栋特需楼内外颇下功夫，不但走廊装饰精良，连电梯都是新换的，关门的动静十分利落，谁也没看见走廊尽头又有人钻出来。

他们一走，那人直接溜到了关飒的病房外。


一个手铐引发了"深夜血案"，受害人睡得并不踏实。

关飒被送进医院的时候已经平静很多，没有再被强制注射镇定药物，所以外部环境一旦安静下来，她的意识反而断断续续，随着现实世界的反馈逐渐清晰，很快就醒了。

她躺在病床上翻身，听见有人进来，明明医护刚刚离开，于是她本能地以为方焰申又回来啰唆，顺手抓起枕头砸过去："我死不了！"

这动作太快，牵扯到手腕，疼痛格外真切，让她感觉到伤口牵引着四肢和感官，突然破开束缚，整个人从厚重的茧里挣脱出来，连消毒水的气味都显得格外亲切。

门口的人一步一步往里走，磨磨蹭蹭，仿佛屋里的怪物会吃人，这动静明显不是方焰申，也不会是那位陈医生。

最近见鬼的事太多，事已至此，关飒早就豁出去了，天王老子来了她都不怕。

她握紧手，故意闭眼装睡，直到对方靠在她床边一动不动，她才突然坐起身，抬手就是一拳，照着对方的脑袋直接抡过去。

对面的人吓坏了，抱头就躲，一屁股直接坐在了地上。

关飒盯着那张眼熟的脸，松开手坐在床上看他："你怎么来了？"

大家好像都忘了，这栋住院楼不光有她，还有一个倒霉的方沫。

两个人互相瞪了半天。

方沫惊魂未定，第一次见到关飒本人的头发，艰难地开始消化她男人头的造型。

他怕她还要揍自己，不知道说什么好，甩甩胳膊摆出请安的姿势，站起来说："祖宗好，小沫子来看看祖宗。"

关飒完全忘了这茬，打结的脑袋瞬间通窍，冷不丁被他逗笑了。

方沫脸色不好，几天而已，人已经瘦了不少。她想起他的病，估计做过化疗了，于是忍着没骂人，抬眼打量他的脑袋瓜子说："还行，没秃。"

"你那玩意太恶心，让我对假发都有阴影了，得亏我哥把它拿走了。"方沫说着抬腿蹭上她的病床，这动作倒和他哥一脉相传，眼睛还不忘打量她说，"这样好看，真的，我说实话，女生能驾驭住寸头的太少了，祖宗你算一个，简直帅爆了！"

关飒是来住院的，当然没工夫戴假发，这会儿被他一说，这才明白过来他为什么小心翼翼地看自己，于是她往下一躺，声音懒散："放心吧，有没有头发都是你祖宗。"

方大少爷自己在医院里已经无聊到长毛了，今天找到机会溜出来，围着关飒聊天，死活不走。

至于他哥把关飒送到这里来的事，方沫只来得及知道一半，而且不巧的就是关飒被绑了一下午，不惜自残挣脱出来的那一半。

此刻方沫心疼不已，盯着关飒包扎过的手腕说："真没想到，我哥他以前不这样的，挺温柔一个人，谁知道老了，晚节不保。唉，这男人岁数一大，怪癖也多……祖宗，都是我没用，让你受苦了！"

关飒盯着天花板，沉重地叹了一口气，不想理他。

方沫发现这两个人见面就打架，剧情实在太虐，再加上他哥之前警告过他，于是他好言好语，劝关飒想开点："你别跟他硬碰硬了，他就不至于强制禁断什么的……"

"滚！"关飒觉得这小子挺神奇，每次都能被他气得头脑清醒，让她感觉自己比他正常一万倍。而且只要方沫开始扯淡，用不了三句话，能让人从头到脚都轻松不少。

贱有贱的好，贫嘴治百病。

她闭着眼，越想越窝火："说反了，就他那虚情假意的德行，我就差拿枪指着他，逼他从了我。"

方沫联想能力一流，小声问她："我哥很少生气的，你不会真这么干了吧？"

"嗯，试了一下。"关飒的脸色比床单还白，人倒是躺得挺踏实，还把手腕举起来给他看恶果。

成年人的世界都这么复杂吗？

方沫大惊失色，默哀三秒，敬她是条汉子。

关飒的耐心用尽了，问他："你住的那边都没人查房吗？"

方沫嘟囔着说："有啊，天天轮流来看我。不过我都混熟了，这栋楼归我罩，楼上楼下所有护士姐姐我都认识，好说话。"

关飒一句"滚安吧"已经滑到嘴边了，忽然听他这么说，心里一动，她睁开眼，冲他勾勾手指。

方沫凑过去听："您吩咐。"

关飒笑了，她躺在背着光的地方，眸子发黑，就像是一对泛着光的墨珠子。她一边笑一边轻轻和方沫说："给你个立功的机会。"

凡是不省心的都是祖宗，流年不利，方焰申身边的几位病的病，伤的伤，最终都被弄进了三院。

一切安排好之后，他蹭陈星远的饭，在医院食堂里随便吃了几口，马上出发赶去半坡岭。

高速出城堵车，他开了两个多小时才到。

弘光村的问题表面看着是弄巧成拙了，分局已经又去了一队人，但双方对峙到了下午。村民的情绪非常激动，卡车、拖拉机都开出来堵着村口，就是不让警察进去，动不动出来几个精神矍铄的老太太，撒泼打滚，又哭又闹，嚷嚷什么暴力执法，要逼死老百姓了。

为了防止打草惊蛇，警方没有公开命案的相关信息强行搜查，因此分局的车暂时停在村附近的大路上，附近的派出所把村委会的负责人找来协商，在村口维持秩序。

方焰申迅速去找石涛，这胖子最扛造，睡醒一觉还能继续干活，已经爹着毛又来村口了。

他气得脸上的肉直抽抽，指着村口的方向就说："方队，这地方过去穷好几代了，好不容易挣点钱，就怕来人封厂子，这下全急眼了，也不知道谁想出来的，专门找老头、老太太出来闹。"

方焰申往前一看，村口统共没多大，隔着个铁栅栏的门，里边什么都有，还真要聚集全村之力和他们死磕了。

陆广飞从远处走过来找他，专门掐准一切机会说风凉话，皮笑肉不笑地开口说："之前就提醒过你了，暗中调查的变数太多。"

方焰申戴着墨镜靠在车头，总觉得这事不对。警方本来一直都在山南排查，昨天才决定把重点转到弘光村，可今天天一亮，还没问几家，里边就有人找碴闹开了，这事总不能这么巧，于是他说："我认识弘光派出所的张哥，之前因为别的事和他打听过这村子，老哥哥说村里平时挺消停的，厂子不少，但没出过大事，也没听说以前有聚众滋事的毛病。"

石涛十分无奈，摇头说："村委会的那个负责人就是个搅屎棍，瘦了吧唧一小老头，打官腔还挺溜。跟他协商一上午没什么用，就说里边家家户户的情况不一样，有的执照手续都不达标，都害怕，他也为难。"

今天不冷不热是个好日子，晴天有风，村前小道上两侧都是树荫。方焰申挪一挪，找了个凉快的地方，手里捏着俩核桃，想想决定顺坡下驴。

他和他们交代："怕查是吧，那正好，老陆去上报，把工商的同事叫来，进去挨家挨户地查，不达标就封，咱们的人跟着一起。"说完他和石涛一起往村口走，"还有，把那个村委会的负责人给我叫来。"

他心里有数，这种事能拖到现在，就因为两边都卡着，谁也不乐意顶着压力再迈一步。派出所经年累月是当地的人，今天来只是为了配合他们。对方和村里的负责人都是老熟人了，难免要顾着一层面子，这种情况之下，必须找个外部势力当恶人。

方焰申干脆自己去撕开这层人情的口子，他是上边市局的人，虽然话说得不轻不重，但态度很明确，今天要办市局的专案，弘光村的厂子必须要查，群众有情绪可以调解协商，协商不成的马上依法处理。

派出所的人一看他态度硬，赶紧跟进，顺势听从上级的安排，调集警力果断采取行动。很快准备当场拆除村口的围堵设施，凡是阻挠正常出警的村民，只要不听规劝，而且不撤离现场的，立刻强制带走依法刑拘。

命令强制压下去，进展就快多了。很快工商的人赶过来，石涛马上也尾随去村里。

村里的负责人姓胡，拉着方焰申去村委会和他一通神侃，大概也猜到他们来这么多人，事情不简单。

老胡话里话外兜圈子想打听，他听说山头南边出了事，一心想搞清楚轻重。

方焰申站在村委会的一排平房外，半天也不打算进屋，他拿着个核桃没什么架子，眼看像个好说话的领导，但对方了半天，硬是什么都没套出来。

他和老胡聊了两句村里出货的情况，包括他们对接南安市场的走货方式，口气不咸不淡，左右盯着，也不知道在看什么。

屋子后边忽然有动静，方焰申回身扫了一眼，就看见两个小青年蔫头耷脑地佯装路过，一和他对上眼神，对方的脸色都变了，扭头就要拐弯，跑得飞快。

他转身和老胡说："我们就来看看厂子，你们村里的闲人倒是不少啊，挺爱看热闹。"

对面的小老头比他矮不少，是个精干的本地人，瘦得皮包骨头，正挤出一脸笑，也往远处打量，随口就说："村里娃嘛，上过高中都算高学历了，这不都没啥出息嘛……没见过这么多警察。"

方焰申懒得和他纠缠，打听两句就要走，示意自己还有事忙。

他直接顺着路去找石涛，把他拉过来低声说："西边那俩小子，一看身上就有事，你绕路堵一下，把人带过来，查查都什么毛病。"

石涛点头，抓过一瓶水往下灌，喝完直喘气。

方焰申想起半天没见邵冰冰了，又问他："咱们的'娇花'呢，还没来？"

他本来想尽可能地照顾女同志，今天就是老大爷们儿出来围村的事，她帮不上太多忙，因此上午让邵冰冰留在分局了，配合内勤的工作。结果现在眼看各家大姑娘、小媳妇的也不少，多个女警有好处。

"分局那边资料多，刚才说已经过来了，应该快到了吧。"石涛说着指指西边，示意自己往那边去了。

这一追，还真追出来两个瘾君子。

弘光村一直默默无闻，无论哪项指标在半坡岭都是倒数，往日里偏安一隅，唯一脱贫的指望就是假发厂，结果这么一个不起眼的小村子里，竟然有人藏毒。

警方立刻突击搜查，很快当场抓获两个涉嫌吸毒的无业青年，屋里人货俱全。难怪村里紧张兮兮，听见一点动静就有人出来煽动闹事。到这节骨眼上，也不用再怕什么打草惊蛇了，抓人要紧，他们迅速封锁整个弘光村，守住所有出入口。

陆广飞把当场抓住的两个涉毒人员交给分局的同事，和方焰申一起在村口盯部署。

全体干警、协警都倾巢出动，把整个村各个通路都围了，这下事情闹大，村里村外全都安静了，没人再敢出来乱晃。

分局押人的车刚刚开走，对讲里边突然传来石涛的喊声："方队！西边有个口子没堵住，三个人往山上跑了！"

方焰申突然反应过来，抓过对讲机和他喊："追！"

陆广飞和他对看一眼，板着脸严肃地说："抓一个就能揪出一片，肯定不止那两户的事。"

方焰申把核桃塞到兜里，想起胖子身边分局的人都跟车走了，剩他一个在村西，这么追太危险，于是他让陆广飞留下盯紧现场，让石涛报告方位，亲自带人增援。

人赃并获，对方既然敢跑，就肯定想好了后路。

方焰申追过去才发现，弘光村的最西端是一段水泥围墙，警方已经控制住明面上所有的出入口，但围墙上还藏着一个不起眼的小门。门旁边横着一辆三轮车，被人踹歪了，估计本来车上堆满杂物，曾经挡着门，因此除了那些村里人，外面来的警察很难注意。

别看石涛胖，抓起人来可不含糊，前后几句话的工夫，他已经跑进了山。

方焰申带着两个协警从村西继续上山追，一进山才发现满眼都是树叶子，根本找不着北，偏偏对讲机里噪音嘈杂，说不清也听不见，很快又没动静了。

晴日天好，半坡岭上又是满眼黄绿，安安静静，间或传来几声鸟叫。

往日方焰申只是遥遥看着它，从没亲自上来过，再加上这山头没人管，聊起来人人都说不高，可等他一站在山脚下，才觉出山还是山，尤其野山最麻烦。这两天正是入夏的日子，山上郁郁葱葱，树多草多，他们几个人一头扎进林地里，发现山上榕树巨大，早就盘根错节连成了一片，林子深处连太阳都没了，全都是难以分辨的野路。

满眼浓绿如海，两百来米高的山头不够巍峨，但想吞几个人实在容易。

方焰申继续喊石涛，但对讲里没人回答。身边跟着的人提醒队长路不好走，随口又说："听这动静，估计涛子把对讲机跑掉了。"

这一带山里没信号，手机也打不通，方焰申只能估摸出可能的方向，先带人走。

他们三个人冲着不同的方向喊，都没听见回应。

方焰申环顾四下，山北背阴，走着走着都觉得阴暗潮湿，而且林木没人养护，全靠自己野蛮生长，凭空长出遮天蔽日的势头，再这么乱走下去，别说涉毒人员追不追得上，连石涛都没影了。

身后跟着的协警也觉得情况麻烦，嘀咕了一句："这山里可太好藏人了。"

方焰申拍拍身边的松树停下来，真到着急的时候，他反倒看起来四平八稳。他又往山脚下看，发现深山老林有个好处，他根本不用戴墨镜，反正都是阴森森的一团影子。

他已经想明白了，对方的后路就是半坡岭。

事发突然，逃窜的人发现进村的没几个本地警察，尤其刚抓到人需要押送，派出所和分局已经走了一拨了，于是他们故意往山里钻，就算剩下的警察贸然追踪，荒山一座不认路，他们也有机会脱身。

眼下最危险的是石涛。

方焰申手里攥着对讲机，刚才是他一句话吼得胖子独自冲锋追进来，这会儿却不明原因突然失联。

几个人正在找方位，高处突然传来动静，眼看那边的树高得冒尖，似乎有东西蹿来蹿去，很快一阵扑簌簌的响声。

这鬼地方满眼树影子，连声音也不好分辨，不知道是人声还是动物捣乱，但既然有了目标，只能先追，他们当下分开三个方向，一起往高处围过去。

方焰申低声示意他们一切小心，对方疑似涉毒人员，不清楚有没有持械，必要的时候可以拔枪示警："看见那棵最高的白桦树了吗，沿路先找涛子，不要分开太远，上去之后立刻在树下集合。"

大家行动，他自己往正前方走。

四下灌木太多，满地的植株低矮，脑袋上还顶着乱七八糟的树枝，人在里边时不时弯腰低头，待久了满身都是潮气。

很快方焰申往前行进了几十米，但越走越觉得四周过于安静，连偶尔的鸟叫都没了。他直觉不对劲，仔细一看，脚底下一片地蓬果子，红彤彤的很打眼，全掉在地上被踩烂了，明显刚刚有人来过。方焰申迅速拿枪，一摸之下才发现枪套空空。

他昨天为了提防关飒，把自己的配枪锁在分局了。

山地草木密不透风，对方的情况尚不清楚，同事又失联，而他此刻空落落地站在当下，背心发凉。

这下可真是麻烦了。

虽然他们来了三个人，可协警也不配枪，大家还不认路，万一找不到石涛，对方在这深山老林里就占了上风。方焰申潜意识里关于危险的猜想一点就着，飞快地闪过无数个念头，他必须做最坏的打算，于是迅速背靠树后，拿着对讲机冲山下喊话，让陆广飞尽快派认路的人进山增援，然后又寻找刚才同行的人，想要确认彼此的位置。

话还没出口，他突然听见身后的树叶乱响，立刻收声回身。几步之后的灌木在动，忽然钻出个人，直接向他扑了过来。

一切发生得太快，偷袭他的小伙子面黄肌瘦，黑洞洞的两个眼眶毫无神采，看着二十岁出头，手里握着刀，一声不出只记得乱挥，明摆着打算闷头把人捅了再说。

方焰申避开刀子，本来还想说两句话，试图让对方分神，结果那"黑眼圈"一凑过来浑身带着一股特殊的臭味，肯定是吸毒了。这下他没心情废话了，出声呼喊同行的协警过来，同时抓着他的胳膊，想把他手里的刀甩掉。

两个人互相夺刀，用力之下，那小子瞪着眼，章法全无，就记得狠命和他扭打，手里的刀尖笔直捅上天，冷不丁挑开了树枝，刺眼的日光突如其来。

半山上的林地十分阴暗，让人忘了外边还是大晴天，眨眼之间，方焰申看见头顶上细小的蚊虫轰然散开，一道光直接射穿了林荫。他的右眼猛然失焦，本能地松开对方用手挡光，不过几秒的空隙，他听见身后又有人过来，正想看看是不是自己人，没想到腿上已经狠狠挨了一下。

他踉跄着摔在树下，眼前模模糊糊，发现又蹿出来一个奓毛的小青年，吸毒吸到大腿、小腿一样粗，举着棍子就要犯浑。

人一旦沾毒，被逼急了都是亡命之徒，何况对方是为了逃命，别指望还能分轻重。很快那两人看出来方焰申身上没枪，于是对了个眼神，瞬间癫狂了，一起冲他围过来。

方焰申右眼怕光，开始神经性地抽搐，连带视力受限。他想起身，对方却不打算让他缓过神，一前一后出手攻击。他身后的那个人看着瘦不啦唧，力气却大，趁方焰申看不清的时候直接卡住他的胳膊，让他一时没挣扎出来。与此同时，前方的"黑眼圈"又攒足了力气，直冲方焰申扑过来就是一刀。

钢刀刃上泛着光，方焰申摔在地上无处可躲。

意外永远不给人从容以对的时间，这可不是演什么警匪剧，警察真正出案子的时候根本没有剧本，什么突发状况都可能会遇到，所以方焰申在这千分之一秒的时间里只觉得眼前发黑，甚至来不及紧张。

他的眼睛很疼，平白无故地想起了一句话，在那个静谧到能听见心跳的夜晚，云开月来，他面前的人苍白无害，无声无息地望着他，十二年暮色如焚。

那天晚上关飒问他想要什么。

此时此刻，方焰申只剩下苦笑，他模模糊糊地看见刀尖直冲胸口捅下来，庆幸自己没说实话。

第七章
# 少有人走的路

　　俗话说得好，地球是运动的，所以一个人不可能永远处在倒霉的位置上，以身犯险这事也差不多，就比如方焰申，绝路闯多了，躺着等死也没那么容易。

　　那把要命的钢刀一刀扎在他胸前，却没见血，第二刀根本没能落下来，在半空之中就被人踢飞了。

　　关飒冲过去的时候，方焰申正倒在地上，好死不死地捂着胸口。

　　那一瞬间周遭真空，她脑子里什么都没了，又急又怕，于是对着持械行凶的瘾君子一记飞腿，然后勾拳把他的脸都给揍歪了。

　　对方很快惨叫着摔在地上，关飒又踩上身边的石头，蹦上另一个帮凶的肩头，勒住他的脖子，直接把那人也撂倒在地。

　　整个过程里，她都忘了自己还穿着三院标志性的住院服，可怜那身蓝条棉布的衣服弱不禁风，导致这场动作戏颇有难度。

　　"方焰申？"她把人都打趴下之后才觉得慌，但脸色还算镇定，发现他似乎没被捅伤，于是冲过去拉他。

　　地上的人终于缓过一口气，眼睛也好多了，于是从胸口的兜里掏出两个核桃，其中一个正好被刀扎劈了，有了一条大裂口。

大概连他自己都没想到，玩核桃还能救命。

"值了。"方焰申把那两个英勇救主的核桃塞回去，还有心思逗她说，"不枉我疼它们这么多年。"

关飒实在是笑不出来，她站在他身边，直到所有感官归位，血继续流，心继续跳，这才觉出手腕隐隐作痛，还是用力太过。

方焰申凑过来摸摸她的头，示意自己没事。自从关飒长大之后，英雄救美的情节就不太现实了，他觍着脸获救，还表现得十分从容，爬起来给她鼓了一下掌，迅速过去把那两个玩命的孙子给铐了。

关飒站在旁边不出声，看他例行公事。

方焰申劈头盖脸地冲那两人一通骂，为了把人给镇住，两脚踹过去，结果他一松劲，忽然有点站不稳，扶着树才缓过来。

她没忍住，追着问他："腿疼？"

方焰申不但腿疼，眼睛也挺疼，但脸上还能乐得出来，嘴角一勾就说："没事，爱笑的叔叔运气不会太差。"

嘴这么贱，救他多余。

关飒不理他，她人瘦，一动就在衣服里晃，此刻过去扶着他，两个胳膊看起来还没地上的棍子粗，可惜一动手就现了原形。

草长莺飞的日子，他们公务缠身在郊区追毒贩，关飒却突然出现，她是铁了心要蹚这次的浑水，而意外突如其来，再加上她对这个案子的执拗，一切都和方焰申的预想相悖。

十二年之后，一切俨然失控。


谁都没说话，方焰申目光严肃，一脸正派。

她一看他这样就知道，方大队长又要教育人了，反正说来说去都是涉案危险那点老皇历，她不想听，于是报以更直白的目光，活活把他的话给堵回去了。

关飒今天虽然冒险，但所幸来得及时。

她完全是一路追上山的，此刻裤腿上全是草沫子，她毫不在意，凑近掰过他的脸，要看他的眼睛，完全不考虑场合。

方焰申无奈，抓住她的手把人护到身后，让她避开那两个涉毒的家伙，又问："你怎么上山的，谁告诉你我在这里的？"

警方已经封锁半坡岭，弘光村是重点排查区域，现在不可能有人能随便出入。

"追你的人不少，男的女的都有。"关飒口气不屑，话里有话。

她甩开他，回身叫人，山上弯弯绕绕都是林木，太容易丢，她按约定吹了几声口哨，示意自己的方位，很快附近的人都听清楚位置，一起赶过来了。

方焰申发现来的人竟然是邵冰冰，他确实没想到关飒遇见她了，而且以他们"娇花"的脾气，冒险把关飒带入封锁区可太令人意外了。

邵冰冰急得脸都白了，这一路翻山越岭没少遭罪。

她跑过来看见方焰申没事，总算踏实下来，没好气地瞪着他，指着关飒就说："我从分局出来，正好遇见她，这疯丫头骑着重机车硬闯警戒线，被封路的人拦下来了。"她一边说一边配合协警，把地上的涉毒人员背铐扭在一起，确定对方不会挣脱之后才起身，继续说，"我知道关飒有能力自保，万一出事还能帮忙，所以编个了借口，把她弄进来了，不然她今天妨碍公务，还得让人拘走。"

她们刚到山脚下就听说出事了，立刻进山分头找人，邵冰冰和那两个协警相遇，直到听见打斗声音才找过来。

关飒不打算卖乖，顶着邵冰冰的话就接："要是没我，你一个人扎进山里，和他刚才的下场也差不多。"

"你！"邵冰冰急了，一看她就来气，"我知道你有病，不跟你计较，别来劲啊！"

方焰申勒令两个人都闭嘴，又把邵冰冰拉到树后说话。

关飒没兴趣围观，自己在附近转了一圈，把地上扔着的木头棍子捡起来。

半坡岭这鬼地方全是野山头，她虽然来过很多次，但真正上山也是头一回，没想到山里这么热闹。


方焰申自然没心情站在半山腰上和邵冰冰争论对错。

为了防止再次发生意外，他和山下通报此地的位置，又安排邵冰冰和协警一起押着人原地等待。

陆广飞的增援已经在路上，很快就能找过来，由邵冰冰负责和自己人会合。

"还有一个没抓住，涛子还在山里，很可能有危险，不能再等了，我先往前走。"方焰申说着伸手，让邵冰冰把枪给自己。

邵冰冰一愣，这才明白他为什么能被两个人围了。

今天这事公安都来了，再怎么无法无天的人也知道要顾虑刑警配枪，按理来说不敢随便袭警。谁知道方焰申抽风，枪套空空也敢出来追人，简直不要命了。

邵冰冰心里后怕，不敢声张。

她在暗处伸手，迅速把枪塞给他，又考虑了一下说："我和你一起。"

"不行，今天是老爷们儿的事，太危险了，你去不了。你就负责把这两个人看好，交给陆广飞，另外……飒飒？"方焰申随口叫惯了，扭头冲外边喊人，想让关飒一起待在这里，跟队里的人下山。

邵冰冰被他这句"飒飒"叫得难受，胸口直冒邪火，张嘴就恶心他说："叔叔、飒飒的，你也不害臊，那年她才多大啊。"

方焰申突然抬眼，平日里大家有的是比这更过分的调侃，但邵冰冰此刻分明看出他认真了。

他把话扔过来，干脆说清楚："关飒出事那年十二岁，未成年，只是个孩子。这种事不能胡说，玩笑不是这么开的。"

邵冰冰心虚，她的话是说过头了，但其实没这么恶毒，更想不到方焰申走心了，明摆着让话题更加尴尬。

邵冰冰不想辩解，转念想起他说山里危险，于是死活不愿意留守，非要和他一起去找石涛。

这队伍太难带了，没一个听话的。

方焰申心里发愁，好在脸色如常，人还是那个人，连兜里的核桃都还在。他看着不笑不恼，没什么表情，却又分明不似以往。他抬眼盯着邵冰冰，提醒道："我不是在和你商量。"

她忽然明白了，恨不得把他的脸皮撕开看看，这男人该明白的时候不明白，不该明白的时候又比谁都通透。

方焰申加重语气告诉她："这是我的命令。"

"是！方队。"邵冰冰咬着牙答应，二话不说就退回了原地，反正这么多年下来，她退得太多，不差这一次。

她心里藏着一个人，日日相见，却不能坦白，不尴不尬地和他过了这么多年，同事当得熟络，下属当得尽职，熬到连她自己都不知道这算不算是感情了。

不可说，不能放，也无处藏，最后只能求不得。


他们说话前后不过几分钟的工夫，树后又少了个人。

这回涉毒人员被吓老实了，跑的人是关飒。

中年男女的爱恨情仇实在无聊，她没空欣赏，忙活起了正事。

虽然有协警看着现场，但他们其实没什么主心骨，话也少，于是关飒借机蹲在地上，玩着棍子，学起方焰申。她假意威逼利诱，虽然没能从两个吸毒的傻蛋嘴里套出话，却发现他们的眼神一直往东边瞟，剩下的同伙八成就是往那个方向跑的。

她抡开棍子探路，一路向东，很快听见方焰申从身后追过来。

他的腿挂彩了，这会儿还跑不利落，蹦了两步有点踉跄。

关飒没忍住，回身扶了他一把，又抢话说："我来都来了，你要么现在把我当嫌疑人铐回去，要么咱俩一起走。"

她一张脸在暗处显得颜色更浅，眼神固执，直勾勾地盯着他看。

身后的人出乎意料地没阻止。

方焰申手里拿着枪，腿虽然疼，但这会儿不能让关飒逞强。他把她拽到自己身后，直接向前去，又说："你跟紧我，如果看见人，马上示意方向，千万别贸然动手。"

关飒低头笑了。

头顶上的一片天万里无云，山林里却树荫幽邃，四下时不时一明一暗。

她知道他的眼睛伤过，替他留心周遭，嘴里却不饶人："是，跟紧你，万一有人偷袭，我还能救你一命。"

方焰申回身看她，关飒穿着一件住院服跋山涉水跟着他蹚路，于是他脱下外套给她披上。结果祖宗不领情，脾气坏，倔起来跟石头一样，非要笑着歪头冲他说："我这病传染，咱俩今天一起疯。"

方焰申确实无可奈何，如果关飒此刻再乱跑还要出事，只能走一步看一步了。

他提醒她把袖子拉下来："这草拉人，小心脚下。"

她一边照做一边问："刚才那两个人我好像见过，拿棍的不认识，但拿刀的人有印象，是不是村西那几家的？"

"对，涛子就是盯西边的时候看见他们跑了。"方焰申一边走一边回头和她说，"村西三户成毒窝了，几个小子都吸毒，家里藏的货也被搜出来了，第一批已经押走两个人了。"

"吸毒。"关飒重复这两个字，并不惊讶。

弘光村里的无业青年不少，人穷惯了，靠着厂子突然有了收入，受不住诱惑不稀奇。她偶然在路上见过有人萎靡不振地乱晃，有几个不正常的，年纪轻轻脸上灰败，一双眼睛都像生着锈。

方焰申突然问她："你认识？"

关飒摇头说："不知道叫什么，就在路上见过。"她虽然有印象，却不知道对方的底细。

她跟着他走，总觉得事情有些不对劲，一时又想不起来。

半坡岭、弘光村、村西吸毒的小青年……她顺着它们想下去，回忆自己过往进村里时的情况，没能找出蛛丝马迹，却想起更多乱七八糟的画面，就像眼前漫山遍野的林子一样，拔根草拽到底都能当引线。只是线头太多，究竟能解开什么，反而让人想不清了。

　　两个人顺着往东的方向走了不过五分钟，满眼还是一人多高的草木，忽然顺风闻见一股恶臭。

　　方焰申看看四周，脚步一动，附近藏着的蚊蝇全飞起来了。他仔细分辨，表情凝重，忽然握紧枪，按住关飒说："你在这里等我，别过去。"

　　满山潮气，可惜已经完全盖不住那股腐烂的味道了。

　　关飒知道轻重，很快停下脚步，捂着鼻子皱眉。

　　方焰申很快循着这股难以忍受的味道向前走，在草地里发现了一具尸体。

　　老话说得好，天网恢恢，这世上的一切都有迹可循，冥冥之中都是定数。

　　警方突击搜查弘光村，原本是为了调查连环命案，没想到搜出有人藏毒，紧急追捕村里逃跑的吸毒人员，又在进山之后接连发生意外，最终还是绕回了这起命案。

　　这一次半坡岭的山北又发现了死者，同样被人潦草掩埋。

　　发现尸体的位置挨着一棵生长高大的杉树，凶手行事并不严谨，一直对抛尸极其没有耐心，因此挖坑也挖得不深，明摆着没打算在深山老林里掩人耳目，看着就像草草撩了一把土，导致死者身上破烂的睡衣都露在外边。

　　方焰申捂着口鼻简单查看，树下又阴又潮，眼看入夏，气温升高，尸体在这样的露天环境下难以保存。他大概扫了两眼，已经看见有部分呈现白骨化了，现场很难辨认，死亡时间显然不是近期。从附近残存的衣服碎片的颜色来看，这是个女性死者，虽然尸体的皮肤风干紧皱，但明显能看出缺损部位，同样被割取了头皮。

　　死者遇害的时间应该早于徐有珍、曹红那两个人，尸体高度腐败，场面十分可怕。

　　方焰申不想刺激关飒，叮嘱她站在一旁的松树下等，低声说："发现尸体了，需要保护现场，你留心四周，别乱动。"他迅速通报山下，派人带法医尽快过来。

　　树底下的人却好像站不住，关飒扭头四处看，一语不发就往南侧的草丛里走。

　　她一动，整片草都跟着晃，那方向就是杉树南侧，距离现场只有几步之遥。

方焰申急了，绕开尸体，冲过去拦她，但关飒示意他别出声，抓着他的胳膊往地上指。

草丛里露出一双鞋，分明还有人。

那双球鞋脏兮兮的，颜色却很特别，在草地里十分显眼。

方焰申一看那黄紫的颜色就认出来了："涛子！"他环顾四周确认安全，冲过去把草拉开，果然是石涛。

胖子脑后受了撞击，倒下去的位置距离尸体不到十米，应该也是一路追着人跑过来，感觉不对停下来查看，结果一分心就遭人偷袭，直接被打晕了。

万幸他身上没别的伤处，显然对方急着逃窜没再管他，打人的木头棍子被甩在了旁边，和关飒手里捡的是同款，分明就是一伙人。

这就有意思了，尸体腐烂外露，附近的草丛里又脏又瘆人，虫子、苍蝇全被勾来了，而那条漏网之鱼竟然还敢躲在附近埋伏，很可能早就知道这里藏了什么。

凡是白日少有人走的路，大半都有人暗夜铤而走险。

半坡岭只是一座小山坡，连个景点都谈不上，没想到林深露重，秘密却不少。

方焰申查看四周，没有其他异常，于是抓着对讲机喊医护人员快速接应。

关飒站起来又往东边看，想想和他说："我大概知道方向，再往东可以翻山了，下去离扇湖不远，通向南边的那几个村。"她并不知道此前在扇湖边发现了什么，一边说一边帮他把石涛抬起来，又问，"还追吗？"

方焰申摇头，对方路熟，把石涛撂倒之后估计早就翻山跑了，如今他一瘸一拐，地上还躺着伤员，再冒险追下去没意义。

他决定立即撤离，迅速和山下的人说："石涛受伤，跑了一个，马上封山搜！给周边发协查通报，附近的高速收费站沿路设卡，守死南北通路！"


整个弘光村被警力控制，入夜之后早早没了灯光。

专案组集中调集附近的警力布控，让整个村子连只鸟都飞不出去。直到捅破天的时候，那些爱看热闹撒泼打滚的老太太全没影了，吓得各回各家。

石涛被方焰申救下山，紧急送去了灵水镇上的医院。

所幸胖子身上的肉没白长，人没事，只是挨了两棍子，砸出轻微脑震荡，很快就醒了。

当时有人逃窜，情况紧急，石涛急着追捕，没来得及把话说全，后来在医院一醒就能下地了，赶紧把事发前后的情况详细告诉队里。

当时的情况都是凑巧，警方在村西的民房里抓走两个人之后，石涛留下继续搜。

他看见隔壁屋外放着一排鞋，于是随手翻看，发现两双鞋底都卡了不少煤渣子，这让他瞬间想起在扇湖勘察时的线索，于是立刻把隔壁住的三个人叫出来盘问，还没等他拎着鞋开口，那三个人就心虚了，掉头就跑。

目前来看，弘光村的突破口集中在这伙人身上，不光是涉毒那么简单。专案组就近直接在弘光派出所里审讯两个被抓的嫌疑人，又一直开会到深夜。

没过多久，村里的调查结果陆续发送回来，涉案人员所住的村西平房是出租房，户主就是那个漏网在逃的人，二十六岁，叫殷大方。另外在山上被抓的两个人都是二十岁出头，是他手底下的租户，也是他前几年从附近招来的帮工。他们除了住的房子，在村里还有个假发作坊。

殷大方会点手艺，村里的生意有了出路之后，他一直以此谋生，而后挣的钱都成了毒资。

这几个人平日里在村里还算低调，但从村里人聊起他们的态度来看，他们私底下没干好事。

陆广飞拿着预审口供看，走出来和方焰申说："搜过他们住的地方，除了毒品和那两双鞋之外，暂时没有其他发现。这俩小子平时帮着殷大方干活跑腿，在一起鬼混，坚持说只是去过扇湖，什么都没干，也不知道有人死了，凡是和那顶带血假发相关的事，他们一概不承认。"

当时的情况已经很明显了，原本没查到这两人头上，石涛最多是问问情况，如果他们不心虚，根本就不用跑。最可恨的是，他们不肯交代殷大方的去向，摆明是吸多了，脑子不够用，还打算玩嘴硬那一套。

方焰申转着核桃，在隔壁的监控室里一直观察里边的人，看看时间说："继续等，咱们分拨休息。人都扣在这儿了，早晚都得说。而且这二位大半天没吸了吧，我看左边那个都抖上了，铁打的嘴也扛不住毒瘾。"

陆广飞点头，叫人安排换班，然后和他一起往外走。

两个人下了楼梯，陆广飞盯着方焰申，忽然说："邵冰冰把你那位……那个关飒，送到一楼的办公室了。"

两个人刚好到一层，方焰申的腿是外伤，问题不大，此刻走起路来还算稳当。他答应着要往办公室的方向拐，拿话堵陆广飞的嘴："知道，今天严重违反规定了，我的问题我担着。"

走廊里只有他们两个人的动静，陆广飞又叫住他说："还有一个事，警方的消息村里人知道得太快了，那两个人说是殷大方一大早把他们叫起来，让他们散播谣言，说警察要来封各家的厂子，煽动村民，堵住入口，故意闹事，我怀疑有人提前走漏了风声。"

方焰申丝毫不觉得意外，温和地抬眼问："所以你觉得是我的问题，因为私人关系，我把案件侦查的进度透露给关飒，她又泄密给村里了？"

对面的人没有一口咬定，也有疑虑："我确实想过，因为关飒开店，还卖假发，又和这村里人有联系。但说实话，我不认为你能干出这么不专业的事来，而且关飒今天突然跑过来，如果她和嫌疑人有勾结，没必要还上山救人。"

方焰申觉得他对自己的评价还算中肯，于是笑了："我早上就发现不对劲了，所有事看起来一波三折，但面上并不是解释不通。"

如果这些人咬定自己在派出所有关系，问出警察巡逻的事，几个人因为藏毒而煽动村民，这也说得过去。方焰申这一晚上都没有和同事点明疑点，就是因为走漏消息还隔着藏毒，不一定涉及命案，也不一定就是专案组里的人有问题。

陆广飞破天荒地没有揪着关飒的事不放，他打算找人再查："我去联系祝师傅，摸一下这边所里民警的背景，私下找人问话，看看还有没有可疑的情况。"

他突然这么痛快，方焰申有些意外，他扭脸凑过去打趣道："这么好说话？你是不是准备在背后打小报告，让领导直接扒了我？"

方大队长的嘴难缠，再尖锐的话到他这里都能说得敞亮，反倒逼得陆广飞一愣。

"旗杆子"满脸正直，从不开玩笑，因此认真地回答："我对你本人没有成见，只是你的作风让我很有意见。除此之外，我一切都从客观事实出发。"说完他就走了，到外边去给局里打电话。

方焰申撇嘴不理他，快走了两步，小腿外侧还挺疼。他想起自己今天差点让人给捅了，离英勇就义就差一步，越想越觉得可笑。

警察干久了，俗话都说他们是把命拴在裤腰带上，有时候一切都是本能。但什么队伍里都不是绝对干净的，封锁弘光村的消息确实可能是他们自己人漏出去的，原因不明，究竟牵扯到哪一层还不知道，眼下这个阶段，只能按兵不动再观察。

他回头又往楼上扫一眼，人活在世，其实个个都是亡命之徒，隔着一堵审讯室的墙，区别无非两个字，善恶而已。

如他所料，那两个瘾君子到午夜时分就熬不住了，毒瘾发作，闹起来都没人样了，开始胡言乱语。方焰申决定让预审的兄弟暂停，毕竟熬鹰的工夫不能省，随时观察找时机再突击审讯，随后专案组的剩余同事都去了分局的招待所休息。

他一路把关飒带过去，为了不显眼，故意等同事都走了才开车。办案期间，人困马乏的钟点，大家都只能抓紧时间休息，很快招待所楼下就没人来往，他们正好开到。

关飒的机车被留在派出所了，此刻她正坐在方焰申的车里，一路上安安静静地接受安排，也不出声。

方焰申看出她一直在想前后的事，命案已经闹大，瞒着她没什么用，所以他松口，大概和她说了情况。

关飒不慎买到的那顶假发，肯定是从弘光村里流出去的，目前重点怀疑对象就是殷大方这伙人，但还没有实际的证据。

可是有件事很蹊跷，关飒能确定自己和这些人的过往并无交集："他们的岁数和我差不多，这些人根本没有住过疗养院。"

"查过，确实没什么关系，都是半坡岭土生土长的小浑蛋。审了半天，他们对十二年前的案子听都没听过，看反应应该不是装的。"方焰申停车熄火，转头看她，"弘光村的水可够深的。"

"我认识村里人，可以帮你去打听。"

他低头，从车里翻出薄荷糖，一人一颗塞嘴里，看着她笑："明天的事明天再说。"

关飒本来还想再聊两句，但看见他下车的时候腿有点不自然，一天下来他就这么硬扛着，于是她没再开口。

她明白，张嘴一句"警察叔叔"叫得容易，这些人背后有多少凶险的过往根本没人知晓，哪怕天塌下来，也得有人顶着。方焰申看着永远波澜不惊，都是因为人在长期高压之下被逼着找到了自我平衡，事情越乱，越得一步一步来。


他们去的招待所很小，只是路边的一栋四层小楼，是分局之前的宿舍改建的，外边对着十字路口，门前有一片空地，正好被用来当作停车场。

夜已深，郊区比不了市里，只有路口有灯，微弱地照着亮。

附近的人还守旧俗，关飒看见有人蹲在十字路口要烧纸，于是飞快地往里走，一进门发现邵冰冰在楼下，正抱着一团衣服坐在厅里的沙发上。

前台值班的人是个小妹，已经困得脖子撑不住脑袋，迷茫地打量进来的人，最后才盯着方焰申反应过来了。

先来的同事已经打过招呼，于是小妹马上伸手拿房卡，招呼着说："方队，你自己一间，安静。"说着说着，她的目光落在关飒身上，不知道怎么回事，只好小声问，"呃，这位是？"

关飒偏要捣乱，故作神秘地不接话。

身后的邵冰冰走过来，把借来的衣服、裤子扔在台面上，盯着关飒说："你跟我走，把衣服换了，别再穿这身晃悠了，生怕别人不知道你有病是吧。"

关飒没空和她吵架，对方是今晚唯一的女警，标间里肯定空着一张床，只要邵冰冰愿意当好人，帮方焰申救场，谁都不用搞特殊了。

这可真是体恤领导，忠心耿耿。

关飒心里不屑，脸上冷淡。

果然，方焰申一个眼神递过去，满脸赞赏。

他顺势接过自己的房卡，正儿八经地和关飒开口说："对，你和冰冰姐一间。"

关飒没有反驳。

三个人挤在小小的前台外，各有各的戏码。

这下里边的小妹满脸都是疑问，打量他们，不知道该冲谁开口。

关飒一心等着看方焰申尴尬，这事不明不白的，要是不点一句，明天早上肯定传遍整个招待所。

没想到领导终究是领导，演技精湛。

方焰申镇定自若，厚着脸皮冲小妹笑，然后比画着拍了一下关飒，随口介绍道："哦，这个……我带来的家属，你懂吧，正好在附近遇见她了，来看看我。"

关飒开始装"傻白甜"，但没什么经验，只能委屈巴巴地跟着点头。

前台小妹恍然大悟，就算没懂也得赶紧装懂，于是迅速傻笑，她不方便打听领导的八卦，坐回椅子上继续犯困。

邵冰冰强压着火气，全程瞪着关飒，大声喊她："走吧家属，跟我回屋睡觉。"

关飒确实回屋了，但没有老实睡觉。

她把住院服换下来，穿着一身明显偏大的长袖上衣和运动裤，浑身别扭。

邵冰冰和她话不投机半句多，自顾自去洗漱。

关飒趁着对方在厕所的工夫，直接溜了出去，等到她在方焰申屋外刷卡开门进去的时候，里边的人正好从厕所洗完澡出来。

这回警察叔叔是真没反应过来。

方焰申正在擦自己的头发，忽然看见大门开了，于是他下意识觉得危险，出手顶住门，差点把外边的人撞倒。

关飒的手腕撑在门边，伤口处的包扎还带着暗色的血印。她动动手指，示意他别紧张，在门后幽幽地叫了一句："叔叔，是我。"

他把她拉进来，探头去看走廊，确认四下没什么问题，把门关上。

方焰申穿着浴袍，看她一眼，又低头把自己的领口拉好，结果对面的小丫头片子就开始笑。

他百思不得其解，想不明白怎么就关不住这位祖宗了，于是问她："你从哪儿弄来的房卡，谁给你的？"

关飒一点都不见外，在他屋里四处溜达，无辜地说："我去前台要的。"

他太了解她，马上就问："你威胁人家了？"

"没有，我说出来了一趟，没带卡，被锁在外边了，你在洗澡听不见，让她把备用房卡给我。"关飒的语气十分真诚，"你自己说的，我是家属。"

绕来绕去，还是他自己挖的坑。

话正说着，方焰申的手机上接到邵冰冰的一连串问话，那边已经发现人跑了。

方焰申直叹气，回复关飒没丢，想了想，最终还是发了一句语音回过去："算了，我自己看着她吧，衣服的事多谢，赶紧休息。"

关飒笑了，借来的衣服是一身鹅黄色，此刻套在她身上实在滑稽。她扭头看见窗边还空着一张床，于是爬上去得意扬扬地仰着脸，挑着眉眼和他说："是，除了你，没人看得住我。"

方大队长没招了，没人可怪，只能怪自己。他去厕所换好衣服，出来摆着一副"老实睡觉"的表情催她。

关飒抱着膝盖，坐在床上，一如既往直勾勾地看他。

她发现男人岁数一大挺有意思，就比如此情此景，方焰申真能绷得住，看不出什么尴尬的表情。他让她快点躺下，要给她盖被子，口气拿捏得分外老成，简直和老孟没什么区别："叔今天累了，真没精神陪你闹。"

关飒不出声，突然抓住他的手。她仰脸看他，眼神又蒙了雾，这一夜月光暗淡，她的轮廓瘦而清楚，突如其来，缠着他的手指不放开，像是山里闯出来的精怪。

两个人谁都没再说话，简直成了无声的角力，但方焰申看见她手腕上的伤，是被他强行铐出来的恶果，于是他先落败。

关飒勾着他的手指，引着他抚摸自己脑后的伤疤，还有那行刺青。

他一瞬间又想后退："飒飒……"

面前的人眼神固执，松开他低头笑。她把脸埋在膝盖上，声音闷闷地传过来："怕我勾引你？我一个女的都不怕，你怕什么。"

这话题说不通，于是方焰申干脆坐回自己床上，关灯就要睡觉。

很快两个人都浸在黑暗里，彼此连表情都看不见，再也不用徒劳地开口。

关飒转头盯着窗外，这角度正好对着来时的那个路口。

她有些出神，又听见他在身后叹气。

方焰申在黑暗之中忽然说了一句："是啊，你什么都不怕，就是我最害怕的事。"

窗外渐渐燃起火苗，有人开始烧纸。

关飒低声笑："我是个疯子，十二岁的时候就想得到你。"她目不转睛近乎自虐似的盯着那团光亮，有些停不下来，"小孩的天真都是骗大人的把戏，我早早就什么都懂了……我要长大，要配得上你，然后不择手段，千方百计地把你留下来。"

遥遥一点路口的火光，在她的眼睛里越烧越大。

关飒对着那团火开始发抖，抓紧床单，嘴里反反复复地重复那句话："That a burnt child loves the fire...方焰申，我就是那个被烫过的孩子。"

坠入火海，死而后生，却依然爱火。

夜色长长久久，让人舍不得入睡。

关飒想起那天两个人扭打的时候，那个吻的感觉让人晕眩，她好像被一把推下悬崖，直直地掉入海里，发现这世间无非是一场梦，但因为梦里有他，所以沉沉浮浮不肯醒。她想让他知道她的挣扎，又喃喃地和他说："这么多年了，我只能在发病的幻觉里见到你，我不想再这样下去了。"

她眼里的火还在烧，无休无止。

方焰申并不知道她看见了什么，一直没有打断，再开口的声音透着叹息，他说："飒飒，那不是幻觉，你生病的时候，我都在。"

十二年间，关飒四次发病，每一次千难万险，他都回来了。

关飒浑身抖得厉害，说不出话。

方焰申不肯承认自己的心思，不肯参与她的人生，却一次又一次把她从疯溃濒死的状态里拉回来，成为她最后的浮木。他把她推上岸就离开，一句话也不留，如同一簇点燃她余生的火焰，可望而不可即。

关飒看见火光，外界和心底的声音交替出现，离体感浮现，意识渐渐开始不清楚。她看着自己转过身，一路去找方焰申，扑到他身上……这无边的黑暗又成了一片海，她沉溺其中，仿佛能洞穿他的眸子，和他眼中的自己对视，心火如焚。

她开始毫无章法地渴求一个吻，纠缠之间连呼吸都乱了，死死缠着他："方焰申，你说你欠我的，那就救救我。"

她的病永远不会好，人间水火，非他不可。

方焰申掐住她的腰，把她按在胸口，不许她再乱动。可关飒意识恍惚，完全无法驯服，一到暗处就显形，如同某种撒野的猫科动物，张嘴就咬他的手，急了还要连带他的胳膊一起啃。

他真没见过这么疯的姑娘，一边笑一边抓她，直到把人扣在床和墙壁的角落里。

她挣不开，几乎哭出来："别想骗我了，你如果心里没我，早就结婚生子，过正常人的日子去了！"她脑子里不断浮现那双流血的人眼，和方焰申此时此刻的样子完全重合，于是慌了神，又亲吻他眼角的疤痕，喃喃地问，"你明明都知道，为什么这么对我？"

方焰申压着她的手，重重地呼出一口气，问她："飒飒，你想没想过，如果有一天，我回不去了，那时候你要怎么办？"

他的职业无法顾全个人感情，因为这世界总要有人坚守黑暗的闸门。如果今天没人拦住那把刀，或是在危险关头发生任何一个万一，他就没法回去见她。

没有人天生伟大，只有知道自己会死的人才敢玩命。

方焰申是个警察，他做好了随时牺牲的准备。但关飒不行，她的人生支离破碎，失去亲人，面对疾病的折磨，好不容易才活下来，再也经受不起失去他的打击了。

方焰申非常清楚这一点，所以他不能跟着她疯。


关飒几乎被他的话击溃了。

她无法设想方焰申有一天出事的可能性，脑子里轰然炸开，零星的火苗已经在脑子里冲天而起，直接扑灭幻觉中的人眼。

方焰申安抚似的摸摸她的头，觉出她情绪不对，怀里的人浑身发烫，像只盘踞而暴躁的兽，止不住地发抖。

他翻身捧住她的脸，逼她冷静下来，手指一碰才感觉出来，关飒满脸都是泪。

"不，你必须回来！"她的恐惧不受控制，歇斯底里，又哭不出声，只记得捂住眼睛，意识里那些微弱的火光被放大到无法承受的地步，陡然哭喊着说，"火，全是火！"

方焰申用被子围住她，抬眼一看，窗外星星点点，还有人在烧纸。微弱的火苗被人忽略，却在暗夜里过分明显，成为关飒的应激源，他立刻起来把窗帘全部拉上，拍着她哄："好了，睁眼看看，没有火了。"

关飒胡乱地擦眼泪，蜷缩在被子里，还抓着他不松手。

这会儿的关老板实在有点狠不起来，虽然往日里动辄就撂倒一片，但刚刚差点发病，又被他一句话吓破了胆，此刻脑子还有点蒙，只记得低低地开口重复："我还活着，你不许死。"

他坐在床边忍不住笑，小姑娘还是没长大，于是他找话去安慰她："逗逗你而已，警察叔叔都很厉害的。"说着他凑近去看她，又故意每个字都蹭着她耳边说，"从哪儿学来的，天天往人身上爬？"

屋子里始终没开灯，关飒脸上发烧，她觉得自己像被闷在温水里的青蛙，而方焰申几个字就能添把火。

他不动声色地扣着她，让她憋着气，心里不上不下，又一个字都说不出来，最后这人得了便宜还没完没了，丝毫不觉得害臊，警告她说："小猫崽子，咬我可以，不许咬别人。"

关飒的注意力被分散，实在听不下去，磨牙瞪他："咬你算轻的，恨不得咬死你！"

身边的人躺平了，清清嗓子，慢条斯理地开口："想我死的可不止一个两个，你边上排队去吧。"这话听不出情绪，很快他还给她摆事实讲道理，"今天不也是吗，如果你们没去，我八成就和涛子一起趴草里了。"

关飒心里说不清是什么滋味，眼睛盯着墙，模糊看着黑乎乎的一团人影，连呼吸都挤在一起才踏实。

他说："飒飒，我不能和你在一起。"

关飒一动不动地躺着听，既不意外也不伤心，只是觉得可笑。

"干我们这行的人，每隔几天都能看到同事殉职的通报。我算命大的，到今天还能平平安安就知足了，想你的时候还能去见见你。"方焰申的手摸索过来，扣着她的指尖，掌心的温度像涌动的浪潮。

他想到什么就说什么："你也看见了，我眼睛的外伤拖得太久，医生说眼底深层出血……总之一直没能吸收，估计要做手术，也可能哪天就看不见，瞎了。"

他还有心情边说边笑，余下的话不用再解释。

关飒明白，如果一切都按原有轨迹继续下去，方焰申还有放弃工作认命的机会，但偏偏命案发生，竟然还与十二年前相关，人心世情，他没有一样放得下。

困在过去的人不只是她，还有方焰申，案子一天不完，真相就不能得见天日，隐藏的死者无以告慰，而他当年失误的负罪感也无法获得开解。

他是警察，而她是唯一目击死者的证人，他们隔着那场烧掉真相的大火，不可能坦然相对。

他有他的使命，最后一案，不破不还。

关飒一瞬间想通了这些，反倒释然多了。

她伸开自己的手指，回握住他说："没关系，瞎了我养你。"

警察叔叔开始笑，越笑越停不下来。

关老板冷冷淡淡"哼"了一声，又扔出一句没头没脑的话："我相信你，你一定可以查清楚。"

有时候人的退缩并非恐惧，而是因为承担了太多，才会止步不前。

方焰申低头吻她的额头，示意彼此都不要再开口："睡吧，不想了。"

第八章
# 清白又勇敢

天亮之后，该查的还是要查。

一大早祝千枫就从局里传来消息，是继恩疗养院最近的调查情况。

此前方焰申对关飒的笔录十分重视，但没有更多证据，还不能正式并案侦查，所以专案组只能先从过往人员身上寻找突破口，陆续寻访到四位已经出狱的人。

祝千枫提醒他："分别问过了，继恩疗养院里没有符合关飒描述的地下室，也不存在单独锁住的房间。关于那扇门的特征，从询问的口供来看，那很可能只是普通的办公室门，或者是一些没有改装过的病房门，因为黄漆涂装是那个年代的常见装修方式，当时在院里也很普遍。"

方焰申没有马上回话，避免刺激关飒，他独自去厕所里接电话，和祝千枫说："好，地下室的事先放一放，就算曾经有，现在也没了，很难找到痕迹物证了。"

对方告诉他，最麻烦的是比对出狱人员的口供没找到纰漏，也没查出他们和半坡岭连环命案有关联。

方焰申对此并不着急，那几个人都是服刑出来的，十二年前的事成了人生污点，明摆着谁也不想再涉案，生怕惹火烧身。

他和祝千枫说："有一条很可疑，根据当年的数据来算，直到现在还有三个被拐的病人没能解救回来，是生是死都有可能，但这几个出狱的人对这事的说法未免太一致了。"

当年核查出的被拐人数明显有问题，如今警察多番试探，而那几个人的回答十分类似，他们都猜测是因为王戎亲自送病人离院，没有外人接头，以至连人贩子都不是同一拨，整条线上的线索都被那场火给烧没了。

四个人坚持对此事不知情，更多的细节难以回忆，无法给警方提供更多线索。

"猜测？我看那四位是凑了桌麻将聊过吧，十几年了，随便猜猜都能猜出同一个版本？他们明显是商量过的，反正全赖在王戎头上就行，死无对证。"

祝千枫也有顾虑，因此早做过安排，有点为难地解释："应该不会，半坡岭的命案没公开，我们也是私底下让便衣去的，他们近期没有沟通记录，不会提前串供的。"何况十二年前的王戎如果身上还背着命案，没必要弄得全院人都知道，多一个人就多一张嘴，他们了解的可能性很低。

"那更麻烦，如果他们不知情，却做好统一的准备，那肯定是在当年就有人给他们想好应付警察的说法了。"

方焰申发现过去的案子越扒越古怪，那个王戎再怎么周全也很难独自处理掉三个病人，可是查到现在，警方始终挖不出和他相关的可疑人员。

他又问祝千枫："院长呢，你没去找程继恩了解一下吗？"

"哦，还没，他不是关飒的舅舅吗……慎重一点，人还在服刑，我专门找时间进去问一问吧。"祝千枫在电话里停了一下，似乎想了想才说出口，"我觉得和程继恩有关的可能性也不大，假设王戎涉嫌命案，而程继恩知情，那他不可能再把自己的外甥女留在医院里。那时候关飒也是个留长发的女病人，多危险啊。"

方焰申明白他的意思，按照过去的卷宗来看，程继恩纯粹是个传统的老好人，一直被王戎蒙在鼓里，给受害人签出院证明，最后才发现离开的病人都被卖了。于情于理，那时候王戎第一个要骗的人就是他，所以找他了解到的情况恐怕也有限。

方焰申往外走了两步，借着门口的穿衣镜打量关飒。

窗边的人吃了一口东西，明显在出神。她听见舅舅的名字，目光一闪，但没什么表情。

方焰申叹气，拿着手机说："你不用有顾虑。"

程家人的关系一直不好，关飒又生病，打小和程继恩没什么感情，后来她还被强制送医，这一切让她恨透了那个舅舅，十二年不看不见，形同陌路。方焰申只记得那时候程继恩在医院的工作很忙，后来开起疗养院，不再回大院住，邻居之间也很难见到。

他关上厕所的门，又和祝千枫聊："那院长当得太窝囊了，王戎被击毙，但家属不依不饶，必须把程继恩推出去，在当年的形势下为了平民愤，只能把他数罪并罚重判了。所以我觉得以他如今的立场，没必要再包庇和王戎相关的事，没准能问出点东西。"

祝千枫立刻回答："是啊，一提起院长，那四个人就蔫了，心里有愧。"

方焰申听出对方直打哈欠，估计好几个晚上没睡踏实，于是问："祝师傅累了吧？还要忙专案，邵冰冰老惦记着你睡不好的毛病，有空多补补觉，我找别人去监狱。"

祝千枫笑他假客气，让方焰申放心："不用，现在没并案呢，就凭关飒那些话，咱们还是谨慎点吧，自己人去好办事。"

万一他们暗查的事捅到陆广飞那边去，不知道还有多少麻烦，查到猴年马月都不知道。

这倒也是，方焰申没再坚持，一口一句"祝师傅注意身体"，聊完就挂了。

时间不早了，他们还要赶去弘光村。

关飒已经打算下楼，回头问他："程继恩出来了？"

方焰申摇头，看她手腕上的伤口，抓紧时间给她换干净的纱布包扎。

关飒站着不动，等他忙完，好不容易才攒出一个笑，敷衍着说："哦，你刚才说他的名字我才想起来，他还是我舅舅呢。"

方焰申没接话，带她一起下楼。

楼道里只有他们两个人的脚步声，他回身看她满不在乎的表情，终于开口："飒飒，有些事换个角度想能轻松很多，你母亲把你送到舅舅的疗养院，是希望让亲戚照顾你，只是后来发生的那些事谁都想不到，那不是他们的本意。"

关飒摇头，时至今日，要说自己还恨他们实在谈不上，可惜一个人的童年太关键了，那时候受的伤，永远留着疤。

她盯着脚下的楼梯，懒散地往下迈，自顾自地接话说："是啊，我得这种病全家都遭罪，我活着累，我妈也累，所以她走的时候，我是真替她高兴，她解脱了。"随着母亲的离世，她已经把亲人这两个字藏在心里不再提，"道理我都懂，程慧珠是第一次当妈，我那个舅舅也只是个亲戚而已，人人都有自己

125

的生活，没有义务为我奉献一生。但我经历的噩梦，那些遭过的罪，全都疼在自己身上，我也有不原谅的资格。"

方焰申没有再劝。

话都说到这里了，关飒又开始笑，故作轻松地开口："我妈走的时候交代过，她安排好她弟弟下半辈子的生活了，不用我管，也不让我再见他。她肯定以为我练散打是为了等程继恩出来报仇呢，和他有关的事都不敢提，生怕刺激我。"

大家都明白，那年王戎之所以在最后关头选择挟持关飒，就是因为她是院长的亲戚，抓了她才好谈条件。关飒那所谓的舅舅一件好事没做，不但没把她的病治好，反而阴错阳差，用一家疗养院困了她半生。

经年的是非恩怨，其实也没多长，三言两语就说完了，很快两个人已经下到一层。

邵冰冰等在大厅，穿着警服，手里端着帽子，还带了两个协警，站得一脸严肃。

关飒决定做一回体贴的家属，故意让开空间，自己拿房卡去退房。

她靠在前台用余光打量，方焰申走过去明显打了个圆场，他支开两个协警，然后不知道和邵冰冰说了什么，把对方气得翻了好几个白眼，矛头明确，指着关飒这里的方向，开口就要吵架。

几句话传过来，关飒也猜出来了。

邵冰冰既然能带人来，肯定是想把她强制送医，顺带做个精神鉴定，看看她的话到底能不能信。

果然，对方一句一句冒出来，非要戳人脊梁骨："方队，我不同意你的决定！关飒精神有问题，而且她明显是自残跑出来的，应该马上送回医院！"

眼看大姐过河拆桥，关飒走过去，毫不客气地当面提醒她："你摸摸良心，昨天要是没我，你自己能那么快进山？"

邵冰冰的愤怒瞬间被点着了，好像想起什么似的，脸都气红了，劈头盖脸就说："你？就是因为你！他没枪还敢追人，昨天那可是一帮吸毒的！你已经严重影响他的判断了！"说着她又想过来动手，"不拿警察当回事是吧？我现在就给你铐走！"

关飒插着兜往后躲，她手腕上新伤、旧伤一片花，原本表情冷淡，此刻听见这话突然反应过来，怪不得昨天方焰申会遇险。

他当时得知她发病，着急赶回市区，因为有她胡闹的先例，特意没带枪。

关飒抬头看向方焰申，欲言又止。

这一大早可真是热闹，他们门都没出，又平白无故让前台小妹看了笑话。

好在方大队长脸皮坚挺，还是一副不紧不慢的模样，抬手把邵冰冰拦下，然后示意关飒先出门上车。

关飒不再争，她出去坐在车里，看见那两个人还在门口对峙，最终不欢而散。

邵冰冰无法苟同领导这次的特殊安排，直言自己不接受和关飒一起外出，所以去分局配合其他工作。

方焰申没有强求，他一个人带关飒去了弘光村。

路上的时候，关飒想问他，又不知道从何问起，因为她无知任性才埋下了恶果，而此刻因为她的存在，又导致方焰申和队里的同事心生嫌隙。

关飒心里懊恼，她以为自己在帮他，可他们是警察，面对的是丧心病狂的犯罪分子，突发情况远非她能想象。在外人眼里，所有的危险不过就是新闻报道上的寥寥几百字，可真实的现场远比新闻残酷，正因为前方有人永不后退，人们看到的罪恶才有界限。哪怕遇上了极端情况，哪怕真枪实弹要人命，颗颗子弹也都要由他们来挡。

方焰申不能出错。

下车的时候，关飒突然开口说："邵冰冰的顾虑是对的，我不想干扰办案。"她决定独自回去，"我去所里拿车，到家给你报平安。"

"不行，你不能一个人骑车。"他已经想通邵冰冰突然闹情绪的原因了，终归不全是因为制度和规矩，只是有些话不能点破，否则大家的情绪会影响工作，他让她放心，"我们共事这么多年了，有信任基础，否则她根本不会放你进来。"

谁知道昨晚的情况实在微妙，容易让人误会。

关飒笑了，她自然心知肚明。

昨晚的方焰申连脑子都没过，他过于坦然，那个态度太伤人，估计邵冰冰一宿都没睡踏实，所以早起发难，非要找碴。此刻关飒打量他的表情，简直无语了，直男叔叔的世界很单纯，他以为大家都是成年人，个人感情这种事当个段子开开玩笑就完了。

其实把一个正常人逼疯很容易，只需要四个字，求而不得。

关飒有点发愁，越想越觉得人家老阿姨也不容易，冷不丁冒出一句："叔，你根本不懂，女人心，海底针啊。"

方焰申确实不懂，也没空管她们都在想什么，如今公务在身，道理还是要给年轻人讲明白的，于是他忽然正色道："弘光村里情况复杂，我们不清楚各家假发厂的内幕，你在村里有认识的朋友，和大家脸熟，说话容易，所以我安排你来，并不是为了私心。"

关飒犹豫了一下，点头表示自己全面配合。

方焰申顺手给她解开安全带，刚好就在她身前的位置，顺手摸摸她的头。

她心里不好受，疯久了，打小也野惯了，根本不知道怎么承认错误，只能趁着没人来往的时候，伸手抱住他。

方焰申这回很大方，没闪没躲。

男人一旦脸皮厚了，连不正经都显得镇定自若，他闲闲开口说一句："这也算袭警啊。"

关飒笑了，觉得耳朵发热，眼眶又酸又涩，喜欢一个人就是这么难熬，能让所有铠甲柔软，再硬的心都抵不过一双眼。她老老实实把额头蹭在他颈边，小声说："叔叔，我错了，我再也不动歪脑筋了。"

这话赶巧，方焰申不知道想哪儿去了，咳了两声才忍住笑，不劝也不哄，轻轻拍她的后背间："我上次说什么来着？"

关飒认真地想，眼睛里泛着空蒙的雾，十分听话地回答："不许乱咬人。"

他看她一副小猫崽子的表情，直接被她逗笑了，似乎很满意。

可惜关飒也是个女人，都说了女人心海底针，她追他这么多年，哪能让他下套，于是她坏笑着不松手，顺势要亲过去，模糊地在他唇边提醒："可我记得叔叔还说了前半句……你说咬你可以。"

车内空间有限，她的叔叔就卡在座位上动不了，真被她咬了一口。

方焰申嘴角生疼，一脸哭笑不得，而关飒占完便宜就变脸，长腿一伸，自顾自下车了。

"你也记好了。"关老板潇洒地甩上车门，敲着他的车玻璃，一句话砸过来，"我从来不吃亏。"

野猫成精，都是祖宗。


半坡岭的命案已经调查多日，专案组进驻弘光村这一趟总算没白忙。

天气晴好，一过九点钟，山底下的气温也上来了，村里游荡的黄狗开始吐着舌头躲太阳。

他们找到了殷大方那伙人的作坊，是村西两间自建的砖房，挤在两排杉树中间，距离他们的出租房步行还有一段距离。作坊门口堆满了大大小小的包装箱，走快了简直看不出这地方还能进人。

关飒一路尾随他们进去，对此见怪不怪，村里类似的小厂子多了去了，根本不用费劲查，铁定不合规。

很快，警方搜查后，又在殷大方作坊的厕所里缴获了海洛因，他们吸毒的时间不短了。

关飒获得允许之后进去查看现场，发现石涛正带人搬墙角的箱子。

她帮忙把品类和订单核对完毕，告诉他们这就是准备发给南安市场的货，然后往里扫了一眼，发现里边密密麻麻全是刚做完的各款假发。这些人吸毒吸坏了脑子，干活毫无条理，每个密封袋不贴标签，出货的时候直接扔在一起，于是她皱眉和方焰申解释："他们根本没有消毒漂洗的处理设备，基础流程也不达标，所以真人发团可能是收来就直接织了。"

作坊里脏乱差的程度超出想象，而且长时间不通风，弥漫着一股怪味。

方焰申显然也被周遭的环境弄得浑身不舒服，他正用脚尖踢开地上散乱的发网，顺势在墙角找到一沓蓝白色的编织袋，马上叫人拿走和在尸体附近发现的进行比对，拍拍手说："难怪，这地方天一黑，还干什么活啊，别说带血的头发了，他把手指头缝里我都不意外。"

胖子在旁边听着，想笑也笑不出来，越想越觉得反胃，出去抽了一根烟。

满地的头发十分闹心，石涛放风回来，晃着腿说："我要是不来这村，真不知道有买卖是这么干的呢。嘿，怪不得专家说现在年轻人的头发值钱，一根值二十五块……"

他开始卖苦力搬箱子，一边搬一边吐槽，正规厂家做买卖还算造福人类，但这种小作坊连卫生都不达标，做出来的东西想想都觉得恶心，这不是坑害人民群众吗。

关飒没空听石涛唠叨，跟着现场的警察查看里屋的存货。她问了一圈，发现这地方没有多余的真人发团，只剩下一堆化纤材料，所有真人发丝的款式所需要的东西都不见了。

她去找方焰申，和他说："厂里开工不可能不备货，我估计是他们察觉到有东西弄混了，但这几个人想不起来是哪个环节出了问题，所以就把所有的真发都给清理掉了。"

方焰申赶紧把石涛连人带箱子又给喊回来，和他们说："真人发丝的款式能卖出高价，这伙人吸毒，存在极大的侥幸心理，我估计就算毁了剩下的材料，但已经织好的假发眼看就是一笔毒资，他们未必舍得。"

关飒明白他是什么意思，几个嫌疑人行事散漫，根本没有反侦察的意识，只要查清楚一定有疏漏，于是她伸手给石涛帮忙，问他："我能看看吗？可以把手工织的先挑出来。"

石涛一向对漂亮姑娘态度好，他正愁搬这么多头发硌硬人，赶紧申请："方队，我看单子上的数量写着三百来个呢，全拿回去化验太慢了。"

方焰申同意了。

关飒蹲在地上，把其中手工织顶的真人发丝款式分出来，一共三十多个小密封袋，一袋一个。

他就在她身边盯着，忽然低声问了另外一个问题："继恩疗养院里有谁戴假发吗？"

小时候的关飒因为受了刺激，在疗养院里生出很多猜测，所以一直在背地里观察，此刻她想了想，肯定地告诉他："没有。"

"那有谁会做假发吗？"

关飒想都不想就继续摇头了，那么多年前的事了，根本没人往这一层想，她说："我只认识一群小孩。"

方焰申不再问了，他顺手把袋子拎起来，挨个对光看。

一共三十多个同款，仔细查看之下果然有问题，很快挑出了一个漏网之鱼。时间一长，人体组织的残留必然腐烂变质，手指隔着袋子捻一捻，里边有暗色的渣子。

这八成和关飒买回去的那顶假发属于同一个批次，方焰申不让她乱碰，示意她先不要激动，把假发交给石涛送走，马上进行化验。

当天的工夫没有白费，调查逐步有了进展，他们在殷大方的作坊里找到了物证。方焰申马上出去和留守的同事通话，加紧对被捕人员的审讯，另外申请通缉殷大方。

这地方虽然不大，只有两间屋子，但涉及命案，连墙缝里都不能放过，警方里里外外彻底查过一遍才算完。

关飒跟着方焰申出去，在杉树下边透口气，没一会儿石涛也溜达出来了，蹲在地上开始散烟。

关飒觉得对方一直在打量自己，于是抬眼看过去，她的眼神太直接，很快就把面前的胖子看尴尬了。

对方叼着烟，开始找话题说："妹子，你真挺横的，我知道那天山上的事了，俩孙子都让你给撂趴下了。"

树底下的二手烟直往上蹿，方大队长养生癖好发作，捏着核桃一退再退，避开风口。

石涛抽烟堵不住嘴，又转过屁股和自己的领导聊天："难怪冰冰姐生气啊。"说着他挤眉弄眼，指指脑袋，又和方焰申做口型，小声嘀咕道，"方队，人看着挺正常的，看不出这儿有病。"

"你那儿才有病。"关飒抱着胳膊靠在树上，开口还他一句，"我是精神分裂，不是智障。"

石涛一口烟呛在嘴里，咳嗽了半天。

他们队长笑眯眯地不出声，转着手里的核桃看热闹。

胖子被关飒两句话噎得后背发凉，觉得这姑娘说话像从嘴里飘出来的，大白天让人听着没精神，就和她的脸色一样，浅到极致，了无生气，连太阳都照不透。

他突然想起那些被害人的遭遇，精神疾病，走失被拐，不见天日，最后的结局就是被囚禁残害。如果这场连环杀人案横跨十二年，那关飒就是从人间炼狱里爬出来的幸存者，她之所以执着于旧案，是因为她活下来不光是为了她自己。

石涛咬着烟头有点理解了，为什么他们老大力排众议不惜得罪同事，一定要安排关飒跟过来。

光天化日，人心鬼蜮，一个个没病的都能杀人不眨眼，那在真相面前，有时候疯子的话也得信。

关飒满脸不耐烦，显然不知道胖子闷头想了什么。她大热天迎着风口才觉得凉快不少，身上还是借来的衣服，怎么穿怎么不舒服，于是她找来两瓶水，拿过来分给大家喝。

石涛休息舒坦了，把烟头一扔，和方焰申说正事："上次从殷大方家里搜出来不少药，队里查完了，发来给你看下。"说着他又冲方焰申比画，"有不少治那方面的。"

对面的人没反应过来，顺口就问："哪方面？"

关飒正伸胳膊递水，这角度探头能看见手机屏幕，她扫了一眼，淡定地接话说："治疗男性性功能障碍的。"

石涛盖住屏幕装傻，看看她，又看看方焰申，然后咧嘴笑，假装自己没听懂。

关飒仰头喝口水，觉得他们大惊小怪，甩了一句："没吃过还没见过吗。"说完扭头走了。

"不是，怎么见过的？"石涛对着那些男人用的药，一瞬间百感交集，"方队，你不会也有这问题……才不想耽误人家姑娘吧？"

方焰申微笑着，看起来完全不生气，他掐掐石涛的胖脸蛋问："脑震荡好了吗？"

胖子咽了下口水，颤声说："好了。"

方焰申抬手学他刚才的动作，戳着他脑袋瓜子遗憾地说："那完了，真是智障，一心求死，我成全你。"

石涛怕挨揍，嬉皮笑脸地赶紧改口。

对面的人没空和他胡扯，示意他想想被害人的情况，女性死者都没有遭到性侵，他说："很有可能凶手碍于身体限制，心理出现问题，把这种念头转嫁到对头发的臆想上。"

石涛点点头，忽然想起来，之前他们在殷大方那伙人的住处搜查得非常仔细，连垃圾筐都没放过，印象中他见过一张被揉烂扔了的单子，是女人的孕检记录。他一时有些疑惑地说："但法医那边目前没发现有死者怀有身孕，这……他算治好了还是没治好啊？"

方焰申瞪了他一眼，示意他想点有用的："现在看，此前的线索都指向了殷大方这伙人，但被害人被他们关在什么地方了？他的窝可不少，不止这两处。"

路边的碎纸盒子扔了一地，正赶上天干物燥的节气，方焰申替他踩灭地上的烟头，然后才说："那就继续挖，让技侦的同事抓紧，挖到老窝为止。还有，把村委会那个老胡叫过来，继续问。"

眼看快到中午了，警察叔叔还有事要忙，关飒和他们打招呼离开，自己去找李樱初。

李家也在村西，距离殷大方的出租房隔着五六户人家。

关飒过去的时候小院关着门，但没上锁，看起来有人在。她喊了几声没人回答，于是自己进去了，发现李樱初躲在墙角。

角落旁边是个柜子，挡光之后有了黑漆漆的尺寸之地，几步之外就是艳阳，可这屋里的人脸色委顿，瑟缩着不敢抬头，仿佛从未见过光。

关飒不敢吓她，走过去慢慢把人拉起来。李樱初坐在一个巴掌大的小板凳上，看这样子，大概中午正打算择菜，一听见外边有人来了，只记得抱着洗菜盆往暗处躲，两条长辫子散乱，在墙上蹭出一层灰。

这明明是一个活到二十多岁的人，却连下意识的反应都像只被虐待过的狗。

关飒心里难受，却不敢表现出来。

李樱初显然被这两天村里的事吓坏了，关飒只能好言好语劝了两句，让她别怕，把菜盆拿到桌子上，挪到亮堂的地方。很快对方镇定下来，穿着洗褪色的上衣，对着好几棵大白菜扒叶子，急着问："到底怎么回事？先说抓了吸毒的，又说有人死了？"

关飒看她虽然害怕，乱七八糟联想出了一堆，但情绪还算稳定。她不提命案的事，只把事情推到聚众吸毒上，顺势打听说："殷大方你认识吗？"

李樱初忽然抬头，手里的菜叶都掉了，愣愣地回答她："认识……我认识啊。"说着眼眶就红了。

她把一切都告诉关飒，她确实认识殷大方，两家都住村西。那个混子早两年就盯上她了，那时候李家的厂子还没招人，平时只有李樱初自己独来独往，被他纠缠骚扰过几次。她躲过闹过，后来殷大方发现她有抽搐的毛病，村里人闲话又多，他开始嫌弃她是个疯子，此后再也没来过。

据她所说，殷大方是个变态，脾气非常差，平日里几乎不和人说话。

这些艰难的境况过往无人提起，关飒此刻也是听了才知道，不敢再往下细问。她知道李樱初生活不易，看她又哭了，就去厨房找来毛巾，沾水想给她擦擦脸，往回走的时候又看见了厨房地上的涂料桶。

李樱初的垃圾很多，总要攒到满了才去倒，今天桶里层层叠叠都是废弃物，已经快溢出来了。

关飒心里一动，突然想起自己上次来时看到的，于是停下翻了翻，里边果然又扔了针头。她脑子里蹦出殷大方吸毒的事，心里紧张，趁着外边没动静的时候，弯腰继续翻。

桶底有药瓶，关飒抓出来正要看，一侧却有人挡了光。

李樱初笔直地站在厨房门口，满眼通红，眼角的泪珠还在往下掉，可表情似乎在笑。她无声无息地出现，和后边墙上的画册一样，经年累月，连棱角都没了。

关飒没说话，干脆当着她的面直接把垃圾桶翻倒在地。

对面的人开口问："你怀疑我，怕我也吸那玩意？"

关飒攥紧手里的药瓶，同样反问她："所以你知道殷大方吸毒？"

"住得近的人都看出来了，他们大半夜又哭又笑的，比发疯还可怕，都说是吸大了，我也不懂。"李樱初脸上的笑意没了，眼泪更多，骤然涌出恐惧的目光，又喊着解释，"那只是药而已……我跟他没关系，他想睡我，可我没答应，我不脏！"

面前的人开始胡言乱语，情绪异常激动。

关飒赶紧查看垃圾筒里的东西，所幸都是些常见的镇定用的精神药品。是她多心了，还把李樱初弄得疑神疑鬼，她只好岔开话题把人哄好，两个人一起做了午饭。

李樱初这两天精神涣散，吃完饭也不着急收拾碗筷，就坐在椅子上愣神。

关飒原本打算走，看她一个人恍恍惚惚的又不太放心，于是打开了厨房向后的窗子通风。

李家的后院依旧堆满了东西，棚子底下囤积的菜时间长了，开始招苍蝇，显然独居的人根本来不及吃，眼瞧着没两天就烂了不少。

关飒一直很纳闷，正打算问问她为什么喜欢囤菜，还没开口，李樱初似乎回过神来了，试探着问："我能帮什么忙吗？你的警察叔叔是不是来村里了……所以你也来了。"她一脸羡慕，喃喃地说，"我羡慕你，清清白白，敢爱敢恨，能为喜欢的人勇敢地活着，真好。"

这话说得好像她们谁都没长大，还是能凑在一起分享秘密的小姑娘。

关飒笑了，和她开玩笑说："是啊，我清白又勇敢，结果人家铁肩担道义，根本没打算和我在一起，是我自己发了半天疯才追来的。"她想到方焰申他们下一步的方向，又问李樱初，"你知不知道殷大方有什么藏东西的地方，比较隐秘的？"她不想牵扯命案吓唬人，故意把话题往他吸毒的事上引，"他家和厂子都搜过了，应该还有别的地方，可能只有村里人才知道。"

李樱初满脸茫然，想了很久也没有头绪，十分懊恼。

关飒又问她那些药的事："你从哪里开的镇定剂？"

"诊所。"她一怔，突然想起什么，又和关飒说，"殷大方有一次和我提过，专门开药太麻烦了，他有弄精神病药的渠道，只要给钱就可以快递过来，我不知道是不是和他吸的那些东西有关……他只和我提过一次，我可不敢，没理他。"

他果然有办法弄来管制药品，关飒迅速把消息发给方焰申。

屋子内外的门窗开久了，风渐渐大了，吹得后院的窗口隐隐作响。李樱初神经敏感，很怕这些古怪的动静，她时不时就往厨房瞟，终究坐不住去里边关窗，很久都没出来。

关飒也不知道对方忙活什么去了，她自己心里装着十二年来混乱的线索，于是提高声音，和厨房里的人说起来："你还记不记得咱们在疗养院，我曾经跟你说过有个地下室，可你总说是我的幻觉……"

话音刚落，外边突然传来喊声。

关飒的思路被打断，想看看是谁来了，回头却愣住了。

瘦小的一团人影藏在厨房门边，好像是突然出现的，又不知道已经站了多久。

李樱初拿着菜刀，无声无息的模样最容易被忽略，却又无处不在，她一声不响地站在暗处盯着她。

关飒猛然被吓了一跳，手里的筷子掉在地上。

一墙之隔，炎炎夏日，可惜风吹久了，空荡荡的屋里永远透着冷。

小院有外人闯入，场面混乱起来，屋门大开，日光之下一切无所遁形。

李樱初脸色泛红，握着菜刀不断后退，尖声喊起来："你们要干什么？我没病！我不走！"她猛然见到外人，就像是突然见了鬼，担心自己被强制送医，嚷嚷着闹起来。

关飒发现进来的都是警方的人，示意李樱初冷静一点。

很快方焰申进屋了，他没顾上和关飒说话，先冲过去把李樱初手里的刀夺下来，然后把关飒拉到自己身后，提醒她小心。

关飒来不及解释，只能在他身后小声说："我没事。"她解释李樱初是个病人，一惊一乍是老毛病了，绝对没有恶意，"我俩中午聊得挺好的，你们一来，吓到她了。"

很快外边又进来三四个人，一路陪着方焰申的是那个姓胡的瘦老头，还有几位大概都是村里的干部。关飒反应过来，帮助大家分散李樱初的注意力，又提醒他们不要有恐吓行为："她有癫痫性精神病，害怕生人。"

方焰申仔细打量李樱初，示意关飒说："这里交给我们。"他看她扭头就走，想了想又喊道，"别走远！让我能看见。"

关飒瞪了他一眼，心里腹诽，才多大年纪就像个老头似的天天瞎操心。

她出去搬了个凳子，坐在院门后的树荫里，老老实实地表演起了"重点保护对象"，顺带偷偷观察屋里的情况。

李家今天站了一屋子人，打从盖房那天起就没这么热闹过，此刻已经连屋门都关不上了。

老胡在厅里乱晃，终于想起要控制局面。

他笑嘻嘻地表达大家是来例行问话，像哄傻子一样哄李樱初，说他们都是好意，但因为事态严重，眼下涉及命案，挨家挨户都要巡访，需要她配合。

这话显然太官方了，别说李樱初，连关飒都不想理他。

果然，里边的人开始尖着嗓子大喊大叫："命案？杀人了？谁干的？你们别过来，不知道……我不知道！"

老胡赶紧模糊焦点，让她平复情绪，又解释来意，因为她认识殷大方，所以警方需要从她这里了解情况。

关飒隐隐约约听了个大概，看这意思，是老胡开始见风使舵，他生怕连累自己，打定主意抱紧专案组的大腿，把左邻右舍的传言都和警方说了，带着大家直接找上门来。只是李樱初的状态不好，胡思乱想开始哭。大家轮番哄劝，好言好语地问，她只能哽咽地说话，内容颠三倒四，这种精神状态之下，李樱初能提供的线索实在不多，但基本证实了殷大方确实有能力控制病人。

这一场闹剧最终随着李樱初的哭喊落下帷幕，当天下午，方焰申带人把附近的情况重新摸查了一遍。

殷大方的房子都在明面上，门前人来人往，不符合常年不见天日的特征，更不可能是案发现场，显然他还另有秘密。弘光村没有太多现代化设备，入夜之后按照农村的习惯，家家户户睡得早，路上人很少，这些客观条件导致殷大方很容易隐藏自己的行踪，平日里根本没人特意关注，即使反复调查，也没能找到囚禁被害者的地点。

直到天都黑了，终于有了一点好消息，他们在最新发现的物证上查出结果，假发上的部分发丝同样来自被害人徐有珍，而作坊里假发的生产过程都是多人参与，这证明了所里关着的那两位必然是同伙。

陆广飞这边同样没闲着，他守在所里盯审讯，来回施压。没想到被抓的那两个人心里有鬼，眼看警察查到假发上，自知迈到绝路了，竟然横下心，怎么审都不肯松口。

这一夜实在不好过，弘光派出所里灯火通明。

方焰申抽空下楼，开车把关飒送回招待所休息。

她可算知道他们这行有多虐了，一整天下来，她只是协同办案，大部分时间都是等着配合，但熬到凌晨时分已经累得说不出话了，可想而知一线刑警平日有多辛苦。

她在办公室角落里的沙发上坐着，眼看屋子不大，内外都冒烟，那些连轴转的人只能靠烟提神，于是一群男人快把楼都抽成大烟囱了。

方焰申一喊她，她立刻跳起来跟着往外跑，只想透口气。

回去的路上总算能放松一会儿，但关飒的思绪静不下来。

她头疼的问题又犯了，于是懒得说话，靠着车窗扭脸看开车的人。

路灯晃过暗黄色的光，方焰申脸上明明灭灭，却始终神色温和。她一时想得远了，人生这条路，从遇见他开始波折动荡，但她记忆里的方焰申总是和此刻一样，让人看着他就觉得安心。这世界虽然糟糕，但有他在的时候，一切就没什么大不了。

一个人见过风浪，知世故而不世故，是种难得的豁达，方焰申的眼睛里永远没有那些生生死死的噩梦，哪怕是穿越火海的那一天。

她盯着他那道疤，一语不发。

方焰申不知道她在想什么，开口一副老干部做派："马上要通缉嫌犯了，涉毒一条线上的人都要查，还有那些管制药品的来源，事情太多，你跟着我们熬不住的，回去睡一觉，明天邵冰冰会把你送回市区。"

关飒不再多问，谁都没空矫情，她顺手又往方焰申的上衣兜里摸，把他的核桃拿出来，对着光看。

难得的野生闷尖狮子头，据说早年只有三棵树上能结，都是百年老树。方焰申收到它们之后喜欢得不得了，从不离手，这么多年下来依旧仔细，直到把两个核桃盘到润如琥珀，蜡质皮色完美。可惜为了给他挡灾救命，其中一个已经有了条大裂口。

她摆弄着核桃和他说："破相了，送我吧。"

方焰申眉头一皱，立刻吝啬起来："不行，这是我过命的兄弟，人在它在。"

"我就要一个。"关飒玩上瘾了，和他耍赖，非要让他割爱，"坏的给我，你留着好的。"

"这是一对，配核桃有讲究，六面一致，好几百个核桃里要凑出分毫不差的可不容易。"他手指敲着方向盘看她，得意地说，"一对，知道是什么意思吗，就是烂了碎了也得凑一起，少一个都不行。"

她嫌他抠门，原封不动地给他塞回兜里，接话说："是，好不容易凑上的，死也死一起呗。"

他开着车没过脑子，"嗯"了一声，忽然反应过来，又看她："什么生啊死啊的，犯不上。"

关飒脸色恹恹的，没精神，靠着玻璃笑笑说："想多了吧，我跟你凑不上，差辈了。"说着她的手指却不安分，勾他的下巴端详，今天的警察叔叔已经熬出一片胡楂。

关老板睚眦必报，不给核桃就嫌他老。

他看向后视镜，还真是折腾到没人样了，于是清清嗓子又说："那就多听点老人言，回去之后不许骑车，不许随便往半坡岭跑。"

关飒嫌他啰唆，抬眼看向窗外，实在没力气再和他斗嘴。

开往招待所一共二十多分钟的路，很快就到了，今天已经是后半夜，路上没人烧纸，楼上的窗口也全黑了。

关飒下车，方焰申突然又想起什么，开口嘱咐她："你的朋友和殷大方走得很近，如果她想起什么线索了，随时告诉我。"

她觉得他今天格外关注李樱初，但对方的精神状态堪忧，根本指望不上。

如他所愿，关飒被安全送回了家。

一连数天，她在梦里又成了当年的小疯子，追着王戎拼命走楼梯，睁开眼却还是自己的房间。

这梦和现实同样离奇，梦里的关飒恨不得立刻逃出疗养院，醒了却想要回去。她的病情影响神经系统，也影响了记忆，于是很多过往在回忆里变得模糊不清，连梦都无法开解。

专案组的人完全扎在案子里，方焰申根本没时间和关飒联系，她也没能收到有关案情的消息，于是生活又退回到了恒源街。假发店继续营业，她和那些假人又混在了一起，日复一日，街道两侧的车都停满了，来来往往的人不少，却没有什么新鲜事。

很快到了六月中旬，敬北市的气候还算不错，夏初时节无风无雨，市区暴晒了几天，气温彻底飙升，连风打在身上都烫人。

关飒家里所在的小区种了不少棣棠花，在门边开出一丛又一丛火焰般的山吹色，静下来就能闻见丝丝甜香。老孟很喜欢那花，经常搬着椅子去看花喝茶。老头还是老样子，偶尔溜达去菜市场买鱼，每天盯着关飒吃饭、吃药，日子像是被设定好的程序，随着她手腕上的伤口逐渐愈合，再次重写。

一旦远离弘光村，那些带血的假发仿佛又成了幻觉，只存在于关飒的脑海中，她渐渐开始恐惧这种认知，直到突然接到一通电话。


那是一个深夜，十二点之后各家各户早已收摊，整条恒源街总算安静下来了。

关飒洗完澡躺在床上玩手机，电话突然来了，李樱初竟然还没睡。

对方在电话里的声音很紧张，重复地说关于殷大方的事，她想起他有一个躲债的地方。

关飒从床上坐起来，让她马上说清楚，可李樱初病态地呓语，说自己被人盯住了，谁也不敢信，怕被当成疯子送走，求关飒来找自己，她害怕。

关飒看了一眼时间，有些犹豫，忽然听见李樱初那边又传来惶恐的哭声。对方的情绪非常不好，再这样下去发病了都没人管，关飒心里不踏实，答应她马上赶过去。

好在是深夜，老孟已经睡沉了，屋子里安安静静。

关飒溜出去拿自己的车，刚推到路边却看见路口有人，有辆扔在路边好几天的轿车，原来里边一直有人在。

车上的人是邵冰冰，但关飒来不及错愕，因为对方一直盯着她，来者不善，她握着车把问："你监视我？"

邵冰冰晃着手铐，明显是熬了好几天，熬到脸都发暗，冷冰冰地拿话噎人："这可不怪我，是方队了解你，知道你待不住，早说给你关精神病院去就行了，多省心。"说着她停在重机车前边问，"是你自己老实回去啊，还是我给你铐回去？"

"就凭你？"关飒看见手铐就不痛快，忍无可忍，二话不说骑上车打算硬闯。

邵冰冰拦腰把她往下拽，到底是个女警，动起手来半点危险都不顾。关飒一时失去平衡，被迫松开油门，邵冰冰立刻横在车前不让，低声警告："我的任务就是盯紧你，不许你离开恒源街，必要的时候我可以采取强制手段！"

关飒心里惦记弘光村，此时此刻她和一个警察当街打起来毫无意义，最关键的是关于嫌犯的线索，于是她熄火下车，示意邵冰冰松手："我朋友那里有段大方的消息，很可能涉及他藏人的地点。"

邵冰冰干脆利落地点头："李樱初是吧？也是个精神病，和你一类人，装疯卖傻很可疑，这事轮不到你去。"说完她开始通知队里的人，尽快把李樱初带走协助调查。

关飒最担心的就是这件事，李樱初不能和陌生人沟通，一旦被刺激之后什么都说不清楚了，反而麻烦。何况关键时刻对方只愿意给她打电话，她不能辜负朋友的信任，于是她当下冲过去要抢邵冰冰的手机，对方避开，关飒不肯示弱，两个人当街动手。

关飒觉得她可笑至极："就因为有你这种人，十二年的命案都没人查！"

"别耍浑，我知道你为什么缠着方焰申。"邵冰冰对她早有提防，反手把人扭住，"他救了你，可你想想，谁会喜欢上一个精神病？这么多年来，他见过你几次？他出生入死的时候，你只是个疯疯癫癫的蠢丫头！"邵冰冰故意刺激她，趁关飒情绪激动的时候突然出手，把她直接按到了车前。

关飒可算听明白了，这位大姐最近是一头扎醋缸里了，公私不分，动机可耻，于是她抬头，冷冷淡淡的一张脸，瞪着她还在笑。

邵冰冰更加来气，死死压住关飒不许她动。

被制住的人今天没戴假发，脑后烧伤的痕迹暴露在外，十分明显，也没有遮掩的意思。关飒反身对着邵冰冰的脸唾了一口，她当然没空陪邵冰冰演好人，于是句句撕破脸："这算公报私仇吧，你也配当警察？"

她越说越难听，身后的人干脆利落地拿出手铐，背铐住她的双手。

关飒一碰到那该死的玩意就出现应激反应，很快不受控制。

她想起自己夜里被锁在床柱上的情景，于是死命挣扎，只换来邵冰冰的冷嘲热讽："你有病就该去医院，四处乱跑只会害了方焰申，他一沾上和你有关的事就开始犯错！"

车上的人疯狂咒骂，回身还要踢打。

都是女人，邵冰冰该动手的时候一点没含糊，直接照着关飒的腘窝就是一脚，让她腿软摔在车上，又扔话过去："方焰申是不是告诉你，他出案子时眼睛受的伤？"

四下一片死寂，人心深处的幻觉却像是突然复活，凭空而来了一双眼。

周遭的一切瞬间真空，随着这句话，关飒开始透不过气。她用肩膀撞开身后的人，咬着牙问："你什么意思？"

"那不是工伤。"邵冰冰把关飒制住，随手将她的车也扶到路边，然后把人拽到自己身前，清清楚楚地说给她听，"五年前，方焰申离队期间，大半夜一个人跑去急诊，还不肯通知家属。医院里的人紧急联系局里的同事，我赶过去等了一夜，他满脸是血，差点就瞎了。"

随着她的话，关飒的呼吸越来越快，脑子里的人眼逐渐崩裂，那些血真实而温热，一股脑全都溅到了她身上，很快她近乎窒息，冷汗混着眼泪往下掉，整个人顺着车身瘫软下去。

邵冰冰不肯放过她，蹲下身拎着她的铐子，越说越觉得可笑："你不是想要真相吗？我告诉你！"她把关飒架起来，逼她一字一句地听清楚，"我过去一直纳闷，方焰申是特警，受过训，谁能把他伤成那样？直到你出现，我总算明白了，他为什么会被人活活打断眉骨，是因为他压根没想还手。"

邵冰冰好像尖锐地又骂了什么，一句又一句"疯子"，专门挑难听的话泄愤，可惜关飒已经听不进去了。

她知道自己完了，眼前开始不断涌现幻觉。她第一次发现恒源街这么长，长到循环往复，无数个红绿灯毫无出口。她挣扎着转头，又看见街角，那里是小区的院门，铁栅栏里开出了一丛棠棠花，夏夜风过，花朵扑簌簌地飞舞，像是夜里沉默燃烧的焰火。

关飒双手被铐，很快人倒在地上，却还在发狠，她执拗地开始爬，一路向着幻觉里的火光爬过去。

那天夜里，她终究没能离开恒源街。

第九章
# 夏天盛极一时

周五的时候，敬北市迎来了一场雷阵雨。

北方城市下起雨来声势浩大，直接把连日来的高温浇灭了。午后三院里的人渐渐多起来，病人闷坏了，全都趁着凉快在花园里散步。

关飒醒过来的时候，听见楼下有人来往，随着意识清楚，她觉得自己五脏六腑的零件总算归了位。

她知道自己在医院，看也不用看，肯定又是三院的病房。这次的应激反应很严重，她被幻觉拉扯，痛苦和内疚铺天盖地，直至一切归于死寂，渐渐意识到自己睡着了，也模糊地感觉出睡了很久。

关飒努力睁眼去看，瞥见玻璃上没什么雨点，但整个房间十分昏暗，动不动还有闪电的光。她怀疑自己根本没醒，抬起手一道一道地数伤疤，直到意识稳定。

很快病房外有人进来了，方沫蹑手蹑脚地要去拉窗帘。

她认出他，突然笑出声。

方沫揪着窗帘直哆嗦，回身问："你、你醒了？"

关飒歪头挑眉，脸上摆明了两个字——废话。

说来也巧，他们每次都是一人一身住院服，可真是感天动地的病友情。

她笑了，伸手招呼说："来，让祖宗看看。"

方沫借光过去，把她的手塞回被子，又开始贫嘴："都说精神病失眠，我怎么看你挺能睡的啊……医生说你是受刺激昏厥，已经躺了两天半。"这话说得太快，他说完才开始往后挪屁股，生怕祖宗揍自己，又赶紧改口，"没事，能睡是福。"

几天不见，方大少爷的脸色看着不太好，但他永远有用不完的精神头，此刻坐在床边晃腿，活脱脱一个傻小子，完全不像得了重症。

关飒佩服他的心态，眼看外边打雷下雨，天昏地暗，这家伙却一脸天真，完全没有什么烦心事，于是她忍不住问他："你知道我的病了？"

方沫点头，笑嘻嘻地说："精神分裂嘛，不怕啊，死不了。"说着他指指自己，"你想想我，胃癌，可怕吗？我第一次听到的时候都要写遗书了，现在不也没事吗。"

她掐他的胳膊，阴沉沉地开口说："你不怕我发疯？"

"怕！我怕还不行吗！"方沫被她掐得龇牙咧嘴，可怜巴巴地求饶，口气还挺认真，"这年头没病的疯子也不少。"

关飒靠在床头，声音冷漠："我发病打人。"

方沫猛咽口水，又想往后躲。

她心里暗笑，吓唬傻子可比打人有意思多了。

没想到方大少突然开口，高深莫测地冒出一句："我在书上看过一句话，这世上的人藏着各自的尾巴，混迹于其他藏着尾巴的人中间。"

精神病不可怕，因为能像她这样躺在医院里的，都是藏不住尾巴的可怜鬼。

关飒没想到他也是装过文青追过姑娘的，一句话把自己说得心里发颤。她抬眼看他，这小子是养在蜜罐里吃喝玩乐长大的，没吃过苦不懂愁，自然人人都嫌他不靠谱。但这不靠谱的人，有时候活得比他们都真诚。

关飒开始笑，一笑起来才觉得浑身痛快。

下雨伴随着降温，她身上的被子盖得严实，早就压出了一身汗，此刻坐起来凉快一会儿，环顾四周问方沫："邵冰冰呢？"

方沫告诉了她这两天发生的事，当晚邵冰冰紧急把她送来医院，很快又因为专案组的工作被调走了，然后他说："你一直昏迷不醒，昨天我哥回来了。"

"你哥？"关飒完全没想到方焰申能回市区，又担心弘光村的事，脱口就问，"李樱初怎么样了？她说什么了吗？"

方沫不知情，让她别急："他去找医生了，等会儿让他自己和你说吧。"方大少爷表情暧昧，似乎对她和邵冰冰发生的争执更感兴趣，非要打听，"你和邵冰冰谁赢了？"

关飒没心情说自己的八卦，示意他好走不送。

"我这两天跟着我哥，发现他没少忙活。"方沫往外走了几步，又退回她的床边，表情纠结地开口，"我越想越觉得这人太腹黑了，老子看不下去了！"

关飒被他勾起了好奇心，方沫闲人一个，肯定没事就给他哥捣乱，她找了一个舒服的姿势躺下，大方地开口："说，祖宗给你做主。"

"你过去一个人上学、毕业，其实我哥都在背后盯着呢，他和学校、医院都打过招呼。后来你发病，他又偷偷给你安排医生，证明你的行为能力，他是怕你再有危险，大家又把你当成疯子……所以你每次情况不好，他都能第一时间知道。"

关飒盯着窗外，听他这样说起来似乎并不意外。她淡定得有些超越方沫的想象，他不知道她这算什么反应，说不下去了。

病床上的人忽然笑了，但整个人和天色一样无精打采，像被窗外的大雨打穿了，是喜是悲毫不在意。

她问他："你哥是不是早就认识陈星远？"

方沫的嘴里没有秘密，纠结了一下点头说："陈医生是他的同学啊，前几年对方回国了，我哥追着人家倒贴，非要帮人家办什么诊所，还偷偷摸摸地绕弯子，促成你自己去看病，两头堵。"他说着说着感觉整个人都不好了，"我看他才有病呢！闷骚的大尾巴狼，装得跟个人似的，不情不愿地陪我去找你，还演了一场偶遇！"

关飒低头看手腕，伤口处留了印子，皮肤没能完全长好，因而血色重。她想起那个被铐住的夜晚，自己确实曾经情绪失常，所以那天夜里发生的事，她没有再和任何人提过，可是不说，不代表她忘了。

她陷入沉思，想着想着又觉得可笑，方焰申这个人啊，十二年来一点都没变，她叫他一声"叔叔"，他就真把自己当英雄。

方沫觉得气氛不太对，拼命解释："我住院这么长时间了，看见很多病人出出进进，前一天和我说话的，没准两天人就没了。人活着不容易，我实在不想身边的人再有遗憾了，如果你能明白我哥的心思，也许就能快点好起来……"

关飒脸上总算有了表情，低声说："我知道，你是好意。"

方沫不懂精神分裂的严重性，他可能单纯觉得她为情所困，又或者仅仅想来起哄，但无论如何他的话都是善意，希望她在病中醒来可以得到安慰。

关飒有些感慨，想起自己这小半辈子，二十多年过下来，见过生死两端的暴烈，却从没感受过正常人顺遂的生活，此刻面前的方沫拥有她缺失的一切，虽然重病在身，却一点都没耽误他过日子。

这家伙照样能大哭大笑，仿佛从不灰心，每一天都过得生机盎然。

这也是人间，无论天有多暗，总有人向光而生。

关飒突然不想赶他走了。


天边还在一阵一阵打闪，不知道雷声什么时候砸下来。连老天爷都故意加戏的日子里，关飒坐起来往窗外看，竟然有些久违的感动。

她转头看着他说："方沫，我很感激你。"

身边的人总算松了一口气，又观察她的脸色说："我哥心重，他怕自己成为你的应激源。"

关飒慢慢地摸自己的手腕，又问他："你知道他的眼睛是怎么伤的吗？"

方沫不明所以，开口就说："工伤啊。"

"他果然和所有人都是这么说的，连家里人都瞒着，难怪陈星远一口咬定这件事是我的幻觉。"她的头又开始隐隐作痛，顺着他的话自言自语，"真是滴水不漏。"

方焰申为了防止她知道真相，干脆把所有人都骗了。

方沫纳闷，嘀咕着说："我哥受伤是好多年前了，我想想……都有四五年了吧。"

"五年。"关飒十分肯定，"五年前我发病，五年前他的眼睛被人打伤，五年前因为我病情复发情况严重，所以换了新的主治医生陈星远。"

方沫显然听不懂，一脸困惑，什么正经话到了他嘴里也好不过三句："这个事吧，挺难为他的，一个老光棍……喜欢上比自己小一轮的姑娘，确实不好意思承认。"

真到解开心结的时候，关飒同样固执："你放心，用不着他承认，愿意瞒就瞒着吧，我自己解决。"

这下方沫傻了，觉得自己多嘴，下场难以预料，于是他颤巍巍地打听祖宗想怎么解决。

关飒的目光分明有笑意，却隔着一层灰。她懒散地抬起一根手指，示意面前的人听好了："祖宗教你，解决问题只有三个步骤，接受、改变、离开。简单说……要么忍，要么狠，要么滚。"她说着戳戳方沫的脸蛋，示意他，"你哥是第一种，我是第二种，你嘛，只能滚了。"

方沫偏不滚，他闹着要抱祖宗的大腿，忽然看见关飒胳膊上露出来的疤，一时不忍心，伸手替她拉袖子，嘴里安慰着说："我哥受伤也许不是坏事，这样他被迫退下来，总能想想自己的事了。"说着他满脸欣慰地感慨，"人生苦短，及时行乐，男大当婚女大当嫁，耽误不得啊。"

关飒被他东拉西扯分散开了注意力，连头都不再疼了，于是她扯扯他的头发说："为表感谢，假发随你挑，全场免费。"

方沫赶紧摸自己脑袋上的毛，恨不得根根有数。

关飒手心一摊，已经抓下来两根，飘飘然掉在地上。

方沫欲哭无泪，贼兮兮地喊："我发过誓，谁碰我头发就和谁绝交！"

"行，滚吧。"病床上的人欣然接受，随口吩咐，"帮我带上门。"

"但我改主意了。"方沫伸开胳膊又开始撒娇，"如果祖宗赏我一个爱的抱抱，我就不心疼了。"

关飒抬腿打算把他踹出去，但顾虑到方沫的身子骨不能折腾，闹了半天，只能敷衍地伸手。没想到方沫不要脸的本事比他哥还厉害，大脑袋一晃，真敢往她肩头凑。

她掐死他的心都有了，眼看这小子打不得骂不动，最后只能安慰着抱抱他的肩膀。

方沫小声说："掉头发要许愿的，我嘴灵，你的病一定会好。"

关飒一怔，半天才想起要接话。她自知这种病永远也不会好，却不忍心在这时候打击方沫，于是拍了拍傻小子的后背说："你也是。"

窗外的天还没黑，风雨一过，渐渐有了光。

夏天盛极一时，这日子终归不算太糟。


方沫走了之后，留下关飒一个人休息。

她躺了太久，浑身酸疼，披着衣服起来往楼下看。雷阵雨过后，一切都透着潮湿的印记，树梢的绿被水洇透了，风一过，带下一片亮晶晶的水幕。

楼下已经没有打伞的人了，清洁工正在清理被打落的叶子。毕竟是夏日，路上的积水用不了半天就能干透，这就是烟火人间，刮风下雨都是常事，没有什么不能从头来过，唯独生死例外。十二年前关飒被困在继恩疗养院里，也曾经扒着窗台百无聊赖，经历过无数个这样的雨天，但她记住的都是活生生的人，不是落叶积水。

那段记忆事关人命，她绝不能忘。

关飒安静地站了一会儿，楼下的风景一成不变，医院里永远人来人往。

很快，落日藏匿在云层背后，渐渐露出头，房间里越发昏暗，方焰申回

145

来了。

他发现她醒了，顺手递过来一盒糖，一切如常地问："开灯吗？"

关飒摇头。

他把窗帘拉开一些，倒了温水过来。

她接过去喝，又想拆薄荷糖，但手还有些抖，很快就拆烦了，开始用牙咬包装纸。

身后的人显然被她逗笑了，接过去帮她打开，哄她说："啊，张嘴。"

她一边吃糖，一边顺着张嘴的姿势，对着他的手指咬下去。

方焰申不闪不躲，由着她发狠，手上落下结结实实的一排牙印。他看看手，又看看她的眼神，最终无奈地说："行，牙口不错，缓过来就好。"

"你没话问我？"

"是我让邵冰冰去盯你的，也是我怀疑李樱初的，所以想等等看，果然，她又找你了。"方焰申一口气坦白，省得惹她多想，"但是你绝对不能再去见她，半坡岭太危险了。"

他当时只能留下一个女警，没想到这两人又打起来了。

关飒不想纠缠关于邵冰冰的问题，她一听他的话就觉得奇怪："为什么怀疑李樱初？她和我一样都有精神病，我们认识这么多年了，她什么都不知道，不可能和案子有关。"

方焰申没急着解释，同样靠在窗边。

如今他们队里的人都回到市区了，一有了休息的条件，他也显得清爽不少，今天换了一件宽松的衬衫，低头的时候零散的发尾落在眼角，挡住了那道疤，于是他整个人从头到脚都显得温良随和，和"大尾巴狼"没有半毛钱的关系。

关飒的目光追着他，分毫不让。

他只好又拉过椅子坐在她身边，深深看她一眼，开口说："你想想被害人的特征，精神病、女性、长发、发病时丧失神志、走失被拐。而李樱初长期独居，如果殷大方真的是凶手，他们离得那么近，殷大方为什么没对她下手？"

关飒愣了，无可反驳。

"还有一点，李樱初情绪激动之下听见发生命案，又看见警察上门，第一反应不是问谁死了，而是问谁干的。"他说着顿了顿，摇头说，"按常理说，这反应可不太对啊。"

"不可能，李樱初有妄想的毛病，老觉得有人害自己，或许她只是看见过什么，想起殷大方有个躲债的地方。"关飒有些着急了，"是不是有警察盯着她？她那天打电话来的时候很害怕，非要找我过去。"

方焰申示意关飒深呼吸，冷静下来，然后才慢慢告诉她："李樱初联系你之前两个小时，殷大方刚刚被捕。"

那天晚上十分精彩，只是苦了警察，又是个不眠夜。

有人在进城的收费站发现殷大方的行踪，很快上报。殷大方偷了一辆车，企图逃窜，却显然低估了警方的布控，直接在敬北市区被抓获，半坡岭命案的重大犯罪嫌疑人落网。

随着他被警方控制，队里的审讯在夜里也有了进展。殷大方的两个同伙熬不住，陆续供认，承认自己被胁迫抛尸，但他们始终否认参与杀人，每次只是拿钱办事，出苦力而已，为了换毒资。

那两个人知道死人了，却不知道尸体的来源，而殷大方偷偷用死者的头发制作假发，也没和他们打过招呼，这才导致出现纰漏。两个"猪队友"在赶工的间隙吸毒，精神恍惚，把东西全弄乱了，所以殷大方的"宝贝"才不慎和南安市场的订单混在一起，外泄而出到了市场上，又被关飒挑样品的时候买走。

这些事的后果殷大方本人很清楚，人赃俱获。

天亮的时候他陆续吐口，说自己有个秘密的藏身之地，就在作坊后边的杉树下，是他早年为了躲高利贷，偷偷挖的一间地下暗屋，原本是想给自己保命用的，没人知道。

关飒一直沉默地听方焰申说完，十分震惊。

她没想到自己昏过去的这段时间，案情进展如此顺利，人抓到了，该说的也说了。她又问："那李樱初……我记得那晚邵冰冰让人去审她，她说什么了？"

"她的口供和殷大方的描述一致，我们也已经去过现场了。她说是殷大方有一次喝多，可能还吸了毒，吓唬她，要把她关到树下去，所以她大概知道方位。"方焰申让关飒别担心，"李樱初的精神状况不好，不会拘留她的，局里已经同意放人，昨天送她回家了。"

关飒总算定下心，听着他的话，却感觉一切都不真实，案子顺利到让人不敢相信。

她想知道关于暗屋的情况，态度坚持，方焰申只好和她描述："地下入口，被树木遮挡，非常隐蔽狭小，而且完全不见光。我们找到被害人的衣服碎片了，还有割取头皮的手术刀，零散的一些带血的物证……都有殷大方的指纹，目前专案组初步判断是第一案发现场。"

"他承认自己杀人了？"

方焰申点头，那家伙早早父母双亡，初中毕业就辍学，吃喝嫖赌抽，样样都不少，而且长期吸毒，性情非常古怪。突击严审之下，他对自己杀人的事供认不讳。

在殷大方的暗屋中也找到了治疗性功能障碍的药品，他身体有病，心理扭曲，吸毒之后对女人的头发产生幻想，开始拐走精神病人关起来，直到近期受了刺激。三个月前，其中一位被害人因为发病严重，不受控制，殷大方强行给她注射了氟哌啶醇，没想到药物过量，导致对方猝死，也就是方焰申和关飒在山上发现的那具尸体，她是最早的死者，死亡时间已经被核实，确实在三个月前。

殷大方在人死后有了割取人发留作纪念的想法，由此之后犯罪升级，在这种残忍的事上找到了快感，不断行凶，导致四人先后被害。至于他购买药物的途径现在还没有查清，药物源头隐蔽，一向都是线上交易，出事后再追查显然晚了。那地方已经人去楼空，纯粹是一片荒废的烂尾楼，就在出城的高速路旁，如同鬼屋一样耸立了十多年，开发商早年撤资扔下不管，八成还可能是假地址。

方焰申说得尽量客观，没有描述细节，但关飒已经有些无法承受，她又开始坐不住，手指掐在一起，眼睛却盯着他，还在硬逼自己听下去。

方焰申抓住她的手，让她放松，安慰道："昨天嫌疑人已经指认完现场，人抓到后全部移交市局这边来审，所以我们都回来了。不管最终结论如何，这件事由专案组负责到底，你不能再参与了。"

关飒明白他是担心自己，目前来看，殷大方吸毒杀人，伙同其他两人抛尸，证据确凿，可她不信。

她提醒他一件事："你们别忘了，殷大方是做假发买卖的，他想要女人的头发，办法太多了，犯得着囚禁杀人吗？而且他的手法和我见过的一样，为什么会想到这种方式，只是巧合？十二年了，这么明显的特征，就用一个巧合来解释，不可能！"

方焰申按住关飒，打断她的联想："飒飒！"

她脑子里的引线一旦烧起来就停不了，因为所谓的"真相"太可笑了："殷大方和疗养院无关，他不是真正的凶手！我看到'绿凉鞋'死了……那不是幻觉！"

"我知道，但一切都需要证据。截止到目前，所有线索都指向殷大方，他也都认了，暂时只能按照这个方向去拼证据链。"他觉出她手心发冷，拉过被子把她围住，又抬着她的脸示意她看着自己，然后加重语气告诉她，"你不能再想了。"

"我没发病。"关飒的目光直白，开口重复说，"方焰申，我再说一次，我在继恩疗养院里见过同样的尸体，两个案子一定有关联。"她的话武断而偏激，但眼下的情景刚好又绕回到医院，竟然如同当年一样。当年的她也是这样坐在病床上，看见方焰申来探望自己，彼时那么多警察，只有他没把她当成疯子。

关飒当年就知道，方焰申听进去了。

而如今，时间成了一个圆，把所有人的心魔都绕回原点。

她想起自己当年的话，又说："眼见为实，我等了十二年，又死了四个人，如果你还说一切都是因为我的病，那你告诉我，现在到底是谁疯了？"

方焰申不想继续争论，正因为案情越来越复杂，所以不能再让关飒牵扯其中。

他按着她的肩膀说："无论结果如何，我需要你保持清醒，你目前要做的就是稳定病情。"这两天他都没闲着，除了案子还有她，于是他指指楼上说，"我找过你的主治医生了，他评估之后决定让你进行监护疗养，明天一早，陈医生会接你去他的诊所。"

关飒当然知道，陈星远的私人诊所在城南，半个多小时的路程，距离她家和市区都不算远，重要的是那地方本来是他自己家的一片园子，环境很好。

她拉着被子，抗拒都写在脸上，直接就说："我不去。"

"这不是任性的时候，你连续出现阳性症状，绝对不能再恶化。"彼此都清楚发病对人的精神折磨，那种痛苦对关飒而言是毁灭性的打击。

方焰申说着说着又停了，口气内疚，轻声补了一句："是我太心急，不该让你配合调查。"

关飒嗤之以鼻，仰脸凑到他面前，目光直戳到他心里去："如果我就是不走呢，你打算再铐我一次？"

方焰申知道她在故意拿话扎自己，但他总有办法把她攥在手心里。他看着她说："飒飒，我不能再看你发病了。"说着他的手指温度发烫，落在她手腕之间，声音轻，口气却重。

关飒一瞬间想起方沫的话，那家伙说得没错，他哥就是个彻头彻尾的大尾巴狼。

方焰申知道她吃软不吃硬，此刻摆明示弱的态度，千载难逢。

他看着关飒的眼睛不依不饶，竟然还在说："我不想逼你，只是请求你……就算是为了我，你必须照顾好自己。"

这一场雨下得太冤枉，浇不灭心火。

关飒对着他那双眼，一个字都说不出来了。

她想着那些所谓的医嘱，口气轻飘飘地问："这都是陈星远教你的吧？"

"陈医生很专业，人也不错。"方焰申把话说得不痛不痒。

关飒看着他的表情，此刻方焰申的神情堪称温柔，一本正经，还真是半点不露。她勾着嘴角笑了一下，问："你信任他？"

方焰申没有犹豫，直接点头。

"好，我去。"关飒甩开他的手，腕子上的伤口对着光十分明显，又问他，"那你信我吗？"

他笑了，似乎懒得回答这种问题，随口就说："哟，这得分事了。"

她没心情贫嘴，认真地告诉他："我没有自残。"

方焰申没想到她忽然提起这个，担心她神经敏感，于是拉过被子，让她躺下休息。

他低声安慰："我知道，所以只有把你交给医生，我才能放心。"


转眼又到了傍晚。

病房里窗帘半开，视野不错，天边有若隐若现的夕阳，下过雨之后浮出一层浓重的光，艳丽奇诡，昼夜更替，日复一日，明天又能放晴了。

活着就是这样，数不清的狂风骤雨总要归于平静，没有什么不能被抚平。

关飒开始出神，眸子透着光，她忽然看向身前的人，平静地盯着他，却什么话都没再说。

很快，病房外传来敲门声，邵冰冰不愿进来，声音谨慎："方队？"

只要方焰申还在局里一天，肩上的担子就必须扛起来，他能在医院逗留的时间有限，马上要走。

他叮嘱关飒躺一会儿，之后还有各项基础检查，很快护士会来，让她积极配合。

病床上的人长叹了一口气，不肯说话。

方焰申没再逗留，关飒一直在黑洞洞的被子里睁着眼，再也没能睡着。

她心里藏着很多疑问，却不想和他证实了，因为她自己也要抱着秘密过活。十二年了，她自己选定的前路，他不在的时候，她必须一个人走。


时间不等人，很快方焰申回到局里。

他没有和关飒提更详细的案件进展，实际侦查的阶段已经临近收尾，只是因为他的坚持，目前还在持续调查。

夜里专案组继续开会，讨论暗屋里的痕迹疑点。

殷大方倒是态度配合，半坡岭连环命案看似水落石出，从主谋到从犯，该认罪的都认了，证据充分，只差最后走程序结束侦查，但方焰申坚持对案发第一现场存疑，而且殷大方的供词疑点太多。按照对方的说法，刺激他杀人的源头是三个月前第一个遇害人突然失控，他由此萌生出犯罪的念头。但他本身没有医疗背景，药物源头成谜，他怎么会突然想到用手术刀割取被害人头皮的手法，只是巧合？这未免过于牵强了。

陆广飞再次和方焰申产生分歧，他认为队长的想法先入为主，还在强行关联旧案。最终十几个同事一起堵在会议室里，大家分成了两派，争论起来又是半宿，眼看快天亮的时候才散会，轮班休息。

方焰申和他们那位黑脸副队说到嗓子都干了，抱着自己的保温杯狂喝水，然后下楼开车，打算回家睡一会儿。

出门的时候，他看见邵冰冰也下来了，于是招呼她，又和往常一样，打算顺路带她一段。

自从前几天关飒昏厥送医之后，他们没有私下聊过。

工作第一，邵冰冰给彼此都留了分寸，她按他的要求阻止关飒夜出，没有解释对方突然情绪激动的原因，而关飒醒来后在病房里也绝口不提当晚的事。

无论方焰申怎么想，他都只能看破不说破，他们不是第一次见面了，深究下去三个人都难堪。

邵冰冰心里不清不楚地压抑了好几天，没想到方焰申压根不往敏感的处境上去想，他一如往日，连指使她忙活的时候都没有半点客气。

此刻时间晚了，邵冰冰坐上方焰申的车，忽然觉得自己多年的心思白费了，不管男人看着多精明，一旦遇到感情问题，永远缺根筋。

她熬得身心俱疲，直打哈欠，系上安全带问："你今晚不去医院守着了？"

方焰申笑笑说："飒飒醒了，没什么事，已经托医生安排了后续治疗，我就不过去了，不然她一见我，总想问案子。"

"你早该把她送医院。"邵冰冰趁着这会儿没有其他人，打定主意说实话，不给方焰申留情面，"你不爱听我也要说，关飒有病，这是事实。"

无论外人怎么看，改变不了关飒的现状，她就是一个精神病患者。

"我明白，所以才让你回来，帮我护着她。"

"说到这个，我还真是纳闷，你当时怀疑李樱初，担心关飒，可市里这边的女警也不止我一个……"

方焰申扭头看她，张嘴就来："我心里的娇花就一朵啊。"

"没用，涛子不在，没人给你捧哏。"邵冰冰对他的油嘴滑舌早已免疫，不吃这套，"你到底怎么想的，不怕我俩打起来？"

"打就打，反正哪个都吃不了亏。"

邵冰冰气不打一处来，扭头不理他了。

方焰申突然又补上一句说："重点是那种时候，只有你去我才放心。"

她听着听着心里一热，扭头又看他，那点说不清楚的私心不争气，连带着这些天的疑惑绕成半散的绳结，弯弯绕绕，一扯就开。她不敢再往下接话了，赶紧换了一个正经的话题聊："对了，那个李樱初虽然不对劲，但查来查去也没问出什么，不知道问题在哪儿。"

方焰申抛开关联旧案的想法，只单单来说目前的结果："这一切太巧了，咱们在村里的时候，李樱初又哭又闹，问不出东西，可是殷大方一落网，她立刻想起暗屋的事了，而且随着她的指认，殷大方也痛快认罪。"

邵冰冰点头，她也觉得太反常："是，可我审过，李樱初确实有精神病，根据村里人的反馈，她平时胆小怕事，这次的反应也算情理之中。"

方焰申开着车，手点着方向盘又说："一方面是她，一方面是那个所谓的暗屋，调查指认的过程太顺利了，简直就像是有人策划好，踩准时机，配合口供找到物证，随着殷大方被捕，把全套的结论都送到咱们面前来了。"

身边的人飞快过了一遍目前的情况："凶器经过确认，人确实是殷大方杀的，只有那地方太可疑。"

他提醒她："该让咱们发现的都找到了，但四个被害人死亡，地面却没有血迹反应？包括她们长期被囚禁，现场留下的痕迹却很潦草，全是近期的。"

"殷大方说自己处理过一遍了，他怕留下痕迹，地上铺过塑料布，后来都给拉出去烧了。"

方焰申觉得更可笑了，此刻正好停下车等红灯，他回头问她："一个杀人犯，既然连血迹都知道处理掉，为什么还留着凶器和死者的衣物？"

邵冰冰哑口无言，越想越觉得乱。

如果按照方焰申的逻辑推下去，整件事绝不是殷大方或者李樱初有问题这么简单了，他们没这么大的本事："如果殷大方还有同伙，或者受人指使，他为什么不说实话？之前他只是藏毒，但四条人命背下来，量刑必死无疑。还有当天的时机问题，他被捕的时候消息压根没公开呢，李樱初不可能突然知道。"

全部的转机都出现在殷大方被捕之后，疑点和巧合越来越多，随着殷大方被抓，有人故意把一切都推到他的身上。

邵冰冰有些坐不住了，很快想到关键点，于是开口，声音都压低了："你怀疑有人把消息露出去了？"

"从咱们要进弘光村开始，我就觉得有人故意搅局。"他的意思明显，"只是那会儿还不能确定，没想到接二连三有人干扰。殷大方被捕，李樱初突然松口，所谓的犯罪现场被人精心布置，还有那个卖药给他们的源头，跑得未免也太快了。"

如果有人将警方的消息传出去，还领着他们一步一步往前走，整件事牵连到的不仅仅是面前的命案。

邵冰冰沉默，忽然问他："你怀疑谁？"

"不知道啊。"方焰申一边说一边笑，话题严肃，但好像没怎么影响到他的心情，这笑来得不合时宜，直接把身边的人紧张的思路打断了。

邵冰冰皱眉瞪他："难得，还有你不知道的事。"

"那可多了去了。"

方焰申一路把邵冰冰送回小区，车停在她家楼下，他示意她说："了解专案组进度的人不少，但都是自己人，我想不通对方的目的，谁都有可能，又谁都不像。"

邵冰冰回忆案发现场的种种问题，原本看着模棱两可，都是些能解释的细节，但一旦串联起来，就觉得整条线都可疑。她又说："不管什么目的，对方走到这一步，是想让案子查到这里为止，推殷大方出去扛。所以目前来看，凡是极力促成结束侦查的人，都可能有问题。"

她开始盘队里的这些人，忽然意识到一个问题，又抬头问："你为什么告诉我？"

从方焰申的角度来看，他主张继续调查有很大的阻力，因为推测的依据存疑。队里人人都知道，他始终没有放弃关飒的证词，因而认为殷大方的作案手法不是偶然，可邵冰冰也反对关飒参与，甚至还把她扔进了医院。

方焰申已经松开方向盘，正前后晃脑袋，抓紧时间放松脖子。他一边听一边抽空扫她一眼，表情遗憾地说："因为你跳狼跳得太明显了，成天掐架，动不动闹脾气撒手不干，八成就是个愚民。"

邵冰冰一巴掌招呼过去，直接打在他肩膀上。

方焰申觉得这力度合适："麻烦您，正好缺个按摩的。"

邵冰冰嘴里追着骂，心里却有些尴尬。她没想到方焰申一直在暗中观察每个人，一时哽住，很快又转过思路。殷大方被捕那晚，她自己留在市区盯关飒，所以她肯定不是第一时间知道消息的人，嫌疑最小。

可惜她想明白了，心里却更加不痛快。方焰申对她的信任无论是出于真心还是假意，他都能说得不远不近，不冷不热，每每到了该点透的时候，他又能全身而退。

邵冰冰不愿再胡思乱想，逼自己关注正事，又点出了一个人："副队？"

"是，我最该怀疑他。"方焰申自嘲地点头，一想起陆广飞他就脑袋疼，刚才和对方聊了一晚上聊不通。

打从一开始，陆广飞就在调查过程中提出各种反对意见，而且几次公开针对方焰申。

他只好说："我不知道，但如果没想错的话，对方一定和十二年前相关，藏都藏了这么久，不会轻易暴露的。"

弘光村里的故事真不少。

方焰申叮嘱邵冰冰，这些事不要和任何人表态，一定有些东西被漏掉了。可疑的暗屋、管制药品的来源，以及对方究竟靠什么手段控制殷大方，这些问题都没查清。

他和她安排道："你目标小，躲着队里人，明天去一趟监区，想办法见到程继恩，详细了解一下当年疗养院里的情况，我总觉得还有什么事被漏掉了。"

邵冰冰点头答应，十分熟悉他的套路："行，说这么多，就为了拉拢我给你跑腿。"

开车的人欣然接话："谁让我信你。"

男人的玩笑有时候开得人心里堵火，方焰申越是镇定自若，邵冰冰就越容易心态起伏。

她已经下车了，夜色苍茫，路灯遥远，这一时片刻连风都静了，心却不静。她怕他看出来，刻意地嘀咕，对着反光镜，拉拉自己已经不怎么整齐的衣服，和他抱怨说："祝师傅成天惦记我嫁不出去，要是没这案子，我还打算见见他给我介绍的相亲对象呢，这下歇菜了，我晒得仨月别想见人。"

方焰申笑了："祝师傅就是热心肠，他最爱张罗这种事了，给我张罗了这么多年，结果我不还是老光棍一个吗？"

"放屁！我和你能一样吗？祝师傅最疼我了，他肯定给我留个好人等着呢。"邵冰冰没他那么好的心态，好不容易才把自己的心思埋了，又让他不冷不热的一句话给勾出火，于是那股憋着的情绪怎么也压不下去。

她走出两步，又突然回身说："我不信你喜欢关飒，就因为内疚，想照顾她一辈子？你可真大方，救人还带送终身的。"

事实摆在眼前，关飒烧伤的结果已经是不幸中的万幸了，方焰申不该觉得亏欠。

这话是突然冒出来的，而且说得没头没脑，一时隔着车，两个人都愣住了。

邵冰冰自知说多了，但坐在车里的人不像是生气。

方焰申嘴角上扬，似笑非笑地看了她一眼。

夜色太暗，她不知道他那算什么表情，只是话一出口，已经停不下来："你今天肯信我，算我没瞎。那关飒呢？我想知道为什么。"

她就是想不通，怎么会有人用心良苦，只为了保护一个疯子？她替方焰申不值，也替自己不值，哪怕算起相伴的情分，他们在一起的时间，也远超过关飒。

"邵冰冰。"方焰申平常很少直呼她的名字，毕竟系统里能出外勤的女同事不多，大家能哄就哄，心里都是让着的，他每天一口一个"娇花"地打趣，再不济也是跟着其他同事嘻嘻哈哈地叫冰姐，今晚好不容易正经一回，却只和她说，"我不知道。"

人无完人，何况是人就有私欲。

对面的人手还抓着车门，表情失望。

方焰申没想敷衍她，他甚至也想过很多次，所以此刻坦白地说："我知道自己为什么相信你，但我不知道为什么想照顾她。"

这本来该是一个忙碌焦虑的深夜，方焰申说这句话的时候眼睛里有光，星星点点。他没有再开口解释，眼角的旧伤越发明显，拖出半条暗影。

邵冰冰僵硬地站在他的车门旁边，明明他什么都没说下去，她却忽然听懂了。

这根本不是信与不信的问题，因为信任总有原因，爱一个人却没道理可讲。

人和人之间的感情不能摊开算，方焰申心有牵挂，和相守无关，和时间无关，甚至和在不在一起也无关，他对关飒的守护和周全是无条件的，就如同这么多年，邵冰冰自己藏着心意，同样一心一意地跟在他身后一样。

她自己也没好到哪儿去，刀山火海都蹚过来了，还不是一样心甘情愿？

他们的职业特殊，必须清醒理智地工作，谁都不能把信任和感情混在一起，她一直以为方焰申糊涂了，但其实糊涂的是她自己。他只是简简单单在心里放了一个人，哪怕对方疯疯癫癫，任性妄为，哪怕多年不见都没关系，他也只求她平安。

除此之外，他什么都没想。

但邵冰冰做不到，时间长了，她觉得自己和他日日相见都不够，她以为爱一个人就是有所求。

"我明白了。"邵冰冰无处立足，只觉得满地都带刺，更没法再面对他了。

她转身想走，一步冲出去，差点崴在路边。

她今天又踩着皮鞋跑了一天，休息过后再一沾地，连脚趾都不听使唤。

方焰申叹气，探头喊她说："你穿什么都好看，真的，听我一次，明天换双舒服点的鞋。"

邵冰冰不但脚疼，心也疼，她蹦上人行道，非要嘴硬："省省吧，真听你的，我就是个蓬头垢面的老大妈了，更嫁不出去。"她转身让他赶紧走，勉强挤出笑容，又说，"方队，你也听我一次，喜欢人家姑娘就直说吧，坦白从宽，这罪名死不了。"

车里的人刚举起杯子，好不容易喝上一口水，又让她说得不上不下。

方焰申纳闷，怎么这一个个的都不消停，全来找他的麻烦。今天他可没有坦白从宽的力气了，满脑子都是自己的枕头，开车就往家赶。


第二天是周六，市区刚下过雨，气温不到三十摄氏度，最适合出游，于是这种日子哪里都是人，城里的主干道持续拥堵。

方焰申没睡几个小时，天亮之后照旧跑回局里。

随着殷大方落网，专案组从半坡岭都回到了市区，针对弘光村的封锁也已经解除，但缉毒大队的人还在当地清查毒品窝点。

方焰申和他们都打过招呼，继续留意村里的情况。

昨天夜里石涛在值班室里和衣而卧，此刻早上出来，看见领导给大家带了早餐，眼睛都没睁开，伸手就抢，他一边吃包子一边溜达，凑过来问："我冰冰姐呢？"

方焰申捏着两个核桃，笑眯眯地挨个和大家打招呼，随口敷衍："她忙去了。"

"还忙，女同志不能歇两天啊？你让人家坐坐办公室得了，我看她都快累出更年期了。"

"女同志目标小，好办事，你懂什么！"

石涛确实不懂，不过好在他是个心宽的人，吃上饭就高兴，怎么熬都不怕。

专案当前，没有清闲的日子，当天痕迹组的同事有了突破。

那个暗屋确实有问题，根本没有人常年生活的痕迹，和殷大方所说的口供相悖，于是他们全组人又凑到一起继续开案情分析大会，直到午饭之前才终于有空，方焰申去了内勤的办公室。

他走了两步停下，正好隔着门，他看见陆广飞也在里边，于是没马上进去。

祝千枫听见动静，拉长嗓门和方焰申打招呼，然后端着茶缸子说喝点菊花茶不错，清热去火。

他找借口先出来，和方焰申一起去楼道接水。

方焰申不说话，指指里边的陆广飞。

祝千枫立刻会意，边走边低声和他说："这两天副队经常过来，一直在翻过去的卷宗，他对继恩疗养院的事也很上心。"

这倒不意外。

方焰申端着自己的保温杯，一边走一边往外甩茶沫子，话还不停："他表面跟我对着干，非说证据链完整要上报，看着巴不得赶紧收工，现在啪啪打脸，他又开始偷偷查了。"说完他扭头打量祝千枫问，"你说他怎么想的，早干吗去了？"

祝千枫没接话，他这人已经在局里混成精了，连身上那件短袖都穿了二十年。他正专心致志地给领导倒热水，随手给身边的杯子里添上几颗枸杞，等到忙活完了，菊花配枸杞，简直泡出一杯子的好颜色，这才慢悠悠地接话说："方队，你也别管他怎么想的，反正人家和你不是一条心。"

方焰申心知肚明，点点头说："那倒是。"

祝千枫晃晃茶缸子，里边攒了浓重的茶垢，经年累月，早就洗不干净了。这缸子的颜色就和他说话的底色一样，几十年的人情世故全含在嘴里，四两拨千斤，他提醒方焰申说："防着点吧。"

方大队长此刻半边身子靠在窗台边上，这话他听是听见了，却没答应。他最近十分讲究，领子上还夹着墨镜，一低头的工夫就把它晃掉了。

祝千枫弯腰帮他把墨镜捡起来，顺口问："眼睛怎么样了？"

"疼一阵好一阵的，医生说让我避免外伤，我听这意思，谁再给我一拳估计直接就瞎了，也不用考虑治不治的事了。"

两个人接完水，在楼道里聊了一会儿。

祝千枫还惦记着邵冰冰，最近她一个姑娘肯定累坏了，劝方焰申多照顾她："抽空喊她到我那边去拿东西，我亲戚的小孩从国外寄来一堆营养品，我一个人用不上，让她拿回去给老人吧。"

"行，她还惦记着您要给她介绍的相亲对象呢。"

祝千枫笑起来，说只能尽力忙完案子，要让邵冰冰好好考虑终身大事了。

两个人说完闲话，还是绕回到最新的进展。

嫌疑人背后确实有问题，但动机不明。

祝千枫一脸纳闷地问："殷大方里里外外都和继恩疗养院没关系，现在副队也盯上这事了，咱要不要换换思路？"

"殷大方跟疗养院没关系，不代表其他人也无关。"方焰申笑了笑，忽然想起什么似的，扭头问他，"祝师傅，你当年就在局里了，你去过那家疗养

157

院吗？"

"那会儿早把我扒下来了，我只能老老实实蹲办公室，可不敢再碰外勤的事了。"祝千枫回忆起来，"呸"的一声吐出两口茶叶。他犯过错误，丢枪的过失背了半辈子，到如今年头太久，连他自己冷不丁聊起来都觉得没意思。

方焰申又问他："程继恩那边有什么线索吗？"

祝千枫摇头说："监区的人传话，一换季他在里边就病了，肺炎，这段时间都在输液呢，还没见到。"

窗边的人盯着绿油油的树梢，口气无奈地感叹："他可真够倒霉的。"

祝千枫好奇，又问："关飒呢，她就不想去看舅舅吗？"

方焰申想起她的态度，十分肯定地说："谁去她都不去。"

话赶话提起了关飒，方焰申想起自己还有事，让祝千枫先回去。他趁着中午有空，去了一趟恒源街。


关飒已经被陈星远接走了。

方焰申给她家里打过电话，想跟老孟交代一声，但老头耳背的毛病太要命，方焰申隔着听筒说三句，有两句对方都听不清。他干脆亲自跑一趟，省得老孟见不到关飒，又要一个人担惊受怕。

他去的时候正是恒源街最热闹的钟点，只有关老板的假发店没营业。关飒的店门锁了，方焰申只能绕到后面，找到她家后院的小门。

夏天中午最热，屋里屋外只隔着一扇纱窗门通风。

半丛棠棣花在角落里开得正艳，花草最怕没人修剪，时气一到就成灾，眼下成片的枝叶，探头探脑直接伸到了她家屋前。

方焰申凑近往里一看，老孟好像没有午睡，桌子上扔着打开的药箱，不远处的收音机还开着，人一老就爱听戏，而且音量巨大。

隐隐约约，一道人影缓慢地挪动，看起来正背对院外，应该是老孟在喝水。

方焰申敲敲纱窗门框，伴着戏曲的动静，里边的人显然没听见。方焰申又看向周围，中午休息的时间，院里没有人，他干脆抬高嗓门喊，一嗓子震得花影直颤。

这下老孟不但听见了，还被吓了一跳。

老人手里的杯子没拿稳，肩膀颤巍巍地一抽，连杯子带水哗啦啦全砸地上了。

方焰申哭笑不得，心想这老头不但耳聋还胆小，他催老孟快来开纱窗门，忽然又觉得不对劲，眼看老孟僵硬地伸胳膊，人撑在桌边，半天却不回身。

方焰申心里陡然有种不好的预感，大声喊他："老孟！是我！"

老孟缓慢地转过身，上半身近乎佝偻，好像这半秒的工夫让他用尽了力气。他突然揪紧胸口，冲着门外的方焰申张开嘴，却一个字都说不出来，直直地摔了下去。

独自生活的老人最危险，上岁数的人难免有些基础病。

这下方焰申可真急了，眼看老孟突发急病，他顾不上喊人，二话不说踹开了纱窗门，冲进去直接把老头扛出去了。

情急之下，方焰申根本没留意屋里的动静。


中午的太阳明晃晃地照着树梢，夏蝉恼人，屋外的棠棠花熬到有风的时候，渐渐被吹散，零星滚落，染出一地没烧透的余烬。

屋子里就舒服多了，和烈日相隔，暗处十分阴凉。

老孟刚才听的戏终于唱完了，收音机里"嚓嚓"的只剩下噪音。有人慢慢地从楼上走下来，手里拿着一张照片，手指慢慢摩擦，还带着相册上撕下来的胶印。

他似乎习惯了黑暗，在有光的地方不自然地腆着肚子，但努力挺直脊背，好不容易才走到门口。他看见纱窗门已经被撕开了半扇，随风荡在地上，然后借着外边的天光，认真打量起手里的照片。

照片上是童年的关飒，小小的女孩站在大院正中，抱着膝盖正在乘凉。那时候她留着一头长而漂亮的头发，发质极好，乌黑油亮，拍出来都反着光。关飒那双眼睛从来不肯正视镜头，永远蒙着雾，让人想起浑身湿透的雨天……

恰恰就是此刻，屋子里的地面刚刚洒过水，可桌旁的人浑然不觉，很快踩湿裤脚。他的手指依旧流连在照片之上，慢慢地抚摸起照片里女孩的长发。

他记得关飒小时候的样子，她不是天使，也从来不把"天真可爱"写在脸上，那孩子笑起来的时候狡黠，发疯的时候眼底藏着风暴。

危险是这世上最疯狂的引诱，十二年了，他依旧想要得到她。


恒源街上很吵，天气越来越热，冷饮冰柜都多了一排。

方焰申第一次感激那几个卖轮椅的人，往日里对方光知道堵路发传单，没想到今天却成了救命恩人。他背着老孟跑出来，抬眼看见堵路的轮椅，于是二话不说把老人放上，飞快地往三院推。

前后不过几百米而已，路上没人，另一侧只有通行的货车，眼看已经超载了，还在摇摇晃晃地开。

人行道的绿灯亮起，一切刚刚好，三院门前的生死，往往都卡在这个路口。

方焰申把人往前推，口袋里的手机突然响了，一阵熟悉的铃声，响起来让人瞬间分神。他焦急的步子突然被打断，只觉得心惊肉跳，于是赶紧掏手机，迈腿的工夫就晚了。

路口那辆磨磨叽叽的货车不知道中了什么邪，突然车头一转，笔直地冲着人行道撞过来。

一切好像突然就乱了。

正午的太阳晒得人睁不开眼，恒源街的路口突发交通事故，刹车声凄厉，伴随着撞击的动静轰然冲击耳膜，整条街霎时寂静，不过半秒之后，又涌起人群的尖叫。

路口旁边就是小卖部，看店的兄弟俩一上午都在门边抽烟打牌，此刻余光一扫，已经吓呆了。很快他们反应过来，踩着拖鞋冲出去。

天灾人祸，留下一片闹哄哄的人间，谁都没空留心几百米之外的世界。

假发店的门口有棵树，阴影之下不晒也不热，正好能挡住一个人。

那人不再年轻了，不知道在什么地方苦熬过，身形发福，却好像很少出门。

他眯着眼打量周遭，裤脚不合体，又已经湿透，走出来没两步，湿乎乎地沾着泥，而他自己却浑然不觉。

他已经很多年没见过这么热闹的街道了，于是一直微笑着站在树后，远远观望。

童年的关飒还在照片上微笑，他紧紧把它攥在手心里。

他知道是谁毁了关飒。

第十章
# 关上灯的另一面

祸不单行，恒源街发生交通事故的时候，城市另一端也有大戏开锣，也是和车有关。

关老板旧病复发，被她的主治医生接走疗养，说是要去养病，可惜眼下的情况也不太乐观。

关飒拍着脑袋睁开眼，总算费劲地把自己从梦里拔出来。四周是模模糊糊的车窗，景物正飞速倒推。她刚想靠着车门撑住脑袋，可车窗烫人，她又迅速缩回去了，心里开骂，暗暗估摸时间，应该还是中午。

她晕归晕，但知道自己人在车上，因为陈星远一大早就去店里把她带走了，随后回到诊所换车。她本来打算和对方摊牌，却发现陈星远已经把诊所清空，竟然做足准备，打算离开敬北市。

再之后发生的事确实有些超出预计，关飒根本没来得及反抗就被注射了药物，直接睡倒，显然是被陈星远塞上了他的车。

她的意识逐渐稳定下来，也想明白了，陈星远清楚她有反抗能力，只想简单一点把她带走，所以此刻她的小命还在，手脚也都能动。她爬起来盘腿坐着，靠在车的后座上缓神，心里忍不住腹诽，这些画皮的鬼啊，平日里活得都像个人似的，真到原形毕露的时候，各有各的精彩。

就比如此时此刻，开车带着她的这一位，恐怕连警察叔叔都没能看透。

关飒想到这里突然笑了，扭头往窗外看，发现他们已经上了出城的高速路，于是她开口说："陈医生，这是要带我私奔啊？"

今天的陈星远散着头发，一身T恤和牛仔裤，整个人显得极其放松，俨然不想再演温柔得体的医生剧本了。他此刻抬起一根食指晃了晃，示意后边的人坐好，又说："你要是乐意，求之不得。"

关飒头晕脑涨，声音透着冷笑："不乐意，你还能送我回去？"

陈星远说话十分温柔，态度良好地回复道："不能，所以你不要激动，照顾一下自己的情绪。"

怪物之间的沟通效率应该有所提升，何况关飒精神有限，她只好抓重点说："我确实不懂你要干什么，劫持，绑架？就我这条件，应该没人图财图色吧……亲戚朋友死的死，跑的跑，你劫我可亏大了。"

"想多了，我只是想带你离开市区，换个地方疗养。"陈星远的表情毫无波澜，也没有回头，声音却渐渐提高，又补了一句，"乖一点，我知道你不喜欢被人强迫，我不会像方焰申那样铐着你，也不想再给你用药。"

关飒抬眼，陈星远的侧脸从后方看过去线条清晰，那些平时藏匿起来的棱角分外明显。他开车时注意力集中，耳后的皮肤微微颤动，所有躁动不安的神经藏于血肉之中，又被长而凌乱的头发镇压在阴影里。

关飒明白，对方了解自己，所以几句话就能让她再度回到那个可怕的夜晚，被手铐刺激到近乎发病，在医院里好不容易才清醒过来。那时候她歇斯底里真疯了，不懂自己还能有什么吸引力。可陈星远同样受了刺激，他在那间不开灯的小房间里看着她，眼睛里满满都是欲望，如同饿鬼见了血，仿佛她抵死挣扎的样子按下了他心里的开关，让他藏在表象下的怪癖一涌而出，无法克制和伪装。

大多数人都意识不到，这世上比疯子还可怕的，就是自己关上灯的另一面。

如今的场面很有意思，又剩下他们两个人，车窗紧闭，空间狭小。

关飒盯着陈星远，看他握在方向盘上的手，渐渐开始反胃。她仿佛能感受到那一晚他伸手抚摸她的感觉……她忍着没有表现出来，只是感觉有些热，于是故意卷起袖口，用指尖轻轻地揉手腕。

她身上还有那一夜的伤口，留下的印子颜色暗淡，沉在阴影里。

果然，开车的人开始从后视镜里打量她。

关飒低下头继续说："没想到你口味这么重，对自己的病人也能发情……

别忘了，我可是个精神病。"

后半句她不屑开口了，一个医生，就不能治治自己的毛病吗?

陈星远丝毫不觉得难堪，甚至还能带着学术口吻开口说："你一直都在，躲在我的潜意识里，那是人心里原始与非理性的低级部分。"说着他又像是探讨似的，认真而坦诚地告诉她，"潜意识这东西很可怕的，它给每个人强大的内驱力，能让人不顾一切地去追求快乐和满足，而我……除了我的职业之外，也只是个普通人。"

人性中的光与暗并存，长期潜抑①，更容易失态。

关飒自知和医生争论这些赢不了，率先放弃。

她渐渐从经过的路牌上看出方向，前方还有三公里就到大羊坊了，那是出城的收费站，于是她左右观察，发现自己的腰包被放在副驾驶位上，于是拿过来检查了一下。

陈星远还算体面，除了扔掉她的手机之外，对她随身的东西没有乱动。

只不过如今的时代，一个人如果突然没了手机，几乎等同于切断和外界的全部联系。关飒此刻无法向任何人求助，正好她也懒得说话，很快接受了这种被胁迫的处境。

反倒是陈星远发现她抱着包沉默了，又打破僵局说："我对你的心思，早就告诉你了。"

关飒脸上写着没兴趣，眼睛继续盯着车窗一动不动。她从清醒之后就有些出乎意料地平静，没有激烈反抗，更不知道在想什么。

他又说："笔记本，你一直带着。"

后座上的人终于动了动，把本子从包里拿出来。

陈星远送的笔记本也有年头了，边角有些皱，上边那行英文却经年如旧。

关飒扫一眼笑了，对着他念："I can give you my loneliness, my darkness, the hunger of my heart..."她胃里不舒服的感觉加重，忍不住继续说，"别这样，陈医生，那么久之前你就盯上我了?"她抬手比画，示意自己吓出了一身鸡皮疙瘩。

陈星远的脸色忽然变了，他没心情和她玩笑，长叹一口气，竟然有点失落："可惜这么多年过去，它替你记住的人，只有一个方焰申。"

关飒从来没觉得这个笔记本这么碍眼，怎么看怎么觉得它和开车的男人一样，烫金的皮，里边都烂透了。她烦躁起来，伸手开始撕，很快连她自己辛辛苦苦记录的过往也不放过，直接把笔记本全撕毁了。

---

① 在弗洛伊德精神分析中描述为心理防御机制的一种表现，是指个体把意识中对立的或不能接受的冲动、欲望、想法、情感或痛苦经历，不知不觉地压制到潜意识中去。

她潇洒松手，满车碎纸。

前方的人颇有些意外，精神分裂无法根治，关飒一直在靠记录和回顾帮助她自己，一旦失去客观的佐证，她的思维不受控，幻觉会让人彻底迷失，这对一个病人而言非常痛苦。

但陈星远没有阻止她，前方车辆的速度慢下来，再往远处看，已经能看见出城的最后一道收费站了。四周车辆渐渐多起来，他不用再忍太久，很快就能离开敬北市。一旦开上省道，车道宽阔，路旁无人，很容易提高速度，只要他不停下来，就可以彻底把她带走。

这座城市该死，一场大火永不止息，在关飒眼里烧了十二年。

陈星远曾经用过很多办法，尝试过各种治疗，甚至是药物干预，但在关飒身上收效甚微，她依旧执着于方焰申，不肯忘记过往的经历。令人意外的是，那些童年阴影，于常人而言都算致命的刺激，却没有让关飒滑向自我毁灭的深渊，反而成为她维持生活的希望。

这一切让陈星远觉得无力，因为关飒是个非常清醒的病人。

一个人病了，疼可以止疼，累可以放松，而精神分裂几乎是最坏的结果了，病人最终会倾向于寻找死亡的解脱。可关飒非常特殊，她清楚地知道自己疯了，也看尽了生命里的不堪，但她依旧不想死。

关飒将所有伤疤自洽，在黑暗中求生。

那一夜，陈星远看见她不肯屈服于自己的暗示，甚至不惜割断手腕也要挣扎出去，他终于明白了。

只要她还能记住方焰申，她心里的火就永远不会熄灭。


前方很快就是大羊坊收费站的入口了，车辆渐渐开始分流并道。

陈星远轻松地敲敲方向盘，分神看向关飒，目光不断被她的手腕吸引。

后方的人好像撕完东西觉得痛快不少，于是一道窄窄的人影安静下来，躲在避光的位置。关飒没有戴假发，头发极短，五官过于分明，像个褪色的人偶。

此刻的车速逐渐慢下来，陈星远正要可惜那个笔记本上的回忆，一转头却先看见她身上的疤。

关飒知道他一直没放过审视自己，继续有意无意地转转手腕，纸片散开，袒露出那一晚留下的痕迹。她的手腕很细，所有蜿蜒的痕迹蔓延铺开，突然撞进陈星远的眼睛里，让他声音发紧："你可真舍得。"

关飒拍落碎纸，有些不耐烦地说："如果不犯法，我挺想连你一起撕了。"

他配合她的嚣张，拉拉领口，满脸纵容的笑："不，我是说你的伤。其实那天晚上你误会了，我只想抱抱你而已，何必对自己那么狠。"

后座上的人顺势往前坐了坐。

关飒半边身体靠在驾驶位后边，慢慢开口，声音就在陈星远的耳后，同时她边说边伸手向前探过去："你忘了吗，我疯啊，什么事都干得出来。"

在关飒的手即将碰到陈星远的手肘时，对方陡然避开。

陈星远对她的身手十分了解，此刻连坐姿都没变，放低声音警告她："关飒，如果我想让你镇静下来的办法很多……乱动的孩子会被捆住的。"

关飒确实想突然袭击，可惜宣告失败。她悻悻地向后仰去，直接瘫在后座上，顺手又去拉两侧的车门，果然都是锁死的状态。

她干脆放弃挣扎，只记得把自己的腰包抱在怀里，整个人蜷缩起来，盯着车窗笑，很轻地开口说："小时候我在继恩疗养院，每隔一段时间就有病人被带走，真没想到，十二年后还有人玩这一套，而且还轮到我自己了。"她有点累，几乎像要睡过去，声音含糊地劝他，"陈医生，我对你没有好感，也不想和你远走高飞。你没疯，也不是罪犯，绑架这一套，对你太勉强了。"

陈星远哂笑道："你是我见过的病人里，对自己最有自信的一个。"

他们一路慢慢地跟着车流向前去，周遭都安静下来。

陈星远有了闲聊的心情，加重了暗示的意味，继续和她说："我可以开出医嘱，把你带走疗养治病，这种事谁说得好呢？可能三个月、半年，也可能五年、十年……我有大把的时间让你相信方焰申没有回来过，或者让你以为这个人从头到尾都只是臆想之中的幻觉。"

关飒清楚陈星远洗脑的本事，很快想明白了，这么多年下来，对方不光左右她的治疗方向，同时也在影响方焰申。陈星远利用自己主治医师的身份，不断加重方焰申的内疚，让他认为他就是关飒的应激源，让他滚远点，否则她随时可能会复发，所以方焰申总是躲着她，动不动就说不想害她一辈子。

云层挡住日光，关飒往远处看，车窗贴了膜，于是触目所及，全是黑蒙蒙的人间路。

她有些惆怅，有时候正常人的思路也挺难理解的，毕竟精神病可以治，而清醒的疯子无药可救。

关飒安静了没两秒，忽然又想起了什么，皱眉说："彼此彼此，你也挺有自信的。方焰申虽然相信你，可他是个警察，家里还有老孟。现在光天化日的，我一个大活人丢了，很快老孟就该找他哭了，你带着我，根本走不远。"

陈星远把车转向ETC专用的通道，一张脸表情和煦，在后视镜里对她笑："老孟岁数大，能哭的日子不多了。"

关飒骤然抬头盯着他问："你什么意思？"

"至于你的警察叔叔，他公务在身，十几年的命案可不好破，一时半会儿，他根本没工夫管你。"

关飒顾不上细想，猛然看向四周。

此刻限速，闸机通道里只有一排车，周围安全，而路边的应急车道上按惯例停着大型货车，交警正把它们拦下来待查，于是这一段路边的人也不少，司机们都在抽烟放风。

眼看就要出城了，前方开出去的车辆纷纷提速，仿佛去路坦荡。

陈星远看了一眼时间，连声音都松快不少："关飒，车门锁死了，高速路上你也别想胡闹，乖乖和我走。这一次，方焰申自身难保，他救不了你。"

关飒在后座上一脸困倦，随口就说："用不着，知道我为什么不和方焰申说那天晚上的事吗？"她把手从包里抽出来，似乎手心里一直攥着什么，然而眼睛直盯着窗外。

"说了又能怎么样？我才是你的医生，你发病的时候受刺激了，就算有什么疯话，也不能当真。"

关飒不理他，声音还在继续："因为这点麻烦，我能自己解决。"

陈星远脸色一变，下意识觉得她的口气不对，忽然转头看向她喊："关飒！不要乱动！"

中控锁死，她当然没抱希望能突破车门，眼下这种被困车内的境况，没有工具辅助很难击碎车窗，但陈星远忘了一件事，关飒打小就疯。她被程慧珠关在车里泄愤的时候还没到上学的年纪，从小就经历过各种可怕的困境，所以任何时候她都比常人更习惯于提防威胁。

今天出门的时候，关飒随手在门后抓了点东西带在身上，以防万一。

猫科动物不是谁想抱就能抱走的，何况关老板不是家猫。

他们的车即将通过ETC闸机，被迫减速。

关飒看准时机，猛然向车窗甩手，她使出全力，把手心里攥着的白色碎屑冲玻璃砸过去。

剧烈的风卷着日光席卷而入，后视镜反光，很快灼人眼目。车里的一切瞬间模糊，随着突如其来的动静，人眼中的真实和幻觉合二为一，连座椅上都烫得像着火。

关飒是会扑火的疯子，始终义无反顾。

后方车窗突然爆裂，她毫不在乎，抬起肘部迎着碎裂的玻璃撞过去。

陈星远下意识踩住刹车，腾出一只手想要按住后边的人，却已经来不及。

陈星远虽然不是什么好人，但他今天的话确实没说错。因为方焰申从离开队里之后就接二连三地出事，所有的行程都被打乱了。

好人有好报这话听着宽心，仔细想想实在让人后怕。

恒源街上的交通事故很危险，但好在出事的地方离三院很近。多亏方焰申心里一直装着公务，神经不敢松懈，走在马路上又被一通电话分了神，导致他晚了几步才往前跑，他和老孟两条命都保住了。

他们遭遇一辆失控的货车，对方猛拐过来的速度根本停不下来，危险关头，方焰申只来得及把轮椅推开，车头几乎挨着他的身侧冲了出去。躲避的惯性太大，让他整个人摔在地上，眼看那辆车撞断路边的一排树才停下来。

险是险，万幸现场没有其他人受伤。

很快有交警赶过来，开始处理现场事故。货车司机被人拉下去，看着早已经吓坏了，走路都犯晕。围观群众眼瞧着那人的状态就不对，后来得知，对方是从郊区开来送沙土的，中午吃饭喝了不少酒，不管不顾，还敢上路，再加上运货超载，差点闹出人命，当场连人带车都被扣了。

这下方焰申和老孟一起进了三院。

老头在家摔倒的原因是突发心动过速，但急诊抢救及时，很快脱离了危险，护士把他送去了病房。而方焰申这边就比较倒霉了，他摔得一个肩膀脱臼，虽然在医院矫正回来，却不能马上返回局里，因为他的眼睛还有旧伤，而且这次又受到外力冲击，眼前开始持续出现黑影，被迫转去了眼科。

直到下午，方焰申眼睛的症状才有所好转。他被拉着里里外外做了一堆检查，最终才被医生放出来。

走廊里人不多，两个大夫路过，都是早就认识的熟人，轮番对方队的旧伤表达担忧。

方焰申心宽，没瞎就算赚了，聊了两句捏着自己的肩膀往楼下走。

外伤疼归疼，但没伤筋动骨，算他这回又逃过一劫。

三院的门诊已经下班，病人渐渐少了。

他去厕所里清理自己，盯着镜子，感觉眼睛恢复一些了，不再影响走路，又出去在走廊上看手机，发现之前给他打电话的人是祝千枫。

方焰申回拨过去，对方显然不知道中午的事有多惊险，那一通电话打得不早不晚，阴错阳差，救了他一命。

祝千枫在电话里顿了半天，似乎嘴里还含着茶叶，不紧不慢地说："哦，中午……对，那会儿是副队找我，他也想查近期出狱的人，我寻思还是跟你说一声吧。对了，你什么时候回来？"

方焰申看看时间，他还得去安顿好老孟再走，于是口气大方地说："咱不防自己人，你让副队查吧。"说着脚步快了，右边胳膊和腿一起疼，让他冷不丁倒抽了一口气。

祝千枫嘴里的茶叶总算吐出去了，说话清楚了不少，似乎听出他这边状态不对劲，又问："方队，怎么了？"

"老人病倒了，我一着急，赶上一孙子酒驾，差点被撞了……没事，我在医院呢，已经查完了。"

祝千枫"哎哟"一声，想起他们队长眼睛还有伤，口气急了："我让涛子过去！"

"不用，让交警的兄弟忙活去吧，这会儿顾不上。"

对方只好让他在外边万事小心，趁着今天有空，先照顾好老人，很快就挂了。


方焰申确实没时间耽误，一路去看老孟。

他在病房门口遇见大夫，赶紧问情况："老头之前好像没有心脏方面的问题，怎么会突然犯病？"

方大队长最近简直是三院的常客，大夫一看又是他家的事，耐心多说了两句："人老了，眼神不好，回家记得给他把常用药都标注清楚吧。目前来看，他是吃错药了，检查出来是奎尼丁晕厥。"

"奎尼丁？"方焰申一脸纳闷，这药名他虽然不熟，但大概听说过，"是不是治心脏的？"

"是啊，治疗心律失常。我们问他最近有什么不舒服的情况，他说心脏没事，就是血压不稳，这两天吃过治高血压的药，估计不知道自己吃错了。"说着大夫脸色严肃，特意提醒他，"奎尼丁绝对不能乱吃啊，尤其病人年纪大，像刚才那种情况，万一送医不及时，很可能会导致猝死。"

方焰申看向半掩的病房门，心里一动，低声追问："奎尼丁是处方药吗？"

对方点头，没太明白他的意思，又示意他可以进去看人了："留下观察一天吧，明天没事就可以回家了。"

方焰申道谢，转身进了病房。

老孟魂不守舍，可怜巴巴地躺在床上，姿势僵硬。他大热天还拉着被子，颤巍巍地抬手想抹脸。

方焰申故作轻松地走过去，甩甩胳膊给他看："别怕别怕，老天有眼，你没事，我也没事。"

"不，不是的。"老孟虽然紧张，但刚刚才吸过氧，此刻一有力气说话，声音也大了，那双眼睛混着暗淡的光，不断摇头。

方焰申坐在病床边上，发现老人皱着脸，嘴唇颜色深，眼角都是泪，竟然急哭了。他搜肠刮肚地想词打算安慰人，谁让自己一嗓门把他给喊医院来了呢，结果话到嘴边，他发现老孟目光闪躲，明显藏着事。

方焰申多年的直觉蹦出来，靠近老孟低声哄道："有话慢慢说，我听着呢。"

"我没开过奎尼丁，那不是我的药……他来过，他说我血压高，要坚持吃药，不然容易出事。"

方焰申抬头看他："谁来过？"

"陈医生。"老孟的眼泪再次涌出来，忍不住一把抓住他的手，用力开口，"有件事我一直没敢说……因为他是你介绍的医生，我怕是误会。"他心里急，因为自己迟迟没找到机会解释，此时此刻觉得捡回一条命，有种大难不死的孤勇，没头没脑地冲出一句，"关飒没有自残！"

方焰申一怔，脑子里闪过昨天关飒耿耿于怀的那些话，只觉得自己忽略的症结全都卡在了一起，连带着整颗心往下沉。

病床上的老人终于把那一晚的事情说清了。

当天，方焰申把关飒铐在楼上，老孟起初不知情，也没听见屋里来了人。直到夜深，房子里上下安静，他都要睡了，忽然听见楼上有动静，是关飒的声音，喊声凄厉。

老孟不知道发生了什么事，想起方焰申离开的时候说她情况不稳定，开始担心她半夜做噩梦，于是他好不容易爬到楼上，却发现陈星远不知道什么时候来了。

"我进去的时候，关飒正被他按在墙上。她发狠地拽床柱，身上有血，就顺着她的胳膊流！我吓坏了，她疯起来一着急，把木头都给拽断了。那不是自残，是他逼她的！我看见了，陈医生抱着她，好像、好像在……"剩下的话老孟说不出口，夹杂着怀疑和不确定，喘息半天，咬着牙抬手凑近自己的手腕，最终只剩下半句话，"他强迫她！"

方焰申震惊地听老孟说完，忽然看懂了老人的意思，猛地压下他的手。

老孟想表达的是，陈星远在吻她的伤口。

当晚关飒情绪激动另有隐情，方焰申迅速追问："陈星远没有解开她？"

老头拼命摇头，又说："那孩子不会随便任人欺负，可我看见她被铐住了，根本躲不开，所以她才受了刺激……"

方焰申盯着老人崩溃的目光，脑子里快速过了一遍，终于把整件事想通了。

那晚他被迫赶回来，觉得事情奇怪，却没时间细查。关飒不会随意自残，而钥匙被人扔在角落里根本没用过，他虽然试探过陈星远，却没问出什么。此刻顺着想下来，陈星远意图不轨，而老孟撞破一切之后又被威胁。他找来的那位好医生借着关飒受刺激，让所有人都相信是她自残，再把事情推到她的病上。

人一旦暴露本性，自然不会轻易放心，显然陈星远之后又找机会去过店里，换走了老头治高血压的药。两种都是老年人的常用药，老孟糊涂，吃错导致猝死，就算被发现，也只是个唏嘘的意外。

方焰申顾不上再想当晚的事了，此时此刻，他突然反应过来，自己竟然还信赖对方，导致眼下陈星远清楚所有人的动向。

他说不出话，脑子里的念头接二连三地蹦出来，以至再开口的时候声音都有些不稳，他告诉老孟："陈星远已经把关飒接走疗养了，他知道你最近一个人在家，所以就算吃错药倒在家里，也没人能救。"

老孟懊恼又自责，眼泪哭干了，瞪着干巴巴的眼珠子，不断说都怪自己，应该早点把情况说出来，很快又激动地非要坐起来，求方焰申快去救人。

方焰申很快找回了理智，他把老孟按住，叫来了熟悉的护士，安排老头先留在医院，然后冲下楼拿车。

陈星远的手机早已关机，方焰申又去联系他的诊所，无人接听。

人心焦灼，夏日如火。

方焰申坐在车里，只觉得浑身的血都涌到头顶，一时间眼前发黑，连带着头痛。他的墨镜在刚才的事故里被碾碎了，此刻无遮无拦，他一见光都有些睁不开眼。

这季节天长，四五点钟的太阳还挂着，敬北市区的高楼大厦一片繁华，就连三院里也人来人往。赶到下班的钟点，医院的停车场里十分热闹。

只有他眼前的天快黑了。

方焰申深深地吸气，迟迟没发动车，他逼自己想清楚关于陈星远可能的去向，却不可避免地回忆起了某种窒息的感觉，一切都回到了十二年前。

火光冲天，瞄准镜后的女孩被人高高抱起。

他记得那一年的自己已经坚守到麻木，浑身的汗都往眼睛里流。他要等命令救人，一动都不敢动，可事与愿违，就因为他晚了一秒，关飒被人活活扔进了火海……那些事早该过去了，却也永远过不去。原来人的记忆有伤口，同样能留下疤，连时间都治不好。

方焰申这时候才想明白，为什么关飒得知要被接走，突然问他信不信她这种蠢问题。

如果没有继恩疗养院的那场大火，关飒还是那个小疯子，而他也许永远逐光逆行，自以为能做守护一座城的英雄。但那场事故不清不楚地了结，让两个原本不相关的人从此落下一样的疤，余生都捆在一起，谁也不能痊愈。

直到半坡岭案发，他非要带伤坚持，而关飒对他的担当心知肚明。十二年之后的方焰申要救的不只有她，所以十二年后的关飒，不为她自己求救。

方焰申没想到自己还有这么慌的时候。

这辈子活到此刻，干他们这一行的，扪心自问，不适合有牵挂。他们天天和亡命之徒打交道，平日里遇见什么都能稳得住，可方焰申此刻越明白关飒的想法，越觉得紧张，连抓着的方向盘都烫手。

无论那小疯子打算怎么面对陈星远，都比那辆超载的大货车撞过来还让他觉得恐惧。

方焰申深深吸了口气，拿出手机打算联系交管局，无论如何只能先追查陈星远名下的车牌，可他眼前的黑影时有时无，按着屏幕喘口气，突然又有人打进来，铃声催得人头疼。

他甚至看不清屏幕上的号码，接通之后才听出是邵冰冰的声音。

对方连开场白也没心情多说，低声开口："我去了监区，你担心的事果然有问题。"

"程继恩说什么了？"

"我根本就没见到程继恩！"邵冰冰着急，但口气谨慎，"他此前已经减刑，三个月前就出狱了，我担心是信息更新有误会，上午特意去核实了。"

传回队里的那份出狱人员名单被人改过，明显有人不想让他们知道这件事。

方焰申连眼睛的问题都顾不上了，一根蜡烛两头烧，他没时间犹豫，发动车子往外开。"程继恩"三个字就像埋在墙里的钉子，此刻突如其来地被邵冰冰的话砸穿，一猛子扎进方焰申的脑子里，让他瞬间反应过来。如果那份名单有问题，专案组里经手过它的人都可疑，而且整件事的调查结果都要被推翻，于是他立刻和邵冰冰说："先别告诉其他人！"

"我明白，队里盯着这份名单的人不少，祝师傅是这么多年的老人了，可能名单在送到他手里之前就被人授意改过，我估计就是这个人一路阻挠队里的进度，但他为什么要藏程继恩？"

"因为程继恩的出狱时间太容易让人怀疑了。"方焰申把没有合理解

171

释的疑点都揪出来，"我们之前发现的最早遇害的死者，死亡时间就在三个月前。"

邵冰冰一天下来也没白忙活，她知道程继恩是关键，尽可能搜寻对方出狱后的去向，但那人十多年后重回社会，时代大变，没有手机，没有银行卡，也没有车牌号，甚至连住址都不定，原有的一切信息无可追查，再加上被人刻意隐瞒，他根本没有去派出所重新办理上户手续，三个月后，如同沉入人海。

方焰申说："我一直在找嫌疑人和旧案之间的联系，如果少了程继恩，我们可能从一开始就错了。"人情急之下总能被逼出急智，他只来得及说一句，"先别管这些，去查陈星远，他高中之后的全部履历！"

"怎么了，那不是你朋友吗？"邵冰冰有点奇怪，怎么突然要查陈医生，但她明显听出方焰申说话发颤，连口气都不敢喘似的，于是她迅速止住疑问。

方焰申尽可能稳住情绪，先开出医院，他这会儿在电话里说不清楚，又问邵冰冰："你在哪里？"

"亏你还记得问。"这句话真说到点上了，电话另一端的人冷哼一声，顿了顿才说，"羊坊医院。"

轮到方焰申的脑子跟不上了，他还在想案子的事，顾不上问邵冰冰跑到郊区的小医院里干什么，抢着和她说："你别回队里了，今天查到的事不能被人发现，直接去半坡岭吧，我现在赶过去。"

"等等……我话没说完呢，陈星远也在羊坊医院，还有关飒。"邵冰冰欲言又止，"你还是先来看看她吧。"

方焰申已经开出三院的路口，正在恒源街大路的转向车道上，信号灯的时间不长，一闪一闪，和他眼睛里那团影子一样烦人，催着赶着让他做决定。

他忽然听明白邵冰冰的意思了，抓着方向盘的手都在出汗，哑着声音问："飒飒……你找到她了？她怎么了？"

转向的信号灯已经变绿，案情生变，他掉头就能往半坡岭的方向开，无非一脚油门而已，可他迟迟踩不下去。

"别急，我接到这边交通队的电话，顺路过来了，人没事。"邵冰冰简短地解释，她在从监区回城的路上堵了一个多小时，好不容易经过大羊坊收费站，看见有事故，影响了周边范围，还没等她开出去多远，当地的交警就辗转联系到她。

邵冰冰的口气有点不耐烦："关飒什么都干得出来！陈医生是要接她去疗

养吧，结果关飒在收费站的时候不知道发什么疯，直接砸了人家的车窗，跳车想跑，多亏那会儿限速！她把腿摔伤了，来这边就近处理一下。"

方焰申一口气终于缓过来，张开嘴想回一句什么，竟然说不出。

关飒所在的位置是郊区的收费站，和半坡岭刚好是南北两个方向，整整隔了一座敬北市。此刻马上天黑，赶上堵车，如果他跑一个来回，五六个小时都不止。

方焰申半天才回过神，又说："把陈星远扣下，他给关飒店里的老孟投毒，多亏我发现得早，但我在市里被这事拖住了……他出城是想跑，关飒半路跳车，肯定是因为受他胁迫，知道我在办案赶不过去。"

今天没人能救她。

这信息量未免太大了，听筒里的声音越来越纳闷："什么情况？交警的哥们儿都不知道怎么办了，关飒的疯劲上来真不正常，她一口咬定自己没有亲戚朋友，不认识别人，连你也不找，费了半天劲，非要联系我。"

方焰申打断她说："她是故意找你的，一方面能给我报个平安，一方面你知道她的情况……必须有警察知道她是清醒的。"

这下他们的"娇花"听出这话里话外的默契，口气不善地吼道："行啊，她疯你也疯？都几岁的人了，打什么哑谜，好玩？"

"我这边顶着案子还没查清楚，陈星远又是我的朋友，关飒不想无故牵扯私事，占用我的精力。"方焰申盯着前路，又问，"她还说什么了？"

"这可不光是私事那么简单，关飒开始怀疑她的医生，非说对方涉及要案，没头没脑地让我把他带走。"邵冰冰想起刚才方焰申要查他的事，口气陡然变了，"这个陈星远身上真有问题？所以关飒才要逃，那她可够险的……"

方焰申没工夫再详细解释了，他让她和交警对接，把陈星远带走协助调查。

他的车还卡在路口一直没动，向前能去见关飒，掉头可以继续去办案，这会儿后边的车纷纷催促，喇叭的噪音响成一片。

他已经做了决定，于是和电话里的人说："尽快，半坡岭见。"

"你不过来？"邵冰冰声音愕然，"如果姓陈的有问题，那关飒今天就是一个人把他拦下来的。"后半句她越说越轻。

这一天可真是跌宕起伏，老孟中毒，突如其来的货车，被胁迫带走的关飒，甚至还有个隐瞒出狱的程继恩，牵扯到案子里很多人，暴露出无数此前被忽略的蛛丝马迹。如果没有这些，方焰申肯定第一时间去把关飒带回来，因为她的危险源于他的安排，是他为了自己安心工作，才把她推到陈星远手里，他甚至不敢想象她跳车的心情。

方焰申和关飒说过，有一天他可能回不来，他以为这个选择题无解，但关飒听懂了，于是不让他做选择。

她不会成为他的干扰项。

方焰申紧紧抿着唇没有接话，他比谁都清楚今天关飒遭遇了什么，就因为知道，所以更不能辜负。

关飒不惜一切让他们控制住陈星远肯定有原因，他不能有半点犹豫，于是迅速掉头，直接往半坡岭的方向赶："分局见。"


这通电话挂断之后，走廊里的人一直都没动。

羊坊医院只是个郊区的县城医院，没多大，急诊处理伤口的地方就在入口西侧，直到尽头的小门被推开，关飒的伤口都处理完了。

她的右小腿软组织挫伤，拍过片子，骨头没事。医生让她避免活动伤腿，关飒只能扶着墙，慢慢挪动着出来。

门外的老阿姨显然打完电话了，扫过来一眼，那表情说不上敌意，却也不可能是什么好态度，关飒全当看不见。

今天的事虽然危险，但关飒不傻，她既然打算破窗跳车，已经尽可能保护自己了，只是滚在地上，难免受伤。

很快走廊里的人来来往往，交警那边要等后续处理，邵冰冰跑过去交涉。

关飒在分诊台边坐下来，安安静静不再添乱。

没过一会儿，外边又有动静，陈星远被押出去上了铐子。

起初他在交通事故里扮演了非常无辜的角色，毕竟他也算小有名气的精神科医生，今天带自己的病人出城疗养，没想到半路病人发疯失控，导致了一场事故。这个戏路原本很不错，因为关飒是病人，没人会信她的话，可惜一切从见到邵冰冰开始就不得不戛然而止了。

陈医生看刑警队的人过来之后表情玩味，而后得知自己要被传唤配合调查，他也不惊讶，只是突然变成了哑巴，一直保持沉默。

又过了半个小时，这场大戏终于落下帷幕。

附近派出所的人过来协助，邵冰冰把警车开到门口，扣着陈星远送上车。她拉开车门要走，又往医院里看，然后在外套兜里翻了翻，折返回去。

关飒一直坐着发呆，这地方连个电视屏幕都没有，她渐渐开始犯困，眼看老阿姨走过来，她勉强打起精神说："你忙去吧，我自己可以回去。"

对面的人问："带没带现金？"

什么时代了，关飒懒得想这个问题。

她完全不顾虑现实，邵冰冰却扔过来两张纸币，教训她："还逞能呢，你现在没手机，拿钱打车。"

"哦。"关飒这才反应过来，努力睁开眼睛，多看了她两眼。

以往她见到邵冰冰的时候，两个人互相都没什么好脸色，今天这样的场面已经算十分心平气和了。邵冰冰穿着便衣，规矩又素净，刚才出去铐人的时候态度老练，看起来真有那么点英姿飒爽的意思，于是关飒难得冲她笑了一下，说："谢谢阿姨。"

邵冰冰眼神发狠，眼看又要生气。

关飒赶紧往后蹭蹭，毕竟自己现在没力气接招。她一直坐得姿势别扭，因为疼，脚还不敢沾地。

邵冰冰似乎没忍住，又问她："你为什么不告诉方焰申？"

关飒心里腹诽，鬼能想到陈星远要抛家舍业带她跑啊，何况这一路上她根本没找到机会联系外界，但她懒得从头讲，只好摇头说："三角恋，我怕他喝不下这口狗血。"

"没空和你开玩笑！你还知道什么，为什么怀疑陈星远？"

关飒仔仔细细地回忆当时的对话，告诉她："我没有证据，但他的语气和态度让我觉得他一定知道什么。"彼此维持医患关系数年，陈星远了解她，关飒同样对他十分熟悉，就算他做足了掩饰，但今天的话不对劲，"他知道出命案了不奇怪，但我相信方焰申不会和他透露细节，何况警方应该都没有证据明确指向十二年前吧？可是陈星远的语气很肯定，他和我提到那是十几年的命案，他好像知道最近的事和过去有关。"

关飒的神经非常敏感，或许是偶然，但她不能漏掉任何可能性。陈星远对她有扭曲偏执的念头，为此不惜撕破脸，计划胁迫她离开，这突如其来的人设崩塌，正好提醒了关飒。

她指指外边警车的方向，示意邵冰冰说："接下来只能辛苦你们了。"

邵冰冰掌握了新的线索，对于精神科医生的事十分关注，她仔仔细细观察关飒的神色，好像在确认此刻她的情绪是否稳定。

关飒不知道老阿姨还要干什么，正打算开个玩笑示意自己没疯，就听见对方忽然提起了一个久违的名字："你还记得程继恩吗？"

关飒十分意外，这个名字代表疗养院，代表她最痛苦的那段时期，但印象里，那个人连轮廓都模糊了，于是她觉得自己还算平静地回答："他是我舅舅，当然记得。"

"你知道他出狱了吗？"

关飒十分惊讶，猛然抬头，她想了半天，觉得这消息重要，脑子却不争气，突如其来的刺激带着情绪，转得十分困难，让她一时想不到程继恩的出狱可能关联着什么，只记得下意识追问："他不是判了十五年吗？"

"听着，你如果想帮忙，就如实回答我的问题。"邵冰冰已经拿出按例询问的态度，没有解释，也不回答关飒的问题，又问她，"程继恩近期有没有联系过你？"

"没有，我根本不知道他出来了。"

邵冰冰试图询问程继恩的过去，关飒很配合，可她当年太小，又和那位舅舅并不亲近，尤其在被强制送到疗养院后，两个人的关系降到冰点。

她告诉邵冰冰，自己的母亲已经去世，程继恩在家里的亲戚只剩下她了，恐怕他出来也没人能联系。

邵冰冰好像还问了什么，但关飒陷入对回忆的自我保护，态度回避。邵冰冰不敢再刺激她，只说之后如果收到任何有关程继恩的消息，就马上通知警方。

关飒有些恍神，点头答应。

邵冰冰伸手拍拍椅子上的人："关飒？"

这一下碰到了关飒的伤口，让她觉得疼，本能地缩缩肩膀，眼神倒是清明了不少。她"嗯"了一声示意自己没事，脑子里的思绪乱七八糟，今天的遭遇和刚才被提及的过往掺杂在一起，仿佛周遭的一切突然被暂停。陈星远和她那个消失已久的舅舅交叠出现，反倒有个模模糊糊的印象蹦出来，像是个突然被激活的关键词，逼得关飒脱口而出："等等，他叫他老师。"

"谁？"

"我过去在陈星远的诊所里接受治疗，和他提到过程继恩，当时他好像叫程继恩老师。我那会儿真没兴趣打听，其余的……想不起来了。"关飒的记忆不连贯，有时候连她自己都没法确定真实性，而且一个念头跳出来很突然，表达凌乱，反反复复只有这几句。

邵冰冰只好先记录下来，示意她冷静，余下的交给他们去查清。

风波未尽，时间却不等人，眼看天暗了。

关飒动动腿，试着踩地，然后又慢慢站起来。她已经挣扎了一天，带着满身伤，然而眼前又是长夜。

邵冰冰盯着关飒的脸，面前的人没有戴假发，显得懒散困乏，尖尖的下巴又有倔强的棱角。二十岁出头的女孩，却没有这个年纪该有的矫情和脆弱。

人生而逐光，这条路却不好走，或许有些事在大是大非面前永远无法周全。

上次见面，是邵冰冰捅破了秘密，她把方焰申受伤的真相告诉了关飒，于是此刻气氛安静下来，有些话含在嘴里不上不下，她还是想把话说开："方焰申的伤……他瞒着，是因为他从来没有怪过你。"

关飒扶着墙围一步一步往前走，声音冷淡地说："他的事，不用你来解释。"

邵冰冰脸色僵了，却没心情和关飒打嘴仗。

关老板带着伤，好歹让了一步，说："不过你说得对，我不能因为个人感情干扰他。"

那一天邵冰冰说话非常冲动，但此时此刻，她的职业需要把每个人的生命安全都放在第一位，她必须不带偏见地提醒："关飒，你不能赌气，如果再遇到危险要想办法求救，不光是你，任何人都是，不要以为什么麻烦都能自己处理。"

关飒回头笑了，她这会儿可没有赌气的能耐，摇头示意邵冰冰想多了，喃喃地开口说："我这种病也有个好处，动不动就冒出来幻视、幻听，我感受到的世界每天都在崩塌重建，这么多年已经习惯了。所以我学会了一件事，他在，我等他，可如果他不在的时候，我就要学会把自己打醒……这感觉你们不会明白的，如果没人能把我拉出深渊，我就做那个人。"

人生千沟万壑，既然他是警察，他要肩负人间，她就必须有自救的勇气。

不让方焰申做选择，就是关飒给自己的选择。

邵冰冰沉默地看着面前的人一步一步往外挪，她万万没想到，最后是她自己被一个小疯子说得如释重负。

警车开始催，邵冰冰快步往外跑，嘴硬心软地甩她一句："赶紧回家，希望咱俩别再见了！"

关飒和她那个便宜叔叔一个毛病，见好不收："别啊，我还得还你钱呢。"


当天夜里刮起大风。

敬北市这个季节虽然日光足，可天气也善变，不是风就是雨，眼看天亮之后也不会是什么好天气，又有沙尘暴预警。

风声呼啸，邵冰冰把陈星远直接带到半坡岭分局，避开了专案组，随后方焰申和他的老同学在审讯室里待了一夜。

关于给老孟换药导致对方昏厥的事，证据确凿，陈星远也供认不讳，整件事情的起因都和方焰申猜想的八九不离十。

陈星远在接收关飒这个病患之后，逐步对她的过往和病情深入了解，因此对她产生了兴趣。他常年压抑自我，突然看到关飒被人铐住的样子，一发不可收拾。

黑暗的房间，被禁锢的女孩，挣扎却不肯示弱的诱惑，一瞬间让他暴露了秘密。

本来陈星远完全有机会利用关飒自残发病来遮掩，把他的私心翻篇，因为方焰申当时的自责情绪已经占了主导，虽然有疑问，但只顾着担心关飒的病。

偏偏那一天家里还有个老孟。

陈星远不知道老孟看见了多少，也不知道那老头敢不敢质疑方焰申对自己的信任。但无论如何，日久天长，方焰申是个警察，有时候连他的直觉都是种威胁。何况人心底的猛兽一旦嗅到了带血的甜头，再难控制，陈星远还要不断再见关飒，他已经不想再伪装。

审讯室里的灯光惨白，时间太久，让人眼睛发酸。

陈星远的状态很平静，似笑非笑的模样，问什么说什么，就好像还是那个人前熨帖的陈医生，哪怕是和方焰申聊起关飒的时候，他也不带情绪。

谎言和伪装让人心累，真能脱下面具的时候，痛快喘一口气才是最要紧的事。

陈星远松松肩膀，说了一句："有时候我挺佩服你们警察的直觉。"说着他提起关飒那一夜情绪崩溃，后来他们在三院的事，"当天你走的时候说了一句，关飒不会自残的，我回去一身冷汗，总觉得你开始怀疑什么了，所以老孟不能留。"

方焰申手里捏着保温杯，一圈一圈地转，脸上倒是风平浪静。他暗暗咬牙，尽量克制自己想揍人的冲动，靠在桌边打量陈星远说："没用，要是纯靠直觉就能混这碗饭，我就不该还信你。"

陈星远那副医生的口气又来了，语重心长地说："方焰申，我把关飒带走才能救她，也是在救你。"

方焰申实在咽不下这碗毒鸡汤，掐着眉心"啧啧"两声笑了，口气却很严肃："你现在涉嫌强制罪、故意杀人罪，这会儿还跟我聊这些走心的没用了。"

这话是嘴硬，他认识了这么久的哥们儿，突然有朝一日坐在对面带着铐子，从里到外像是翻了面，这滋味谁都不好受。只不过他是警察，一夜之间黑白颠倒，不管发生什么骇人听闻的事，通通要往下咽。

陈星远面前的桌子上放着一沓追查出来的记录，他的目光落在上边很久，似乎看也懒得看，忽然问："我一直阻止你见关飒，你不生气？"

方焰申确实很想发火，可他这一天累到极致了，差点和货车亲密接触，避着市里的人回到分局，借了一身衣服才看起来不那么狼狈。此刻大家都快忙趴下了，他自己那点憋着的火气没地方撒，偏偏还没有墨镜，光线刺眼，头晕脑涨。

石涛在旁边做书记员，趁着这会儿听上去没什么重要信息了，正在打哈欠。

方焰申让胖子先出去散根烟，然后自己打开保温杯喝了一口，又打量陈星远，慢悠悠地开口说："你现在吐出来的这点东西，我还犯不上动气。"

"那方大队长觉得，我还有什么事？"

"今天老孟昏厥太突然了，换药投毒，突然让我有了思路。"方焰申也不急，眼看天边泛白，铁定没法睡觉了，于是他说话也不急这一时半刻，慢慢往下顺着想，"大剂量的精神科管制药品，必须严格凭处方才能拿到，或者是有相关的医疗背景。"

他说着说着把杯子里的茶都喝了，盯着陈星远，抬抬下巴点他："现在我面前，不就坐着一位精神科医生吗。"

陈星远摇头，示意他根本听不懂。

方焰申扣上保温杯，把桌上那沓调查记录往他面前推了推说："按照规定要求，二类精神药品销售的处方应该留存两年备查，但你诊所里两年内的记录不全，我们核对了所有在档处方，明显有很多药物数量对不上。"

对面的人脸色微妙，但不急于解释。

陈星远好像早知道躲不过去，长长地叹了一口气，又敲敲自己那块价值不菲的表，示意方焰申："很多人家里有患者，却没有稳定的医疗资源，一旦病人发病，家属就容易病急乱投医，托人私下开方买药，我也是为利而已。"

"这可都是管制药品，像地西泮这种药会依赖成瘾，到底是非法经营还是贩卖毒品，这之间的差别你不会不清楚。"方焰申提醒他不要恶意隐瞒，要配合调查。

林子大了什么鸟都有，何况越是管制的东西越意味着它成了稀缺资源，有一些私人药房和个体医生铤而走险，法律意识淡薄，从事违法经营活动。在他们那里不需要任何手续，只要拿钱就可以买到精神麻醉类药品，而部分麻醉类药品通过勾兑后，就成了"软毒品"。目前，对于明知是吸毒人员而对其贩卖安定类药物的，可以追究刑事责任。

陈星远没有再耗下去，他提供了自己线上交易的联系方式，示意他们沟通内容都在，他只是负责开方销售药品，完全与买方不认识，根本不涉及其他目的。

方焰申的茶水都喝干了，嗓子也冒烟了，打算起身先出去。

对面的人眼看松懈下来，正往后靠在椅背上。

方焰申走了两步，突然又转身，开口提了一个名字，问他："你认不认识程继恩？"

陈星远下意识动动手指，又直起腰想了一下，清清嗓子才说："关飒的舅舅吧？听她说过。"

方焰申不再往下问，他示意陈星远在屋里等，然后走出去找石涛，让对方尽快去查药品的去向。

邵冰冰在隔壁的监控室里，一直在观察这边的进展。

方焰申出来休息，一进门就挡着眼睛躲开灯，看得她直担心，问他："眼睛疼？"

"没，今天太折腾了。"他揉着眉心，用脚尖勾过一把椅子坐上去，指指隔壁说，"他啊，我是真没想到。"

此刻预审队的同事没在，突击审讯只能他们自己上了。

邵冰冰顺手给他接了热水，把刚才查了一圈的结果告诉他："陈星远这几年的出行记录很清楚，他压根没来过半坡岭，也没找到他和殷大方那伙人有关系的线索。"

方焰申接过保温杯喝水续命，抽空说："他胁迫飒飒想跑，这事干得太冲动了，不小心在台前把幕后的大戏给演砸了。"

邵冰冰靠在桌角问他："对了，你怎么想到让我去找程继恩？"她去的时候都没多想，以为就是按例跑腿，谁知道这一找真找出破局的关键了。可是此前在比对出狱人员信息的时候已经查过，那个殷大方和程继恩之间没有过往交集，那两个人应该完全没联系。

方焰申闭着眼睛，从头开始捋思路："你想想，如果关飒说的是真的，当年疗养院内出过命案，那后来王戎纵火就是为了掩盖证据，他虽然死了，可他在院里究竟干过什么，唯一有可能知情的人就是院长了。"

邵冰冰明白过来，方焰申一开始找程继恩是想了解王戎的情况，没想到对方竟然出来了，还是三个月前，时间不可能那么巧合，很可能是因为他出狱的消息刺激到凶手，导致凶手十二年后再次行凶，这样才说得通。

她想了想又说："按照关飒的回忆，她看见王戎对受害者行凶。但对方已

180

经死了，所以半坡岭出现的凶手是模仿犯罪，这一切都建立在如今冒出来的这位必须和王戎有纠葛上，而且还不是一般的关系，他总要知道割取头皮这种个人印记吧。但殷大方那么年轻，他和十二年前的事完全没关系啊，一个混混，就算涉毒也不会轻易背人命官司。"

方焰申没有马上接话，他歪在单薄的椅子上闭着眼睛，晃晃肩膀，好像浑身都不舒服，半天才缓过一口气，慢条斯理地又说："还有第二种可能，当年的凶手不止王戎一个。"

这话里的意思太深，说得邵冰冰脸色都变了。

如果当年的命案还有其他人参与，或者说对方才是策划者，那简直和如今的情形一样了。十二年后，同样有人在幕后掩盖案情的关键线索，企图把所有人的视线都引到殷大方身上。对方非常聪明，知道案件的全部关键信息，因此篡改出狱人员的名单，彻底掐断两个案子的联系，表面上警方已经人赃并获，嫌疑人认罪，可以结案移送起诉了。

那位突然消失的院长贯穿前后十二年的命案，去向成谜，无疑是此时此刻最关键的人。

邵冰冰提醒他："程继恩确实可疑，但他不具备作案条件，几位死者走失被囚都是几年前的事了，那时候程继恩还没有出狱，而且他人在里边蹲着，没有能力再利用自己的背景开药，目前证据不足，没法公开通缉。"

方焰申同样清楚，所以他赶来半坡岭这一路上都在想。此刻他看着她，敲敲和审讯室隔着的那堵墙："线索还得从陈星远身上撬，我们是老相识了，高中同学，他上大学之前的事我看在眼里，之后他上了医学院，我去了警校。"印象里，陈星远的大学是在国内上的，后来研究生是在国外，但对方刚好和程继恩是前后两代同学科的专家，方焰申的直觉又回来了。

邵冰冰懂了，方焰申本来就怀疑这位老同学，再加上今天她把关飒的只言片语转达过来之后，他更加确定那两个人之间存在关联，所以刚才才借着老孟的事试探。

"他啊，装久了，自己都信了，而且跟他们这种医生打心理战都没用。"

邵冰冰示意他等一等："已经去查了，我让分局这边的同事去扩大范围，争取在他身上挖出点有用的。"

窗外的风越来越大，迎着山卷过来，真要把压了八百年的土都给吹翻天。

方焰申突然带人从市里杀回分局，此刻楼上楼下其他部门的同事早走了。黎明时分，就剩下他们扛着专案继续熬。

审讯室的隔壁间只有他们两个人，气氛相对轻松不少。

邵冰冰的腿都肿了，连声叹气，这才想起自己的性别，于是她伸着腿，正好就在方焰申椅子前边，开口抱怨说："看看，我今天可学聪明了，穿运动鞋出来的，结果你又不出外勤了，把我拖这边蹲审讯。"

方焰申撩开眼皮，敷衍地瞥了一眼那双纯黑的运动鞋，发现它十分耐脏，于是赞赏道："行，这鞋好，天亮了去村里正合适。"

邵冰冰听着窗外大风扬尘的动静，一想到这日子还要去跑腿，心都凉了，她刚要骂人，反倒被这噩耗逼得脑子转过来了。

她停下手里的动作，忽然开口说："等一下，如果我们串起来这两人之间的关系，程继恩就有重大嫌疑，可是殷大方和他的关系还不明确，那也就是说……弘光村里的故事没完。"

如果十二年前就是那个院长在背后利用王戎纵火掩盖一切，十二年后他同样需要直接或间接地控制殷大方。

方焰申点头说："如今的凶手可能不止殷大方一个。"这就是他为什么觉得还要马上回到半坡岭的原因。

邵冰冰有点激动，方焰申被她越来越高的声调说得脑袋疼，赶紧做了个嘘的动作，没等他再说点什么，门就被推开了。

石涛一身烟味，嘴里嘟囔着说："来来来，陈星远的过往背景查出来了，刚出锅的！"

三个人凑在一起看完，方焰申挡着他那多灾多难的眼睛站起来，抽空还打了个响指，示意石涛跟自己走。

他们休息的工夫没多久，但窗外已经大亮了。

天光终于赢过白花花的灯，地上的影子若隐若现，黑白明暗，一清二楚。

陈星远看起来有些倦怠，一直靠在椅子上，但人还算得体。他盘算的一切被关飒跳车的举动彻底闹大了，导致如今数罪并查，被扣在警方手里。但他还能控制情绪，专业素养依旧，一直没有过激的举动。

眼看方焰申再次进来之后，他也只是如同过去一样，抬眼笑笑打个招呼，还有空问候石涛说："辛苦了。"

胖子困得眼皮发涩，没好气地说："不辛苦，都是为了对付你这种人面兽心的。"

方焰申拉开椅子却没坐下，他站在陈星远面前，又重复了一遍刚才的问题："你认不认识程继恩？"

陈星远的脸色温和，表情却很疑惑，示意他自己说过了。

胖子加重语气让他回答，他也只是重复了一遍答案："程继恩是我病人的亲属，所以我听说过。"

"不只是听说过吧。"方焰申敲敲桌面，帮他回忆，又补上两个字，"老师？"

陈星远像被什么蜇了一口，忽地一动，手铐牵连着响，金属摩擦的动静十分刺耳，他在椅子上坐直了，却迟迟不再开口。

第十一章
# 她从不奢望治愈

人们总是喜欢挖掘真相，却很难相信真相。

方焰申和陈星远认识了二十年，交情这东西伴随着经年累月的信任，有时候就成了蒙蔽自我的借口。凡事皆有迹可循，没人能真的做到滴水不漏，只不过有时候是他根本不愿相信，所以连查都想不到要查到陈星远身上。

很快，方焰申把最新的调查结果扔过去。

十四年前，陈星远在国内就读医学院，同年程继恩作为特邀专家参与了他们学校的课题，而当年的陈星远正好是课题组的学生成员。只不过谁也没想到，两年后曾经颇受赞誉的精神科专家声名扫地，程继恩负责的疗养院竟然爆出拐卖大案，掀起轩然大波，警方介入后，程继恩作为院长获罪入狱，事后出于谨慎考虑，校方将其除名。

从此，程继恩这个名字成了学界之耻，而后各类研究资料里也都完全没有再提及。

陈星远盯着那些白纸黑字的记录，审讯室里难得安静下来。

原本普通的清晨突然变脸，正该是天光大盛的时候，不巧赶上了扬沙。分局的窗外还能看见山头，但大风夹着沙尘横冲直撞，模模糊糊，又像是另外的人间。

陈星远很久都没开口，他盯着那些记录，慢慢地笑，然后手指逐渐放松下来，仿佛如释重负，点点头说："是，程继恩曾经是我的老师。"

他不是殷大方那种混子，自然知道轻重，既然人已经坐在警察面前，一旦被发现证据，徒劳嘴硬就无济于事，于是陈星远迅速调整情绪，把自己和程继恩的关系简单概括了一下："我那会儿年轻，不懂事，差点被学校开除，是程老师有恩于我，如果没有他拉我一把，我也不会有今天了。所以一旦他有需要，我无论如何都会帮忙的。"

方焰申证实了自己想要的答案，突然觉得胸口的气按捺不住。他连想都不愿意再往下想，猛地走过去把审讯椅子上的人给松开，然后直接将对方揪起来。另一旁的石涛正在忙，一边琢磨口供，一边敲键盘，谁知道领导突然急了，他愣了一下，才想起要追过去拦。

陈星远手腕浮肿，人已经被方焰申扯住衣领，他却并不紧张，只是表情玩味地开口说："你们查可查不出'老师'这么明确的称呼，谁告诉你的，关飒？"

他已经想起自己唯一的疏忽了，他曾经在关飒的治疗期间，对那个人习惯性地加了尊称。

方焰申的邪火直往头顶蹿，一拳揍过去不解气，眼看还要动手。

石涛把他拦腰往后拖："方队！"他回身关了录像，示意方焰申冷静点，陈星远的事显然没吐干净，关键时刻，他不明白这是怎么了。

挨揍的那位却很能理解。

陈星远摔在地上，石涛马上又给他上了铐子，他整个人姿势别扭，但很快就坐起来了，开口说："对，你想得没错，我对关飒的治疗，就是一直在干扰她的记忆。不光是为了让她离开你，还要混淆她脑子里的过往，让她尽可能忘掉所有不该记起来的人和事，可是关飒……"陈星远抬眼，盯着方焰申，目光透着欲念，"她真的是个很不听话的病人。"

方焰申太阳穴钝痛，眼前发暗，一脚又踹了过去，忍无可忍地吼他："我那么信任你，把她托付给你！你呢，你把她当什么？"

有些疾病不致命，却能砍断为人的尊严，精神病患者承受的恶意和痛苦已经足够多了，竟然还有人利用他们的病情作恶。

十二年前的真相被一场大火掩盖，逝者迟迟无法瞑目，过往的惨剧徘徊在亲历者的脑海之中，从未停止。始作俑者需要掩盖身上的血，就必须持续制造噩梦，扼杀关飒仅存的真实记忆。

方焰申不敢再想下去，陈星远利用治疗，暗示引导关飒，企图让她把真相当成幻觉，他永远不会让关飒痊愈。

"说来也巧，如果不是你当年让我做她的主治医生，也许这些年不会这么顺利。虽然关飒是个病人，可她总是怀疑当年的案子有问题，我不知道老师到底藏了什么秘密，可他入狱后特意带话给我，说不希望关飒想起他，我刚好能帮这个忙。"陈星远说着说着微微变了脸色，似乎很是遗憾，"想想也知道了，十多年前的那个案子肯定有问题。我原本可以把关飒带走的，只要她能忘记那些事，就不用再受刺激了。可她非要抓着你不放，她以为你能救她！"

陈星远似乎觉得很可笑，于是干脆不再挣扎，坐在地上越笑越大声。

他背对天光，眼睛发暗，两个黑窟窿直直地盯死方焰申，一字一句，还嫌不够："老师把关飒关在疗养院里，究竟对她做过什么没人知道，我和你一样好奇。所以我尝试去刺激关飒的潜意识，想了解过去的事，但她即使在陷入妄想的时候，也对疗养院的经历非常抵触，那是她无法面对的现实！你再查下去意味着什么？意味着你又要把她往火海里推！"

关飒的病，根本无法承受有关程继恩的刺激了。

方焰申透不过气，他一夜没睡，此刻脑子里残存的理智岌岌可危，而陈星远的笑无异于火上浇油，他厉声问陈星远："程继恩在什么地方？"

"我不知道，他从不亲自联系我。"

石涛反应过来，紧跟着逼问："所以你知道他出狱了。"

地上的人理所当然地回答："我本来不知道啊，只不过我听说又出命案了，能让你们方大队长这么紧张的案子，还涉及关飒，猜也猜到了。十二年前的秘密又被翻出来，那老师肯定已经出来了。"

石涛强调事情的严重性，陈星远坦然相对，方焰申在一旁不去看他，硬生生逼自己保持冷静。

可惜没有一个有理智的人，能接受理智。

医者无法自医，陈星远对于方焰申的怒火异常满意，仿佛隐忍已久。陈星远嘴角带血，再开口的时候也像发了疯，没头没脑地说："你不会明白的，老师说过，人类和动物没有区别，都有自我净化的能力，痛苦就成了人类弱者被淘汰的借口。但关飒不同，她从不奢望治愈，她不是弱者，所以她很美……真正的美是需要被痛苦雕刻的。"

变态没有同情心，总以欣赏别人的挣扎为乐。

陈星远的话断断续续，清楚却扭曲："你没看见关飒那一晚的样子，她在挣扎，浑身是血，那都是你的杰作，你却从来都不懂得欣赏。"

方焰申的怒火瞬间冲到了头顶，他暴怒而起，把地上的人拽起来："禽兽不如，你不配做医生！"

陈星远对他的愤怒感到欣喜，打量他说："弗洛伊德有个观点，每个人都有一个本能的侵犯能量储存器。在这个储存器里，侵犯能量的总量是固定的，它必须要通过某种方式表现出来，才能把个人内部的侵犯性驱力减弱。"他的目光死死盯着方焰申，"你明白我在说什么对吗？那场火给你们两个人留下了创伤。关飒早就长大成人了，可她带着过去的疤，于是她在你心里，永远留在了那场火里，你开始回避她，因为你认为她只是你救不了的孩子。一方面你的道德感跳出来指责你，一方面你又克制不住地想拥有她，开始用各种方式压抑自己，用工作和使命去逃避，但这样没有用，对你们两个人来说都是一种刺激。"

陈星远的话充满暗示，方焰申知道自己绝不能被他引导着剖析自我，把他按在墙上，告诉他："我劝你闭嘴，这一套留着将来在牢里安慰你自己吧。"

无论如何，陈星远都逃不掉被立案上诉了，但他此刻并不绝望，还在开口说："你觉得我是个人渣？但你怎么保证你一定不会对关飒失控？那个手铐已经证明你无能为力了……如果有一天，你亲眼看着她又被推进火海呢？"

人善未必有因，恶却总有昭彰的借口。贪欲、冲动、刺激、本能，仿佛在它们的驱使之下，行恶无辜。

石涛一直守在旁边，听见这孙子又开始说火灾，提起那些旧事，他不由得紧张起来，大家都知道方队当年的心结，这真是要字字诛心了。他赶紧把陈星远按回椅子上铐好，然后伸手去拉方焰申，想让他先出去。

方焰申甩开石涛，示意自己没事，又扣着陈星远的肩膀说："你给我听着！人和畜生的区别，在于人有选择。"他锢住陈星远的脖颈迫他窒息，对方不得不闭嘴。

方焰申扼住陈星远的喉咙告诉他："你学医这么多年，比我清楚每个人都有阴暗面，有人经历过更大的创伤，面对过更多的诱惑，但他们永远不会像你一样！因为他们是人，分得清善恶是非。你呢？你连畜生都不如！"

人心深处的恶念远比野兽凶猛，动物不会为了私欲而折磨同类。

"是吗？那方队现在打算怎么选……"陈星远整个人都被椅子固定住了，因为无法躲避而开始咳嗽，他渐渐上气不接下气，却挣扎着说话，"你的私心更可悲，你不爱关飒，不愿意回去见她，把她的执念当成后遗症，现在你突然发现我要带她走，你又急了，这算什么？"

方焰申掐着他不松手。

陈星远还不肯闭嘴，又说："你看，你现在不也想掐死我吗？"

石涛听得心惊肉跳，眼看这疯子越说越难听，他生怕场面控制不住，马上要打断。

方焰申却不为所动，他的手劲越来越大，忽然凑到陈星远面前，让他听清楚自己的话："你不用想着激我，你忘了自己今天是怎么被送到这里来的吗？我很清楚，关飒早就不是小孩了，不管她变成什么样，哪怕她疯一辈子，我就守她一辈子。"他盯着陈星远的眼睛，突然放低声音，但每个字都砸在对方耳畔，没有半分迟疑地告诉陈星远，"何况我从来没说过，我不爱她。"

　　说完方焰申松开手，陈星远却突然崩溃了。

　　这一夜他都沉静自持，哪怕被揭穿老底也没显露出任何极端的情绪，此刻却像是被什么东西刺激到了，整个人痛苦地低吼，突然剧烈地挣扎，竟然想要反击，大声咒骂方焰申。

　　石涛迅速出手帮忙，两个人强行把他按在椅子上，随后石涛冲出去叫来了辅警，好不容易才把局面控制下来。


　　大风掩盖不了隔壁的动静，撕开陈星远那层皮之后，一步一步漏出来的关键信息让人心惊。十二年前后，疗养院里最关键的人浮出水面，程继恩提前出狱，却被人刻意掩盖。如果当年的旧案另有隐情，那相关的一切都需要重新调查，嫌疑人绝不只是殷大方。

　　邵冰冰旁观审讯进展，她不在这个时候去劝方焰申，直到整条走廊重归平静。

　　今天大家都太累了，已经有一个被逼得失控的，邵冰冰不愿意自己再胡思乱想，于是她转身在白板上把程继恩和陈星远勾起来，盯着剩下那些未完成的关联线索，笔头转向殷大方。

　　对方有限的二十多年人生全都混在弘光村，警方却始终查不到他和继恩疗养院的关系。

　　到底还漏掉了什么？

　　审讯室的门打开，方焰申很快走回来，留下胖子继续盯着陈星远。

　　邵冰冰看了他一眼，这会儿方焰申的火也撒完了，和陈星远博弈实在不容易，他的情绪稳定下来，人看着平复不少。

　　她问他："你最后说什么了，陈星远这么激动。"

　　方焰申没力气笑，摇头说："实话而已，他最害怕的事。"

　　她看他不想说，也不再细问。

　　方焰申进来转身关门，低头扶着门框，一直没动。

　　邵冰冰不忍心，劝了一句："关飒确实需要医生照顾，这不是你的错。"

　　方焰申一想起关飒遭罪就受不住，可他当年是因为担心她。关飒是一个病人，亲戚疏远，没法周全，他苦心安排朋友去照顾，原本想着万无一失，结果反倒把她送到了虎口里。

邵冰冰叹气，旁观者永远是最冷静的角色，可她都想不通他们这算什么，羁绊吗？这种词都是故事里写来玩的，可有时候人与人之间的际遇就是这么复杂。

方焰申太想保护关飒了，于是他宁愿自己躲起来远离她的生活，却又不断被推回原点。

十二年的时间变成一个死循环，他救了她，也毁了她，一直如此，不堪细想。

邵冰冰心里很清楚方焰申的选择，他拼尽全力，带伤工作到最后一刻，恰恰是因为他想要回去，他必须对得起自己的使命。他甚至清楚自己随时可能出事，很可能这一生都要辜负关飒的等待，那是每个警察都必须面对的风险。

可警察也是人，其实在方焰申心里，他从来没对关飒放手。

这话题太敏感了，邵冰冰实在没心情继续展开。

她扭头盯着白板，又把椅子给方焰申踹过去，示意他坐下休息。

方焰申扶着门的手微微发抖，沉默了很久才呼出一口气，示意自己没事，现在不是想这些的时候。他迈过来要坐下，结果不知道是没看清还是没站稳，一步迈大了，直接把椅子撞倒了。

邵冰冰吓了一跳，疑惑地伸手扶他，想起来他昨天说在市里差点出车祸，担心地问："你怎么了？"

方焰申摇头把椅子拽回来，坐在白板面前半天才开口说："躲车，摔地上了，估计劲太大，这只眼睛情况不太好，玻璃体积血，又开始一阵一阵看不见。"

她听他说得云淡风轻，心里却着急，大夫早就说过他必须保护眼睛，这么多年了，他已经勉强到现在，万一一折腾瞎了，什么都别想了。

方焰申老实地坐下，还有空冲她笑。

他大爷似的闭着眼睛，伸手摸索说："哎，快，杯子给我拿来，让我缓缓。"

邵冰冰不情不愿地开始伺候他老人家，揶揄着吐槽："这节骨眼上，你要真让车撞了，一了百了，什么都别查了。"

眼下专案组里就他和副队两个领导，如果方焰申出事，内部矛盾就没了，其余的人不知道过往，没人坚信关飒的话，没人坚持关联旧案，更没人追着还要往下深挖。

她这话完全是成心说来吐槽的，没想到说完自己先愣了。

方焰申喝了一口茶水，同样若有所思，忽然说："我昨天推着老孟去三院，从那条路去医院只有一个路口，正好就有辆货车失控，我和老孟差点都完蛋。"

事情没那么简单，邵冰冰接话说："陈星远选在昨天劫走关飒，是因为你赶不过去。但就算你当时没去，一旦发现人丢了，马上可以追踪他的去向，他不会这么冒险。"她说着说着觉得自己嗓子眼也开始冒火，"陈星远隐藏得很好，只要不被警方怀疑，完全可以继续当他的好医生。在他的原计划里，不可能轻易暴露自己，他之所以冲动离城，是因为他知道你在昨天自身难保，无论你是死是伤，都没能力去救关飒了。"

她说完立刻去找石涛，让他加强审讯，同时去查陈星远近期的通讯记录，昨天的一切都不是巧合。

方焰申仰头盯着天花板，有人给他设了一层又一层的套，他偶然遭遇交通事故，关飒被劫持跳车，陈星远意外黑化，瞬间引爆暗藏的火线。

然而他们此刻处境艰难，专案组里有鬼，还不是一般的鬼，逼急了要人命。


邵冰冰再回来的时候带着石涛。

两个人已经收到消息，陈星远诊所之中的药物去向确实都是线上交易，他倒是没在这件事上作伪，对他的买家追踪下去，结果和殷大方的供述一致。

"殷大方那批药肯定就是辗转线下，从这地方弄到手的。"邵冰冰指给他看一条地址信息。

方焰申想起来了，那地方就是个烂尾楼，平时无主，荒废已久，也是当时殷大方提供的买药来源。等到弘光村里的事败露，警方再去追查的时候，里边已经人去楼空，以至他们一直以为是个假地址。

石涛示意他们说："陈星远否认和殷大方认识，这一点目前看来没有说谎。殷大方那伙人压根不懂药物加工制毒，另有毒品来源，这些缉毒大队那边的兄弟已经在跟了。所以殷大方长期获取管制药品的目的，主要还是为了控制被害人。"

买卖双方完全断开，一定有第三方调度。一个买药，一个供药，而且对方非常隐蔽，让他们买卖双方都无法获取全部信息，以免连带被查。

方焰申告诉他们，弘光村里没查清楚，那个所谓的暗屋根本就是个障眼法："所有和殷大方有过交集的人都要重新排查一遍。还有，涛子你继续去审陈星远，让他把关于程继恩的所有事都吐干净。"

石涛马上出去了。

方焰申又看了眼时间，专案组的人还在市局，不知道他们三个私下跑来半坡岭跟进案情。此刻还不能确定队伍里是谁在阻挠调查，所以不能把这一夜的最新信息暴露出去，他们必须尽快找出更多证据。

邵冰冰同样也在担心，天亮之后专案组那边肯定会联系他们，自己人这边也不好处理，她说："咱们还得想好怎么应对。"

椅子上的人似乎眼睛好一点了，坐起来但没说话。方焰申又掏出那对核桃，其中一个负伤转不动了，他还不消停，把它们捏在手心里，慢慢摩挲。

邵冰冰觉得不肯关联旧案的人都很可疑，此刻殷大方已经被移交市局，他们之后如果再想审，难免要走到和组里人摊牌的那一步。她脑子里第一时间冒出来的就是"旗杆子"那张黑脸，于是说："我之前和祝师傅聊过，他说副队动不动就往他那里跑，似乎盯着那份出狱人员的名单。有没有可能内部数据被他提前转手，所以他很关注结果，急于确认？"

方焰申心里一动，抬头看着她说："昨天我接了一通电话，是祝师傅打过来的，当时我没接到，后来才回过去，他说的差不多就是这意思吧，也说副队在他那边翻卷宗，祝师傅防备他，想试探我的意思。"

邵冰冰"哼"了一声，想起陆广飞满脸耿直的模样就有点不痛快。

方焰申当然比她还烦那个人，但烦归烦，他心里却觉得这事不会这么明显。

陆广飞那家伙干什么都招人烦，平日里恨不得天天找碴逼方焰申滚蛋，但一个人的立场过于明显，反而让人觉得他不至于背后下黑手，或者说，如果陆广飞真想把这些和旧案相关的线索抹掉，根本没必要等到今天，也没必要一步一步来和他针锋相对。

方焰申还没说话，邵冰冰已经有点迟疑了，又说："但是说实话，我觉得副队还不至于想你死。"

彼此履历清楚，他们之间没什么深仇大恨。陆广飞是从外省转调而来的，此前应该都不知道敬北市十多年前的案子。

方焰申把今天发生的一切仔细地回忆了一遍："如果车祸不是偶然，那对方需要清楚旧案，和过去的人相关，眼下还要知道我外出的目的，甚至连三院、恒源街、关飒家里的位置都摸过了，否则他怎么掐得这么准？"说着说着他想起了一个关键点，"祝师傅那通电话打过来的时候，我正好在过马路，找手机晚了一步，就因为晚了那两秒，我才捡回一条命。"

邵冰冰被绕糊涂了，问他："什么意思？"

方焰申没往下解释，有些事七零八落，此刻全要往一起钻，于是他迅速回忆起来，又说："祝师傅在局里很多年了，比我们所有人都要早，他清楚十二年前的案子。"

邵冰冰惊愕地看着他，话在嘴边，迟迟不敢开口问。

大家都知道，祝师傅在队里最疼她，但凡有能照顾女同志的福利，都优先想着她。邵冰冰也把他当长辈，每次逢年过节，她知道他一个人过日子，经常上他家看望。

方焰申做了一个"嘘"的动作，示意邵冰冰不用这么紧张："不管是谁，陈星远这一环已经把他们暴露了，现在最重要的是查清楚弘光村里的秘密。"

方焰申伸手把笔拿过去，站也懒得站，直接拖凳子坐到白板下，点着那几个人说："被害人走失时间跨度长达数年，现在我们要找的这个人一定有稳定的居所，能常年隐藏在村里，有可能曾经在继恩疗养院接受过治疗。他和程继恩、王戎相关，同时还和殷大方有来往，并且应该熟知精神病人的用药情况。这个人此前一定由于种种原因在我们排查时被忽略掉了，实际上他和殷大方之间存在某种隐秘的关系，协助殷大方那伙人伪造现场。"

他说得很快，邵冰冰一路听下来，觉得一切的根源都从那家疗养院开始，这个被漏掉的嫌疑人如果曾经入院，关飒肯定有印象，为什么之前关飒进村的时候没发现？

邵冰冰突然目光收紧，站起来在板子的空白处迅速写下了一个名字。

不是关飒没有发现，是她压根想不到。

方焰申一点也不意外，看着那三个字，打了个响指，他感叹邵冰冰和自己这么多年的默契还在，然后撑着椅子说："走，这可是个老大难，轻了重了都难办，咱们还得暗中盯。"

话音刚落，他眼前的门突然飘忽不定，眼看缺了一块，越想看越重影，逼得他只能站住定神。

外边还在刮大风，一阵晴一阵阴的鬼天气。

邵冰冰看出方焰申眼伤严重，现在外出实在勉强。

她赶紧找了一个借口说："两个人去动静太大了，这活还是女警方便。你留下，如果队里一会儿来人找咱们，涛子可顶不住，你还得挡一阵。"


比起他们在半坡岭一夜没睡，关飒这边总算消停了不少。

她回到市里的时候时间太早，天还没亮。她在家里没找到老孟，但恒源街上家家户户挨得近，消息藏不住。邻居水果店的阿姨凌晨之后就要进货，四五点钟的时候，只有她家有人醒着。

阿姨耳听八方，跑过来和关飒一通形容，把老头急病晕倒，又被人送去医院的事绘声绘色讲了一遍，说那个救人的就是有一次夜里送关飒回来，被她"抱着啃"的那位，还连带着把祸不单行，他们过马路差点被车撞了的事都给说明白了。

四下灯火昏暗，关飒的右腿几乎不能沾地，走路跌跌撞撞的。她勉强倚在门边听完，冷漠地"哦"了一声。

阿姨抓着瓜子，往回走了两步，又不甘心，挤眉弄眼地问她："那就是你男朋友吧？"

关飒想笑也笑不出来，接了一句："不是，我叔。"

阿姨在街头巷尾开店，什么没见过，此刻颇为不屑地摇头说："哟，哪儿来的叔叔那么年轻，现在的人啊，搞情趣都不带害臊的。"

关老板确实没培养出害羞的情绪，她直接往店里一步一挪，随口就接："对，不是叔，是我命根子，行了吧？"

水果店的阿姨满脸肉麻，似乎想到什么不得了的事，猛然爆发出笑声。

关飒不理她了，自己回到家，费了半天劲才上楼换完衣服。

她打算去医院看老孟，收拾完从卧室出来，总觉得四周不对劲。

二层东南朝向的客房开着门，那里就是上次方焰申把她铐住的地方，平时没人住，只放了一堆旧物，以老孟的腿脚不会随便来楼上，于是她心里觉得更奇怪了，进去仔仔细细地查看。

自从上次出事，房间里一片凌乱，根本没空打扫。原本墙角都是落灰的旧东西，此刻却像是被人扒开了。她马上过去翻找，发现那些早年的相册被人打开过。

不知道是多少年前的旧物了，关飒从来没心情看照片，现在翻出来，发现里边有一处被揭掉的空白痕迹，经年而后，照片缺失，空出来的地方变得十分显眼。

有人来过。

她本能地觉得不是方焰申，她不在家，方焰申不可能无缘无故往二层的空房间里闯。

关飒不再犹豫，马上去医院看老孟。


这两天下来，关飒心里压了太多事，精神就像被吊起来似的，一直不觉得困。

她大半夜一瘸一拐地进了三院，值班的护士都多问了两句。她打听出老孟的病房，盘算着怎么安慰，结果一路找过去，发现这钟点老头的病房里竟然挺热闹。

方沫无处不在，简直成了三院的吉祥物，不管谁倒霉进医院，都过不了他这关。

大少爷半夜出现，竟然把自己的电脑搬过来，给老头放戏曲听，同病房的另外一张床空着，大概白天的时候同屋的人已经出院了，这会儿就他们两个人。

趁着夜里没人查房，方大少又和护士们混得脸熟，他赖着不走，老头也睡不着，两个人关起门来聊天，声音巨大。

关飒对着请安的方沫只来得及说一句："你哥让你来的？"

"是啊，他忙去了，非要把我吵醒，说你手机丢了，联系不上，但你肯定会来医院看老人，让我帮帮忙。"

他还真是会帮忙，老孟大概白天的时候睡多了，这会儿精神好得很，还让他哄得十分高兴，跟着戏词摇头晃脑，看着一点不像刚吃错药。

有方沫在的地方不分昼夜，永远太平，他好像自带疗愈属性，简直是个精神控制系的法师。

关飒走过去拉着老孟的手。

老头怕刺激她，可怜巴巴地解释自己倒在家里，幸亏方焰申来得及时。他拍她的胳膊，欲言又止，提醒她千万不能再去找那个陈医生了。

关飒观察老孟的样子，明白今天这一出不是偶然。

她把方沫拽到门边，对方学舌，把方焰申的意思转达过来。老孟现在没有危险了，他吃错药，疑似有人投毒，方焰申已经把嫌疑人带走，余下的让关飒不要担心。

关飒看向病床上的人，低声说："是因为我，老孟是被我牵连的。"那天晚上，她自己意识混乱，老孟却看见陈星远来过，肯定在事后被他报复了。

方沫示意她别再纠结，很快老孟就可以回家了。

大少爷自己在医院里休养得不错，此刻瞌睡虫上头，打个哈欠说："你来了，我的任务就完成了，回去补觉了啊。"

说着他还特别贴心地把电脑留下，哄着老孟小声听，不能让大夫发现，然后脚底抹油，飞快地跑了。

关飒把门关上，又过去坐在老孟身边，扶他起来喝水。

老头上下打量她，不停问她怎么伤到了。

关飒摇头不想细说，开口说："白天家里有人来了？"

老孟一口温水在嗓子眼里直冒泡，然后摇头："没有啊。"

关飒接过杯子说："我看家里的东西被人翻过。"

老孟满脸惊恐，半天说不出话，抓着她问怎么回事。

眼看把人的脸都吓红了，关飒找话岔过去，说可能是他被送医院，后边纱窗门没关，有人进去想偷东西："无所谓了，反正咱家没什么值钱的。"

老孟不听戏了，拉着被子躺平，非说自己要睡觉，轰她快回家："焰申说了，外边太乱，你一个人不能乱跑。别担心我，我在医院，有大夫看着呢。"

关飒帮他关灯，想想又停下问他："你还记得程继恩吗？"

病床上的老人好像压根没听清，咳嗽了两声才平复下来，颤声问："什么？谁？"

她站在窗边，嘴边分明卡着"舅舅"两个字，半天都说不出来。

老孟莫名其妙，又开始习惯性地唠叨关飒，让她记得按时吃药，赶紧回家休息，还有看好门。

他们老的老，病的病，经不起再出事了。

眼看天边泛白，关飒拉上病房的窗帘，在黑暗中摇头说："算了，我也不想再提了。"


不早不晚的钟点，关飒回家还能睡一会儿。

渐渐天亮，她一躺下就睡着了，身体已经跟不上意识，疲惫和摔伤让她模糊地陷入昏睡，却睡得浅，一直在梦里挣扎往返。

人的梦是现实的镜子，所有白天来不及想的画面轻易就能入梦，在潜意识里冒出来，一个一个成了精，生怕关飒忘了，全都扑过来撕扯她的神经。可是一切都比不上"程继恩"这个名字让她恐惧。

那个人的轮廓忽远忽近，她被困在一条长长的楼梯上，怎么也看不清，头疼欲裂，最终惊醒。

她爬起来看表，只睡了一个上午，比不睡还折磨人。

关飒下楼给自己倒水，找出薄荷糖，一颗一颗往嘴里塞。她坐在平常老孟坐的椅子上，盯着撕开的纱窗门，一直看着外边的草木出神。

沙尘天气说来就来，她心里就和这天一样，明明迎着光，却被大风卷得不上不下。她觉得手心发凉，好像那风在一阵一阵往心口灌，于是她把老头装的座机扯过来，给方焰申打电话。

他人应该还在分局，刚能抽空休息趴一会儿，是突然接起电话的，所以声音听上去有点哑，大概还沉在梦里，下意识就喊："飒飒！"

关飒没忍住开始笑，赶紧出声说："没事没事，你别急，我在家呢。"

方焰申这才清清嗓子，他快被吓出毛病了，生怕她再有不好的消息，追问说："怎么了？"

关飒马上掐着嗓子，装腔作势地接上话："没怎么，我想叔叔了，不行吗？"

他笑不出来，半天才反应过来这是座机打来的，关飒确实平安地在家，于是长出了一口气。

她又轻飘飘地说："陈星远的事，我是不是该记一功？"

方焰申半晌没回答，再开口的时候和她说："你知道我当年在瞄准镜后是什么心情吗，那天也一样。"

关飒没想到自己被他一句话就说到哽咽，倒不是真想哭，只是一切她都明白，也明白自己应该想起点什么，却又什么都不记得。她冒险就是为了不给他添乱，可是此刻就算她一切平安，心里却急。

青天白日，偏偏暗流汹涌。

方焰申听起来也笑了，所有的变故忽然显得不那么重要，于是他什么都不愿再提，口气温和地说："听话，在家等我。"

这倒是破天荒，他第一次让她等。

关飒脑子一热，也不知道被触动了哪根神经，鼻子发酸，于是连说话的声音都在抖，她急匆匆地转开话题，提起小时候的事："程慧珠把我锁在车里那次，整整一下午，我觉得自己快死了……最后看见你，是你砸车窗救了我。我记得清清楚楚，那是我第一次不想死。"

方焰申记得自己当年救她的办法，这才想通她是怎么从陈星远的车上逃出来的。

关飒吸吸鼻子，继续说："火花塞，你说过它是氧化铝陶瓷。我后来骑车，家里也有那东西。火花塞的碎片棱角特别尖，硬度又大，可以击碎车窗，都是你教的。"那时候她只是个小屁孩，风吹草动都能刺激神经，何况被亲人锁起来，"我知道自己病了，幻觉太可怕，可我不想死，每次我不想死的时候，都能想起你，所以我才能坚持到今天。"

"你做得很好，足够了，不要再冒险。"他知道，对关飒而言，活着已经是自救。

关飒心里的那句话终于绷不住，只想告诉他："你不要内疚，陈星远的事不是你的错，就像你眼睛的伤……"她说不下去了，是她发疯把方焰申打伤了，而这么多年，他宁肯自己忍着，也不愿意说出来再刺激她。

电话里只剩下彼此的呼吸声，方焰申的叹息起伏，再开口的时候只有一句："飒飒，无论如何，我一定回去。"

万家灯火，人心归处。

对常人而言，生活有时候平淡到不值一提，可是无论多么平凡的日子背后，逐光的路上千难万险，永远都有人为了驱逐黑暗而做出牺牲。方焰申选择了这条路，从此不想归途，也不问前路，他可以舍出自己，却不能再看关飒受苦。

以前他想不开，总以为回避才是对她最好的安排，但那天他卡在路口，听见她跳车的消息，一瞬间世界失焦，那种恐惧感彻底击穿了他心底最后的防线。

他背负的责任和关飒之间，根本不是一道选择题。

那是他从火海里抢回来的女孩，关飒从不让人失望，一次又一次爬起来。生而坎坷，人间离合，哪怕未来险恶，但方焰申知道，关飒可以和他一起共度。

他守护的人间包括她，也必须有她。

两个人都没说话，片刻而已，关飒哭了。

她不想被方焰申听出来，记着他的承诺，出声说："我现在没疯，听得清清楚楚的，你说要回来，不能骗我。"

方焰申笑了，似乎非常累，执着于她不能乱跑的事，反复强调。

她又打断他问："你们找到程继恩了吗？"

方焰申告诉她："还没有，不过陈星远是个突破口。那些药基本证实来自他的诊所了，只不过现在他们之间的关联还没搞清楚，弘光村里还有问题，我们已经派人去盯了。"

关飒"嗯"了一声说："如果陈星远认识程继恩，那他当年愿意接收我，肯定不只是因为你的关系。"

方焰申不愿再往下说了："警方会继续调查。"

他避重就轻的说法已经证实了关飒的猜想，她很敏感地找到这一切的共同点，于是说："所以我很关键？程继恩、陈星远，他们都想控制我。"

一个十二年前把她关在疗养院，一个十二年后试图混淆她的记忆。

作为精神分裂症病史长达十余年的人，关飒确实出人意料地十分顽强，她失去父母家人的关爱，十二岁还经历过火灾的重创，这种情况想要痊愈太难了，而她还没有彻底丧失自知力。

"所以你必须保护好自己。"

她确认了自己的想法："我一定还见过什么，不只是'绿凉鞋'……可我想不起来了。"

方焰申不让她勉强，说："快了，我已经把两个案子关联起来调查，无论十二年前还发生过什么，就算你能想起来，现场的证据已经找不到了，必须重新从半坡岭的命案入手。"

关飒听出他字里行间的担心，让他别紧张："我清楚自己的病，好了，警察叔叔，前线交给你们，我想冒险也没那个本事啊。"

她不再耽误他的时间，很快挂了电话，一个人坐在后院的门边没有动。

外边的棣棠花都被吹散了，大风扬尘，一阵一阵卷着土往里刮。

关飒勉强把里侧的门关上，玻璃很久没人擦，幽幽暗暗的，有些反光，照出她自己的模样。此时此刻，关飒几乎失去全部的头发，抱着膝盖蜷缩在暗影里。

她盯着那团模糊的影子，突然想起楼上的相册。

那里边都是十多年前的照片，是她没有被送到疗养院的时候，没有看到躺在地上的"绿凉鞋"，没有发生那场大火，那时候的她，还有长长的头发。

关飒的病让她失去童年，小时候的记忆不堪回首，伴随着疯溃和斯打，她也不喜欢过去的照片。但不可否认，那些东西记录着一个人的过往，是最客观的佐证。

关飒狠狠咬住嘴唇，又像是回到了当年。她盯着玻璃上的自己有些喘不过气，但自知力还在，于是她感受到自己出现幻觉，尖锐地头疼，眼看玻璃上的自己变成了长发的样子，小时候的模样又回来了，发丝蔓延散开，随着呼吸起伏，像黑色的潮水。

她的长发好像有了自主意识，在她眼里越来越长，慢慢缠绕，直到把她整个人缠紧。

关飒猛地扑到玻璃上，她想撕开那些头发，可她的腿伤了，又摔在地上，外部带来的疼痛刺激到神经，让她渐渐清醒，瘫坐在地上大口喘气。

王戎死了，程继恩却还在，她一定忘了某些关键的信息，她必须想起来。

关飒逼着自己站起来，打电话重新联系医院。


敬北市的大风轰轰烈烈，终于在午后消停下来。

方焰申已经和交通大队进行了协查，针对那天可疑的货车司机重新审讯，对方醉驾本来就要拘留，人在酒醒之后嘴却很严。羊坊地区的同事回复，这事的轻重显而易见，如果对方背后有人预谋，那这个司机明摆着是收钱办事。可他没有真的撞到人，咬死了最多是个醉驾，一旦忍不住说出来别的事情，很可能要涉及大案，这道理再傻的人也明白，所以这条路基本被堵死了，只能从陈星远身上查。

至于他们自己这边，审讯室里的人自从被方焰申刺激了之后，情绪一直非常低落。

陈星远对于他们怀疑的事和盘托出，问什么说什么。他确实不知道恒源街上交通事故的细节，只交代自己收到过一条短信，内容是今天之后不用再担心方焰申，请他在此期间务必看好关飒，余下的不过都是他自己做主安排的行程，所以才能被关飒搅局。

很快，陈星远被带出去看押，石涛说他离疯也不远了，啰啰唆唆，就坐在屋子里念诗。

胖子耳朵上夹着烟，打算出去抽一根，装腔作势地学他说话："夜的最初三小时已逝去，每颗星星都照耀着我们，我的爱情来得多么突然，至今想起仍震撼我心魂……"他做了个要吐的表情，和方焰申说，"念的我都会背了，后边的更恶心，什么爱神正醋畅的。"

"听着耳熟，他平时也是个文青呢，忍忍吧。"方焰申和他贫了两句，自己回到办公室。

没过多久，陈星远供出的那个手机号也被调查出来了。

如今购买手机号都需要实名制绑定，但那是个少见的无主充值号码，售卖时间起码超过十年，一直没更新过户，却月月留着号，显然对方在日常联络这方面非常谨慎，更详细的定位通讯记录需要市局的权限。

与此同时，方焰申一直在等专案组那边来人，没想到先收到组里的消息，殷大方等人的犯罪事实尚未查清，案件继续侦破，暂停移交检方。

方焰申收到通报的时候人还趴在桌子上。他开始琢磨，到底是谁说服其他人统一意见的，正想着，发现面前的保温杯没扣上盖子，很快茶水也凉了。他磨蹭着起身，又续上热水，刚坐回去捏着两个核桃，外边就传来一阵敲门声。

来的人是陆广飞。

出乎意料，他没带队里的人，就他一个，看起来是着急赶来的，大概从下车就往楼里跑，头发还飘着，一进来却故意从容不迫地盯着方焰申看。

方焰申撑开眼皮，冲他"嗯"了一声算是打招呼，然后又指指自己的眼睛，示意已经累散架了，让他多担待，然后继续趴着。

"怎么回事，你抓陈星远查到什么了？有线索为什么不和大家通气，专案组虽然由你带队，但绝不是你一个人说了算，为什么私下调人？"陆广飞又开始了，从头到尾一通义正词严的数落，开始讲流程说道理，在他脑子里就没什么官大一级压死人的顾虑，而且执着于针对方焰申。

方焰申由着他废话，等他终于闭嘴之后，才慢腾腾地直起腰，问重点："你查过出狱人员的名单？"

陆广飞目光沉稳，一动不动地反问："你什么意思？"

"名单有问题，少了一个。"方焰申实在没力气打嘴仗，"能改那份结果的，一定是队里的人。"

漏掉程继恩，整个案子注定查不清。

"旗杆子"不接话，似乎很认真地在打量他。

如果是技术和内勤动手脚，风险很大。表面上一看，这事大小得有个领头的人授意，才容易瞒天过海。

陆广飞戳在地上半天不动，终于往前走，直到离方焰申近了，他才开口说："所以我才来找你。"

两个人都没说话。

方焰申一只手撑着脑袋，勉勉强强看清那张脸，一想到刚才对方咄咄逼人的嘴脸，他就想乐。这位"旗杆子"无时无刻不想抓他的把柄，于是他突然说："你还真是死揪着我不放，如果队里出内鬼，我肯定最先怀疑你。"

他们两个人打架是最好的结果，因为不管他们谁先掐死对方，这案子一时半刻都没进展了。而且方焰申旧伤在身，眼看因为一场车祸又把他摔坏，很可能熬不了几天，输的可能性更大。一旦轮到副队上位，陆广飞对旧案没有个人执念，按照已有的证据链上报，迅速结案移交检方是最好的结果。

陆广飞同样笑了一下，但他不太习惯做生动的表情，一时嘴角抽搐，不怎么熟练。他毫不客气地拉过椅子，坐在方焰申对面说："方队，既然你都怀疑名单，找到了漏洞，我不认为你这么简单就能让人蒙混过去。"

方焰申赶紧让他打住别笑了："你也发现程继恩出狱了，所以是你叫停了结案？"

否则对方没必要这么火急火燎地独自赶过来，他一定是想到了队里有鬼。

"疑罪从无，虽然殷大方绝不无辜，但人命关天的案子，我发现了问题，不可能这么草率结束。"陆广飞看他保温杯里徐徐冒出的热气，伸手替他把盖子盖上，低声说，"你要查的旧案……带上我。"

方焰申的肩膀刚脱过臼，这会儿抬不起来，只好伸出另外那只手，非常不情愿地和他握了握，说："欢迎仪式就免了。"

陆广飞表情严峻："至于是谁改了名单，我这几天在组里查大家的背景，有一个怀疑的人。"

方焰申已经有了答案，点头说："陈星远提供的线索需要详细调查，没准能通过这个手机号定位到联系他的人，这个你亲自立案查，不要让任何人经手。"

对面的人清楚利害关系，迅速去看最新的口供，答应下来。

"人家辛辛苦苦藏了这么久，咱们也得拿出点实质的证据再去打脸。"他示意陆广飞，自己已经派人出去盯梢了，"半坡岭的命案结不了，陈星远又被抓，对方肯定明白藏不了多久，他们背后一条线上的人憋不住了，弘光村里肯定还得有动静，我让邵冰冰去蹲点了。"

陆广飞下意识往窗外看了一眼，半坡岭的山头清清楚楚，夕阳万丈。

这时代有法可依，人间正道应该走得清清楚楚，但偏偏人心如渊，总有人要往泥沟里沉，无一清白。

他们见过太多残忍的案子，自以为心硬如铁，可有时候这行干久了，越接近真相，越让人发怵。

眼看又是隐藏十二年的恶，翻来覆去竟然还有身边人伺机而动，不是怕，是失望。

陆广飞难得没有和方焰申对着干，是因为他突然在这一刻有些理解方焰申平日的做派了，他自己也是警察，知道他们必须清醒地面对常人不会触及的底线，再硬的心都被磨穿了。

因为值得失望的事情已经太多，所以人在还能平安活着的时候，洒脱一些太难得。

陆广飞盯着方焰申，看他又在揉眉心，没忍住生平头一回在工作的时候开玩笑，突然问他："方队，熏鸡还请吗？"

方焰申嘴边叼着一片茶叶梗，被陆广飞吓得差点吐出来。

他咳了半天才确认对方没被胖子上身，于是大手一挥说："请啊，完事带上咱的警花姐姐一起去，半坡熏鸡，天下第一。"


傍晚，半坡岭的山头又暗了。

他们倒霉的警花姐姐还在苦呵呵地盯梢，根本没心情想熏鸡。

邵冰冰穿着便衣在村里转了一圈，下午的时候留在村西。当初弘光村被查的时候，她和方焰申闹意见，没有第一时间来现场，所以这会儿在村里脸生。她学起附近市场里的人，装着要进货的样子，上门谈假发。

邵冰冰行动低调，在村西几户人家里耗时间，一直盯着更西侧的李家院子。

天刚刚有些黑的时候，不远处突然亮起灯。说是灯都有点抬举它了，那一片破院墙灰突突的没法看，唯一的光源就是后院屋檐下的小灯泡，幽幽泛着光。

邵冰冰警觉起来，刚要起身，突然看见路上晃过去一个人。

对方姿势别扭，一瘸一拐，走得却不慢。

警花姐姐心里直骂娘，眼看又是关飒，她真是服了。

那小疯子摆明了很着急，一步不停地要去找人。以对方今天满身伤的样子，邵冰冰敢打包票，肯定又是背着方焰申出来的。

邵冰冰迅速拿出手机发消息，又看向李家，既然灯亮了，后院一定有人在。

她没想出关飒突然赶到弘光村的原因，但无论是什么，这会儿都不好贸然过去盘问，否则附近的人容易看穿，更容易引起李家人的注意。

半坡岭这一片还没有城市化，山脚下零零散散绕着村落，人造的光源稀少，好像连天都黑得快。又过了片刻，四野寂静，日光全无，依稀还有风在挣扎，但也远没有白天的气势了，只把树梢刮得乱响。

关飒这一路确实很着急，她还要分神控制自己那条伤腿，自然没空留心四周，不知道有人在暗中盯着自己。

她此刻满心只剩下一个念头，她要见李樱初。

对方的后院亮着灯。

关飒走过去却发现那两扇破烂的院门从里边锁上了，她今天没顾上换新的手机，再加上根本没时间通知对方，来这一趟纯粹是临时起意。

关飒喊了半天，后院一阵声响，却始终没人开门。她渐渐开始有种虚脱的感觉，脖子后边冒冷汗，越是疑神疑鬼，越觉得情况不对，于是开始大声叫门，但依然无人应答。

她的脾气上来，扭头四处看，路旁的墙根底下有一堆碎砖头，她想也不想地过去捡起两块就往门上砸。

这下动静着实大了，里边传出一阵脚步声，门终于打开了。

门口没装灯，光线昏暗，明摆着不欢迎人来访，也没给主人留余地，仿佛这院子里的人走不出去，压根不需要夜里照亮。

李樱初的脸从门边探出来，一双眼睛在暗处闪着光，有些离奇的神采。她似乎很慌乱，满脸惊愕，比关飒跌跌撞撞走过来的模样还难堪，浑身上下没有半点鲜亮的颜色。

关飒很急，扔掉砖头就喊她。

一道瘦瘦小小的人影挤在门缝里，似乎刚刚在干重活，头发蓬乱还夹着汗。李樱初张开嘴，盯着关飒，半天才问出一句：“你怎么来了？”

两人相识多年，但关飒家在市里，每次她过来都是进货的日子，更何况这会儿天已经晚了，这几乎是关飒第一次不打招呼就在夜里跑来找她。

李樱初的表情和整个人的状态都像卡壳了，也不问关飒怎么弄得满身伤，好像这一时片刻什么都没有守门重要。她堵死在原地，手指紧紧抓着门边，脱口而出又问：“你干什么来了？”

关飒听出对方话里的敌意，示意一起进去说话。她顺势碰碰李樱初的胳膊，对方却像被烫了似的，突然迈出来，直接把院门挡在身后。

关飒盯着她说：“我有事问你。”

李樱初的脚尖不断在地上搓，那鞋原本就脏，满地的土扬起来全往她裤脚上吸，四下黑乎乎的，她就像个泥人似的直愣愣地杵着，实打实透着病态。

关飒抬手在她眼前晃："喂，醒醒！"

李樱初浑身紧绷，只有一双眼睛莫名躲闪，还不等关飒追问，她直接开口，僵硬地对她说："有事就在这里问吧。"

大风刮过的夜，暗得让人心惊。

关飒抬头看向后院亮灯的地方，突然意识到自己来得不是时候。

第十二章
# 不能相容的世界

有风的日子夜里晴，月亮一出来，明晃晃地悬在头顶。

关飒强行推开李樱初进了她家。

她直觉对方今夜在掩藏什么，但进去四下看看，房子里没亮灯，也没发现什么异常，于是唯一有光的地方反而可疑，她瘸着腿还要往后院走。

李樱初冲过去挡在关飒身前："你想问什么？"

关飒的腿开始疼，她站定缓一缓，说："我今天去找医生了，是我自己主动要求的，我必须接受催眠，所以……"她说下去非常艰难，喘了一口气才能平复心情，"我想起一些当年的事。"

对面的人浑身发抖，好像重历噩梦的人是她，想也不想地就骂："你找死吗！好不容易忘了，为什么要翻出来！"

关飒刚刚从医院出来，那种虚脱的感觉依旧没能平复。她是个精神病人，经历催眠疗法非常勉强，但她坚持换医院，恳求医生，甘愿冒着发病的危险，强迫自己挖掘潜意识中的回忆。这一下午关飒的状态非常糟，因而在过来的路上整个人都是混乱的。她打车谈价格，整个过程里觉得自己就像飘着走路，连腿上的疼痛感都不真实，直到此刻见了李樱初，她终于能把压在心底的旧事说出来了。

关飒忍不住抓住李樱初的肩膀，示意她看向自己，问她："当年我被人带走，但当时不光是我，还有你，就在疗养院三区，王戎把我们找到，然后……"

"别说了！"李樱初甩开她的手，大声喝止，"闭嘴！"

"你别激动。"关飒示意李樱初冷静一点，"王戎带着我和你去见了一个人，我想起来了，那个人把我们关在他的办公室，让我们躺在沙发上，散开头发……"她自己也说不下去了。

继恩疗养院之中一直有个约定俗成的规矩，就是疗养院里的女病人都是长发。

关飒面前就是李樱初的房子，窗口黑洞洞的，就像是当年盯着她的那双眼。关飒浑身剧烈颤抖，连嘴角都克制不住，不断摸索到厅前的台阶，慢慢坐下。

她来这里就是为了验证回忆，因此必须逼着自己说下去，她问李樱初："你比我大，这些事你还记不记得？"

"关飒，不要想了，都是幻觉，那根本就不是真的！"

"不可能！"关飒突然急了，飞快地说起来，"我记得有个人非常喜欢我的头发，而且当时你也在场。"她看见那个模糊的人影把她们按在沙发上，威胁说如果出声，就要让她们睡过去。然后他蹲下身，亲吻她们的头发，疯狂变态，简直像要把她们吞掉，似乎女孩的头发在他眼里变成某种奇珍……今天关飒在催眠疗法中彻底放松，深埋的记忆一一重演，所有躲藏在脑海深处的片段越发清晰。

对方近乎疯狂地抚摸那些长发，她想起来了，那个人就是程继恩，她的舅舅。

关飒忍不住胃里翻涌，越说越想吐，很快极端反胃的感觉超过身体的容忍限度，她撑着台阶开始干呕。

李樱初已经崩溃了，抱头大喊："你别说了！"

但关飒没有停，告诉她之后的事。当时两个人都是孩子，被拉走关禁闭受刺激，不同程度地出现激越行为，那些混乱的画面在关飒的回忆中完全碎片化了，发病让她的意识乱七八糟，而后程继恩又一次私下把她们带走的时候，王戎好像和他产生了分歧。

关飒当时意识飘忽，人沉浸在半睡半醒的梦里，无法听清回忆里他们说话的内容，只能想起那一次程继恩提前让自己离开，单独留下了李樱初。

此后一连几天，关飒在疗养院里怎么都找不到她，甚至联想到最坏的可能，没想到最终李樱初回来了。

"你回到病房的时候一直哭，记不记得？"关飒忍着不适，不断询问，可对面的人承受不住，快要疯了，撕扯着自己凌乱的麻花辫，又冲过来，恨不得堵上她的嘴。

关飒抓住李樱初，强行逼她冷静，又提醒她，当年她回来后一直浑浑噩噩的，根本不和人交流。夜里关飒偷偷去看她，发现她的衣服和身上缠了很多头发，都是人的头发，不知道从哪里来的。两个女孩吓坏了，抱在一起发抖，在病床下躲了一整夜。

此刻，关飒强撑着自己站起来，又把李樱初拉起来，对方满脸是泪，脸上却带着发狠的表情，咬紧嘴唇瞪着她。

关飒执意要问清楚，稳住声音让她听清："所以这些都是真的对吗？程继恩让你做什么了，为什么会有那么多头发？还有那些消失的病人，'绿凉鞋'呢，你有没有看见她？"

李樱初的嗓子已经哭哑了，又被猛地一拽，浑身抽搐着抖起来。不过很快，她又陷入某种病态的冷静，像是突然间平复过来了，只剩下发灰的眼神。她抬眼，零散地从嘴边冒出几个字："我不记得了。"

"不，你听我说，现在的命案和我当年在疗养院里看见的一模一样，带血的头皮和人发。"关飒试图给李樱初讲清楚，"那些事不止有王戎参与，还有程继恩！你必须告诉我他做过什么，这很关键！"

关飒说着说着自己也有些无法控制，她集中注意力，逼自己保持镇定，却感觉到冷汗一层一层地打湿后背的衣服。夜风不大，吹不散燥热，可它一阵一阵摇着树影，在人的余光里作恶。地上就像缠着无数幽幽暗暗的长发，风动，它也动，风停了，它就顺着黑暗生长，弯弯绕绕，织出了十二年的纠葛。

关飒手指发抖，死死掐着李樱初的肩膀不肯放手，逼问道："你说实话，你都记得对不对？程继恩把你留下，一定有原因。"

李樱初的意识有些麻痹了，慢慢抬起头，脸上的汗和眼泪混在一起。她的表情空洞，这样看过去，彻头彻尾像个疯子。

人们总说，痛苦能让人成长为更好的人，真相却恰恰相反，世间有一些痛苦是不能和解的，这就是她们的病因。

关飒原本以为李樱初要发病，没想到对方突然盯着自己笑了。关飒看着她这副怪异的样子，心里压着无数念头，恨不得打醒面前的人："我不想吓唬你，可是现在又出人命案子了，受害人同样被割走头发，这不可能是殷大方自己想出来的，一定和疗养院有关。"她示意李樱初，当年疗养院里的亲历者所剩无几，而她们两个是现在唯二还有清醒意识的人了。

但对方还在笑，李樱初站着的样子像个木偶，表情真真假假，忽然对着关飒咧开嘴，那笑容太瘆人了，突如其来，不怀好意。

关飒瞬间问不下去了，前后十二年的过往沉在脑子里，让她的情绪像滚水一样，然而她此刻突然想到了关键点。她过去一直纠结于回忆，如果想要证实疗养院里的秘密，就必须把埋在脑海深处的那个人翻出来。今天下午，她终于确认那个人就是程继恩，于是来和李樱初确认对方的怪癖，却忽略掉了另一件更为关键的事。

关飒看着李樱初的笑，突然发现，所有人都困扰于殷大方和疗养院的旧案无关，她面前的这个人却一直被遗忘了。

李樱初本人就可以串联起殷大方和程继恩之间的一切。

这念头太可怕，关飒骤然松手。

李樱初还站在她面前一动不动，一边笑一边说："你说得对，我都记得。"

关飒连风声都听不见了，她试图伸手去拉李樱初，但李樱初已经转身。她看着李樱初一步一步往后院的方向走，对方似乎想通了，完全不想再纠缠下去，于是连口气都变得痛快不少。

李樱初勾勾手指说："你想知道他做过什么？来，你自己看。"

十几米而已，此刻的李家后院，却像是另一个不相容的世界。

灯光有限，人能看清的地方非常乱。

满地烂菜叶子，一筐又一筐，全是李樱初平日囤积的菜，再加上为了发货，她家里永远有数不清的纸箱子，此刻全被推散了。夏天支起的棚子，此刻已经塌掉半边。

关飒一走进后院就闻见隐隐的汽油味，李家没车也没拖拉机，根本不知道是从哪里飘出来的。

关飒越看越心惊，周遭的一切匪夷所思，她完全不知道李樱初忙这些的目的，对方独自过活，大半夜却在和自家的后院较劲。

"你要干什么？"关飒扶着院墙，不想贸然向里走。

李樱初好像已经被抽干情绪，脸上恢复成某种异样的平静。她不接话，又开始自顾自地忙活，踢走菜筐，然后搬箱子。她太瘦小，动作不稳，黑漆漆的假发货品散落一地，她又跑着抓起来四处乱塞，这一忙起来像个上了发条的机器，疯疯癫癫地做起清理工作，要把所有碍事的垃圾全扯开。

最终，李樱初费尽力气，总算把后院中心的杂物全都清开了，站在棚子下喘气。

月光依旧，房檐下的小灯泡显得十分可怜，豆大的亮光只能照出前后两步，刚好就在地上画出了一条明暗分界线。

光之下的人，站着站着走了样。

李樱初浑身都弄脏了，油腻腻地拢着辫子，突然又一屁股坐在地上。这下她自己也和那些杂物混在一起，轮廓模糊。

关飒全程直面这一切，只觉得胃里更加难受。她挪动到棚子之下，伸手去拉李樱初，一走近才看清，暗处的地面并不平整。

后院正中好像有个菜窖，入口被铁皮覆盖，和地面平行，以往都被李樱初用成堆的破烂掩藏起来了。

关飒心里的疑问越来越大，她抓住李樱初，声音都在颤："打开它！"

地上的人此刻很听话，说开就开，只是似乎脱了力，示意关飒一起搭把手。

关飒只好俯下身，整个人被迫钻进暗处。

地面上的铁皮入口似乎经常开启，覆盖的土灰不多，而且边角开合的痕迹摸起来也很清楚，隐蔽归隐蔽，但算不上尘封已久。

周围还充斥着那股可疑的汽油味，关飒对这种味道非常戒备，她弯腰蹲到旁边的箱子，一种黏糊糊的感觉让她快要吐出来，于是她被迫屏住呼吸，只觉得当下的事情完全超出想象。

怪不得李樱初刚才那么紧张，她一个人在后院企图打开地下入口，却被自己突然撞破。

村里人挖地下菜窖并不稀奇，只是关飒这么多年都没听李樱初提起过，而且每次上门，她似乎都对后院很避讳。关飒很快想起方焰申说过，殷大方有一处可疑的暗房，像是故意引导警察找过去的，根本不是第一案发现场。

关飒急了，抓住入口的铁板想要往上掀。

李樱初眼看入口被打开，突然一跃而起，仿佛她在地上坐那么久就为了攒一股力气。她蹦起来从背后狠狠推关飒，试图把她直接塞进地下。

腐烂的恶臭迎面而来，小小的四方入口很窄，却足够一个人失足。周遭昏暗，月光无法企及，人眼根本看不清深浅。

关飒只觉她面前的空间在黑暗中无限延伸，像深渊中暗藏的巨口。她整个人极端警惕，李樱初一动她就下意识回身，被李樱初一推，摔过的伤腿钻心地疼，却让她直接身体瘫软，歪到另一侧，没能立刻栽下去。

关飒撑着地面惊魂未定，意识到李樱初真要发狂了，于是她赶紧回身，大喊着让对方停手，却正对上李樱初手里抓着的针管。

关飒立刻反手扭住李樱初的手腕，逼她扔掉手里的东西，纤细的针头砸在地上，直接摔断。

针管里满满都是不明液体，关飒一把推开她。

李樱初失手，竟然还笑得出来，站在关飒身后说："你不是想看吗，那就自己下去看看，和她们一起。"

"和谁一起？"关飒向后退，避开那个可怕的入口，大声问她，"下边是什么地方？"

"女人住的地方。"李樱初抓着自己的辫子，眼睛微妙地闪着光，想想才说，"很多年了，一群疯子，早晚都要死。她们吃我的喝我的，我只要她们的头发，不算过分吧？"

这一句话点破了关飒心里所有忽略的线索，曾经方焰申问过，疗养院里有没有人会做假发，可关飒和李樱初太熟了，熟到她甚至压根没有去想，李樱初学过做假发的手艺，十二年前，对方就在疗养院里做过假发。

敬北市的大风肆虐了一天，突然在这会儿连半点动静都没了。

污损的院墙似乎能隔开一切，极端静谧的氛围之下，远处突然有声音，好像是从大门的方向传过来的。

关飒根本顾不上分神，她已经被李樱初话里的意思说得心惊肉跳，又去看那处地下入口，挣扎着问她："所以那些病人……是你把她们关起来了？"

还有地上可疑的针管，关飒猜那里面肯定装着安定，李樱初知道打不过她，肯定还留了一手。她想起李樱初厨房里的垃圾桶，她亲眼见过数量非常多的针头，当时也有过各种担心，却从没想过，它们都是用来害人的。

关飒有些承受不住，她想要站起来，可是因为伤腿无法用力。

李樱初曾经说过，殷大方过去一直骚扰她。她在接受警方问询的时候语无伦次，怯懦又可怜，完美地扮演了一个可悲的精神病人。在李樱初的描述里，都是殷大方无端胁迫她，他是瘾君子，好色好赌，所有人都很容易相信他在吸毒之后发狂作恶，而她差点也成了一个无辜的受害者。

但关飒现在听懂了，李樱初一直在说谎，是她利用了殷大方。

人们总觉得疯子嘴里没有真话，可是一旦现实残忍地反转，又没人觉得疯子会说谎，因为他们不了解也不屑了解一个精神病人的心理世界。

当时被传唤的李樱初毫不吝啬眼泪，像所有人展示她的疯溃和软弱。她是弱势群体，应该被同情，谁也不会怀疑这只待宰的羊羔，最终才是刽子手。

远处隐隐又有动静，不知道是不是动物或是有人路过。李樱初一惊一乍，扭头四处看，异常焦虑，开始扯头发。

关飒惊骇之下也没比她好多少，她管不了外边的动静，猜测地窖之下的现场一定非常恐怖，于是她逼着自己镇定下来，试图先稳定李樱初的情绪，这样才能迫使她透露更多的信息，她问李樱初："你和殷大方到底是什么关系？"

"关系？"面前的人嘿嘿直笑，那表情却像是浮在脸上，再开口的时候连目光都黯了，"没什么关系，他想要女人，我就去帮他找女人，谁让他不小心……我让他给病人来一针好办事，结果他弄不清药量，不小心弄死了一个，不过倒让我想到了更方便的办法。"

李樱初慢慢地往后退，退出暗影，站在灯下。

她好像很得意，笑嘻嘻地给关飒比画着说："像十二年前院长那样，让她们闭嘴，不会挣扎不会动，这样我也能拿到头发了……就是有个麻烦事，那些女人太沉了，我搬不动啊，只好让殷大方听话。他虽然蠢，但是有帮手，他们可以一起帮我。"

所以殷大方那伙人一直在负责抛尸。

关飒不知道她用什么手段竟能控制住一个吸毒的混子，但此时此刻，仅存的理智告诉她，李樱初的精神状态已经非常不稳定了，她没空细问，必须尽快控制住对方，保护现场。

关飒挣扎着站起来，偏偏对方又受了刺激，好像听见什么不对劲的声音，嘴里疯了似的开始念："不对，有人来了！不能让人看见！"

"李樱初！"

对面的人完全听不进去，不知道出现了什么幻觉，生生像被人捅了一刀。李樱初浑身抽搐，尖叫着往厨房冲。

关飒的腿跑不开，根本追不动，正勉强要走，发现这院子里还真的进人了。她情急之下要说什么，但对方持枪，做了个噤声的动作，示意关飒不要出声，保持冷静，然后对方直接躲在了墙下的暗影里。

关飒汗如雨下，手都攥紧了，硬逼自己把喊声都压了回去。她想去找李樱初，可对方歇斯底里的声音忽远忽近，嚷着不能被人发现，很快又从厨房里跑出来了，手里还拿着打火机。

这下关飒愣住了，难怪院子里一股汽油味。

她也不知道自己中了什么邪，今天看清了太多旧事，熬过了催眠模式，又来弘光村开启了疯狂世界的副本，但此刻才真正彻头彻尾地开始恐惧。

这种感觉无法形容，关飒心里的预感被证实，四周的杂物，剧烈呛人的汽油味，都不是偶然。她明白了，难以置信地开口："李樱初，你看着我，冷静一点！"

对面的人一抽一抽地傻笑，慢慢靠近关飒。

时间像是突然回到了十二年前，过去她们被困在疗养院的时候，李樱初是姐姐，在关飒不受控的时候经常照顾她，眼下一如既往。李樱初玩着打火机，用劝哄似的口气，轻轻告诉她："你不愿意下去也无所谓，反正这里要烧掉了。"

警方已经查到殷大方身上，李家的小院子再也不能留。

"你把打火机给我！"关飒开始发抖，眼前的人影越来越暗，"李樱初，你必须跟我去自首，你受刺激了，不要再学程继恩，他就是个变态……"

关飒的话没能说完，因为对面的人根本就没在听。

李樱初靠近关飒，认真地解释："你误会他了，院长一直很爱我们。"说着她想起什么，微微一笑，像是自语，"只差最后一步，只要烧了这里，我就可以去找他了。"

关键时刻，关飒已经豁出去了，打算强行制服对方，可她今天力气有限，何况李樱初疯起来根本不受控，两个人直接扭打在一起。

藏身暗处的人果断冲出来，大声呵斥，让她们停手。


邵冰冰一直在等时机，她看见关飒进入李樱初家里，于是干脆跟着她一路追查线索，直到李樱初最终暴露出地下菜窖，事态不断恶化，必须有警察出来控制局面了。

她拿枪让她们冷静，扫一眼关飒，用眼神示意她后退。

枪口直指李樱初。

邵冰冰一进来就发现情况不对，这地方被人泼过汽油，于是此刻她表情凝重，拿枪的手十分谨慎。

关飒迅速退到一旁，她想提醒邵冰冰，李樱初现在意识混乱没有理智，一旦再受刺激，只能更疯，但邵冰冰顾不上和她说话，正一步一步试图接近李樱初，想把人先制住。

举着打火机的人好像又卡住了。

李樱初情绪激动，非常危险，而今晚她们发现的现场更是重要证据，于是邵冰冰警告李樱初不要动，对她依法传唤。

对面的人表情呆滞，好像想不到来的人是警察。她听不懂邵冰冰强制性的那一套，于是继续自说自话似的开口："怎么回事，谁报的警？"

关飒借机出声，试图唤醒她："你别慌，先过来，把打火机给我。"

对面的人疯疯傻傻，好像面前的警察不存在，只看着关飒说："你拦不住我的，你怕火。"

不管来的是谁，和李樱初的目的没有冲突，于是她混乱不堪的脑袋想不通，干脆不想了，表情麻木地直接点着打火机，前后不过两秒而已，打火机已经被她直接甩到一旁的纸箱上。

邵冰冰反应很快，一见四下起火，迅速拉住关飒往后退。

关飒一口气闷在胸口，瞬间而起的火苗直接把她击垮。莫名而来的窒息感随着火光不断放大，她疯了似的往后躲，对火的阴影从童年而来，是她最大的应激源，根本无法克制，躲闪之间直接摔在地上。

李樱初眼看四周被引燃，低声重复着说："你差点被烧死，头发都烧没了，太可惜了。"

那声音怪腔怪调，像在模仿谁的语气。

可惜关飒已经听不清了，她倒在地上，眼前一片火海，幻觉重演，世界扭曲变形，又依次坍塌，一切和十二年前没有分别。曾经的大火激发出人群的惨叫声，清清楚楚回到她的耳朵里。

关飒逼着自己醒过来，一定要醒过来，可她眼前除了无休无止的火焰之外，什么都远了。

邵冰冰撑住关飒的肩膀，她们此刻被堵在最先烧起来的角落里，必须先保证两个人的安全。她拍关飒喊她的名字，可关飒眼神空洞，一直挡着脸拼命在躲，好像火就在她自己身上。

"坚持一下！"

邵冰冰的声音不断往关飒的脑子里钻，她拼命让自己睁开眼，嘴里一阵血腥味，甚至分不清咬破了什么地方。关飒逼自己开口，十分勉强，每说一个字都要避开脑子里循环放大的枪响，她挣扎着告诉邵冰冰："李樱初知道程继恩在什么地方，她不能走……"

小小的院子陡然升温，李樱初当然也清楚后果，于是捂住嘴，避开黑烟，扭头就往西边的院墙跑。

邵冰冰马上要追，她把关飒推向大门的方向，示意她赶紧离开。

关飒不肯走，紧紧地抓着她说："火……不行！你不能一个人去！"关飒的表达无法连贯，她想提醒邵冰冰危险，对方这是有预谋地纵火，必然想过起火之后的退路，说出来的话却乱七八糟。

关飒根本不知道自己此刻脸上又是汗又是眼泪，凭空出现的火墙席卷而来，她再也说不下去，惨叫着后退。

邵冰冰不得不再次扶住关飒，让她靠在墙上，找回真实的触觉。

火苗不断点燃后院的易燃物，燃烧的声音彻底把关飒击垮了。

很快，两个人都被呛到了。

邵冰冰已经没有时间和关飒多说，眼看嫌疑人踩着菜筐从院墙翻出去，她心里急，却不能把关飒一个人扔在现场。她拉住关飒把人往外送，一路提高声音说："我已经通知方队了，他很快会带人增援，再坚持一下，闭上眼睛。"

李家院子突然着火，四周已经有了人声。

附近几户都被西边的动静吓出来了，堵在远处，嚷着快报火警。不过片刻，村子里已经乱成一团。

邵冰冰拖着关飒把她送到院外，谁也不知道这火要烧到什么地步。

关飒踉跄地靠住墙，死死抱住自己的胳膊，她听见耳边有个声音，在和那些幻听里的轰鸣拼命撕扯，渐渐感觉到是邵冰冰在和她说话。

对方告诉她无论如何要坚持住："我去追李樱初，绝对不能让她跑了。从现在开始，只有你自己了，关飒！顺着这条路向前走，一直走，直到看见方焰申，听清楚了吗？"

关飒根本不知道自己有没有答应，因为意识离体，那种恐怖的失控感让她思考艰难，只能单一地记住向前走，于是她就真的摸索起来，用手抠在一侧的墙上，勉力站起来。

邵冰冰稍稍定下心，她没想到关飒都被刺激成这个样子了，竟然还挣扎着和她说出一句："不行，后边……后边是山，李樱初进山了，我大概知道方向……我和你去。"

邵冰冰眼下心急如焚，忽然听见这话，只觉得想笑。

上一次邵冰冰在半路上捡到横冲直撞的关飒，带着这个小疯子进山，好歹算带了一个帮手。但今天不行，眼看关飒蜷缩着肩膀，被逼成虚虚的一个影子，强行按着腿才能站定，却始终在潜意识里记得山上危险。

邵冰冰没来由地胸口发热，她拍拍关飒的肩膀，口气凛然地说："我是警察。"

无论遇到什么情况，追踪嫌犯和保护人民的生命安全都是她的责任。

关飒拼命地摇头。

邵冰冰已经没有时间争论了，她厉声示警，让关飒离开危险的火场，最后和她说了一句："一直走，别回头。"

关飒的手徒劳地在半空中抓了半天，对方早已逆行而去。

风又大了，再度刮起沙尘。天边远远一轮月，模模糊糊晕开风圈，而底色是浓墨般的夜，像一幅被人徒手抹花的画。

所有的声音都被关飒本能地阻挡在意识之外，她耳边只有自己的心跳声，伴随着剧烈的喘息。

她一步一步向前走，不知道走了多远，最终撞进一个怀抱里。

关飒浑身极度紧张，几乎抬手就要反抗。

对方抓住她的手腕，顺势按住她的后颈，让她仰起脸，一句话破开所有昏聩的夜："飒飒，是我！"

熟悉的薄荷味道，瞬间让关飒的意识挣扎起来。她睁大眼睛盯着面前的人，直到眼睛通红，一个字也说不出来。

方焰申没有急于和关飒说话，警车和消防车都已经赶到村口，巨大的声音连成一片，弘光村内迅速拉开警戒线。

他抱紧她，把人压在胸口，同时喊人指挥救火，让同行的陆广飞马上去李家，然后又低头拍她，示意她看着自己："别怕，没有火了。"

关飒几乎绷起全身的力气，逼自己无论如何要张开嘴，三个字而已，她说得简直像是快要断气："邵冰冰……"

方焰申立刻明白她的意思了，追问："她人呢？"

"她去追李樱初，应该上山了。"

他向远处扫了一眼，火光已经把一切背景都烧成浓烈的颜色，幽邃的荒山却不为所动，它并不高，但同样能铺开架势。数不清的植被掩盖之下，半坡岭已成绝地之处，凭空透着一股邪门。

上一次他和石涛大白天都在野山上吃过亏，更何况此时此刻。

方焰申意识到邵冰冰为了追人，独自在深夜闯进了半坡岭。他立刻急了，大声命令石涛设法联系。

他一边安排人增援，一边叫救护车，要把关飒送出去，随后他撑着她一直在说什么，可关飒听不清。

她已经完全虚脱，知道自己这点残存的意识支撑不了太久，于是深深吸一口气，强逼自己站住了。

关飒感觉到一切如同十二年前一样，那些火一直在烧，顺着自己的头发蔓延而上，血肉焦灼，痛苦非常。她麻痹到一声不吭，甚至觉得连方焰申的样子也在逐渐褪色。

意识和身体无法衔接，幻觉里的大火始终如影随形。她熟悉这种在疯溃边缘的感觉，呛人的黑烟也让她剧烈咳嗽，眼看着烈焰将自己整个吞没。

濒死的感觉，没有人奢望还有理智。

关飒疯了。

她痛苦地要去抓方焰申，哭喊着叫他的名字，但偏偏就在这个时候，连耳鸣都盖不住他的话，他告诉她："飒飒，我不能留下陪你。"

那双眼睛就在面前。

她看见方焰申眉骨上带着经年的疤，灼灼烈火扑面而来，却又通通被他挡在身后，然而这不是幻觉。

重要嫌犯纵火逃逸，同事只身涉险，方焰申要去的方向与关飒相悖。人间炼狱，总有这么一天，方焰申不能只救她，甚至，他可能来不及救她。

人人深海求生，而今天，关飒必须放弃唯一的浮木。

十二年后又是一场大火，长夜永无止境，但她不能自私地再往火里跳了。

她用自己最后残存的意识，伸出手把方焰申推开了。


天亮之后，弘光村又一次被封锁。

老人都有闲话，这片山头风水不好，不是死人就是大火。村西的李家一直是这村里最不起眼的一户，因为家里只剩一个半大不小的女娃，开着假发厂讨生活。李樱初没有长辈倚靠，自己又是个半疯的，没想到靠一场火，烧出横跨十二年的人命官司。

不光是当地人战战兢兢，就连方焰申他们也没想到，一座不高不险的小山头，这一次真出事了。

山头风大，林地昏暗，警方搜山找到邵冰冰的时候，她已经失联整整三个小时了。

那一晚太普通，普通到人人都应该在家做梦，却有人为之付出生命的代价。

邵冰冰身上中了两枪，其中一枪打在要害部位，她甚至没来得及等到被人发现，就已经不行了。

法医鉴定枪伤是致命伤，邵冰冰生前没有在山上和人发生搏斗的痕迹。根据现场调查，她应该是一路追着李樱初进山，天黑不辨方向，在林子里绕了很久的路，而后在黑暗背光的树下，被人突然袭击。

她后背中枪，转身后甚至没来得及开枪反击，直接被人打死了。

邵冰冰没能沾上他们方队一贯的好运气，她牺牲的事实让全队人都无法接受。


一连几天，专案组回到分局办案，上下缄默，就连石涛都肿着眼睛。

方焰申把自己在宿舍里关了一天一夜没见人，直到陆广飞踹开门。

"旗杆子"竟然破例拎着啤酒，强行按着方焰申，两个人喝了一顿酒。不早不晚，夜里七八点，啤酒瓶扔了一地。喝的时候两个大男人谁都没说话，直到最后谁也没能喝多，鼻涕、眼泪却都往心里咽。

千头万绪，不管有多少激烈的情绪，一到这种时候，都剩下悔了。

他们两个人喝到深夜，最后连小卖部都关了，无以为继，只好干巴巴地坐着数空酒瓶。方焰申到这会儿总算开口了，他抹了一把脸，挡着自己的眼睛，嘴里一直重复："是我让她去的。"

当天他们怀疑李樱初，对方是女性，有精神病史，受不了刺激，再加上他们心里还扛着对自己人的揣测，最终方焰申决定让邵冰冰独自进村，女警穿便衣目标小，可以先行动，再根据情况机动部署。

方焰申知道独自盯梢的危险，叮嘱过她一有动静随时传回来，他马上跟进，但他确实低估了那个李樱初。

对方不但纵火，还想好进山的退路了，甚至在被关飒打乱节奏把事情闹大之后，还有人接应。队里分析凶手开枪的角度后得出结论，凶手的身高应该是一米八。这个身高男性的可能性更大，绝不可能是李樱初那么矮小的女人。

陆广飞一直听着方焰申的话，知道他不需要安慰，很多话于事无补，纯粹是发泄。方焰申把所有情绪藏在心里，一直憋着，越想越恨，只能借着没能上头的酒劲说出来。

陆广飞拍拍方焰申的胳膊，他自己同样口气艰难，几度哽咽，但好歹还是那个"旗杆子"，流血也不肯流泪，最终从嘴里挤出一句："她不会白死。"

他们这一行的残酷之处在于，眼看同事因公牺牲，却连凭吊的时间都没有，因为命案未破，嫌疑人依旧在逃。

就好比这顿酒管不了太长时间，天亮后他们还得强打精神出发办案。


那场大火虽然是人为提前预谋过的，但李樱初私下能做的准备有限，再加上警察已经派人盯梢，当晚出警增援，火很快就被灭了，而那个神秘的地下菜窖几乎没被波及。

一连三天采样取证，专案组很快把地下空间调查清楚了，确认那里囚禁过被害人，同时血迹和现场遗留的人体组织经过鉴定，证实它就是半坡岭连环命案的第一现场。

一周之后，根据十二年前继恩疗养院幸存者的笔录，以及如今半坡岭分局陆续发现的最新线索，市局专案组证实连环命案存在关联，决定将两案并案侦查。

殷大方、陈星远、李樱初、程继恩，这几个人的关系渐渐明朗起来。

整件事虽然不能全部公开，但一个偏远郊县的山村有警察牺牲，出了这么大的事，媒体已经捕风捉影，案件轰动全市。

与此同时，专案组召集外勤的核心成员，顶着巨大的压力和失去同事的悲痛继续开会。

方焰申提示大家，目前来看，最早的死者出现在十二年前的继恩疗养院，但当年的旧址早被扒掉重建，无所追查。仅存的档案卷宗里显示，过往失踪数据中还有三人下落不明，因此怀疑受害者有三名，再加上近期半坡岭出现的四名死者，共有七人前后遇害。根据关飒当年的笔录以及后续几名嫌疑人的口供总结来看，凶手不止一人。

十二年前的旧案涉及程继恩、王戎，他们在疗养院中不但私下贩卖人口，还杀害女病人割取头皮制成假发，这一切很可能被当年的李樱初目睹，让她受了刺激，导致她更为严重的病态心理，并在长大后诱拐女性精神病患者，再度模仿行凶。

陆广飞想了想开口说："李樱初囚禁被害人长达五年之久，这中间使用的精神药品一直间接来自陈星远的诊所，整件事有人从中协调安排，从五年前，程继恩还在狱中的时候就已经开始了。"

再加上其他线索已经陆续侦破，此前他们在审讯陈星远的时候，得到过一个联系他的手机号，当时没能立刻查到详细的定位范围，现在也有结果了。

定位就在市局。

方焰申对这个结果并不意外，这几天下来，他眼睛的问题没能缓解，只好在屋子里也戴着墨镜，此刻抬眼看了一下大家，没人发现他目光凝重。他说话的口气很是平淡，点破大家心里的猜测："所以，我们队伍中有人参与犯罪。"

有人帮监区内外的人传递消息，有人能第一时间知道案件的进展，甚至在程继恩出狱后篡改名单瞒天过海，除了警方的内部人员，没有别的答案了。

整个案子涉及的关键嫌疑人，不只此前发现的那四位，还有第五个人。

在座的各位自然也早有猜测，人人知道轻重，于是一时沉默。

时机不到，证据残缺，方焰申没揪着这一点继续展开，他转头指指白板上李樱初和殷大方的名字："十二年后，确切地说，应该是三个月前，程继恩出狱，很可能私下授意李樱初想要女人的头发。我猜测一开始对方的动机比较简单，李樱初伙同殷大方动手，但没想到殷大方本身是吸毒人员，行为混乱，导致药物过量出了人命，这件事又刺激到李樱初，她开始模仿程继恩当年在疗养院里的行为，杀人割取头皮。"

陆广飞一直在思考殷大方的动机，始终困惑，于是他把自己的疑虑说出来："还有一个关键点，我们之前确认的犯罪嫌疑人殷大方至今没有翻供，不肯松口关于李樱初的线索，导致我们查不到她可能去的地方，还得继续攻他们两人之间的关系。"

接下来显而易见，第一，程继恩、李樱初在逃，发布通缉令；第二，队里内部人员排查，想办法捉鬼；第三，通过技术手段继续分析弹道轨迹，查清打死邵冰冰的那把枪究竟从何而来。

无论哪一条路，最终目的都是想办法揪出程继恩。

大家很快各自领任务出去，办公室里就剩下方焰申和陆广飞。

会议室里很热，连方焰申的保温杯也派不上用场了，两个人去接了凉水直接往下灌。陆广飞的脸色更黑了，板着脸，似乎有事一直想不通。

方焰申只能陪他琢磨那个该死的殷大方。

陆广飞又去查看截止到目前的所有调查汇总，抬头说："人确实是殷大方杀的。"

方焰申对这点没有新的看法："受害人虽然都是女人，但那个李樱初非常瘦弱，还有癫痫病，如果是她动手，不会选择这么费劲的方式……目前怀疑她教唆殷大方行凶。"

那显然更奇怪了，陆广飞简直觉得有点匪夷所思："殷大方这个人大家都有所了解，没皮没脸吸毒吸傻了。"他大概不会用脏字骂人，想了半天也没法形容那孙子的人渣属性，只好硬着头皮继续说，"他为什么帮李樱初杀人？就算是情侣关系，他看着也不像什么痴情种，案子都查到这一步了，不可能不松口啊。"

陆广飞总觉得，想让殷大方证实李樱初的教唆罪，他们必须找到他心里的秘密。

方焰申没想到对方说出"痴情种"三个字，透着狗血，还是那种20世纪80年代过时的沉血，实在让他吃不消。他好久没什么心情笑了，这会儿突然被陆广飞逗乐了，于是摇摇头说："肯定不是单纯的感情，依我看，这两人都不对劲。精神病人普遍的问题就是感情淡漠，或者走上另一个极端非常偏执，但李樱初可以坦然让殷大方扛下一切，把他往死路上推，这显然不是偏执。男方无恶不作，对女性大概只有生理需求，也谈不上什么感情吧……"

陆广飞基本认同他的想法，又说："所以还是需要继续调查李樱初。"

"程继恩的情况也一样，我们还有漏掉的信息。出狱人员突然回归社会，连户口都不去办，没工作不露面，证明他有地方藏身，而且三个月过去了，一个大活人总要吃喝开销，他显然不缺钱。这方面应该是个突破口，一定有人在有意或者无意间支撑着他的日常生活。"

陆广飞端着一个空杯子，半天才抬头看向方焰申，缓缓地说了一句："下午我带队，你……抽空去看看关飒吧。"

于公来说，李樱初和程继恩都与关飒有关，而于私，是为了照顾方焰申的个人感情。

方焰申没接话，手心里的两个核桃转也转不动。

陆广飞大概听说了，关飒在李家的现场受了刺激，后续发病，阳性症状明显，这几天已经被转到精神专科医院安晖院区治疗。她所在的那个院区不在市里，距离半坡岭并不远。但最近发生的惨剧惹得领导高度重视，所有人被逼得连喘气的时间都快没了，方焰申根本没腾出时间去医院看她。

眼看快一周过去了，陆广飞心里都有些扛不住，感觉他们方队越这样越奇怪。

人都有个临界点，一旦情绪负荷过度，很容易被击穿心理防线。陆广飞眼看方焰申就像较劲似的，每天咬牙紧绷，好像一心都扑在了工作上。

陆广飞又想了想自己，他前两天受不住的时候都知道闷头干些"放纵"的事，抽烟、喝酒、熬夜释放压力，可有些人看着洒脱，其实是最没劲的那一个。方焰申就是这种人，他好像没什么释放的出口，平日里插科打诨敢想敢干，真到天要塌的时候，反而又是他先挺直腰板要扛。

此刻没有别的办法了，按规定绝不能喝酒，方焰申又不抽烟。陆广飞盯着他的墨镜，又想到他经年反反复复的眼伤，有点想不明白，方焰申这些天熬下来靠的是什么。

两个大男人脸对脸地互相盯着，陆广飞实在没辙，捏着喝干的杯子欲言又止。

方焰申对他们副队的脾气了若指掌，哪能不懂他是什么意思。他眼看对方左右为难不会说话，只好打破沉默说："我一直想去看关飒，可又不敢去。"

关飒还不知道邵冰冰出事的消息。

方焰申说完这句仰头向后靠，倚着一把椅子，鼻子发酸，摇摇头才控制住，开口说："起火的时候，邵冰冰把关飒送出来了，她自己却没能回来……关飒一定会问，我不知道怎么和她说。"

陆广飞沉默，提起邵冰冰，谁心里都难，他低声开口："弹道分析今天应该能出来了，我们马上顺着去查，一定会弄清楚枪支来源。"

绝不能放过凶手。

最终还是方焰申先松了一口气，他明白这些天大家一刻都没有放松过，此刻再往下说，都没法保持冷静了。

他收拾好情绪，站起来伸伸腰，笑得有点刻意："拖延症嘛，副队，理解一下，谁赶上这些事都难办。"说着他好像已经打足精神，又接上一句，"早晚都要去。"

陆广飞又喊他："方队！我建议你探病的时候先不提邵冰冰，瞒一阵再说吧，毕竟……毕竟关飒是个病人。"

现实的残酷已经超过他们常人的承受能力了，何况是她。

方焰申摆手示意他别管，干脆利落地走了。

已经七月，实打实地入了夏。天气逐渐稳定下来，又干又热，没风没雨，这一周敬北市持续高温，堪称酷暑。

下午两三点的时候，阳光炽烈，但安晖院区里绿树成荫，关飒正在窗口边剥糖纸。

她熬过激烈混乱的发病期，今天早起新的主治医生已经检查过她的各项指标了，行为紊乱的情况趋于好转，思维和情绪也都相对平静下来。关飒被批准可以在园区内散步放风，但今天外边太热，她懒得出去。

院区的独立病房有很宽的窗沿，关飒蹭上去坐着。窗户只能打开一条缝，她凑近一点，觉得外边的风比屋里还热，于是只好一颗一颗地吃薄荷糖，吃到唇齿发腻，心才能静下来。

护士每天都帮她送进来一盒糖，她很快就能吃完，然后一个人开始叠糖纸，揉来揉去。

时间在关飒的意识里忽快忽慢，她其实不太清楚过去多久了。直到这个午后，她之前腿部的摔伤已经好得差不多了，人坐在窗口休息，忽然听见门开了，回头去看，才发现方焰申过来了。

今天的糖不是护士送进来的，他自己买了一大盒，抱着来看她。

关飒的目光停在方焰申手里的盒子上，那是十年前他最早送过的进口牌子，但时代不同，产品包装早就换过了。郊区这里商超并不多，不知道他跑到什么地方才找来，所以关飒甚至没顾上多看，伸手就要接他的探病礼物。

方焰申不松手，隔着一盒糖，两个人竟然都像回到了过去。

他试探性地观察她的眼神，关飒懒得自证清醒，扯着嘴角装糊涂，眯着眼睛和他说："警察叔叔，你这大老远地跑过来，买糖又不给人吃，逗傻子呢？"

对面的人将信将疑，随口就接："傻子可不逗，逗猫呢。"他摘下墨镜又问她，"飒飒，我是谁？"

"方焰申。"关飒态度十分敷衍，这两天她集中治疗用药，药物的副作用突显，让她的尖下巴看起来有点肉了，只是困倦的神色一如既往。

她有些不屑地回答他："唉，行了，大夫都和你说过了吧，我现在好多了。"

警察叔叔如释重负，把糖盒交给她，又低头看那一窗台的纸屑，伸手替她收拾。

关飒还在持续制造垃圾，一边拆糖一边看旁边那些糖盒，问他："那些也都是你让人送来的吧？"

方焰申点头，似乎有点意外她这么快就全吃完了，一颗没剩下，于是他又贫嘴说："该转牙科了。"

关飒低头笑，她心里有数，他自己来不了，但又担心她住院害怕，于是想尽办法每天都给她送一盒糖。

此刻她长长地呼出一口气，清清爽爽，四周好像都是薄荷的味道。

这样的午后太容易迷惑人心，关飒什么都不愿意去想，直白地告诉他："你放心，我肯定能熬过去。"

方焰申停下手，侧脸看她。

关飒被他盯得别扭，觉得今天的方焰申有点奇怪，大概连日公务太累，他好像瘦了不少，套着一件灰蓝色衬衫，袖口歪着就挽上去了，似乎连整理的心思都没有。从他刚才进来到现在，一直表情如常，但关飒总觉得他心里有事，显得话格外少。

她隐隐有些紧张，开口问："叔？"

方焰申的目光沉沉地落在她身上，好像把人间这些年的波折说尽了。

关飒不知道该问什么，暗暗地琢磨，心想这男人岁数大了一样矫情，于是她干脆伸开胳膊，坦荡荡地说："来，让我抱一下。"

方焰申总算是笑了，他把她抓过来抱紧，又重重地叹气。

关飒的脸往他胸前钻，顺着他的呼吸起伏，还补上一句："我知道你心疼……叔叔，我没事，你放心。"

说得容易，方焰申低声笑，十二年了，他没有一天能放心。

他刚才从医生那里得知，关飒在去弘光村当天经历过催眠的刺激，晚上又应激源突发，那一天对她的精神折磨可想而知，实在太冒险了。

他开始数落她自作主张，说着说着自己都有点后怕，拍拍她的脑袋，口气严厉："还敢吗？"

关飒在这种时候一向见好就收，老老实实示意自己遭过罪，知道轻重了。

方焰申脸上的笑挂不住，连安慰都透着沉重。

他进病房后突然看见她，一瞬间的感觉无法形容。关飒于他已经不是牵挂那么简单了，就像是支撑他向前走的一口气，他明白这口气的重要，又冷静地告诉自己随时都有可能松掉……就像在弘光村的那一晚，方焰申必须离开，他知道关飒发病，那是她最需要他的时候，可他不能留下。

怀里的人非常敏感。

关飒察觉到方焰申今天的低落，企图把话说开。她这些天一直在医院里，消息封闭，没有人告诉她后续的情况，于是她以为他只是担心，为了弘光村那场火而耿耿于怀，她希望他不要自责："邵冰冰把我带出来的时候，跟我说了一句话，她说她是警察。"

方焰申浑身一僵，似乎要说什么，却没能说下去。

关飒理解他们肩上的责任，她从来都没怪他，继续说："你也是，我明白。"

方焰申不接话，他把糖纸都收拾干净，然后和她一样蹦上窗台坐着。

关飒越发觉得不对劲，看见他低头掐眉心，伸手把窗帘拉上挡光。

两个人一直沉默，她又涌起那种不好的预感，追问他："怎么了，你们追到李樱初了？"

方焰申摇头，解释当晚李家菜窖里的情况，将目前确定的信息告诉她，然后又说："李樱初和程继恩在逃，殷大方不肯松口，不承认李樱初教唆行凶。"

关飒听着听着始终绕不开一个人，总觉得他的描述里似乎少了什么，干脆直接问："老阿姨呢，上山后是什么情况？"她有点着急，问出口又怕他回答，脑子里突然跳到不久之前的事，"我还说再见面的时候要还她钱呢，在羊坊医院里，多亏有她提醒我……谁知道我俩每次见面都没好事，那天最倒霉，院子着火了，顾不上说这些。"

关飒克制不住，思路被心里的猜想强行分散。她生怕自己妄想中的恶念成真，于是刻意要喋喋不休地说话，直到方焰申打断她。

他先伸手握住她，然后定定神才开口："我在路上一直在考虑，本来不该告诉你。"但他一见到她，突然又不想隐瞒了。

关飒发病的时候被幻觉包围，因此从来不缺安慰，而她之所以执着地逼自己想起来所有噩梦般的经历，是为了发掘线索，为了能够帮助警方破案。她不该简单地被当成病人哄劝，她之所以每一次发病都能撑过来，就是为了看清真相。

所以方焰申还是决定如实告诉她："山上有人持枪接应李樱初，我们赶过去的时候……"他顿了顿才能勉强继续描述当时的情况，最后告诉她，"邵冰冰牺牲了。"

关飒迟迟没有反应，她整个人非常安静地听，没有任何表情，直到眼泪忽然涌出来。

她穿着灰白色的住院服，人在衣服里剧烈地颤抖，突然甩开他的手，大声地告诉他："李樱初疯了，想把我也逼疯，她知道我怕火，所以放火想把我逼死，但邵冰冰救了我！是邵冰冰送我出去的！"当时关飒一心想着前路危险，可她记得老阿姨强调过，"她说……她是警察。"

她们两个人过去见面次次动手，邵冰冰恨不得把关飒扔到医院里关起来，而关飒看破对方的心思，次次拿话扎心，想让她知难而退。那时候邵冰冰也总拿自己是警察威胁关飒，关飒听得多了，心里只剩下不忿。可是真到出事的时候，眼看嫌疑人行为失控，火场危险，邵冰冰却没有丝毫犹豫，第一时间冲出去保护关飒。

　　当天夜里如果必须有人进山，只能是邵冰冰。

　　常人无法想象，刀山火海有时候对警察而言，不是比喻。

　　方焰申握紧关飒的手，他看她情绪激动，却没有徒劳安慰，甚至不再试图让她冷静。

　　那一晚过去之后，早就没人能冷静了。


　　关飒耳畔的声音开始死循环，直到方焰申的话重复成千上万遍，她才能确认邵冰冰已死的事实。她还想问什么，大脑却先一步企图保护她脆弱的神经，直接切断表达，于是她只能听见自己的哭喊。

　　方焰申把关飒拥在怀里，她歇斯底里，眼看又要崩溃，可是感官仍在，她的意识竟然在这一刻异常清醒。

　　"你们之前就在山上遇到危险了。"关飒抬手狠狠抽了自己一巴掌，喃喃自语，"我应该拦住她。"

　　她失控的动静非常大，医护很快冲进来，担心关飒的病情反复，准备好让她强行镇定下来的药物。

　　此时此刻，方焰申不愿意让人靠近关飒，他抬手示意大家暂时出去，由他留下观察，给关飒一点缓冲的空间。

　　他相信她有面对现实的能力，于是按住她的手保护她不要伤到自己，在病房里沉默地陪着她，直到天黑。

　　关飒终于不再流泪，她抱着自己的膝盖，对着窗外起伏不定的灯火，开口说话："我还好，你放心。"

　　方焰申点点头，倒了水拿过来，又用温热的毛巾给她擦脸，最后晃晃糖盒，递到她手里。

　　关飒听着糖盒的动静，一点一点找回意识。

　　他捧着她的脸，示意她静下心，好好听自己说："飒飒，你拦不住邵冰冰的，不只是她，换成任何一个警察，你都拦不住。"

　　李樱初隐藏那么久，明摆着可能知道程继恩的下落。警方辛辛苦苦蹲点，好不容易抓到暴露出的线索，不能轻易让人跑了，尽管谁都无法预料进山之后会发生什么。

这一切如今看起来非常凶险，但在当晚只不过是片刻之间的事。邵冰冰的选择是在履行自己的职责，她没有权衡的余地。

　　方焰申告诉关飒："她知道进山危险，她也清楚可能面对的情况……但在那个时候，她不能退，她必须要去，你懂吗？"

　　凡是光所在之处，必有暗影。真相大白的背后，永远有人前赴后继，以生命做赌，这就是"平安"两个字背后的代价。

　　法治社会，工作、生活忙碌又平淡，无论新闻频道里出了多么耸人听闻的案子，于常人而言，捅破天的热门头条也超不过一个月。

　　人命至高，引诱出无数罪恶的种子，所以世界需要逆行者，逐恶的人清楚自己有去无回，甚至在迈出那一步的时候，根本没有时间思考代价。

　　伟大永远都是残酷的，这就是现实，无论多么不能接受，他们也必须接受。人们不该忘记他们，可是作为警察，他们又不希望被记起，因为那样的人间，才是真正的平安。

　　方焰申这一下午还算平静，但此刻陪着关飒说完这些话，他也红了眼睛。

第十三章
# 黎明的代价

晚上的时候，关飒按规定吃了药，接受常规检查。

方焰申出去和医生聊了几句，医护的态度基本上都比较乐观，关飒的病情整体来看还算可控。她本人一直积极配合治疗，即使在发病期也很顽强，大家都说她是很少见的类型，她内心非常坚毅，努力在恢复自知力，精神分裂的阳性症状也在逐步缓解。

方焰申很快又回到病房里，关飒在一旁的沙发上坐着，房间里只开了壁灯，光影柔和。她手里还抓着糖盒，那是她想事情的时候习惯性的举动，给自己找一些安慰，此刻整个人有些出神。

他仔细地打量关飒，即使有药物作用，她身上还是很瘦，再加上头发非常短，眼睛又大，细细长长的脖颈连下去，显得一身住院服怎么看都不合体。

关飒倚靠在沙发的扶手上，方焰申走过去时候，正好能看见她颈后的烧伤和文身。关飒从不遮掩，而他已经释然了。

他看她一直很安静不想动的样子，于是不愿打扰她的思绪，顺着她的肩膀把人抱起来，想送她去床上躺一会儿。

关飒忽然醒了似的，伸手环上他的脖子，凑近去看他。

225

人一旦经历过大恸，就会突然明白，没有平白无故的周全，这轰轰烈烈的人间活着已是万幸，如果还有拥抱的能力，每一天都不该辜负。

她指尖轻轻地碰他眼上的伤，直起身子去吻他的疤。

方焰申之前脱臼的胳膊刚好没两天，这会儿颇为费劲地抱着她，结果怀里的人就像只野猫，抬着手腕不消停，惹得他躲也躲不开，只觉得痒，于是低声笑着说："我可松手了啊，摔坏不赔。"

关老板厉害起来也不好惹，恶狠狠地说："你试试？"说着她也有点心虚，死死扒着他的肩膀，这姿势尴尬，她自己都笑了。

方焰申干脆一屁股坐在病床边上，这下关飒也只好直接坐在他腿上，总算知道别扭了，不敢乱动。

方焰申的眼睛在暗处微微透着光，关飒看着看着觉得脸上发热。

他不说话，这一时片刻愿意纵容她，就显得十分温存，仿佛眸海温润，藏着山高水远，是她的人间。

有时候，一个人的存在本身就是一种救赎，他在的日子风和日暖，这世界令人愿意永远活下去。

方焰申不知道关飒这会儿想到了什么，只是觉得她始终在意把他打伤的那件事，于是他低头看她脑后的那句文身，轻声说："扯平了。"

她开口说："我不是故意的，那会儿总是看见很多幻觉，还有小时候的阴影，我总感觉有双眼睛盯着我，那种感觉非常可怕，所以发病的时候可能急了，把你当成了程继恩……我……"

他拍着她的后背，让她趴在自己肩头，慢慢地安慰着说："我知道，你不要再想了。"

"可我想帮你。"关飒的呼吸声就在他颈侧，渐渐两个人的心跳也叠在一起，"你的眼伤是不是很严重？不能再拖了。"

这事方焰申早想开了，他思考着自己真瞎了之后的生活，故意为难地说："估计只能提前退休了，我少只眼睛，是残障人士，需要社会多点关爱。"

关飒笑得整个人轻颤，脸埋在他肩膀上，还没忘动嘴："行，跟我回恒源街上混吧，肯定让你知道社会险恶。"她说着说着感觉到他衬衣口袋装着东西，此刻她像个无赖似的正贴在他身上，于是觉得硌，伸手往下摸。

方焰申被她惹得浑身一凛，心想这小丫头片子这么大了，真是不能撩了。他简直哭笑不得，又加重口气说："飒飒，你乱动的毛病治不好了？"

坐怀不乱，真是天下男人的通敌。

关飒瞪着眼睛满脸无辜，成心勾他，还非常正经，伸手在他身上一通乱摸，最后探进口袋里把那两个核桃拿出来了。

这玩意真是好宝贝，救过方焰申的命。

关飒把玩着对光看，伤了一个，另一个包浆油润十分完美，他还是全都带在身上。

方焰申这人脾气也挺怪的，面上永远举重若轻，实际心里最念旧。无论哪种感情他都从心底珍视，对她、对邵冰冰、对石涛，甚至是他最讨厌的那个永远黑着脸的副队长，其实他都很在意。

所以邵冰冰出意外，最难熬的就是他。

关飒只是随手拿出来玩，此刻看他僵着姿势不尴不尬的，半天才长出一口气。她脸上偷着乐，心里又难受，于是郑重地开口，重复一遍刚才的话："你别避开话题，我说了，我想帮你。"

方焰申把自己的宝贝核桃抢回去，摇头说："不行，你绝对不能再受刺激了，我需要你照顾好自己，这就已经是在帮我了。"

关飒很坚持，从他腿上挪开坐在一旁，认真地看着他说："我想起疗养院中的一些细节了，虽然很零散，但肯定有帮助。"她知道事情的严重性，因而这么多天下来，早就考虑过了，"我和程继恩还有李樱初都有关，也算涉案，虽然我现在精神状态不稳定，但可以私下帮你提供线索。"

队里确实希望方焰申能从关飒身上找到一些有用的消息，但他一直在犹豫，此刻看关飒的情绪控制得很好，人也平静多了，可以清楚表达，他总算稍稍放心，问她在催眠过程中想起的事。

关飒告诉他，李樱初曾经和程继恩单独接触过，她整理了一下思路说："李樱初会做假发，所以我觉得过去在疗养院里，程继恩一开始就是利用她这一点，满足自己的癖好。"

方焰申接下去把前因后果大致串联起来："而后程继恩入狱这些年，通过某种途径，他联系并继续控制李樱初，拐走受害人，在自己出狱后获取女人的头发制作假发。"他试图引导她回想，"但问题在于，李樱初和殷大方这两个人之间，到底还有什么我们不知道的事？"

如果能攻破殷大方的心理防线，或许他们就能找到李樱初身上的线索，继而去挖出程继恩。

关飒把李樱初在纵火之前曾说过的话，以及当时的情况说了一遍。她自己也感觉李樱初对殷大方完全就是利用，但殷大方异常听话。这种关系非常别扭，近乎执念，李樱初有精神病，殷大方却没有，他不该对她这么死心塌地，一定还有其他不为人知的原因。

关飒说着说着脑子里开始回忆殷大方那伙人，其实知道关于对方的详细信息，还是在警察搜查他家的那一次。她想到当天的情况，脑子里突然蹦出一件事，于是问："对了，你还记不记得，当天你们在他的屋子里找到很多药，那应该都是他自己吃的。"

方焰申猛地抬眼，突然反应过来，立刻拿手机联系石涛，去找当天的证物。

关飒只是觉得那些东西可疑，还没想通可能关联的情况，但方焰申像发现了什么似的，开口称赞她："果然，你想问题的出发点和常人不一样，所以有时候对细节的关注比我们都敏感。"

这算夸奖吗？关飒瞪了他一眼。

方焰申火速联系同事，他一边和自己人沟通，一边又不时间："李樱初之前有没有和你提到她去过医院，或者是类似情况？"

关飒摇头："她很怕看病的，死拉着都不去，怎么了？"

方焰申示意她稍等，又让石涛去弘光派出所了解情况，问最早传唤李樱初那次，她的检查过程。

关飒根本不了解这些，只记得补了一句："她应该没有吸毒。"

方焰申摇头低声说："不，不是涉毒的问题。"

他没空详细解释，忙完了才有空抬头，关飒已经坐在他身边想得很远了，此刻又盯着他说："其实我一直有个想法。"

她满脸欲言又止的样子，让方焰申立刻觉得危险，赶紧接话说："你现在只能在医院里疗养，不准乱跑。而且那几个抓的抓，逃的逃，你没地方去了，听话。"他又想起更倒霉的老孟，"老孟回家了，天天问你，我要是再把你弄丢了，老头那关我都过不去。"

她此前几次三番跑去那个该死的弘光村，这下可以彻底踏实了。

关飒并不是这个意思，仔细想想告诉他："逃的那两个人我都认识，现在基本能确定……程继恩过去就对我有非常变态的想法，李樱初被他洗脑控制了，这两个人精神都不正常。事情到了这一步，我总感觉，他们不是想逃的样子。"

如果对方只是想在出事后纵火毁灭证据，接应李樱初从半坡岭逃跑，那当时的情况非常明显，警察是深夜突然闯进山的，对路线不熟，而且只有邵冰冰一个人，如果他们是以躲避追查为目的，无论如何不敢贸然偷袭警察，还是用枪击的方式。

关飒不懂刑侦技术，但就算这样她也明白，枪械很容易被追查来源。

她想到邵冰冰，有些说不下去。

方焰申理解她的意思了，关飒很清楚病态的偏执逻辑，她觉得那两个人凑到一起，就不能再用普通人的行为模式去分析。

她收拾好情绪，看着方焰申说："东窗事发，死了警察，两个变态兴奋起来只想满足自己的妄想，我觉得他们现在最迫切的不是想逃命。"她真是从小看过太多类似的人和事，说起这些来语气格外平淡，提醒他，"想想陈星远。"

对方一旦等到机会，会不惜一切代价，只为满足自己扭曲的私欲。

关飒向后撑在病床上，她看着被灯光晕染的天花板，轻声说："这么分析下来，他们现在最想要什么？其实很简单，十二年了，一切都因为我。"

方焰申侧身拉住她说："关飒！"

病床上的人仰脸，眼睛里雾蒙蒙的，目光却又很坚定。

她说："你刚刚才给我讲过道理，有时候为了破案必须冒险。"她说着示意他放松一点，"我虽然有病，可我和他们不一样，我需要真相。"

方焰申沉下脸色警告她："嫌疑人涉嫌教唆他人犯罪，杀害七人，而且目前我们怀疑队伍内部有人和对方勾结，情况非常危险，这根本不是冒险能解决的问题。你不是警察，不能乱来。"

关飒知道他肯定是这个态度，转转眼睛点头说："我虽然不是，可你是警察叔叔啊。"

他坚持不肯让她冒险。

方焰申的手机一直在响，他来医院大半天的时间，现在已经到了夜里，队里的同事却没人能休息，最新的调查消息随时有可能发过来。

关飒看了一眼时间，今天医院已经破例，再晚点大概就要来人轰家属了。她自己往被子里钻，让方焰申先回去忙。

他靠近门口接电话，脸色都变了，迅速听完说："马上调车回市区，你们顺路到安晖院区接上我，一起走。"

又是黎明将至的夜，每次方焰申离开都非常匆忙，重任在肩，取舍，权衡，他没时间犹豫。今天他依然要走，留她一个人养病，却不能再用幻觉来解释了。

关飒觉得他肯定查到关键信息了，追着问："怎么了？"

他看了她一眼，话在嘴边但没说出来，只回答了一句："没事，我得赶紧回去一趟，你先睡。"

关飒觉得自己刚才说多了，把她叔直接吓着了，于是她赶紧在被子里和他说再见。结果门口的人还是走回她床边，半天没说话，最后拿出核桃递给她。

关飒不情愿地从被子里露出头，揶揄着嘟囔："哟，怎么这么大方？"她发现自己手里的是那个完完整整的核桃，看看又说："你把裂的那个给我吧，好的你留着，关键时刻还能保命。"

方焰申不肯换，把核桃塞在她手心里，又叹了一口气，给她拉好背角，然后他弯腰轻轻地吻在她额头上，低声说："你就是我的命。"

关飒愣了，她活到这么大都没听过方焰申嘴里冒出这种话，这一下把她说得脑子都蒙了，随后爆发出大笑。

她晕乎乎地听着他走了，不知道她叔看了什么偶像剧，挺大岁数的人，突然不要脸了。

直到病房内外都恢复平静，窗外又传来阵阵蝉鸣，关飒才蒙着被子闭上眼。

哪怕逐光的人千疮百孔，但长夜总有尽头。


方焰申很快和自己队里的人碰头，他带陆广飞和石涛连夜出发，赶回敬北市市区。路上车速极快，而触目所及都是寥远的灯火，又是一个异常冗长的夜。

技侦的同事在邵冰冰遇害现场反复勘察，最终经过弹道分析，和过往所有的在档枪支进行比对，得到了一个意想不到的结果。

方焰申已经抓紧时间看完了报告结果，扣着文件夹半天都没说话。

气氛简直降到冰点，车里的三个人都不知道该说点什么，最后还是陆广飞先出声："其实我没指望能比对出具体结果，因为此前分析，程继恩在外躲藏不缺资金，也没准还有什么渠道能弄到走私枪械，但……"

但是谁都没想到，那把枪来源于早年的54式手枪，而且就是记录在档的警用配枪。

方焰申翻找协查通报，问他："人就在家？"

"混了好几天病假，说是去医院，实际门都没出过。"陆广飞点头，"他没想跑。"

石涛在前方开车，头一回没有半点笑的模样。他咬紧牙关，狠狠砸了下方向盘，还是觉得心里堵，骂出两句脏话不解恨，又狠狠地抹一把脸，再抬手的时候，也不知道是汗还是泪，直接把晒脱皮的地方给搓红了，憋出一张花脸。

方焰申伸手按按胖子的肩膀，示意他冷静点。

他们开回市局的方向，再向北过去两个街区，有一片几十年前盖的家属楼，局里上一代的老前辈不少人都住在这里，每天上班骑车只用十分钟。如今就没这种好事了，寸土寸金的市区，即使是局里有编制的人，也没有分房的待遇了。

石涛一路飞驰而去，老小区停车不方便，他顾不上细看，一脚油门蹿上马路，车头直接扎进草丛里就熄了火。

三个人都下车了，方焰申仰头看看楼上，这种居民楼的层数都不高，也没电梯，这一带封顶才只有六层。他看见四层的窗户没有灯，玻璃内外黑乎乎的，几十年的防盗窗掉了漆，活脱脱成了四面铁窗，和这夜色同样暗。

胖子异常愤怒，开口就问："方队，我叫附近的派出所过来帮忙？"

方焰申摇头说了一句："不用，都是自己人。"

这句"自己人"把胖子逼急了，他越想越忍不了，拿出打人的气势，迈步要往楼上跑。方焰申一把拉住他，把人拽回来，低声说："你在楼下守着。"然后看了一眼陆广飞说，"你跟我走。"

两个人很快上楼，摇摇晃晃的顶灯年久失修，但好歹能照亮。很快到了四层，一共就三户人家，他们对着要找的那扇门顿了一下，最终方焰申过去按门铃，里边没人回答，也没人来开。

他过去曾经来过一次，推门试了一下，发现门没锁，里边的人似乎知道今夜会有人到访。

方焰申盯着那扇虚掩的门，让身后的人等在门外，他自己进去。

"别，小心。"陆广飞左右看看，不放心。

方焰申坚持，抬手按按后腰，示意自己今天家伙齐全，一切可控。他让陆广飞看好楼里上下的动静，以防万一，然后就自己推门走进去了。


老房子的格局永远四四方方，过去讲究的都是南北通透，二十年前这一片盖房很从容，家属楼最小的户型也是两室一厅。

房子里没开灯，但方焰申知道有人在，于是直接走到厅里。

小小的沙发两人座，上边的人抱着茶缸子，但早没了热乎气。

方焰申在黑暗之中盯着他，打声招呼说："祝师傅。"

对方睁着眼睛，但看不出表情，听见他的话，一切如常似的答应了一声，再配上过往二十年如一日的口气，紧跟着嘿嘿一声笑，按开台灯。

这下方焰申看清了，祝千枫穿戴整齐，茶缸子是标配。方焰申甚至知道他嘴边一定还含着点茶沫子，只是今天瞧着脸上没有半分笑意。

祝千枫坐得端正，口气却有些发颤，他说："我等了好几天，你终于来了。上次你给我的那些菊花茶正好喝完，以后都不用再拿了。"

方焰申四下看看，他家内外没有其他人，房间日常琐碎，明面上却连把多余的椅子也没有，他只好顺势把低矮的茶几拉开一点距离，直接坐在边上。

祝千枫干公安干了二十年，什么都清楚，开口说："方队，你问。"

方焰申低头掐着眉心，这点光不刺眼，但他依旧难受，不是旧伤的问题，是心里像压着一座山，喘口气都累。他问："程继恩出狱的消息，是你隐瞒的？"

"是。"

"是你把内部消息透漏出去的？"

"是。"

方焰申的口气有些稳不住，渐渐加重语气："你一直在暗中协助程继恩？"

"是。"

"所以那天通知陈星远的短信也是你发的，反正我们已经怀疑内部人员了，你在别的地方发消息有可能被直接定位，还不如干脆就在市局里发。"

祝千枫有问必答，口气沉静，攥着茶缸子的指节都泛白："是。"

方焰申原本侧坐，一直避开前后的窗户，此刻他转过头，盯着他的脸问："当天你跟我闲聊，知道我要外出，要去恒源街看老孟，所以后来你给我打了一通电话。"

祝千枫没说话，也没有否认。

方焰申紧盯着他开口追问下去："那辆货车是谁安排的？"

"程继恩，他不能让你继续往下查了，不知道去什么地方花钱找到了一个不要命的酒鬼。"祝千枫提到对方的名字表情不自然，换个姿势继续坐在沙发上，口气终于有了波澜，"程继恩指使对方酒驾，钱都送到外地乡下的老人家里去了，都是现金，没记录。"

关于恒源街那场事故的动机，整件事方焰申之前有过猜想。对幕后的真凶而言，案子里最大的敌人就是方焰申，只有他会坚持关联旧案，所以程继恩想他死很正常，他并不奇怪。而令他无法接受的是，此刻面前坐着的这个人，是他们真正意义上的"自己人"，对方干了一辈子警察，甚至资历比他还久。

此时此刻，方焰申盯着祝千枫，感觉对方除了神色颓废之外，其余的实在没什么变化。祝师傅还是那位公认人缘最好的老前辈，每天第一个到办公室，忙里忙外，帮大家讲政策走流程……方焰申无法接受，他甚至觉得这场面有些荒谬，因为祝千枫连拎着茶缸子的姿势都没变过，仿佛随时都能起身添水泡茶。

一切皆有可能，这句话原来这么令人绝望。

"我怀疑过，可是只要涉及你，无论是我，还是邵冰冰，我们都宁可相信是自己多疑。"方焰申实在不想再往下说这些了，祝千枫还有陈星远，最伤人的永远是这些"自己人"。

世事已经足够伤人了，没想到这条路走到底，来自身边人的背叛才是真正的刀。

"如果我没想错的话,你认识程继恩很多年了。"

祝千枫点头,这个话题对他似乎很艰难。他低头看看自己的茶缸子,询问方焰申能否去倒点水,然后很快就去重新换了热水,扶着沙发又坐回来。

他冲杯子里吹一吹,抿上一口茶,却半天咽不下去。过了一会儿,他才勉强开口交代:"我的动机是受程继恩的胁迫,我犯错误那年,你还没转岗过来,这都是命……快十三年了,我有把柄落在他手里,本来他只要求我帮几个小忙,所以我牵线搭桥,帮他的学生卖卖药,把他的出狱记录改了,不让警方找到他。那会儿半坡岭的案子很突然,我还不清楚他到底干过什么,后来发现比我想得还严重,而且有你在,你们坚持关联旧案……这人啊,越上年纪越不想被人把旧事捅出来,真闹出来,我没法在后辈面前做人了。"

他说到最后很难控制情绪,仿佛难以启齿,茶缸里的水面一直在抖。

方焰申突然问了他一个问题:"我想知道,你既然受制于程继恩,为什么还要打那通电话?"

画蛇添足,如果没有那通电话,方焰申大概率就要出事了,那才应该是他们本来的计划。而有了那通电话,无论对方接或是不接,无论接起来祝千枫说了什么,都足够可疑。

祝千枫有些失神,听到这个问题笑了笑,眼睛毫无神采,只像是感慨似的说了一句:"我当时在办公室,看见你送我的那盒菊花茶,就摆在桌子上,我突然……你就当成是我那一瞬间良心发现了吧。"他卡在这里不知道怎么往下说,最终只能摇头叹气,"方队,你知道吗,我打电话就是想告诉你,别去那个路口。真的,我后悔了,不管你信不信。"

他态度诚恳,就在这一句话上仿佛用尽全力坦白。

"我信。"方焰申极力克制,压着自己的情绪告诉他,"但是祝师傅,我还叫你一声祝师傅,是因为邵冰冰到死都想不到她是因为你而死的,她一直记着你往日的照顾。"

祝千枫的手完全端不住茶缸了,热水淅淅沥沥地洒在衣服上,他的眼泪夺眶而出:"方队……"

方焰申起身过去抢过他手里的茶缸,让他坐好,听自己说:"你不忍心害我,那你怎么忍心害她!"他今天独自上来就是知道大家都有情绪,他不想失态,可是此刻无论如何也克制不住了,一瞬间气愤到顶点,他直接扔开茶缸告诉祝千枫,"打死邵冰冰的那把枪,就是你丢的警用配枪!"

热水带着最后那点菊花茶泼了一地,缸子从沙发边上滚落在地,发出声响,那动静随着方焰申的后半句话直接在深夜里爆开,如同无法掩藏的悲痛一

233

样，让人无法承受。

祝千枫的手剧烈发抖，台灯被他们撞开了，光源一晃，照得人影更加清楚。他倒下去，像被撕穿最后的体面，几天没见，人已经迅速衰老了不少，此刻佝偻着背窝在沙发上，没有什么比这样的恶果更让他痛苦了。

祝千枫一辈子的污点就是丢失配枪。

在他自己的描述里，他是因为喝多了才发生意外，甘愿接受各种调查处分，二十年无法升迁，永远在做最基础的工作。然而现在，一切都无法掩藏了，他当年丢枪的原因绝没有那么简单。

一把十多年的配枪下落不明，日前突然出现，连祝千枫自己也没想到，最终竟然害死了邵冰冰。

门外一直有人警惕着，生怕里边情况不对。

陆广飞听见声音直接冲了进来，看见方焰申颓然地坐在茶几上，而祝千枫已经捂着脸，瘫在沙发上几近痛哭。

他自己心里同样不好过，对着这样的场面没有出声，一个人静静地靠在玄关的墙上。

祝千枫的声音断断续续，勉力说起当年的事，告诉他们关于那把枪的故事。

起因如同所有人知道的那样，当年的祝千枫还算是队里年轻有为的刑警，破获大案，之后由领导组局，和上头报备，开了庆功宴。他心里没有顾忌，完全放开了，直接喝到断片，夜里借着酒劲一路溜达想走回家，却被桥洞下站街的女人拉走。

祝千枫当晚自我膨胀到了顶点，感觉男人辛苦工作，好不容易完成任务，放纵一下没什么大不了，尤其是人在喝大之后完全没有判断和思维的能力，轻易就被欲望勾着，到地下交易的色情场所睡了一晚。

第二天祝千枫独自在棚户区的钟点房里醒过来，才发现自己涉嫌嫖娼。

他当时第一个念头就是害怕被人发现，幸亏他察觉出那个卖淫女似乎精神有问题，明显是迫于生活才出来干这种勾当，于是他匆匆忙忙给钱封口，让那个疯疯癫癫的女人跑了，结果回去的路上才发现自己惊慌之间竟然把配枪丢了。

那一夜过于混乱，祝千枫甚至不记得自己到底是在哪里丢的，于是谎称自己在路边栽倒睡了一夜，用尽全力沿途查找，甚至还去过钟点房私下追问，却怎么都找不到。

他没有办法，丢失配枪的后果非常严重，他心里后怕极了，想着亡羊补牢赶紧上报。当年的祝千枫没法说出自己丢枪的真实情况，只想把它当成无心之失，踏踏实实接受所有的处理决定，而枪的下落始终不明。

时间过去了大半年，后续没再因为那把枪而牵连出事情，他甚至私下想尽办法去找过那个疯女人，但在十多年前的时代，各种通信手段不发达，他连对方的影子也没查到，很快整件事看起来风平浪静，却永远成了祝千枫的心结。

这世上有两种东西无法被时间销蚀，爱和谎言。

祝千枫的谎言维持了十多年，如今他松开手，脸上的眼泪都干了。

沙发被热水弄湿了一大片，菊花沫子全都卡在缝隙里，就和他的脸一样，皱皱巴巴，怎么也熨不平。

他抬头看着他们说："我很长一段时间都提心吊胆，但人越是害怕，越容易有侥幸心理。我总觉得时间长了，这事能翻篇，兴许那把枪就是被我直接甩到河里去了。"

他当年确实怎么也想不到，一个谎、一把枪、一个疯女人，让他从此半生受人要挟。

"我后来突然接到一通电话，对方说自己是医生，收治了一个病人，是我要找的人。"祝千枫的手指放在腿上，上下搓动，越说越不安，"我一开始不想接触。"因为那年月的棚户区里缺乏警力，治安很差，还有很多地下场所。他为了找人私下走访，担心自己警察的身份暴露，而对方怕被查，所以才盯上自己，但之后他才发现，那个人打电话显然不是简单的威胁。

找到他的人是一家疗养院的院长，对方最新接收了一位扰乱社会治安的女精神病患者，偶然发现她的私人物品里竟然藏有警用配枪，随后对方了解到病人入院前曾被蒙骗卖淫的过程，暗中联系到祝千枫。

方焰申听到这里算算时间，心里大概有数了："程继恩当年找到你的时候，距离继恩疗养院被查没多久了。"他觉得可笑，谎言只能被谎言掩盖，"果然，关飒和我说过，他对你有印象，你肯定去过疗养院。"

之前他们刚刚发现带血的假发时，关飒看见祝千枫，就觉得面熟。那时候连她自己都不确定印象从何而来，而后方焰申有所怀疑，想起关飒的话，她从小到大不断重复噩梦，把所有过往藏在心底，有时候那些匪夷所思的念头不全是幻觉，所以他试探性地问过祝千枫，但此前他矢口否认自己曾去过疗养院。

时至今日，沙发上的人再也没有隐瞒的余地了，承认说："是，我去过。因为程继恩请我过去，希望我能在警察内部给疗养院帮忙，他会妥善保管那把枪，不会把我丢枪的真正原因曝光。"祝千枫说完只觉得荒唐，徒劳地叹气，"程继恩当时保证不为难我违背原则，再加上他开的只是精神病院，我思前想后，觉得那地方也没什么可查的。他的意思就是怕有些精神病患者失控后涉案，总有警察去了解情况，很头疼，希望不要为难他们经营，最多也就是处理一些鉴定方面的文件。我当时觉得这些都是小事，真没想到后来他的疗养院出了那么大的案子。"

那把丢失的配枪从此被扣在程继恩手里。

当年的祝千枫挣扎过，但他丢了枪已经承担了责任，接受过处分，好不容易才做好心理建设面对现实，突然那把该死的枪又冒出来了，一旦上报，整件事揪出来他会非常难堪，甚至会因此被严肃查办，后果更加严重。

人本能地倾向于自保，程继恩提出的办法诱惑太大，最后祝千枫还是动摇了。

很快，疗养院一场大火烧穿人心。后来的祝千枫落下了一个经常梦魇的毛病，午夜常常惊醒，一宿一宿地没法安心睡觉。他这辈子没能结婚，终日谨小慎微地蹲在办公室里混日子。后来局里来了很多年轻的后辈，大家一起工作，一提到他，人人都以为祝师傅当年犯错误受了打击，是他命不好。说的人多了，大家渐渐在明里暗里对他一个老同志多加照顾，连他自己都快信了。

他万万没想到，十二年后关飒竟然还能对自己有印象，他更没想到，当年的旧案匆忙收场，不管那场火背后还有多少见不得人的秘密，时间就是最好的掩饰。人活久了，以为心里的鬼都成灰了，却发现死灰也能复燃。

带血的假发、连环命案、程继恩减刑出狱，昔日的因，终于结出恶果，那个魔鬼再次找到他，那把枪还在。程继恩控制李樱初，藏了一箱祝千枫当年的旧物，里边就有那把枪，一藏就是十多年。

祝千枫俯下身，胳膊撑在腿上发抖，艰难地开口说："我、我真的没想到最后竟然害了冰冰……十二年，十二年过去了！疗养院烧了，现场什么都找不到，我以为那把枪也早没了……都是命，都是命啊！"

玄关处的人一直没开口，听到这里忍不住走过来。

陆广飞动作非常快，一把扯住他的领口，逼得祝千枫抬头。陆广飞死死瞪着他，攥紧了手，忍无可忍地揍过去，骂得近乎低吼："都是命？你明知道那个人渣已经放出来了！你很清楚他手里有枪的后果，还替他办事？就为了你这二十年的面子，你的好名声？去他的狗屁命！你就是个从犯！"

祝千枫被打得蜷在沙发上，捂着脸几近失声，人却像被摧垮了似的，还不停说着："我没想害冰冰，无论如何，我不会害她啊。我也不想害方队，我……"

人生如攀山，行至高处的人总说自己一路不易，而那些摔下来的失败者，却从不看自己究竟踏错了哪一步，动不动就怪命不好。

命运太无辜，人一旦有选择，永远都先想着偏袒自己。

方焰申伸手把陆广飞拉开，示意他冷静一点，然后看着祝千枫说："这不是命，是天理。"

他们守的就是大是大非，天理尚在，只是谁也没想到，这话今天要说给自己人听。

陆广飞转身去窗边，连他都已经脏话出口，再也无法平静地面对。

方焰申拿出核桃，死死捏在手里控制情绪，他吸了口气，又把祝千枫拉起来问："程继恩和王戎之间是什么关系，你了解吗？"

祝千枫擦着眼泪，低头说："其实我只去过一次疗养院，没等到程继恩和我开口，他们就已经被查了。我也是后来才知道，其他分队的人蹲他们很久了……"他清楚十二年后的进展，将前后两个案子关联起来想过，"我感觉他们之间是合作关系，但各怀鬼胎。程继恩控制别人这一套是惯用伎俩了，王戎最开始的犯罪行为或许就是为利，私下拐卖人口，而后程继恩发现了这一点，拉他入伙，杀人满足自己的变态癖好。我估摸着，王戎最后失控的原因比较复杂，一方面他纵火是为了掩盖罪行，没想到自己会死，结果和警方谈判不成，悔恨的情绪占了主导，逼得他失控想报复程继恩，挟持他的亲属，也就是关飒泄愤。"

方焰申看了一眼时间，没有再问，余下的关键线索需要回队里继续审。

这一夜过分安静，千百万户的窗口如同萧条星河，此刻全都暗着灯。

平平淡淡又是一天，永远没人知道破晓之前会发生什么。

祝千枫当然知道规矩，他扯着自己狼狈的衣服申请去换一件，收拾干净后才出来，想到自己刚才提到的关飒，忽然有些迟疑，看看方焰申，还是开口说："方队，程继恩非常……非常喜欢关飒。"

当年祝千枫进到程继恩的办公室，出于职业习惯，四下观察过。对方座椅的后方是一面墙的书柜，靠外侧堆满了荣誉奖状和摆件，但祝千枫不经意瞥见了后边的东西。

程继恩在书柜里侧摆着很多相框，不下数十个，都是年纪尚小的关飒。

旧年月设备所限，那时候拍出来的照片大多色彩浓烈，祝千枫留心看过，那些照片上的女孩眼里，有一种异于常人的冷静，因而让他印象深刻。

其中有几张是关飒躺在沙发上，似乎睡着了，铺开乌黑漂亮的长发。

祝千枫说得很小心，却依旧让方焰申有些听不下去。他手上不断用力，那对小玩意就剩一个带在身上，就和他自己一样，有伤有疤，撑着最后的这口气。方焰申常年把玩，核桃的边角早已圆润，此刻他却觉得握在手里硌得生疼。

"我会保护她，不只是她，十二年了，太多无辜的人命被害。"方焰申前所未有地严肃，背对祝千枫说，"我保证，邵冰冰是最后一个。"

祝千枫连站都快站不住了，嘴里只有一句话反反复复："我对不起她，是我对不起冰冰。她是个好孩子，还没嫁人呢，总想着我，怕我一个人孤独。我真不知道会变成这样，我真没想到……"

"这些都是借口，量刑分轻重，但良心不分。"方焰申走过去扣着他的肩膀，让他站直了听自己说话，这也是他最后一次叫对方，"祝师傅，我明明白白告诉你，你是一个警察，却把枪留给了杀人犯，你罪无可恕，是你害死了邵冰冰。"

人命之重，余生难赎。

方焰申让陆广飞把人带走，很快石涛在楼下接应，大家都上了车，他自己却迟迟没有下楼。

他独自在祝千枫屋里转了一圈，四处看看，最后去卧室，在床头柜下边看到两盒安神助眠的口服液。邵冰冰曾经提过，这是她特意跑去医院开的，送过来给祝师傅。她那会儿总担心祝千枫的老毛病，怕他平日里没有子女，一个人住着憋闷。

方焰申蹲下身，拿起那两盒口服液，挡住眼睛坐在地上。

他的手机在响，车上的人都在催他下去，最后石涛腿脚快，不放心跑上来找他。

"方队？"

方焰申有点起不来，他背对着卧室门口，摇头示意自己没事，又扬手给胖子看手里的东西，勉强说一句："看见这东西，想起你冰冰姐了。"

石涛没音了，不管不顾地点了根烟，抽两口还是难过，捂着嘴咳嗽，又说："方队，这些孙子害死那么多人，十多年了，他们倒是活得好好的，真没天理。"

方焰申听见这话无声地笑了，他想起自己刚才大义凛然的话，此刻又开口说："祝千枫没想到自己十二年后成了从犯，我刚才还告诉他，这都是天理。"说完他撑在床边上起身，越想越讽刺。

胖子的声音已经掩饰不住哽咽了，问他："天理？那为什么他们不死！冰冰姐却……我有时候觉得干这行，太难了。"

方焰申从地上爬起来，把那些口服液原样放好，无论如何，那是当时邵冰冰的一份心意。

人们总说天网恢恢，可疏而不漏需要坚守。太多人倒在了这条路上，但总有人还在前赴后继，就为了守住这八个字。

方焰申走过去一把搂过胖子。

石涛抹把脸，一根烟几乎没抽上两口。

方焰申指指窗外问他："看见了吗？"

窗外依稀还是夜，仔细看过去，天幕之下却又瞬息万变。极远之处浓墨重彩，夏日的天际将明，焰火一样的光刺破云层，而其上反而更暗，零零散散，连星星都眨着眼。

白昼与黑夜之间的界限仿佛被打破了，就在此刻彼此相容，越发混沌。

夜太长，仿佛无穷无尽，这是普通人难以察觉的黎明时刻。

方焰申告诉他："你就记着，无论如何，这天永远都会亮，这就是天理。"

胖子盯着窗外，狠狠点头。

方焰申和他一起往楼下走，捏着他的胳膊说："别钻牛角尖，我们不能辜负你冰冰姐拿命换来的线索。"他说着示意胖子一会儿上车控制情绪，毕竟眼下连他们那位"旗杆子"心态都崩了，如果再惹出更多的悲痛来，大家全都收不住，没法工作了，"咱们已经逼出这把枪，祝千枫一旦被控制，程继恩早晚坐不住。"

从古至今，所有和平都由血泪铸就，甚至不为人所知。

万夜无疆，而这是黎明的代价。


他们把人直接带回了市局，因为殷大方还需要重新提审，天亮之后由专案组统一拉回市里。

祝千枫认罪的态度非常配合，而且本人积极交代，针对他的审讯不太难。组里安排陆广飞和预审的同事过去负责，而方焰申没休息两个小时，又亲自去攻殷大方。

他和石涛等在审讯室隔壁，一直盯着监控，先让面生的同事进去了。

殷大方这段时间被强制戒毒隔离，人已经废了，情绪起伏非常大。怎么说都还是那点事，绕来绕去，就说受害人都是他玩腻给勒死的，而且不明白自己为什么又被拎出来审，对着警察异常不耐烦，张嘴就嚷嚷"要杀要剐给个痛快"。时间一长，他还开始装疯。

石涛把方焰申要的资料拿来，都是当时李樱初被传唤时的笔录，以及在她家的搜查结果。当天李樱初在弘光派出所只进行了基础的流程检查，结果显示尿检记录合格。

方焰申一直在翻看。

石涛问他："她没吸毒，而且家里的都是精神药品。"

派出所的尿检只验毒，看不出别的结果，方焰申又说："附近的医院查了吗，有没有她近期的就诊记录？"

"没有，在档的记录都没有，她应该很久不去医院了。"胖子有点为难，他也不知道这些东西能看出什么突破来，又说，"里边那位死不松口，生无可恋的浑蛋玩意，杀人官司都认了，想不出还有什么事能撬开他的嘴。"

方焰申拿着文件夹拍他的胖脑袋，又拎起证物袋里的药瓶给他看，问："这是治什么的？你还跟我打趣来着。"

"哦哦，那个治疗……男性性功能障碍。"胖子想起来了，当时关飒也在，他开始学她的口气，学完满脸疑惑，继续问，"什么意思啊，方队？"

"你是不是缺觉缺傻了？"方焰申又拍了一下他的脑袋，给他看存证的照片。他们曾在殷大方家里搜出来一堆凌乱的单据，里边有张诊断证明，最上边患者的名字都给扯烂了，看起来原本是要撕的，但不知道为什么最终没舍得，皱巴巴的一团就在垃圾筐里。

胖子只差活人弹幕打个问号了："啊？"他盯着那张单子左看右看，"之前协查的同事看过这些，都不知道是哪家医院开出来的，毁成这样了，也没公章，这么潦草，八成是他们谁的女人伪造的吧。"

方焰申又问他："找没找当天检查李樱初的警察？"

石涛找是找过，傻瞪着眼说："人家说当时都是按流程走的，该问的也问了，没有吸毒和怀孕的特殊情况……这单子不知道是谁的，李樱初和现有的死者都没怀孕啊。"

方焰申左右看看他，有点心疼，打量他那肚子，发现胖子果然是胖子，吃那么多饭，只长肉却不长脑子。他说这么多也没用，抓紧干活才是当务之急，于是招了下手，示意石涛凑近点，和他交代了两句话。

石涛直挠头，脸上的表情已经不是疑惑，而是迷茫了。

其实方焰申自己都不确定，但他直觉这种亡命之徒能不惜一切代价包庇李樱初，肯定和他本人最大的软肋有关："无论如何，我猜这没准是个方向，总得试一试。"

方焰申很快亲自上阵，他沏茶泡水，端着保温杯，胳膊底下夹着证物袋和文件夹直接就进审讯室去了，又把同事换出去，看起来就是换个班的模样。

殷大方坐在两米之外，周身都被审讯椅牢牢困住。他的鼻子不断抽搐，一阵一阵眼神涣散。那戒不掉的玩意让他整个人像被抽干了血，眼珠子周围一圈黑，猛一看过去觉得他全身都在颤，骨头架子都快散了。

方焰申慢悠悠地摆自己的茶杯，铺开东西，又和记录的同事打招呼，全程不搭理对面的嫌疑人，直到拖着椅子坐定了，他才有空抬眼。

殷大方这辈子无恶不作，大概此刻是他最诚恳的样子，因为他半垂着脑袋，人不像人，鬼不像鬼，实打实就是不想活了。

方焰申清清嗓子，又问了一遍他的基础信息。

殷大方自然无比烦躁，气若游丝地说完了，补上一句："警察同志，人是我杀的，该交代的都交代了，还搞什么车轮战啊？怎么，这年头我犯法了，不认不行，认了也不行啊？"

"行，看你认罪态度积极，我们补充了解一下情况。"方焰申满脸好商量的样子，笑眯眯地转转茶杯，忽然又换了口气，厉声问他，"你认不认识程继恩？"

殷大方摇头，"怎么都问我这个啊，那到底是谁啊？"

方焰申紧接着马上问："认不认识李樱初？"

"认识啊，我说了，同村的隔壁邻居，看上她，想睡她，谁知道是个疯子，一碰就闹，受不了。"

"就这么简单？没有其他关系？"

殷大方的脖子都快撑不住脑袋了，虚虚地晃了一下，算是点头。

方焰申叹气，起身把证物袋给他拿过去，就在他眼前举着，问他："这东西呢？"

殷大方眼前发花，仿佛费了半天劲目光才聚焦。他突然看见药瓶被翻出来，下意识地往后缩缩肩膀，又开始吸鼻子，半天不说话。

"回答！"

他的脸色越发难看起来，出声说："不是说了吗，警察同志，我有点毛病……和女人办不成事，所以才吃药啊，吃这个不犯法吧？"

"别给我来这套。"方焰申在他身边绕了一圈，冷不丁又突然开口问，"李樱初怎么怀孕的？"

殷大方剧烈地抖了一下，他像是用尽所有力气才能仰起头，脑袋转过来追着他问："你们、你们怎么知道的！单子我都扔了……"

方焰申冷哼了一声，按着他的肩膀，在他耳边轻声说："我劝你别演了，李樱初已经被捕，就在押送回来的路上，等会儿查一下全都清楚了。"

椅子上的人大半天浑浑噩噩像个游魂，突然睁大眼睛，迸发出前所未有的力气，大声吼着："你们抓她干什么？人是我杀的！我才是杀人犯！"他说着说着又觉得不对劲，马上改口说，"你们找不到她的，她不可能被抓。"

方焰申不理会殷大方的反复无常，瞬间又变回一副好脾气的嘴脸。他按着他的肩膀，手却不断用力："实话告诉你吧，程继恩出狱后伙同李樱初合谋杀人，这个案子已经查得非常清楚。现在都是轻口供重证据，你这边说不说实话其实没那么重要，我们照样能办了这个案子。所以我建议你再想想，到底有没有人指使你行凶，你痛快交代，还能算个态度良好。"

殷大方表情扭曲，简直暴怒，可惜他被铐着还被按住，只剩下声音在嘶吼："没有！没人指使我！我都说过了，杀人的地方也交代了！"

方焰申松开手，不紧不慢地又往回走，一屁股坐在椅子上，看看表说："来，给你时间好好想，你想不出来，一会儿我们就去好好审审另外的嫌疑人。"

话正说着，门突然开了。

石涛急匆匆地冲进来，看也不看殷大方，他直接走到方焰申身边耳语，明显有重大消息。

方焰申立刻起身叫人过来替自己，他发现殷大方打起精神，正死死盯着自己这边的动向，于是干脆又走回去，压低声音和他说："殷大方，我劝你老实交代，李樱初怀孕，扛不过严审，早晚都得说。"

对面的警察不知道他们队长说了什么，这一段也实在没什么可记录的，最后就看见他快步出去，扔下殷大方发疯似的开始嚷。


方焰申很快回到监控室。

石涛刚才冲进去演了一出，其实根本就没什么要紧的消息。眼下他观察殷大方的情绪说："他还真激动了，方队，你这招有效啊，他以为李樱初让咱们逮着了。"

他们队长刚才让他卡着点，等到他说要审另外的嫌疑人时，进去装作有消息传达。石涛虽然演技卓越，此刻却必须刨根问底了："您就别卖关子了，怎么就认定那张单子是李樱初的？她明明没怀孕啊。"

方焰申老神在在地喝一口热茶水，不过他今天换了茶叶。自从昨夜过去，他再看见菊花茶就心里难受，何况伏天里喝什么也管不了那股心头火。他看着石涛说："既然都知道这是伪造的检查结果了，那为什么不可能是李樱初伪造的？"

胖子的眼睛亮了。

他继续说："殷大方有性功能障碍，应该尝试过各种药，想尽办法找女人。农村那边有这种问题的男人，十有八九都有个毛病，全都疯了似的想留个后。"

石涛的脑子一早上都被绕晕了，直到此刻才重新恢复运转。他大致听懂了，之前他们的侦查焦点都放在殷大方身上，随后随着涉案嫌疑人逐渐被拘，他们逐步摸到殷大方背后有人指使，最终李樱初家的第一现场败露，明摆着是她胁迫殷大方行凶，但李樱初跑了，他们苦于无法攻破殷大方的心理防线。直到方焰申去见关飒，关飒提醒他殷大方吃药的细节，这打开了方焰申的思路，觉得对方很可能有常人无法想到的执念。

他将对方的难言之隐和那张单子，以及李樱初关联分析，推测出殷大方应该曾经试图和李樱初发生过性关系。那种瘾君子嗨大了，干过什么自己都没数，所以李樱初知道他的隐疾。这种男人越不行越要证明自己，根据李樱初在弘光村所暴露出的话来看，她曾以自己囚禁的被害人作为诱饵，为他提供变相的发泄对象，两人蛇鼠一窝。

三个月前李樱初得知程继恩出狱，企图模仿对方的手法割取女人头发，谁知殷大方不熟悉用药，弄出了人命，之后她干脆一不做二不休，借着殷大方吸毒发疯的劲头，教唆他杀了所有地窖中的女人，并制作假发。谁也没想到殷大方的同伙是个变数，他们吸大了，把货弄乱，导致假发外流。李樱初事后发现，担心整件事早晚要败露，于是半蒙半骗地向殷大方谎称自己怀孕了，并伪造了一张孕检单，用以要挟他替自己顶罪脱身。

方焰申说："她肯定是告诉殷大方，以他藏毒的数量获刑，八成这辈子也出不来了，只要他能保住她，无论如何她都会给他留个后，所以这个殷大方死咬着不肯招。"

石涛终于明白了："受害人查不到被性侵的痕迹，他那个毛病根本没治好，完全是自己臆想呢，李樱初单纯就是在利用他。"

"所以啊，急归急，咱们越急越得控制好审讯的节奏，一方面诈他，让他先慌，人一慌就会胡思乱想，心里动摇，等到差不多了，我们再抛出最后的大招。"方焰申说完就放下杯子，示意石涛歇一会儿，可以出去抽根烟了。

胖子抓着火机刚要出去，他又把人叫住："等会儿，你顺路去技术那边，找人帮我个忙。"


中午的时候，陆广飞那边的审讯也逐步告一段落。

他们很快集中开会，根据祝千枫的口供，他这些年帮着程继恩从狱中传递过消息，联系陈星远探视，并且安排他帮陈星远协调卖药，说是为了自己出狱后能攒点钱过日子。

三个月前，祝千枫突然收到一封信，是寄到他家的，上边没有寄信人的地址，但信里只有一张他配枪的照片，背面写着见面的地点。那个地点就是警方曾经查到过的烂尾楼，也是祝千枫安排药品的发货地址，那地方都是盖了一半的房子，没封顶，也根本没人住。

　　每次程继恩都用寄信的方式和他在那里见面，没有留下任何通讯记录。一开始对方的请求都是提前安排，没有紧迫的时效性。他请祝千枫想办法篡改掉自己的出狱记录，又想得到警方在半坡岭的动向，需要祝千枫尽可能地阻止搜村。随着案子越查越深，两人之间被迫必须进行通讯联系，因此对方才提供了一个手机号。

　　程继恩在电话中突然提出需要方焰申退出专案组，祝千枫意识到对方的行为越来越危险，他表示自己做不到，他只是个内勤，没权力干预专案组的分工，而对方表示理解，并声称一切由他安排主导，只需要祝千枫随时提供方焰申的出行安排，最终制造了恒源街上的事故。

　　这中间的每一步，对方的图谋层层升级。

　　祝千枫一开始受胁迫只是为了改一份记录，他甚至没意识到整个案子藏着惊天秘密，直到最后越陷越深。他在过程中动摇过，可程继恩这个人非常精明，擅于拿捏人性的弱点，他从不过分为难祝千枫，每一次提出的请求都是祝千枫分内能办到的事，甚至还为他有过所谓的诸多考虑。

　　陆广飞看着口供里的话，转述给大家。祝千枫形容程继恩看起来非常诚恳，除了已经通报过的面貌特征之外，他和人交谈的言语之间有很强的心理暗示，甚至能让人感觉不到被操控。

　　这一点大家已经领教到了，此前抓获的几个人无一例外，全部曾经直接或间接地受到程继恩的教唆而进行犯罪。

　　"随着祝千枫被抓，对方与其联系的手机号肯定会暴露，而且这个手机号也联系过在恒源街上醉驾的司机。目前经过追踪，手机卡已经在郊外被遗弃了，所以这一块儿很难再查下去了。"说着陆广飞投屏，又给大家展示了一张祝千枫提供的偷拍照片。那是对方此前和程继恩见面的时候留的底牌，冒险偷拍而来的。

　　照片中的程继恩身形微微发福，已经剃光头发和眉毛，和他出狱时留下的资料有很大变化，需要针对此前的通缉令补发通报。

　　目前已经证实，逃犯手中有枪。根据记录，配枪丢失时剩余四发子弹，其中两发在邵冰冰牺牲的现场被找到，也就是说对方还有持枪伤人的可能性，情况非常危险，需要尽快将对方抓捕归案。

　　他们开完会已经下午五点，但夏季天长，办公室里还不需要开灯。

　　陆广飞等着其他同事离开了会议室，他拽着方焰申，板着脸非常严肃地说："根据祝千枫的供述，他认为程继恩对关飒很感兴趣，对方在见到关飒之前，不会轻易离开敬北市。"

方焰申回身看他："副队什么意思？"

陆广飞顿了一下，大概从没说过这种话，好半天才动动嘴说："保护好关飒。"

方焰申觉得难得，笑笑说："按以往的经验，我以为你打算让她配合我们，做个诱捕计划呢。"

陆广飞一点也不觉得好笑，站得笔直，又说："她是病人，不是线人，对方手里有枪，情况太危险了……何况这不符合规定。"

方焰申服了，还真是三句不离规定。他仔细地从头到脚看了一遍陆广飞，说："我每次刚觉得你这人挺可爱的，你就马上给我一棍子，你可真是……那词叫什么来着？"

会议室的门还半开着，石涛露个大脑袋出来，在外边替他补上两字："傲娇。"

"对。"方焰申打个响指。

瞬间陆广飞脸都黑了。

方焰申不逗他了，他正打算给医院打电话，心里有数，和他说："关飒发病的情况比较稳定了，我打算明天先把她接出院，送回家里，这样都在市区，咱们派人过去守一阵，不能让她单独外出。"

他说着快步离开，石涛一直等在外边，就为了问他殷大方怎么办。

殷大方还被扣在审讯室里，如果他明天还不撂话，就要先被送回去继续拘留了。

方焰申安排他去把李樱初的检查结果拿进去："晚一点，等殷大方熬不住要烟要水的时候拿给他看，告诉他，李樱初被我们带回来之后，第一时间做了身体检查，她根本就没有怀孕，那张孕检单经过核实，是她伪造的。"

石涛担心对方不信，方焰申对这种人太了解了："耗他这么久，这会儿再去吓他，一准心虚。"

他们这一走已经几个小时，人最怕多疑，一旦心里有了不好的念头，不管是谁都越想越深。何况被突审的那位是个穷途末路的瘾君子，殷大方这辈子已经在泥里烂透了，压根就不相信任何人。

方焰申就是掐准这一点，必须抻着他的耐性和疑心，直到他自己先崩溃。

石涛明白了："这种人最恶了，杀人的事说起来都不眨眼，一旦他发现李樱初假怀孕骗自己，马上就得翻脸。这也就是他没机会了，不然八成也得把她勒死。"

"所以再等一等，告诉审讯的人，一旦殷大方急了，就留个口子点到为止，让他想清楚自己还有没有必要包庇李樱初。等他今晚瞪着眼睛想一宿，明天就能撂了。"

说着他自己还要出去，石涛不知道他要去干什么，遥遥喊一句："方队，不歇会儿去啊？"

方焰申戴着墨镜摆手，走得飞快："歇不了，家属等着呢。"


关飒还被留在安晖院区治疗，方焰申无论如何不放心，一路赶过去。

他到的时候正好是晚饭后的钟点，早就超过探病时间了。他和医院里的大夫提前打过招呼，院区里的医护大概也看出他的情况了，看在他一个人民警察工作不容易的分上，破例同意他进去。

方焰申自知影响不好，十分低调，他闷声溜到关飒的病房外，看着门虚掩着没关，直接走进去。

关飒坐在窗边，听见有动静，整个人极其戒备，差点跳起来。

方焰申赶紧出声叫她，她目光空落落地打量他，好半天才反应过来，叫了一声："叔。"

"想什么呢？"他走过去一看，桌子上订好的晚饭还没收，她根本就没吃两口。

关飒抬眼打量他，顺着踩上椅子，居高临下地把他的墨镜摘了，看他眼里都是红血丝，头发也乱着，于是她伸手给他摆弄顺了，笑了笑说："凑合吧，我没梳子。"

方焰申怕她摔了，手圈着她的腰，把人扶稳，抽空说了一句："来，再陪我吃两口。"说着他也不嫌弃，拿双筷子坐下，就着那些剩饭剩菜继续吃。

关飒不用想也知道，这又是需要警察叔叔冲锋陷阵的日子，别说晚饭，估计他们这群人最近都没怎么睡过觉，她问他："都凉了吧？"

方焰申啃了一块排骨说："还行，比我们食堂的好吃。"

关飒曲起腿坐回去，勉强地往嘴里塞了两口西红柿炒鸡蛋。她最近药吃多了，精神不济，又不想动，但身边的人就为了逼她多吃两口，于是抬手夹了一块排骨，哄小孩似的让她张嘴。

关飒看着他开始笑，胳膊抱着膝盖，人坐在椅子上十分听话，喂一口吃一口。

方焰申在外边好歹也是个领导，这会儿跑过来给关飒当起保姆，倒还挺享受，纵容她连手指都不抬，拿过来纸巾要给她擦嘴，低声说："真是祖宗，还要人伺候。"

他这辈子从来没有多余的工夫照顾别人，动作不熟练，拿纸往她嘴角一抹，不小心把她的鼻子都给捂住了。

关飒扑哧一声乐了，推他抱怨说："气都不让喘了，严刑逼供呢？"

方焰申有了灵感，顺势拧拧她的鼻子，凶巴巴地说："老实点！"

让她老实是不可能的。关飒眼睛一转，心里就剩下坏主意了。

她马上咬了一块油乎乎的排骨，跳下椅子往他身边凑。

方焰申只好又伸手接着她，关飒胆子不小，直接坐他腿上，仰脸就把那块排骨往他嘴里送。

他一愣没反应过来，人是接住了，结果下意识张嘴，也把排骨接住了。

关飒满脸不怀好意，又结结实实地顺着这动作亲了他一口。

嗯，这院区的伙食真不错，糖醋排骨烧得活色生香，里外都透着甜。

方焰申扶着她的胳膊，琢磨了一下滋味，心想这回可真是腻歪到一块儿了。

她挑眉定定地看他，问："叔，好吃吗？"

他笑，掐她的胳膊说："医院里，别闹啊。"

两个人离得太近，她又亲了他一下，重复着问："好吃吗？"

方焰申心里就不信邪了，明明今天半口酒都没碰过，此刻却有点上头了。他盯着她，歪头想想，回答她刚才的问题："凑合。"

关飒的笑收不住，抱着他的脖子探头还要亲，结果对面的人手下一收，关飒没防备，直接倒在他怀里。

方焰申拍着她的背，抓住她的后颈，低头吻过去。

怀里的人绷着笑，又像只猫似的被掐住了脖子，只觉得这一时片刻，好像连活命的那口气都等他来渡。

方焰申亲完，意犹未尽似的松开他，轻轻地说了一句："这才叫好吃呢。"

## 第十四章
# 夜的最初三小时

一顿晚饭终于吃完了，关飒在"严刑逼供"之下，被迫多吃了两口。

夜里不再那么热，她起身把窗户的缝隙推开，盯着窗外看。

方焰申顺着她的目光望出去，此刻人在十层楼上，附近都是开发区的厂房，几乎没有其他的高层建筑，于是视野极好。八点多钟，天终于黑了，他的眼睛总算舒服一点了，都能数清市里的灯火。

关飒不想隐瞒，轻轻开口说："我觉得他会来找我。"

方焰申知道她说的是程继恩，伸手拉过她的肩膀。

关飒靠在他身上，感觉到他的手指落在自己颈后烧伤的皮肤上，一点一点透着安抚的意味，又听见他说："我在，别怕。"

关飒其实已经坐了一下午，浑身发僵，这会儿才伸开了手脚。她伸手抱住他的腰，声音发闷："不知道为什么，可能最近有太多关于他的消息了，我中午躺了一会儿，梦里突然想起来他念过的诗。"

方焰申没有出声，她就自己慢慢地说，断断续续，梦里的回忆应该是模糊的，醒来却无比清晰："夜的最初三小时已逝去，每颗星星都照耀着我们，我的爱情来得多么突然，至今想起仍震撼我心魂……"

方焰申突然问："程继恩是不是经常提到这首诗？"他们抓住陈星远之后，对方也曾经在失控后说过同样的句子，这不是偶然。而且祝千枫曾经提过一个细节，他在五年前帮程继恩传达过一个消息，写信寄到弘光村，后来他才知道那信是给李樱初的，而信的内容就是这首诗。

李樱初随后就开始有意无意地模仿程继恩，开始寻找合适的目标，陆续诱拐女精神病人。

这几乎像是某种暗示和洗脑，曾被他植入受控的病人脑中。

关飒扭头看他说："应该是，那时候他把我和李樱初带到办公室之后……我就记得自己躺在那里，听见他在念诗。这是但丁的《新生》，第一首十四行诗。"

她的病让记忆不稳定，又随着时间被打乱，像是摔碎的瓷片，这段时间她努力拼凑，好不容易才能找到模糊的印象。关飒逐渐想起来，程继恩热爱女病人的长发，压抑而扭曲，变态的嗜好让他疯狂地想要用女人的头发泄欲。

让人难以忍受的不是幻象，而是现实的扭曲程度，有时候超过妄想。

方焰申听不下去了，出声打断她："他干的事连自己都恶心，入狱后这么多年还不放心，就是怕你想起来。"

关飒看他窝火，提起程继恩干的浑蛋事，他脸上都透着狠。她赶紧戳戳他的肩膀，让他别紧张，解释说："他没对我做更过分的事，不知道为什么，他把我放走了，留下的是李樱初。"

他抱住她摇头说："飒飒，不想了。"

她盯着窗户上反光的人影，又说："我反而觉得挺奇怪的，因为程继恩出来三个月了，为什么一直不来找我？"她平静地说，"唯一的解释就是，他可能早就知道我现在的样子了。"

她指指自己的头发，它们已经被烧坏了。

"所以他开始害人，逼李樱初，他需要新的完美目标。但是现在不同，被他控制的人都被抓了，穷途末路，他绝不会甘心。如果我是他，现在只剩下一个念头，他想拉我一起下地狱，只有我才是他没有得手的猎物。"

"现在我们已经查到他手里有枪，全市都在通缉，这可不是普通的嫌疑人。"方焰申如实告诉她，生怕她冲动之下又冒出什么念头，"无论如何，你必须听我的。"

"听，当然听。"关飒知道他担心，再说下去估计又要开课了，她赶紧指指楼下说，"我这几天都不敢迈出病房一步，够听话的了。"说着她又让他陪自己，打算下楼转一圈。

方焰申想想答应了。

关飒开始坏笑，又动手动脚，手指伸过去勾着他，故意伸个懒腰，假装为难地说："啊，等会儿，腿麻了。"

她的好叔叔一眼识破她想干什么，十分嫌弃地说："你都这么大了，背不动了。"

关飒一见他，什么招都能用上，觍着脸问："刚才是谁说的，有你在，不用怕？"

方焰申乐了，见招拆招，伸手过来说："没事，走不动咱就一起爬，我给你看着路，保证你不一头撞树上。"

"得了吧。"关飒笑着牵住他的手，十指相握，推他赶紧走，"你比我大这么多，将来谁牵谁还不知道呢。"

方焰申一路带她下楼散步，突然问她："核桃呢？"

关飒撇撇嘴说："在，好好的，就差供起来了。"她边说边从口袋里拿出来给他看，"干吗？说你老不爱听，后悔了，打算收回去？"

他接过去捏在手里转转，又把自己那个裂口子的拿出来，交换之后递给她："对，后悔了，还是把这个坏的给你吧。"

关飒万万没想到这年头送东西还带往回换的，她气得一口气差点没上来，手也不牵了。

方焰申没有半点哄人的意思，换完核桃抬腿走了。

他径自去院里绕着散步，关飒追过去，恨不得再补上一脚："要不是我有病，你下辈子也得打光棍！"


夜空辽远，天气很好。

关飒抬头数一数，星星熠熠生辉。人一旦心中有爱，脚踏实地，连风吹过去都会觉得舒服，仿佛能扫平所有不安的褶皱，天地终归可敬。

院区里的路不长，走来走去，终点和起点一样。说是散步放风，对关飒是真遛弯，但对方焰申而言，无疑是强打精神陪她走了两圈。

他送她回病房之后，说好明天接她出院，先送她回家待一段时间。而且她一天不回去，老孟一天不踏实。

关飒打量方焰申，觉得他说话都轻了，警察叔叔也是人，此刻面前的人实在是累到扛不住，瘫在椅子上光剩下嘴在动。

她干脆拍拍病床说："那一起睡。"

方焰申清清嗓子，特别正经地说："你这就不对了，干扰警察办案。"

关飒把被子铺平，比画一下，一人一半，同样正色说："叔叔，睡是个单纯的动词，让你睡的是床，不是我。"

方焰申抬手示意她打住："行了祖宗，咱可不能往下说了。"

关飒不理他，自己去洗脸、吃药。过了一会儿，她突然又从卫生间露个头，问："所以殷大方和李樱初睡过了？他不是有障碍吗，但李樱初说她害了那么多女人，曾经还让殷大方去找她们……"

方焰申正在椅子上看手机，被她这么一问简直不知道该从哪儿接话，赶紧堵住她的嘴："睡不是个单纯的动词吗？"

关飒的脑子还在那儿胡思乱想，那俩人的关系绝对不像李樱初形容的那么简单，顺着就说："那也得看这人有没有能力不单纯啊。"

说着她丝毫没觉得自己在挑事，还挺利落地拉开被子上床，坦坦荡荡，打算休息了。

方焰申放下手机牙根直痒，他满脸是笑，异常温柔地说："飒飒，我发现真不能惯着你了。"

关飒反应过来，没收住笑，用被子挡住脸，人在床上乐成一团："叔，我错了，我想他们俩的事呢。"

方焰申隔着被子抓她，把人就势裹起来，像个蛹似的，这下里边的人总算是软乎乎的，连爪子都不敢伸了。

他隔着被子逗她："就你这点能耐，别惹事。"说完他叹口气，也不光是眼下的意思。

关飒被他抱紧了，动也不敢动，只好小声说话："我刚发病，估计做不了什么重要的证人，但提供线索是公民的义务，再怎么说我也还是个公民吧？你放心。"

他听她振振有词，过去那个冷着眼神的小疯子终于长大了。他笑笑想说什么，却始终没接话，他累到连和她还嘴的力气都没了。

关飒知道他辛苦，躺平不闹了。

方焰申轻轻地拍着她说："睡吧，睡醒了，我们回家。"

关飒闭着眼，直到感觉他的手不再动，慢慢地又从被子里挪出来。

她转过身，看着方焰申就这么睡着了，扯过枕头给他垫上，又扶着他的肩膀，很小心地让他能躺得舒服一点。

她关上灯，在他身边重新躺下。黑暗里渐渐又是淡淡薄荷的香气，这世界安静得让人恍惚，片刻之间，又像余生。

十二年了，焚心之火，他们都太久没能安眠。

她握住他的手，知道他一直都在，所以她说："我什么都不怕。"

第二天一早他们就离开了医院，方焰申开车把关飒送回去。他们趁着高速好走，抓紧时间回到了恒源街。

这条街还是老样子，不管来来往往的人经历过什么，谁走谁留，热闹依旧。

老孟的病好了，见到关飒百感交集，又哭了一场。

关飒心里也担心他，但她打小对亲情淡漠，不懂得表达，长大之后脾气又倔，只会硬着口气安慰老头。

她看他老泪纵横的样子有些受不住，只好先上楼去了。

方焰申拉着老孟，和他在楼下说话。方焰申把假发店临街的店门上了锁，又把钥匙交给老孟，让他无论如何不要让关飒乱跑。外边正在查大案子，这段时间关飒必须停业好好在家养病，不能开店让生人进来。

很快家长里短的那些事就说明白了，但方焰申还有话要问。

他们通过排查分析，程继恩在十二年后出狱却能维持日常生活，甚至买凶犯案，与其相关的同事、好友都没有发现问题，而他唯一的亲戚是关飒，除此之外，还剩下一个老孟。

他们此前一直忘记来找老孟了解情况。

方焰申尽量把话题说得平淡一点，像是偶然想起来似的，开口问："你知道程继恩出狱了吗？"

老孟原本还在摆弄自己的收音机，一听这话，停下动作大声说："啊？"

方焰申有点无奈，老头紧张的样子又看不出是惊讶还是心虚，他只好继续说："程继恩，出狱了，你知道吗？"

老头起身抬眼往楼上打量，楼上没动静，关飒似乎已经关上门了，他这才又走回来，拉着方焰申低声说："可不能让她听见，她最讨厌她舅舅了……但我不敢再瞒了，实话告诉你，她舅舅确实出来了。"

方焰申马上追问："他联系过你？"

"就是他刚出来那会儿吧……他来过家里，得亏关飒当时出去了。"老孟生怕刺激到楼上的人，越说越小声，"她小时候被舅舅关在医院，特别恨他，不能提这个人，一提就要急。"

老人不知道最近的案子情况，完全还当成是过去的积怨，连连摆手，示意方焰申也别随便去问。

"他和你说过什么？现在住在哪儿？"

"他来的时候说是出来了，来看看我，正好我也有慧珠的嘱托。哦，他姐姐，就是你慧珠阿姨，有遗嘱在我这里的……她给他留了一笔钱，不让我告诉关飒，让我等他有一天出来就交给他，毕竟这人被扔进去蹲大狱那么多年，慧珠临走重病的时候还是想着他的。"老孟慢慢地回想，告诉方焰申。

当年关飒的母亲程慧珠在临终的时候，把他们父母过去的老房子卖了，钱都存进一张卡里，交给老孟，希望他能信守承诺，将来把钱交给自己的弟弟。

十二年前关飒虽然在疗养院里烧伤，但事都是王戎干的，不能全怪程继恩，而他当年在所有人眼里就是个懦弱的院长，只是受牵连才被重判，时间一长，哪怕放出来也有了污点，无法再考取执照，很难有正经工作，所以程慧珠在临走的时候放下心结，安排给弟弟留点钱，无论程继恩出来想做买卖还是自己找个地方养老，都随他。

她是做姐姐的，只想让自己唯一的弟弟能有条活路，可是她无论如何都想不到，这一笔钱，完全助长了程继恩的恶行。

方焰申总算明白对方的犯罪资金从何而来了。

老孟确实是可托付的老人，所以钱在他这里一分没有动过，而老头也忠心如旧，认真地履行契约，他真的如实全部交给程继恩了。

方焰申顾不上考虑方便不方便的事了，直接打听说："什么银行？卡号你有没有留底？卡里有多少钱？"

老头一愣，他说自己收起来都没拿出来看过，但记得是敬商银行的卡，卡号根本没留，他也不知道方焰申问这些干什么，有点为难地说："我……我也不好去查余额。不过现在的房价涨了那么多，我估计去年卖掉时，三四百万肯定是有的。"他一想起程继恩来，喃喃地念叨，"我老想着过去，他也都五十多岁的人了，中年发福啊……头发都剃光了。"

方焰申示意他回答自己的问题："你到底问没问他住哪儿？有没有联系方式？"

对面的人抱着收音机摇头说："他很快就走啦，知道关飒不能见自己，怕刺激她发病，来了都没十分钟，也不告诉我现在他是怎么过的，还让我千万别告诉别人，就当他死了，希望过去的事都翻篇。"

"最近呢，他还来过家里吗？"

老孟浑然不觉自己耳背的毛病有多要命，自觉把假发店和家里都看顾得很好，张口就说："没啊，我还想看看他呢。"

方焰申清楚，老头心里装不了事，又经历过陈星远的报复，但凡此刻能说的都得和他说清楚，于是安慰他，先照顾好关飒，又让他千万注意家里的情况。

方焰申指着那个吵死人的收音机说："这玩意声音太大了，等我找人给你送个蓝牙音响来。家里前后都有门，你这么听戏背身一坐，就算有人进来，你也什么都不知道。"

方焰申一着急说话快，老孟不但耳朵跟不上，人老了连脑子也跟不上，他就看方焰申的嘴飞快在动，于是又大声询问："啊？"

方焰申快要愁死了，只好扶他坐下说："行了，我局里还有人要审，先走了。"

他说着看看后院的纱窗门，那地方已经修好了，于是他打开试试，直接从后边走出去。

不远处就是小区的花园，中心是健身器材区域，几个老头、老太太正出来遛弯，三三两两，还挺热闹。

其中有个年轻人在玩器械，对方戴着帽子，一身简简单单的背心、裤衩，瞥见方焰申出来之后，微微抬手。

那是方焰申特意交代过的人，安排过来盯梢的。他同样点下头，总算放了心，很快赶回局里。

十点多钟，不早不晚。

隔壁组有几个来晚的同事偷偷拎着包子正往办公室里钻，一看方队来了，又退出来和他打招呼。方焰申伸手从他们那里蹭了两个包子当早餐，直接上楼。

石涛和陆广飞追着他一起进了隔壁，方焰申先说最新的线索："程继恩在三个月前拿到了一张敬商银行的储蓄卡，开卡人是程慧珠，开卡时间……"他想想程慧珠离世的时间，"应该是去年，而且这张卡肯定在程继恩出狱后发生过大额取现。"

对方既然用的都是现金，总要把钱取出来。

陆广飞马上接话说："好，我去查。"

石涛抓着烟盒满脸兴奋地说："找到这张卡，银行都有摄像头，咱一路追下去，线索就有了。"

"但愿吧。"方焰申进办公室倒了水喝，揉揉眼睛问他，"殷大方呢，撂了吗？"

"还没，但我看快了，这孙子憋了一宿，已经开始坐不住，动不动嚷嚷尿尿喝水的，中间脑子一糊涂，还主动问李樱初在哪儿。"石涛嘿嘿笑着说，"不想随便坏规矩给他烟，我们还绷着呢。"

"行，大家都辛苦了，我过去。"方焰申马上准备了一下，去了审讯室。

殷大方一看见他，萎靡的精神头终于有点恢复。他记得昨天就是这个人说抓到李樱初了，然后半路出去的，他想着想着立刻抬头。

今天方焰申的动作很利落，也不拿保温杯，仿佛没打算待太久。他看看表，和边上记录的兄弟说了句话，顺手暗中关了摄像。

他和自己人聊完了，抬高声音说："速战速决，反正那边都招了，这块的口供没那么重要了。"

殷大方明显急了，屁股坐不住，带得金属椅子吭当直响。

方焰申迅速按流程又过了一遍，问他："怎么样，想好了没，还有什么没交代清楚的？"

对面的人明显在艰难地思考，不开口。

"问你话呢！"方焰申厉声呵斥，又说，"根据现在掌握的证据来看，李家后院的地窖是案发的第一现场，这事你应该知道吧？"

殷大方浑身一抽，似乎难以置信他们找到李家的秘密了，突然开口问："她人呢？孩子呢？她怀孕了……那是我老殷家最后的独苗！你们、你们不能动她……"

"李樱初已经交代了，说你对四名被害人施暴不成，而后因为自己的问题泄愤，陆续谋杀被害人。"方焰申说着点点桌面，示意他听好了，"她目前可是只涉嫌一个非法拘禁罪。"

殷大方死死瞪着眼，晦暗的眼珠子里半点光都没了，好像终于绝望，情绪异常激动。他愤怒地开骂，越说越难听，直到被强行喝止，他猛然间像完全没了骨头，整个人瘫在审讯椅上，剧烈喘气。

方焰申继续加码施压，话里话外希望他想清楚，他到底还有没有必要独自去扛连环命案："而且鉴于李樱初常年患有精神疾病，我们已经申请司法鉴定，最终量刑现在还不好说。"

"疯子敢骗我！王八蛋！"他陡然直挺挺地昂起头，突然开口，"是她，是她指使让我杀人的！"

穷凶极恶的人一旦反目，哪怕注定死路一条，也巴不得多个垫背的。

很快，殷大方终于撂了实话。


中午的时候专案组也没能吃上饭，大家捧着方便面，蹲在会议室里继续开会，汇总最新的审讯结果。

一切和之前推测的一致，李樱初教唆并指使殷大方杀人，而且殷大方说自己发现她突然在家里藏了很多现金，不明来路。他吸毒，见钱眼开，但李樱初声称钱不是她自己的，很快要转移走。殷大方借钱未果，两个人发生过争执，而后殷大方挑拨弘光村东口的厂子出头，私下让流氓去骚扰李樱初，企图让她害怕，求助于他，以此骗取她手里的钱。但谁也没想到这事闹了个乌龙，正好被关飒偶然撞上。

关飒以为是村里的纠纷，一心要为李家出头，后来东口的人真被她给惹急了，追到市区，最后还在李家的厂房大闹，差点没法收场。

方焰申转着面桶细嚼慢咽，看着投屏说："按他的说法，程继恩应该没有自己去取钱，因为银行大额取现必须在柜台办理，他干脆就把李樱初推出去了。"

与此同时，因为有了准确的开户人，银行配合调查的结果也很快出来了。程慧珠的银行卡在半坡岭附近多个银行网点发生过取现交易，每次五十万现金，共四次，取款人都是李樱初，证实殷大方所说属实。

石涛有点犯愁，一边喝面汤，一边说："这样还是没法查到程继恩。"

旁边的陆广飞连吃方便面都姿态端正，此刻双手放下面桶，接话说："殷大方提到，李樱初说过万一出事，她能逃出去，要毁掉现场进山，院长会接她。而且李樱初这些年一直在等那位所谓的院长出来，她经常会提到要回三区，而至于三区到底是什么鬼地方，殷大方不知道。"

方焰申仔细回想十二年前自己参与任务时的情况，开口告诉大家："那个三区我有印象，就是继恩疗养院里当年的未成年病区，所有未成年的患者，当时都集中在三区疗养。"他又让人打开市区地图，指指西边的一片地说，"我怀疑程继恩现在应该还藏在这里。"

他指的区域是岁丰路，老城区的最西边，紧挨着四环。过去城市规模没有现在大，多年前岁丰路的地价不贵，算是西郊，如今随着城市连年扩建，它早就是市区了。

那地方就是继恩疗养院旧日的所在。

十二年后，程继恩很可能一直没有离开他最熟悉的地方。

可惜时代变迁，当年西郊的旧地已经完全重建过了，而且因为本来盖的是精神病疗养院，又出过案子死过人，岁丰路虽然位置不错，变成住宅用地，但大多都是没办法的人才搬过去。一整个街区林林总总挤了无数楼房，规划安置城里的搬迁户，又因为常年缺少专业的物业维护，价格一直上不去。十余年过去，真正的住户越来越少，几个小区开放连通，随着行政区域调整，它刚好卡在东西两个区的交接点上，容易在执法归属上扯不清，近似三不管地带。

陆广飞知道那一带的情况，如今那片旧址上起码挤着成百上千家廉租房和小旅馆，住户来源复杂，还都是流动人口，属于低收入群体。

他看着方焰申，照样还是唱反调的老毛病，一丝不苟地开口说："这只是个猜测，如果要查，还需要其他线索缩小范围。目前我们没有具体住址，挨家挨户打听太浪费时间了。"

256

方焰申低头盯着自己手里的核桃，转一转开口说："那也比干坐在这里喝面汤强，我去申请抽调人手，让周边所有的派出所出人协查，争分夺秒，先动起来。"

最紧张的时刻，恒源街上依旧热闹。

方焰申的离职时间一拖再拖，他已经很久没空去三院探病了。他不知道自己那位好弟弟方沫已经结束化疗，病情得到了控制，癌症指标稳定，马上就要出院回家。

此时此刻，方沫正在关飒家里嗑瓜子，和老孟一通谈天说地，背着方焰申说他没良心，把自己忘到屁股后边去了，光记得扔来一通电话，让自己给老孟装个电脑和音响，方便他听戏。

话虽然是这么说，但方大少爷真来这一趟，也不是光为了看老孟。只不过他来的时间不巧，他的好祖宗回家吃过药，在楼上睡觉，直到最后他和老孟聊天的声音越来越大，再加上音响蓝牙刚接上，音量还没调，爆发出一声巨大的唱腔，楼上的人隔着门都被吵醒了。

关飒一睁眼，觉得浑身都沉。

她又做了一场非常冗长的梦，脑海中的画面真真假假全都混在一起，所以梦醒了，人却像是没出来，怪异的感觉让她不敢动，好半天才又听见方沫大笑的动静，这才恢复了正常意识。

她真该感谢那小子永远旺盛的生命力，得癌的人还能这么大嗓门，简直把她从噩梦中强行揪出来了。

关飒起来，在楼梯上探头喊他。

方沫还是第一次进到假发店的后边，对她家万分好奇，迎面就往上跑，也不管合不合适，笑嘻嘻地请安。

关飒被他堵着干脆不想下楼了，指挥道："倒杯水上来。"

方沫听话，端着水伺候祖宗，这才被获准上楼说话，于是他巴巴地跟着关飒进了卧室，还没等他开口，就被门边的拳击袋吓了一跳，咽咽口水，满脸敬畏。

关飒喝水，歇口气问他："又是你哥让你来的？"

"是啊，我今天可是重任在身。"

"你的重任就是给老头装音响？"关飒把杯子放下，非常不屑，又抬眼打量他。方沫年轻，底子好，脑袋上的发量还算乐观，这会儿脸色养得也不错，还是嬉皮笑脸的模样。他的病能够控制住，关飒放心多了。

他不乐意了，拍着胸脯说："我这不是要出院吗，等回家以后，咱们可就

257

不是隔条街的事了，我没法随时保护你了。"

"我的天。"关飒像听见了什么大笑话，故意在他面前掰掰手指说，"你做化疗还伤脑子是吧，你保护我？那下次可就不是店门碎了，就你这小身板，还不够挡块砖的。"

方沫想起最早那一次，还是祖宗救的自己，他尴尬地正色道："我不行，有人行啊。我哥这大尾巴狼，哪能把你扔下。"说着他往窗户边上走，示意关飒偷偷跟过去，又指指楼下的花园说，"你看你看，惯用套路，他的人。"

关飒被他拉着，一起躲在窗帘后往下看，果然发现花院里有人，似乎一直在四处转悠。她看对方眼生，应该不是小区里的住户。

她问他："你怎么知道？"

"哎哟，我哥什么危险干什么，好几次差点被人报复。过去我刚上高中，因为去市局外边等过他，被他案子里的目标盯上了，他怕我出事，找同事护了我两天，也是这兄弟，小陈哥哥嘛，我还认识他呢。这种路子我熟得很，你啊，现在去哪儿都有人给他汇报。"

他们说话的工夫，老孟已经挪回屋了。他玩起了电脑，一通乱点，楼底下传来戏曲的声音。虽然比收音机的动静舒服点，但老头依旧耳背，还是把声音开得很大，治标不治本。

关飒从窗口退开，她坐在床上，突然抬眼看着方沫说："你帮我个忙。"

方沫本能地觉得不对劲，这话可太熟悉了。

他都快退到墙角了，连连摇头，但凡关飒这种口气找他帮忙，铁定要得罪他哥。他赶紧说："祖宗，今天你可绝对不能乱跑，我哥既然都派人来了，肯定是有特殊情况。连我都知道小命要紧，我过去遇见这事的时候就蹲在学校宿舍里，一礼拜没出过门。"

"不跑，肯定不乱跑。"关飒脸上露出笑容，安慰他说，"这是我家啊，我还跑哪儿去？"

"那你要干什么？"方沫一看她笑更害怕，感觉刀都架在自己脖子上了，颤声说，"我，我就是来照顾你的！"

关飒指指外边的太阳，和他说："别光想着我，大热天的，人家保护我不容易，你替我去给小陈哥哥送罐可乐。"

外边确实很晒，大中午的市局没人休息，走廊里来来往往。

方焰申戴着墨镜溜边走，还是觉得晃眼。

大家好不容易才能散会歇一会儿，但人人都忙于部署协查岁丰路的事，全都悬着心。

方焰申回到办公室，撑着桌子觉得眼睛发暗，他闭上眼正在缓神，陆广飞拿着文件夹又追进来，给他看西郊的区域图，讨论如何尽可能地缩小范围。

两个人正在说话，忽然方焰申的手机响了，他扫一眼号码马上让陆广飞稍等，接起来就听见电话里的声音喊着："方队！出事了！"

打电话的是派去恒源街上的小陈，方焰申不用问都知道他这口气不对，脸色变了，立刻问："关飒呢？"

"关飒突然离开家，我马上追出去，可是没见到人。"小陈非常焦急，他刚才被方沫认出来，对方非要给他送水，他怕暴露，一直催方沫快走，前后不过就几句话的工夫而已，等到方沫再溜达回关飒家里，发现他那位祖宗竟然又借机跑了，吓得惊慌失措地跑出来求助。

方焰申猛地拍了一下桌子，脱口而出骂了一句。

办公室里安静，电话里的动静大，方焰申干脆直接按开免提。

陆广飞立刻在一旁提高声音问小陈："恒源街路口那两个人呢？"

他们统一安排过，在整条街前后和小区里都有人盯梢。恒源街的街面上都是做买卖推销的，人多嘴杂，徘徊太久容易被怀疑，因此他们的人干脆就藏在毛家的小卖部里了，那两兄弟配合警察同志已经打了一中午的牌，暗中盯着来来往往的十字路口。

"我刚和自己人碰头，他们没有见到关飒经过路口，也没有可疑目标出现。"

方焰申的手按着桌面，深深吸了一口气，抬眼看向陆广飞说："关飒说得没错，程继恩就是在想办法找她。"

关飒临时起意，从家离开跑出小区，就算她在路边打车都需要时间，不可能这么快自己消失。她甚至连毛家小卖部都没走到，多半是一露面就直接被人劫走了。

这下他们可不能花上好几天时间协查岁丰路，再去分析摸底找到程继恩了，因为最坏的情况已经发生。

陆广飞皱眉，恒源街一共才几百米，对方肯定有车，才能这么利落地带人离开。

"调街上所有的监控，查车牌。"他看向方焰申说，"让小陈马上带人去问沿街的商铺，找找有没有目击者……我去通知特警，联合部署。"

"来不及了。"方焰申摇头，他让小陈他们回到车上等自己的命令，然后回身又和陆广飞说，"程继恩手里有枪。"

他这一句说得极重，好像用尽全力才能稳住口气。

从关飒离家开始，她每分每秒都有生命危险。

陆广飞理解方焰申此刻焦急的心情，可他想不出还能有什么更直接的办法了，而面前的人已经飞快起身，拉开门冲了出去。

"方队！"


天地良心，关飒这一次真不是乱跑。

她刚走出小区一拐弯，还没晒到太阳，就被一把枪直接隔着衣服抵在后腰上。

她想想自己和方沫的保证，这应该不算跑，因为她在梦里突然看到小时候的自己，想清了一件事，正打算出去找找线索，没想到程继恩比她想的还要急不可耐，她根本没能走出恒源街，就被他劫上了车。

眼下关飒坐在副驾驶位上，开车的人右手虚扶着方向盘，一直暗中用枪指着她。说实话，她觉得他这姿势也挺费劲的，至于这辆车……大概是从废弃车场偷来的，眼看是要报废的货色。

关飒发现车子果然在往西边开，开口说："你放下枪吧，我本来就想去疗养院找你。"说着她还拍拍身上给他看，"我压根没带手机，新换的，不想再被扔一次了，警察也没办法马上找到我。"

程继恩不说话，不知道是关飒的话起了作用，还是他原本也没打算现在就打死她，所以他很快收了枪。他坐着开车的样子显出驼背，天气这么热，但仍旧戴着一顶呢子鸭舌帽，车里的空调坏了，此刻脸上已经出了汗。

关飒逼着自己打量他，又说："你老了。"

就是这个人，她的舅舅，在她的脑海深处，整整折磨了她十二年。

太长时间不见，关飒应该对他感到陌生，但此刻她平心静气地看过去，又感到熟悉，因为这张脸一直都活在她的梦魇之中。

起初关飒被枪顶着，意识到背后的人是程继恩，分秒之间真的恐惧。那些在疗养院中的岁月如烈火般灼心，伴随着经年压抑的痛苦呼啸而来，简直要把她打回原形。

人在童年所遭受的不幸，是最难疗愈的创伤。

关飒以为自己会情绪失控，但上车后她冷静下来了，因为真切地看清了程继恩的样子。她远比自己想得坚强，面前的这个人没有三头六臂，没有吃人的獠牙，他拿着枪，依旧谨小慎微，严谨而又小心地开着车，根本就不像一个杀人魔头。

程继恩熬过多年不见天日的日子，体态已经走样，脸上被精心处理过，没有任何毛发，连眉毛也没放过，通通剃掉了，以至那两个下垂的眼袋更加显眼，吊在发黄的眼白之下，猛一看难免有些滑稽。

就是这样的一个人，关飒甚至觉得他可悲。

程继恩一直没有和她说话，这座城市的变换太大，他似乎很认真地分辨每一个路牌，每一个路口，直到红绿灯的时候，他才转过脸看看她，平和地开口说："你为什么要活下来？"

关飒没想到他开口说得这么难听，竟然有点想笑。这是不是太不像持枪绑架的剧本了，于是她只好反问："我该死吗？"

程继恩的目光毫无波澜，他眼底没有光，一对眼珠黑乎乎地盯着她，又近乎感叹似的说："你都被火烧成这样了。"

关飒对着反光镜看自己，没有假发，她的烧伤无处掩藏，而人又突兀地长大，确实和小时候天差地别。

她想起自己家里的相册，问他："你去过我家吧？拿走了我的照片。"

"那时候的你多完美，简直像个奇迹。"

关飒冷笑，眼看车一直向西开，离当年继恩疗养院的那条路越来越近。

时过境迁，周遭景物早已和过去不同，只有道路两旁的树木一如既往。生长了十多年的槐树，如今这节气里枝繁叶茂，在日光下绿得发亮。

工作日一出四环之外，路上的车就不多了，他们的车速渐渐提上去，很快就要到了。

程继恩很平静地指指路牌，对关飒说："你看，我们回来了，岁丰路，你应该记得的。"

这些树，这条岁丰路，见证着世间最令人绝望的恶。

曾经的疗养院本来应该是病人最后的希望，很多人被送到那里的时候，正徘徊在生死之间和自己作战。他们信任治疗，期待被拯救，却无人被救，以至无法瞑目。

"程继恩。"关飒直呼其名，坦白地说，"我不善良，但该死的人是你。我希望你遭报应，希望你下地狱，下辈子永不为人，即使是这样，也难以抵消你杀人的恶行。"

程继恩笑了，他完全不感到生气，只是和她说："当人类超越了猴子，人就不会再同情猴子的死了，甚至有人以猴子为食。同理，一旦有人类超越了其他的伙伴，而且又以同类为食，人们就总是觉得他是魔鬼。"

关飒觉得荒谬："你在说自己？你错了，你不是魔鬼，你只是个可怜到无法自医的疯子。"

说来讽刺，她这辈子第一次有机会认真地指责别人疯。

他们已经进入了岁丰路的街区，关飒这十二年来从未踏足过这片地方，如今看上去，这里已经完全找不到当年的影子了。此刻车窗外满眼都是高低不一的楼房，十几年的建筑放在现在也不算新。小区大门随便出入，人行道上各种共享单车倒了一地，就连垃圾桶都没人收，但凡临街的一层全挤着变成了私营小商铺，却远远不如恒源街上的那种正规门脸，眼看还有很多密集的发廊和成人用品店，这附近的治安可想而知。

"你果然还会回到这里。"

程继恩没有否认，打量周围说："我大概记得，当时我们的三区就在这个位置上。"

道路两旁挤满乱停的车，程继恩带着关飒七拐八拐，最后把车开到一栋十几层的居民楼前停下。

程继恩很快示意关飒下车。

她也不需要他威胁，自己下去后四处看看，面前的楼好像有一半是个小旅馆，招牌都锈了，根本看不出是什么名字。六层楼以上全是廉租房，露出来的空调外机都很陈旧，夏天房子里人多，全指望它过活，此刻正嗡嗡作响。

关飒被他拉住胳膊往里带，她问他："李樱初也和你在一起？"

程继恩点头，又示意她不要去坐电梯。

他拉着她径自往更昏暗的地方绕过去，说："以前你在三区里最爱爬楼梯了，每次我们去病房里找不到你，你都躲在楼梯间。"

那会儿的继恩疗养院其实还算宽敞明亮，然而此刻这地方就有点闹心了。无人管理的居民楼一进来就充斥着怪味，而且楼梯间的灯异常昏暗，断断续续，看着就知道再往上还坏了不少。

关飒被他抓着一步一步向上迈，这场景渐渐和她梦中的画面重合。

在关飒的印象里，她记得自己走了一段漫长的楼梯，因此她断定过去曾经追着王戎去过一个地下室……但此刻，她终于能够纠正自己的回忆，她说："我记得自己跑了很久，就在楼梯上，因为我曾经怕出声，还脱掉了鞋，但其实我弄混了。"

那不是地下室，她一直都在上楼梯。

当年的关飒不断向上走，而人在小时候的记忆非常脆弱，何况之后她目睹的一切骇人听闻，逼得神经岌岌可危，被迫将现场曲解加工，以至于她忘了自己其实在一路向上走。

空荡荡的楼梯，循环往复，继恩疗养院并没有隐秘的地下空间。

直到今天关飒终于明白了，她继续说："我爬到的其实是三区顶层，那里是你办公室所在的位置，王戎就去了你隔壁的房间，平日里锁住的那一间。"

程继恩没有接话，他们一路来到了这栋楼的十二层，也来到了程继恩重回故地之后租住的房间。

同样还是黄色的油漆木门，但在关飒的记忆中，疗养院里的那一扇早已斑驳，而如今的门显然被程继恩重新刷过，带着翻新的痕迹，甚至还残留着气味。

走廊幽邃，关飒站在门前向左右看看，尽头有窗，但这一层仿佛没有其他人租住，静得可怕。

她盯着那透不进光的窗户，渐渐有些憋闷。

身边的人轻轻推门，微笑着用枪顶住关飒的后背，示意她走进去。

他在她耳边轻声说："我们回来了。"


人间至恶，有时候很简单。

程继恩的世界十分潦草，房间是个大开间，几乎没有隔断，也或许是被这古怪的男人直接拆掉了。厨房水槽，还有厕所的马桶变得一目了然。而靠外侧的窗帘很旧，掉了一角，有条微小的缝隙，仿佛永远拉不严实，但已经足够让这两室一厅的地方幽暗得像是另外的世界。

墙壁同样被粉刷过，白到极致，因而油漆的味道可以掩盖一切。

关飒一走进去，就能感觉到某种强烈的逼仄感，它并不是空间带来的，而像某种暗藏的隐喻。这地方隔离开四季，甚至没有人气，就连家具也过分精简，单人床、书桌、破败的沙发、很多油漆桶，还有一个巨大的浴缸突兀地摆放在墙角。

室内没有人开灯，光线只够人勉强视物。

关飒适应之后，看清了周遭，渐渐分辨出一股刺鼻的福尔马林的味道。她心底恐惧的感觉毫无来由，却十分强烈，以至她不得不开口打破这种未知的沉默，站在房间正中问他："李樱初呢？"

程继恩不说话，走到浴缸旁边，静静地开口念起了那首但丁的十四行诗。


> 夜的最初三小时已逝去
> 每颗星星都照耀着我们
> 我的爱情来得多么突然
> 至今想起仍震撼我心魂
> 我觉得爱神正酣畅
> 此刻她，手里捧着我的心
> 臂弯里，还睡着我轻纱笼罩的情人
> 他唤醒她，她颤抖着驯服地
> 从他手上吃下我燃烧的心

关飒微微发抖，她听着这样熟悉的声音，面前的一切仿佛都回到旧日，而意识开始受到拉扯，仿佛这首诗成了开关，一旦触及，她连意志都开始被瓦解。她厌恶这种被操控的感觉，于是有些激烈地出声让他闭嘴，但不远处的男人向自己伸出手，表情和蔼，甚至透着笑意，他说："她就在这里，永远陪着我。"

关飒冲过去，只看了一眼就无法忍耐，转过身干呕。

白日清醒，也如噩梦一场。

李樱初已经死了。

死去的人同样失去长发，连带着头皮一起被割掉了。

这场面实在超越人所能忍受的极限。

"你杀了她！"关飒不断后退，忽然撞到一旁的书桌上，手指在身后触到了一团东西……她忽然意识到那是什么，尖叫出声，回身去看，果然是漆黑的人发。

不只是头发，桌上还扔着割取头皮的手术刀。

爆裂的情绪轰然炸开，关于"绿凉鞋"的幻觉重现。

关飒又看见那个女孩倒在地上，而她只能抱着自己的头蹲下身，却一个字也喊不出来。

程继恩似乎对"杀"这个字很敏感，他动动嘴，神色安然地开口说："是李樱初主动的，她希望我能拥有她的头发。"

关飒看见他转向自己，近乎瘫软地向后躲藏，却被书桌挡在墙壁之前。

对面的人仿佛看出她的逃避，叹了口气，又放轻声音说："关飒，你是我见过的最完美的女孩，可是你被那场火毁掉了，你不应该活下来，这副样子……让我心疼。"

程继恩说着说着，竟然流出眼泪。他走过来蹲下身，定定地看着关飒，随后伸出手，想要触及她的伤疤。

关飒拼命躲闪，她已经支撑不住自己的意识，指甲深深地掐着手腕，有些不受控制地疯狂摸索，直到握紧口袋中的那个核桃，才能喘过一口气。

她逼着自己不再逃避，感觉到程继恩的手停在自己的脑后，她盯着他脸上虚伪的眼泪，觉得这世界荒唐，真正的凶手一直隐藏在黑夜之中，竟然成为人心的治疗者。

一旦人发现梦魇的本身就是现实的分身，这世界就会让人发疯。

关飒无法忍受，推开程继恩的手，她猛地揪住他的衣领打过去，一拳打在程继恩脸上，而自己也近乎脱力，颤抖着唇齿开口："你知道我妈当年逼我去疗养院的时候，说过什么吗？她说你是医生，你能救我，她到死那天都相信你是个好大夫！"

治病救人，被抛弃的患者无家可归，甚至以为程继恩就是救世主。人人都知道精神病可怕，疯起来像是鬼上身，所以关飒当年执着于告诉警察，她看见了命案，但始终没人相信。因为她所说的真相超越了常人心底的道德底线，活像是鬼话连篇。

疗养院里百鬼夜行，有人混在其中，乐此不疲，比鬼还可怕。

程继恩被打，一动不动，也不愠恼。他的眼泪早干了，一张脸在暗处显出老态，表情却又带着不自然的兴奋感。

他不畏惧良心的拷问，试图讲给关飒听："我没有渎职，我在治疗你们每一个人。"

"你的治疗就是害死她们？逼王戎割掉她们的头发，逼李樱初给你做假发？"关飒甚至能从他脸上看出自满，更加愤怒，"还有那些半坡岭无辜的病人！她们是疯了，没条件去治，可她们不想死！"

程继恩摇头说："你太年轻了，不懂我的苦心。"他耐心地讲给她听，如同十二年前一样，仿佛他们还在那间办公室里，"这个世界的恶太多了，每个人入院时都有自己的悲剧。可是你们能感知到的痛苦，都不值得崩溃，因为恶不只存在于人的内部，也存在于外部。传统的精神分析治愈患者的不幸，并不值得歌颂，那其实就是将病人引入到生活普遍的不幸之中。"

"所以你就给她们洗脑，让人自愿地接受你所谓的……杀人治疗？"关飒简直听不下去了，"程继恩，没有任何人可以擅自决定别人的生死，你的行为就是谋杀！"

对面的人好像不打算和她争执，做了一个让她噤声的动作，似乎很遗憾地打量她说："直到现在你还要勉强自己。关飒，你其实没有必要痛苦，为什么不遵从内心？"

关飒听到这些浑话只想动手打死他，可人真恨到极致，反而被迫冷静下来了。她告诉他："十二年了，你又害死了这么多人，我很想遵从内心看你死，亲手让你付出代价，但我和你不一样……你必须接受法律的审判！"

程继恩的口气越发温和，引导着她说："不，你其实愿意回到三区，你想找到我的，对不对？"

关飒脑子里又闪过当年自己在疗养院的画面，过去程继恩无数次暗示，他抚摸她的长发，甚至把她带到办公室里，那首诗就成了序幕，拉开经年变态的预谋。这个男人，他的舅舅，是她在这世界上最后的血亲，却成为人间德行的底线。在他之上，从暗夜到光明，人欲纵横，色相驰骋，而在他之下，除了深渊，还是深渊。

所有人都堕入了程继恩织就的地狱，只剩下关飒还在挣扎，他要把她也推下去。

关飒的肩膀在发抖，开口的声音却强撑着不肯示弱："你想干什么？"

程继恩还蹲在她面前，摆手示意她不要紧张，让她放松，告诉她："我最喜欢你，那时候在疗养院，我把你们带到办公室，王戎很不理解，为什么我不把你留下，反而选择了李樱初。"

关飒直觉他要说刺激自己的话，她不想听："这些你去和警察坦白吧。"

程继恩没有被打断，还在继续说："因为李樱初让我惊喜，她当时很害怕，不知道我要做什么，可她和我说，你太小了，还是个孩子，她已经大了，愿意代替你。无论我想做什么，她都愿意听我的话，只求我能放你走。"

关飒震惊地看着他，忽然又看向死去的李樱初。

十二年前说出这些话的人，才是真正的李樱初，而不是那个拘禁无辜的受害者，教唆别人故意杀人的疯子。

她记得的，李樱初比自己大，但在那时候也不过十四岁。李樱初胆子很小，爱哭，怕见生人，家庭环境不好，人也自卑，却总是像个姐姐一样照顾别人。关飒这辈子过得很孤独，连亲情都疏远，却始终记着她们一起在疗养院里熬过的岁月。

她把李樱初当成唯一的朋友，甚至从未怀疑过对方。

"你……你让她做什么了？"

"我把李樱初带到隔壁，就是你后来看见的那个上锁的房间里。"程继恩也需要回忆，想了一会儿又说，"王戎太紧张了，处理一个不听话的女病人，结果笨手笨脚的，弄得满地是血。我以为那场面会吓到李樱初，但她没有后悔，帮我做了很多假发，都是我的藏品，可惜烧光了……"

而后的事关飒不用再问，程继恩和王戎的罪恶行径维持了很长时间，李樱初本身就是个病人，她在那种极端恐怖的地方反复受到刺激洗脑，直到留下深重的心理阴影，几乎被程继恩彻底控制。

如果不是那时候李樱初选择以身相替，那此时此刻……死的人就是关飒。

善与恶的分别只隔人心，十二年折磨，幻觉中的过往，终于把那个善良的女孩彻底毁灭了。

关飒的神经无法扛住心里的压力，她快要听不清，程继恩的话断断续续地传过来，他还在说："你可怜那些女人？但如果不是因为你，她们也不会死。我应该当时就得到你，把你变成我的藏品，这样我也不用寻找这么多年了。不管我怎么找，都找不到像你一样的女孩了……"

关飒再也无法压抑心底的悲愤，她快要撑不住了，却在这一刻突然明白程继恩的用意。

他不断激发旧事，就是为了看关飒发疯，只有在疗养院中疯狂反抗的女孩，才是程继恩最完美的目标。

可惜人与人不同，无论真相有多可憎，无论这世界上有多少深渊往事，生命都值得敬畏，求生永远是强者的本能。

一个人不管经历过多少苦难，真正的解脱不是死亡，而是勇敢地面对生活。

关飒死死地捏住口袋里那个核桃，就像是握着最后一点心火。与此同时，她的手指好像凭空和那些伤疤有了通感，一场焚光往事的大火，此刻却成了救命稻草，一直在提醒她自己，不要忘记当年救命的枪响，不要忘记她曾经扑向火海里灼热的疼痛。

焚心之火，有人逆行而来，永生不忘，那是她最后维持清醒的底牌。

这世事再伤人，总有人真心实意地希望她活下去。

程继恩的声音忽远忽近，他劝哄着告诉关飒："现在我已经回来了，你不会再做梦，也不用再痛苦了。"

关飒只觉得可笑，口气近乎不屑，她似乎又恢复了那副无动于衷的冷淡模样，轻飘飘地开口："你错了，我从那场火里爬出来，我能坚持到今天，不是为了见到你。"

程继恩脸上的笑意渐渐消失，忽然间，整个人就像无声地动怒，连眼色都发冷："关飒，你太令我失望了。"

关飒一直蜷缩在书桌之下，此刻手扶着地面，让自己坐起来。真实的感官——恢复，楼下似乎很吵，但很快那些嘈杂的动静又像是突然被统一震慑，恢复成某种不正常的寂静。

她一瞬间心里安定下来。

程继恩的表情渐渐失控，他突然大声地质问："是不是那个救了你的警察？这么多年……你就为了他？"

关飒想到方焰申，就在这种地狱一样的环境之中，她竟然还能分神，想到他发现自己支开人跑出来的样子，简直都能看见他骂人摔杯子了。

她越想越觉得有意思，痛快地回答说："怎么，不行吗？你不知道，王戎把我摔下去之后，其实我有机会躲开那些火的，可我没有。我知道自己太小了，我想让他记住我……就是为了他，我心甘情愿被烧成现在这样，他得对我负一辈子的责。"

程继恩突然发狂，他猛地冲到墙边，掀翻那些油漆桶。浓烈刺鼻的味道蹿出来，关飒掐住鼻子，还没等她躲开满地蔓延的油漆，忽然看到对方又从兜里拿出火柴。

这下关飒真的害怕了，破口大骂让他住手。

程继恩又要故技重施，他想点燃这些鬼东西。

关飒知道自己在他眼里已经是不完美的目标了，她没有头发能满足他的"仪式感"，于是对方气急败坏，就想把她逼疯找感觉。

她简直都不知道该怪谁了，一个又一个全是变态，都拿她当目标，而且还都知道她的弱点。这年头连犯罪分子都师出同门，非要用火诛心。

程继恩果然看出了她的紧张，他笑了笑，把全部的火柴都拿出来划着了，然后才说："别怕，我陪着你，我绝不会把你留给别人。"

说着他松开手，那些火柴如同星火，四散掉在地上，很快点燃了一片油漆。

即使当年在疗养院，关飒也是那个最不好控制的病人，她这辈子，病归病，疯归疯，但从不认输。

她背着手趁机在地上摸索，捡起一片金属盖子。

程继恩眼看房间起火，本能地后退一步。

关飒抓紧时机直接抢起盖子冲着程继恩的头砸过去，紧跟着把他按倒在地，但她没能继续制服对方，因为程继恩倒在地上，手里的枪笔直地冲着她。

此刻关飒居高临下，却被迫松手，她不敢看周遭燃起来的火光，单单只是燃烧的味道都让她战栗。

程继恩毕竟老了，他被摔在地上没有爬起来，只是平静地用枪指着她，遗憾地说："关飒，我说过，你不该活下来。"

这种老式的警用配枪根本没有手动保险，关飒听见子弹上膛的声音，而四下火光冲天，隔开通往屋门的方向，她甚至退无可退。

生死之间，关飒什么都忘了，只想起自己今天不肯听方焰申的安排，真的闯了祸。

她是个病人，从小陷入黑暗的泥淖，但因为遇见了他，黑白的世界从此有了温柔的光。关飒一步又一步，一天又一天，拼命与自己相抗，为了有朝一日，能和方焰申携手拥有这珍贵的人间。

爱是什么？关飒或许还没有真切地想过。但十二年了，焚心如火，哪怕再有一百种安稳的人生，她也绝不交换。

前后一秒的时间，在她脑子里被无限拉长。

关飒的想法甚至都没能转圜，就突然听见一声巨响，门被人踹开了。

地上打算开枪行凶的人显然也紧绷着神经，程继恩猛然受惊，坐起身来掉转枪口，直接指向门口的方向。

外界的空气冲进来，火苗四散，又苟延残喘，连带点着了周遭的布织物。

方焰申持枪踹开门，看见火光之中的关飒，大声喊她。

他甚至都没来得及再开口，因为里边的逃犯显然反应过来了，程继恩一把拽过身边的关飒，枪口直接抵在她头上，威胁道："你再走一步，我就打死她。"

关飒心跳如擂，看见方焰申进来，却要努力克制情绪。她必须冷静一点，尽量让他不要担心自己的情况，她用过去的暗示喊他的全名，试图告诉他自己很清醒："方焰申。"

门口的人停住了，没有再往里进，他轻轻叹了口气，但什么都没说。

程继恩盯着方焰申仔仔细细地打量，很快想起对方是谁。他意识到警察突然追过来，而且对方独自上来，显然清楚他有枪。对方在担心关飒，不敢贸然带人乱闯，于是程继恩回头看了一眼露着缝的窗帘，拉住关飒避开窗口的位置，又和方焰申说："放下枪。"

"别！"关飒觉得危险，挣扎起来让方焰申不要照做，结果掐着她的人立刻又加重手里的力度，枪口就卡在她的头上。

方焰申抬手，示意自己同意。

他慢慢地弯腰放枪，看着程继恩说："你应该知道，是我当年失误，才导致关飒被扔到火海里。她被烧伤，都是因为我。"

关飒听出他在把话题往他自己身上引，但她自知程继恩手里的枪已经上了膛，此刻情况非常危险，不敢再胡乱挣扎。

两方隔着十几步的距离，地面上的油漆流出一条液体火线，涂料之中的成分燃烧后是有毒气体，刺鼻的味道让人忍不住咳嗽。

关飒被程继恩圈住肩膀按在身边，她看不见他的表情，只能听见他的声音突然拔高，近乎嘶吼地说着："都是你毁了她！"

方焰申点头，掐准程继恩的愤怒继续说："你最不舍得的人就是关飒，如果你真的想杀她，出狱之后早就应该去找她了……冷静一点，那把枪容易走火，你先把关飒放开。"

程继恩咳嗽到止不住，嘶哑地只能吼出两个字："闭嘴！"

方焰申捂住口鼻，又说："这点油漆着起来，根本烧不掉整栋楼。烟一散出去，很快外边就要被围了，和当年疗养院的情况完全不一样。现在只有我

269

一个人，我是警察，专案组组长，只要我在你手里，外边的人就不敢贸然冲进来。用我来换她，你也许还有机会。"

关飒的眼泪控制不住地往下流，可她甚至都不知道是被呛的还是因为听见了方焰申的话。她顾不上自己，不断摇头，又感觉到程继恩似乎浑身都在用力，于是她出声提示方焰申："李樱初已经被他打死了！"

程继恩杀了自己最后的傀儡，除了关飒，如今他已经得到所有的猎物了，根本毫无求生意识，满脑子都是那些常人无法理解的想法，究竟能干出什么谁也不知道。

方焰申听见这话，分辨了一下他们身后的房间，大致明白尸体估计被藏在浴缸里。他又看了一眼程继恩手里的枪，突然说："你杀了八个人，这次是怎么动手的？"

程继恩觉得这问题可笑，枪口又压在关飒头上，口气得意："多亏还留着这把枪，省心省力。怎么，你觉得我真不敢开枪？"

方焰申的目光沉沉地落在关飒身上，试图让她保持镇定，千万不要贸然行动。

可是这太难了，关飒再也忍不住，她能感觉出身边的人完全癫狂，什么事都可能做出来。于是她不顾自己的安危，抬手反抗程继恩，用肘部撞击对方的胸口，向方焰申大喊："走！你快走！"

地上火舌喷涌，她是一个被灼伤过的人，不敢想象自己有一天还会重入火海。童年的刺激无法消弭，关飒太害怕这一切，可是就因为怕，她甚至没有任何思考的过程，就迎着火冲出去，身体的反应完全盖过心底的恐惧。

她想把方焰申推出去，因为程继恩此刻不会和警方谈判，他根本就不在乎再多几条人命。

关飒没有犹豫，她踏火而去，只为奔向方焰申。

程继恩被她撞开，手里的枪口不稳，他的思绪被关飒的莽撞打断，情绪完全失控。

形势突变，方焰申立刻想要捡起地上的枪，但程继恩已经抬手大嚷："只有你死，关飒才能永远陪着我！"说着他毫无顾忌，直指他们的方向，扣下扳机。

半秒而已，方焰申没有再去捡枪，而是直接向着关飒伸出手。

疯子开枪没有准头，可关飒还挡在他面前。

方焰申没有时间权衡，一切都源自本能。危急关头，他稳稳地抓住关飒，将她按在自己怀里护住。

眨眼之间，枪已经响了。

关飒甚至感觉不到自己的心跳，她被方焰申牢牢抱紧，什么都看不见。然而燃烧物刺鼻的味道竟然不再难忍，因为她又闻见了他身上薄荷的味道。

子弹的速度太快。

那一枪击中了方焰申。

关飒眼看他倒下去，大火直接烧穿意识，幽暗的房间明明灭灭，而视野却膨胀放大。

她抱住他的肩膀，感觉到满手温热的液体，眼泪轰然失控。她喊他，不敢看那些血是从哪里涌出来的，只记得抓紧他的手，觉出他呛着一口气，剧烈地喘息。

方焰申的表情很痛苦，眉骨上的疤拧起来，成了一道火焰，扎进关飒的眼睛里。他一口气呼出来，同样用力地掐住她的手指。

关飒甚至都不觉得疼，连动一下都不敢。

她眼看自己的眼泪往他身上掉，连带着周遭危险的环境通通在脑子里炸裂，又被火光吞没，她绝不把他交给幻觉，于是抱紧他不肯放手。

方焰申缓过一口气，轻声叫她："飒飒？"

关飒剧烈地发抖，眼神空荡荡的，蒙着一层暗色的雾，却还在拼命点头，机械地重复："你不能死！叔叔……求你了！"

方焰申似乎想说什么，可惜那点喘气的力气都绷着，他只好扯扯嘴角，竟然还十分勉强地在笑。

枪已经响了，楼下的警力很快就会冲上来。但程继恩不会轻易被捕，人在这种时候完全丧失理智，当务之急是必须立刻制住他。

方焰申艰难地开口和她说："程继恩……那把枪里没有子弹了。"他说完这句话剧烈地喘气，又被呛得睁不开眼。

程继恩似乎一直在疯狂地大笑，甩手扔掉枪，好像这场面同样让他绝望。

打死邵冰冰和李樱初之后，随着方焰申倒地，那把配枪里的最后一颗子弹已经用光了。

分秒而已，关飒疯溃的意识蠢蠢欲动，随着方焰申的话，这世界又重新生根发芽，一切好像又回来了。

关飒明白他的意思了，必须让程继恩立刻失去行动力，才能确保万无一失。

她闭上眼睛逼迫自己冷静，咬牙分辨身后的动静。火势烧起来，程继恩踉跄着躲闪满地的大火，正向书桌的方向走。

桌子上不光有人发，还有他过去留下来的医疗用具。

方焰申动不了，可是一眼就看穿他要做什么，又挣扎着开口说："他想死。"

关飒转身，对方果然摸索着在寻找手术刀。

李樱初已经被害，绝不能再让程继恩自裁。八条人命，凶手必须接受法律的制裁，只有真凶伏法，案子才算真正结束。

那些十二年不见天日的死者无法瞑目，日日活在幸存者的脑海之中，他们不得安息，他们在等，等的就是一个天理。

眼下只有关飒能阻止程继恩了，可她怕火。

关飒剧烈发抖，只要她转过身，面对的就是自己内心深处最可怕的应激源。

方焰申要说什么，她迅速低头凑到他唇边，又听见他说："别怕……我在。"

关飒再也没有犹豫，她憋住一口气，毫无征兆地起身，几乎不给自己思考的时间。她越过火焰，冲过去按住程继恩。

他手里的手术刀直接砸在了脚边。

一旦没有枪的威胁，关飒可以轻易制服程继恩。她把他撂倒在地，对方却又开始笑，压抑而怪异。

程继恩的声音透着暗示的意味："关飒，你还记得你躺在沙发上的时候吗？那时候你的头发那么美，我爱它，我吻过它……可是一场火，它们全毁了。"

关飒脑中的噩梦随着他的话一点一点浮现，她的手渐渐使不上力，克制不住地剧烈咳嗽，直不起身，被迫弯下腰。

程继恩一只胳膊被她压制住，此刻人半跪在地上。关飒一松劲，他立刻挣扎出另一只手，似乎试图要抚摸她的头，半空中却突然改变方向，直接去抢地上的手术刀。

关飒反应过来抓住他的胳膊，让他无法自伤，于是对方拿刀的姿势收不回来，干脆用力往关飒身上捅过去，一时两人僵持。

远处的方焰申浑身是血，根本无法动弹，可他眼看程继恩意图不对，重伤之下，不知道哪儿来的力气，竟然就这样咬牙死撑着向前蹭出一步。

他够到刚才自己放在地上的枪，下一秒用尽力气喊她："飒飒！"

关飒听见他的喊声，同时松手后退，枪声再次响起。

毕竟是狙击手出身，关键时刻，方焰申只有抬起手指的力气，这一枪却还是精准地避开要害，直接击中了程继恩的肩膀。

这下对方没法再笑了，惨叫着滚倒在地，关飒踹开他冲回门边。

方焰申仿佛一口气终于松下来，他眼看她平安，再也没有力气拿枪，手猛然之间就松开了。

他倒在地上，身后的血渐渐洇开。

前后不过两分钟，却又足足像是已经熬过了半生。

外边有人赶来，陆广飞和石涛带人冲进现场，一看这场面全都急了。

很快关飒被人扶住，她眼看大家把方焰申抬起来，什么都听不见了，甚至连那些火的幻觉都戛然而止，她只能看清他的血。

白日之光骤然熄灭。

她像是回到了小时候，人生最初的恐惧，她被困在一辆车里，空间狭小，只有她自己。那时候关飒眼看窗外的天，风和日暖，草木盛大，世界就像透明的糖果罐，有那么多漂亮诱人的颜色，只有她隔着玻璃，怎么也触不到。

关飒拼命地哭喊，那该是一个孩子最天真的年月，她的母亲却亲手把希望通通隔绝，不让关飒融入这个世界，成为可悲的旁观者。

此刻依旧，关飒又像是被扔回到那辆车里，她无法拉住方焰申的手，感觉不到他的温度，恐惧不断延伸，恶意挑拨她脑海中所有令人绝望的可能。

方焰申说过："我要你平安，任何时候，哪怕没有我。"

关飒终于知道自己做不到。

她不断喊他的名字，可是这一次，他始终没有回应。

# 第十五章
# 人间已别久

一年之后，夏末秋初。

恒源街从凌晨时分就有早餐摊开了灯，拉开一整天热闹的序幕。工作日里三院人多，对面这条街上的人更多。

最近天气不错，市区刚下过雨，二十多摄氏度的天气，不冷不热。

假发店今天没有营业，但沿街的门是开着的。快到中午饭点了，方沫搬出一把板凳坐在店门口，抓着瓜子，往路口的方向打量。

隔壁水果店的阿姨出来摆货，平日里看店实在无聊，她干脆在墙上吊了一个屏幕，有事没事出来换换台。

方沫正好能蹭她家的电视看，十分愉快。

他眼看对方拨到法治频道，新闻提到半坡岭连环命案已于近日宣判，他立刻拉长声喊："哎，等会儿，阿姨，咱多了解了解时事。"

去年一起大案震惊全市，大概也是在这样夏日终结的时候侦破结案，移交起诉。半坡岭连环杀人案横跨十二年，主犯程继恩专挑女性精神病患者下手，伙同他人诱惑囚禁被害人，作案手段残忍，极具隐蔽性，而且调查过程中牵扯出多名从犯涉案，悉数落网。

案件性质恶劣，影响极大，后续警方公开通报，即使用词客观，也足够骇人听闻。

网络时代，这样一出大案引发了社会各界的热议，立刻成为话题榜首，下半年热度不减，因涉及多名被害人的隐私，案件最终没有做公开审理。日前敬北市一中院已经宣判，被告人程继恩、殷大方被判故意杀人罪、侮辱尸体罪，依法判决两名被告人死刑，而其余从犯根据犯罪事实也分别获刑。

方沫嘴里含着半片瓜子皮，"呸呸"两声往地上一吐，大快人心，就差起立鼓掌了。

随着真相大白，新媒体时代对热点反应迅速，很多平台都开始增设关于精神健康的栏目。精神病患者这一特殊群体也获得看更多关注。虽然社会上对于精神病人的歧视无法短时间内消弭，但各方无疑都在制定良性的就医监管制度，同时对于病人亲属及家庭生活，也由各社区牵头，安排志愿者协助照顾，一切都在向阳而生。

水果店的阿姨盯着新闻里的案情回顾，一开始吓得直摇头，最后也只剩叹息了。

她不知道方沫在身后激动什么，扭头和他聊天问："你祖宗呢？"

方大少爷踢着凳子，往后躲太阳，冲路口的方向抬脑袋说："来了，这不接我哥去了吗，他今天出院。"


方焰申现在可是重点保护对象，因为他在这一年的时间里熬过了两次手术。一次是实打实的工伤，在岁丰路突袭程继恩住所时受了枪伤，另一次是他自己的眼部手术。

当天的情况关飒都是之后才知道的。

曾经她和方焰申分析过，程继恩不出意外一定会去找她，因此警方在恒源街和小区安排了人盯梢。可是关飒自从经历过催眠，在睡觉的时候潜意识总是很活跃，她回到家之后，在睡梦之中看见自己曾经走过的那些楼梯，发现小时候受到惊吓，事实有误。

关飒不能再等下去了，一方面她一心想回到西郊去看看，确认旧日的痕迹；另一方面，关飒确实动了心思，她本来就打算以自己作为诱饵，这样程继恩才有机会现身。只不过这个方案太危险了，直接被方焰申否决掉。

他不肯让她冒险，关飒只能临时起意，逼方沫帮自己，从家里跑出去，被程继恩劫持上车。从恒源街到岁丰路的车程并不远，再加上她和程继恩在房间之中对质，前后一共没超过半个小时，方焰申已经赶过去了。

事后石涛告诉她，方队曾经请技术同事帮忙，给他那个碎掉的小核桃里装上了定位。关飒那时候才明白过来，怪不得方焰申再去安晖院区的时候，突然要和她调换核桃。

这么多年了，他实在太了解关飒的脾气。

岁丰路事发当天，方焰申直接带队，按定位赶过去。程继恩有枪，手里还有人质，他们调集特警突袭也需要时间部署方案。但方焰申自知程继恩一旦失控后的危险程度，担心关飒的精神状态等不起，于是他独自闯到十二层试探情况，发现房间已经起火。

大概是方焰申这人心不诚，他在生死之间来来回回，没有半点撒手人寰的意思，老天爷没兴趣收他做伴，所以程继恩那一枪没能击中他的要害部位。但当时在现场，方焰申失血过多，肝部因外伤导致急性损伤，后续恢复了很长时间。

至于他那只倒霉的右眼，做过手术，一年之后也没好全，此刻纱布还挡着视线，防止见强光，所以如今的方焰申毫无英雄形象。

关飒正牵着他的手，带他走过马路，最关键的是，她还像模像样地给他打了一把遮阳伞。

恒源街上人多，方焰申过去也算混个脸熟了，眼下这架势实在招眼，于是他委婉地说："伞就收了吧，没什么太阳。"

关飒生怕有个万一，不答应，拉着他往前走。

方焰申看见卖轮椅的那家店还在，十分欣喜，又申请说："那这样，要不你再给我配一套？推着我，我腿都不用迈。"

他在医院里大半年都是靠轮椅过活，还敢拿自己打趣，这话一出来，关飒不伺候了。

她把伞塞他手里，甩手就说："行，推着你。"说完脸色都变了，警告道，"你要是再敢坐轮椅，我直接给你推沟里去。"

她再也禁不起同样的日子了。

方焰申笑起来，如今的小祖宗一凶起来瞪着大眼睛，让他想起自己在医院的时候，每天一睁眼就能看见关飒。

她受刺激了，在他重伤之后十分偏执，好像觉得一眼看不见他，他就要彻底化成灰。直到后来，关飒的情绪恢复多了，却还是坚持守着他。

漫长的恢复期熬到最后，方焰申是一天比一天好，能说话也能下地了，关飒却越来越瘦，对他寸步不离，谁劝都没用。

此刻他一看她的眼神，心都软了。

方焰申伸手拉住关飒的肩膀，把人圈过来哄："不会，我那份离职报告都一年三个月了，这次肯定该生效了。"

最后一案，已无遗憾。

方焰申的右眼手术比较成功，但眼底长期病变，挫伤性视神经萎缩，视力受损不可逆，未来能恢复到什么程度还不好说。

关飒看着他的眼睛，忍不住开口说："都是因为我。"

但对面的人依旧洒脱，他掰着手指数了数，口气轻松："我虽然没能力上一线了，可还有副队、胖子……那么多人，千千万万的警察，有人退下来，也永远有人冲上去。"

这世道不管多么危险，永远有人守住长夜边界，这绝不是个人的信仰。

此时此刻，方焰申彻底是个闲人加伤员了，在这街上坦坦荡荡，边走边看。

人间自顾自存续，不管经历过多少大起大落的怆痛，都能随着日升月落而被抹平。恒源街也不能免俗，那些平日里打过招呼的邻居各自忙碌，风里还透着一股炒栗子的香气。

真正出生入死的人，才能理解平凡的意义。

如同眼前这样，他们两个人简单到连话也不用说，出院回家，手心的温度都在一处，就足够让他百死不悔了。


这日子简直像梦一样，每一步都是归途。

关飒抬头看见远处的方沫，她出去的时候让他给自己看门，意思是今天不营业，别进外人。结果大少爷真不嫌累，说看门就亲自坐在外边看。

她冲方沫挥手，让他别犯傻了，快进去。

水果店的阿姨听见动静，回头发现那两个人回来了。

阿姨露头上下打量，眼看方焰申坐拥恒源街"第一飒蜜"，而关老板竟然伸手扶着他的腰，这场面百年难遇。

一物降一物，不服不行。

阿姨满脸钦佩，冲方焰申比了个大拇指，迅速缩回店里。

关飒一看邻居吓跑了，越发来劲。男未婚女未嫁，她又没干什么见不得人的事，于是偏要凑过去，半边身子都挂在方焰申身上。

他费力接着她，逗两句开始笑，这会儿又觉得关飒还是小猫崽子一个，说不得骂不得，满大街这么多人天天见，她没事还和人家置气呢。

很快，又有人看不下去了。

方沫迎着他们蹦出去，死乞白赖地把关飒从方焰申身上扒拉开，戳着他哥的胳膊嚷："你这么大岁数不害臊啊，光天化日的，干什么呢！"

"独眼龙"大哥指指纱布眼罩，问他："我就是有这心，你看我有这

277

力吗？"

三个人一起回到店里，关飒和方沫说起周末的安排。

半坡岭连环命案告破，带来了积极影响，关飒已经和方沫商量好，两个人周末抽空，一起去安晖院区做志愿者，义务帮助精神病患者做康复疗养。

屋子里传来老孟的声音，喊他们吃饭。

方焰申借机踹了方沫一脚，让他滚进去帮忙。

那小子生病之后也不打算出国读书了，在国内重新准备，打算明年好好考个大学，所以就剩下眼前这几个月能胡闹。难得今天人都到齐了，方沫人来疯的毛病又犯了，他在店里看上一顶假发，比画着要往自己脑袋上套，还说万一复发还要化疗，就戴这个出门。

方焰申让他闭嘴，别成天没事咒自己。

方沫年轻，才不管这一套。小伙子及时享乐，很是想得开，嘻嘻哈哈地跑到后边去给老孟看。

他们哥俩在店里打嘴仗，关飒没空搭理。前门有风卷进来，她披上一件长长的黑色开衫，出去扫干净门后的火花塞碎屑，然后又把门关上了。

她回头看见方焰申倚在柜台边上，手里还是一样捏着核桃。他的眼睛带伤，却依然透着笑，这日子好像突然跳回到过去，方焰申突如其来，轮廓经年如旧，穿山越海，一次又一次，将她从烈火深渊中拯救。

不过一个转身的距离，关飒却像在梦里看了半生。

她忽然眼角发热，记忆和现实不断重叠，过往数不尽的暗夜此消彼长，但因为有他，所有幻觉至此终结。

第十三个夏天，方焰申终于回来了。


周末的时候，关飒和方焰申一起去城外的陵园，看望邵冰冰。

他们选择在安静的下午过去，关飒开车，方焰申戴着墨镜坐在副驾驶位上。

原本心情还算平静，眼看开出城快要到了，关飒听见他淡淡地开口说了一句："没赶上她的追悼会。"

他自己那时候刚被抢救过来，人在医院里，无法去送同事最后一程。

关飒停完车，跟着他往里走，和他说："石涛回来说，那天早上特别晴，一点云彩都没有，大太阳顶在头上。可等到告别仪式一开始，外边突然就开始飘小雨，一下一整天。石涛说他蹲在陵园外边哭，想冰冰姐，哭完跑回家睡一觉，一睁眼，天又晴了。"

方焰申想起什么笑了，说："他冰冰姐特别怕晒，别的都不抱怨，一有太阳让她跑外勤就不乐意了。"

关飒没接话,拍拍他的胳膊。

陵园肃穆,松涛如海,远远的天边夕阳瑰丽,燃烧出火焰般的红。

人在这场面之中,连心都沉了三分,要说不难过是假的,但最难过的日子已经过去了,今天也是个晴天,风风雨雨已成过往。

方焰申抬眼环顾四周,低声说:"案子判了,我才有脸来见她。"

关飒随着他,两个人很快找到邵冰冰的墓碑。

人间已别久,浮生如海,原来此岸和彼岸之间的距离,只在回忆之间。

关飒静静地站了一会儿,和方焰申一起把四下的尘土擦干净。她印象里那个风风火火暴脾气的老阿姨,此刻永远停留在窄窄的照片之上,微笑注目。

她有些动容,趁着方焰申在清理墓碑后侧的时候,俯下身看着邵冰冰的照片,轻声和她说:"他很好,你放心。"

凶案已破,犯人伏法,而邵冰冰所在意的人,一切平安。

关飒好不容易才叫出口:"冰冰姐。"然后又觉得矫情,冲她笑,把照片也仔仔细细地擦干净,又说,"我知道你讨厌我,没关系,我继续努力,好好活着,一定不辜负你救我的这条命。"

活着的人前路漫长,每个人都有自己的怆痛,而浴火重生的疤,是他们活着的骄傲。

说完关飒起身致敬,很快就走了。

她顺着步道故意避开,是为了留点时间给方焰申。


关飒找到一片阴凉,坐在管理处的屋檐之下,一片石台干干净净。

陵园在半山之上,此刻俯瞰,满眼是灰绿的颜色。有林子的地方就有鸟雀,她也不懂是什么品种,看着好看,就盯着那些不知名的飞禽看得远了。

天边瞬息万变,云霞的光由深至浅,直到夜色降临。

方焰申过来找她,他摘了墨镜,眼睛不太方便,插兜慢慢地走。

关飒冲他伸手,看他走过来的样子还算平静,缓和气氛地逗他说:"你可别哭啊,眼睛没好呢。"

"我又不是胖子。"方焰申随着她也坐在石台上,抬眼往远处看,这片陵园风水好,地势也好,他轻轻地叹气说,"人都走这么久了……有时候想想,这日子过得太快了。"

好像一切如昨,那些年拼命的日子历历在目,一有案子什么也顾不上了,同事之间比家人见得还勤。他们经常吃不上饭,在车里轮班盯人也睡不了觉,一群大老爷们儿扛着,而邵冰冰一个女警也跟着扛。有一次队里出去聚餐喝酒，大家说过，谁没了也不能让他们的"娇花"出事，结果最后只少了她。

很多事不能细想，因为永无重来之日，而岁月已成碑。

但方焰申相信邵冰冰没有遗憾，因为他们选择穿上警服的那一刻，就再也没给自己留退路。

关飒没有劝他，也没问这么久他和邵冰冰说了什么。

傍晚的山风微凉，吹得人身心舒服。

他们坐了一会儿，关飒盯着远处渐渐晕开的夜，忽然问他："叔，你为什么想当警察？"

方焰申好像被她问住了，很久都没回答。

关飒想想能理解了，他年轻的时候意气风发，男孩子谁不想当警察？而且还都是打小的愿望，一旦有人去问，十个孩子里九个都是一样的答案，于是她自问自答地替他说："不甘平凡。"

"可能是吧。"方焰申接话，但很快又看着她说，"真做警察之后，才明白平凡有多难。"

一个人活着，健康长大、不出意外、不生重病、工作温饱、家庭顺遂、平安终老，这是常人眼里最平凡的人生，仿佛每个人都该做到。

只有警察知道，平凡之路有多难走。

就像邵冰冰，她为了守护这条路，舍命相赴。

方焰申和关飒说："我们抓祝千枫的时候，胖子伤心了。他觉得那么多年过去了，丢枪的人活着，杀人犯活着，而死的全都是无辜的人，干这行太难了。"

关飒可以理解当时石涛所面对的情况，是人都会这么想，夜路难熬。

方焰申说："我那会儿也挺难受的，但必须稳住他，我只能指着天和他说大道理，其实用不着，胖子心里比谁都明白。"

关飒低头拿出他给自己的那个核桃，握在手心里。

方焰申声音里透着释然："哪怕我们一个又一个全都倒下去了……那也算值了。"他跳下石台，拍拍裤子继续说，"总有人能踩着我们走下去。"

做警察，这辈子的意义其实就这么简单。

关飒看着他的背影，猎猎迎风。

万夜无疆，而黑暗中有人擎火而来，燃起漫天星河。她知道，黎明终将到来，那个夏天仿佛永不可战胜。

关飒笑了："你这还是大道理啊。"她一步迈下去，追过去拉住他，替他看着路，"走吧，警察叔叔。"


他们回到家里的时候已经很晚了，整座城市缓缓睡去。

半夜时分，千百万个窗口做着同样柔软的梦，只剩月亮微微亮在枝头。

关飒醒了，因为药物作用，她在白天的时候睡过头，快到凌晨反而困劲过了，迷迷糊糊地睁开眼，又精神起来。

她披着睡衣坐起身，按开台灯，拿起桌旁新的笔记本。

那是方焰申出院之前送给她的，黑色的硬质封面，干干净净。

关飒抱着本子笑，想起他们在医院里的这一年。

那时候方焰申做手术取出子弹，刚刚恢复意识。关飒守着他，什么也不敢说，生怕眼前的一切都不是真的，于是就只能盯着他，一动不动地看，整个人像是上紧了发条，咬牙死撑。

病床上的人面无血色，又捡回一条命，连笑一下的力气都没有，突然开口问她："那天夜里，你和我说的还算数吗？"

关飒根本反应不过来，十多年大梦一场，数不清的夜，她和自我对抗，如同深渊无界，她不知道他问的是哪一天。

方焰申说："在你家的时候，凌晨三点半，你说……你需要我。"

她流着眼泪笑，关老板说话一向算数，于是拼命点头。

"那就好。"方焰申仿佛终于放心了，长出一口气，"这下叔叔可真是老弱病残了，后半辈子跟你混。"

关飒的眼泪瞬间掉下来，过往等待的日子如同沸水一般焦灼，却因为他的话，瞬间温凉动人。她简直不敢相信，有点后怕地问："你不走了？"

"不走了，只剩最后一个任务了。"方焰申的眼睛里依旧有光，轻轻地告诉她，"从今以后，好好守着你。"

她又哭又笑，好不容易才平静下来，扑在他的病床上，吓唬他说："我疯，治不好的。"

他不以为意："那就陪着你疯。"

关飒觉得一切都静下来了，连心跳的声音都异常清晰。她记得自己拼命和他说话，生怕停下来，这一时片刻又会通通变成幻觉，于是她不依不饶地说："我骑车乱跑，发病打人，你受不了的。"

"不会，我在呢。"方焰申一向很有自信，他就那么躺着，明明连手指头都抬不起来，照样开口逗她，"飒飒，以后你骑车、养病、开店……反正我枪子都挨了，什么都不怕，无论你想做什么，我都在。"

那一天的关飒，觉得自己终于走出来了。

曾经让她隔着车窗艳美的世界、曾经被火海焚烧的希望、曾经在无尽黑暗中等待的真相，——真切，触手可及。

随着方焰申的目光，关飒终于看清了自己的影子。她像是重活了一次，只有在他面前才能放纵，找回生命最初的单纯，她开口接着说："上天入地？要星星要月亮呢？"

方焰申渐渐找回力气，为难地笑："啊，那就麻烦了。"

她记得那天自己前所未有地脆弱，好像把这一辈子的眼泪都哭完了。

其实关飒已经无所求，生命本身足够珍贵，而相守的承诺千金不换，所以她和他说："我什么都不要，我只要你。"

此刻又是熟悉的夜，窗外轻风动人，却再也没有恼人的幻象。

关飒打开他送的笔记本，扉页上有方焰申手写的一句话，仿佛是这一生的答案："我摘不下星河，只能将生命的长河献给你。"

关飒慢慢地顺着他的字迹抚过去，自从方焰申回来之后，其实她已经不需要靠客观记录来矫正自己的生活了，所以笔记本上一直空白。

但今夜她第一次动笔。


生活平静如水，反而让人不忍睡去。

关飒蹑手蹑脚地去了对面的客房，推开门，看见方焰申早就已经睡了。

她不想打扰他，找到几本过去收藏的相册，拿回自己的卧室。她刚在床边坐下，就听见身后有脚步声，显然这一折腾下来，那边房间里的人也醒了。

方焰申总算拥有了属于自己的睡衣，此刻他靠在门边出声问："偷袭啊？我还没瞎呢。"

关飒笑了，抱着相册和他说："睡不着，收拾一下。"然后又把一旁的台灯推开一点，房间里光影柔和。

方焰申走进来，他没仔细看过她家里的这些东西，这会儿把相册拿过去翻，越看越想笑。

关飒小时候看着就不好惹，小姑娘七八岁的时候，眼神里已经透着一股子倔了，于是他学起方沫的口气说："祖宗，你打小就是地方一霸。"

他往后蹭蹭直接坐在她床上，看得津津有味。

关飒却不太喜欢，翻得飞快，很快又把这几本相册抢走，直接丢进垃圾桶。

方焰申惊讶地说："别扔啊，好不容易留下来的。"

关飒曲起腿不说话，单薄的肩膀在睡裙里晃。她没有戴假发，依旧是利落的寸头，烧伤的痕迹清晰，无须掩饰。

床上的人似乎有些担心，靠近了抱住她："飒飒？"

她摇头说："程继恩来找过这些相册，我不想再留着他喜欢的东西了。"她看向方焰申的眼睛，低声解释，"你们小时候的照片都很宝贵，但我不一样，留着它们只能提醒我，童年不堪回首。"

扔了也好，不是所有过往都值得珍藏。

方焰申摸摸她的头，然后不自觉打了个哈欠，一看时间，又是凌晨三点半。他想起上一次也是这样，关飒的生物钟匪夷所思，于是他乐了，拉着她往下一躺，干脆挤在一起，拉过被子说："以后不会了。"

关飒窝在他怀里有些低落，浑身发懒，一时没听懂，想想才明白他接的是自己刚才的话。

不管她人生的开端有多糟糕，时至今日，深渊谷底都走过的人，再也不会恐惧长夜，而余生遥遥，每一步都将迎光而上。

何况她不再是独自面对。

关飒心里踏实多了，她在睡衣兜里摸索，拿出薄荷糖，一人一颗。

她看着方焰申接过去，告诉他："多亏有你送的糖。"她笑笑闭上眼睛，凑过去吻他的唇角，又轻声说，"我才能熬过最苦的日子。"

他是生命里唯一的甜。

半梦半醒，心火动人。

方焰申以前都不知道，薄荷的味道有时候也很暧昧。


后来的后来，月亮好像也睡了，只有床边的灯没有熄灭，一片温温柔柔的光。

夜晚的风吹散树梢，又吹进窗口，直到轻轻吹开桌上的笔记本。

关飒也在上边写了答案："被火吻过的人依然爱火。"

无论经历过什么，都请不要失望。

因为我们的世界，夜短昼长。


【全文终】

MEMORY
HOUSE